Le Hibou

Samuel Bjørk

Le Hibou

Roman

*Traduit du norvégien
par Jean-Baptiste Coursaud*

ÉDITIONS
FRANCE
LOISIRS

Titre original : *Uglen*
publié par Vigmostad & Bjørke

Édition du Club France Loisirs,
avec l'autorisation des éditions Jean-Claude Lattès.

Ce livre a été publié avec l'aide de NORLA (Norwegian Literature abroad).

Éditions France Loisirs,
123, boulevard de Grenelle, Paris
www.franceloisirs.com

ISBN : 978-2-298-11036-4

Un vendredi du printemps 1972, alors qu'il s'apprêtait à fermer son église, le pasteur de Sandefjord reçut une visite pour le moins particulière qui le poussa à garder le bureau paroissial ouvert plus longtemps que d'habitude.

S'il n'avait jamais vu la jeune femme, le jeune homme qui l'accompagnait ne lui était pas inconnu, loin s'en fallait. Il s'agissait en effet du fils aîné de l'homme le plus aimé de la ville, un armateur, non seulement l'un des plus riches de sa profession mais un précieux soutien financier de l'église, dont la donation avait notamment permis de confier à l'artiste Dagfin Werenskiold la réalisation du grand retable en acajou qui montrait dix-sept scènes de la vie de Jésus et faisait la fierté du pasteur.

Les jeunes gens venaient lui soumettre un souhait tout aussi particulier : désirant se marier, ils voulaient en outre que le pasteur les bénisse dans la plus stricte intimité. Un désir peut-être singulier, mais pas si extraordinaire au demeurant. Cependant, il en allait tout autrement des détails censés entourer la cérémonie, à tel point que le pasteur crut d'abord à une blague de potache. Mais il connaissait suffisamment le traditionalisme et la ferveur religieuse du vieux patriarche pour comprendre que le couple était sérieux. Très malade ces derniers temps, l'armateur avait déjà un pied dans la tombe, à en croire les rumeurs. Le jeune homme, affirmait-il, allait bientôt hériter d'une fortune considérable. Mais à une seule condition : qu'aucun sang étranger ne se mêle à celui de la famille. Il fallait que sa future épouse n'ait jamais eu d'enfant d'une précédente union. Et c'était là le problème. Puisque l'heureuse élue avait hélas ! déjà une descendance : une fillette de deux ans et un petit garçon de quatre ans. Ceux-ci devaient disparaître, de sorte que leur mère soit présentée au beau-père conformément à ses exigences. Cela était-il possible ?

Le plan que le couple avait échafaudé était le suivant : le jeune homme avait une parente éloignée en Australie qui avait accepté de s'occuper des enfants le temps de régler les formalités. Une année ou deux, à l'issue desquelles ils reviendraient vivre en Norvège. Et qui sait, peut-être que dans l'intervalle l'armateur aurait trouvé le chemin du Ciel. Qu'en pensait le pasteur ? Pouvait-il trouver dans sa générosité d'âme un moyen de les aider à sortir de cette impasse ?

Ce dernier fit semblant de s'accorder quelques instants de réflexion, alors qu'en réalité il avait déjà pris sa décision. L'enveloppe que le jeune homme avait discrètement posée sur la table était épaisse, très épaisse. Pourquoi, dès lors, ne pas aider un couple en détresse ? L'exigence du vieil armateur n'était-elle pas démesurée ? Aussi accepta-t-il de les bénir, dans le cadre d'une petite cérémonie à huis clos, devant le superbe retable très coloré, six semaines plus tard.

Peu de temps après, courant janvier 1973, le pasteur reçut une nouvelle visite dans son bureau, cette fois de la jeune femme seule. Extrêmement inquiète, elle indiquait ne pas savoir vers qui se tourner, d'où sa présence ici. Elle demeurait sans nouvelles de ses enfants. On lui avait promis des lettres et des photos, mais elle n'avait toujours rien reçu. Pas un mot, rien. Aussi en venait-elle lentement à douter de l'existence de cette parente australienne. La jeune femme indiqua aussi que son époux ne ressemblait plus à l'homme qu'elle avait cru épouser. Outre qu'ils ne s'adressaient plus la parole ni ne faisaient chambre commune, elle avait découvert que son mari détenait des secrets enfouis, si monstrueux qu'elle osait à peine les prononcer à voix haute, encore moins les formuler dans le secret de son esprit. Le pasteur pouvait-il lui venir en aide ? Celui-ci tenta de la rassurer au mieux, lui promit son soutien et l'invita à revenir dans quelques jours, le temps pour lui de réfléchir à sa requête.

Or, le lendemain, elle fut retrouvée morte au volant de sa voiture tombée au fond d'un fossé non loin de la luxueuse propriété familiale, située sur la presqu'île de Vesterøya, au sud de Sandefjord. Les articles de presse laissèrent entendre qu'elle avait conduit en état d'ivresse et que la police considérait ce décès comme un tragique accident.

Après avoir accompagné la famille dans son deuil durant les obsèques, le pasteur décida de rendre une visite au jeune veuf pour lui raconter la vérité. Il l'informa que, la veille de l'accident, son épouse était venue le voir, très inquiète au sujet de ses enfants, et que... oui, il y avait quelque chose d'étrange dans cette histoire. Le fils de l'armateur écouta l'homme d'église avec attention et expliqua que, hélas, sa femme avait été très malade ces derniers temps.

Alcoolisme, usage détourné de médicaments... De fait, le pasteur avait pu lui-même constater l'issue de cette tragédie. À ces mots, il inscrivit un chiffre sur une feuille de papier qu'il lui tendit. Puisqu'ils en étaient aux confidences, le pasteur ne trouvait-il pas cette paroisse trop exiguë pour lui ? Ne se sentirait-il pas mieux à un autre poste pour servir le Seigneur, pourquoi pas dans un autre diocèse, plus proche de la capitale par exemple ? Quelques minutes plus tard, ils tombèrent d'accord sur les détails de cette mutation. Le pasteur se leva de sa chaise et ne revit plus jamais le jeune et puissant armateur.

Quelques semaines plus tard, il fit ses valises.

Et ne remit plus les pieds à Sandefjord.

La fillette se faisait la plus silencieuse possible sous le plaid, en attendant que s'endorment les autres enfants étendus comme elle sur le canapé. Elle avait pris sa décision. Ç'aurait lieu cette nuit. Elle n'aurait pas peur. Elle avait sept ans, elle serait bientôt une grande fille. Elle se lancerait dès qu'il ferait un peu noir. Elle n'avait pas avalé le somnifère. Elle l'avait juste coincé sous sa langue où il était resté tout du long, même quand elle avait montré à tatie Juliane qu'elle était une gentille fille.

— Ouvre ta bouche.

Elle avait sorti sa langue.

— Gentille fifille. Au suivant.

Son frère le faisait depuis longtemps. Depuis la fois qu'ils l'avaient enfermé dans la prison souterraine. Tous les soirs, il coinçait le cachet sous sa langue sans l'avaler.

— Ouvre ta bouche.

Il sortait sa langue.

— Gentil garçon. Au suivant.

Trois semaines passées dans le noir sous prétexte qu'il n'avait pas voulu demander pardon. Les enfants savaient qu'il n'avait rien fait de mal, mais ça n'avait pas empêché les grandes personnes de l'enfermer. Depuis, il était méconnaissable. Tous les soirs, il avait pris soin de ne pas avaler le médicament et, pendant que le sien à

11

elle faisait son effet, elle avait vu dans un demi-sommeil son ombre se faufiler hors de la chambre et disparaître.

Parfois, elle rêvait de l'endroit où il allait. Une fois, il était transformé en prince parti dans un pays loin loin loin pour embrasser une princesse qui dormait depuis une éternité. Une autre fois, il était transformé en chevalier pour tuer un dragon à l'aide d'une épée magique plantée dans un rocher que seul un garçon très spécial pouvait retirer de la pierre. Enfin, seulement dans ses rêves… Pas dans la réalité. Dans la réalité, elle ne savait pas où il allait.

La fillette attendit que les autres enfants s'endorment et sortit à pas de loup de la maison. Il faisait toujours chaud malgré l'arrivée de l'hiver, malgré le crépuscule qui s'était déposé doucement entre les arbres. La fillette marchait pieds nus dans la cour en restant dans l'ombre jusqu'à ce qu'elle atteigne le bois. Après s'être assurée que personne ne l'avait repérée, elle s'élança le long des grands arbres qui menaient au portail où était fixée la pancarte Défense d'entrer sous peine de poursuites. *C'est là qu'elle avait décidé de chercher.*

Elle avait entendu son frère et l'un des garçons en parler à voix basse. Comme quoi il y avait un endroit où on pouvait être tout seul. Une vieille remise sur le point de s'écrouler, une petite cabane supposée être cachée au fond du secteur, mais qu'elle n'avait jamais vue de ses propres yeux. Les enfants se levaient tous les jours à six heures du matin et se couchaient à neuf heures du soir. C'était réglé comme du papier à musique et, à part deux fois un quart d'heure de pause, leur programme ne changeait jamais : devoirs scolaires, yoga, lessive et corvées. La fillette sourit en entendant le chant des grillons et sentit l'herbe lui chatouiller la plante des pieds dès qu'elle quitta le sentier pour rejoindre la clôture bordant l'endroit où était censée se trouver la cabane. Curieusement, elle n'avait pas peur. Elle éprouvait presque de la légèreté et de la joie, comme un papillon en liberté – l'épouvante viendrait plus tard. Plongée dans ses pensées au creux de cette forêt qui sentait si bon, elle sourit de plus belle en effleurant une plante qui ressemblait à une étoile. Elle avait l'impression d'être propulsée dans l'un de ces rêves qu'elle faisait souvent quand les cachets n'étaient pas trop forts. Elle se baissa pour passer sous une branche, ne sursauta pas quand un bruissement résonna dans les buissons non loin. Qui sait, peut-être qu'un kangourou avait sauté par-dessus la clôture… À moins qu'un koala se soit aventuré au bas des arbres. Elle rit en silence en songeant que ce serait chouette d'en caresser un, avec sa fourrure chaude et son museau qui lui chatouillerait la gorge. Elle fut tirée de ses rêveries en apercevant le mur de la cabane à quelques mètres devant elle. Elle se figea, inclina la tête pour observer les planches grisâtres. Donc c'était vrai. Il existait bel et bien un endroit dans la forêt où on pouvait se cacher et être tout seul. S'avançant tout doucement, elle sentit un picotement agréable sur sa peau au moment où elle s'approcha de la porte.

La fillette ne savait toujours pas que le spectacle qui l'attendait la changerait à jamais, hanterait chacune de ses nuits pendant les années à venir, sous le plaid du canapé dur, dans l'avion qui traverserait la moitié du globe après que la police fut venue les délivrer alors que les autres enfants pleuraient, sous la couette dans ce nouveau pays où les bruits étaient si différents. Elle ne savait rien de tout cela lorsqu'elle posa la main sur la poignée et tira la porte grinçante de la cabane.

À l'intérieur, l'obscurité était complète. Il lui fallut quelques secondes pour que ses yeux ne s'y habituent. Mais cela ne faisait pas de doute. Les contours, d'abord. Puis, plus distinct, celui qui se trouvait dedans.

Son frère.

Il ne portait pas de vêtements. Il était complètement nu, mais son corps était entièrement recouvert de… plumes ? Recroquevillé dans un coin, il ressemblait à une créature venue d'un autre monde, avec un petit animal dans la bouche. Une souris ?

Son frère était recouvert de plumes et avait une souris morte entre les dents.

Et c'est cette vision qui allait modifier sa vie :

Tournant lentement la tête, son frère la regarda avec des yeux surpris, comme s'il ne la reconnaissait pas. La lueur qui tombait de la fenêtre aux carreaux sales révélait une main pleine de plumes qui se leva. Un sourire se dessina sur sa bouche, révélant des dents blanches et brillantes lorsqu'il fit tomber la souris. Vrillant son regard mort dans celui de sa sœur, il gonfla ses plumes et dit :

— Je suis le hibou.

I

1

Le botaniste Tom Petterson sortit son sac photo de la voiture et s'accorda quelques instants, avant de monter vers la forêt, pour profiter de la vue sur le fjord aussi brillant qu'un miroir. En ce samedi de début octobre, un soleil frais baignait d'une lumière exquise le paysage autour de lui, dardant ses rayons sur le feuillage automnal rouge et jaune qui bientôt tomberait pour laisser place à l'hiver.

Tom Petterson adorait son métier. Et plus encore quand il avait la possibilité d'être sur site et non plus enfermé dans son laboratoire. Il avait été engagé par le gouverneur du comté d'Oslo et d'Akershus pour inventorier sur ce territoire les populations de têtes de dragon, une espèce végétale menacée d'extinction qui poussait aux abords du fjord d'Oslo. *Via* son blog, il venait d'obtenir un renseignement sur de nouveaux spécimens dont il était censé répertorier la quantité et la localisation exacte.

L'espèce tête de dragon, une labiée de la famille de la menthe mesurant dix à quinze centimètres de haut, se distinguait par des fleurs bleu foncé ou bleu violacé qui, en séchant à cette saison, libéraient une grappe de fruits brunâtres aux allures d'épi. Cette espèce extrêmement rare hébergeait en plus le méligèthe norvégien, un coléoptère aux reflets métalliques bleutés tout aussi rare qui vivait essentiellement sur ces plantes. Les merveilles de la nature, songea Tom Petterson avec un sourire en quittant le sentier pour suivre la description du chemin envoyée par un botaniste amateur. Parfois, sans le dire à voix haute car il avait été élevé dans la conviction absolue que Dieu n'existait pas, il y pensait malgré tout : la création divine, l'organisation des grands et des petits éléments. Ainsi des oiseaux qui migraient vers le sud et parcouraient de longues distances, à la même saison et vers le même endroit. Ainsi des feuilles qui changeaient de couleur et transformaient les arbres et les sols en une œuvre d'art naturelle.

Tom Petterson travaillait à l'Institut des biosciences de l'université d'Oslo où il avait fait ses études et obtenu un poste après sa thèse. Un an plus tôt, le bruit avait couru qu'il décrocherait la direction de l'Institut. Il n'avait toutefois rien fait en ce sens. Trop administratif comme boulot. Il appréciait trop ses missions dans la nature pour rester enfermé entre quatre murs à des réunions. C'était pour cette raison qu'il était devenu botaniste. Il avait donc accepté avec fierté la proposition du comté de devenir le protecteur des têtes de dragon. Il ne put réprimer un sourire en repensant au projet d'urbanisation qu'il avait réussi à stopper parce qu'il y avait découvert une grande population de ces plantes protégées par la Convention de Berne.

Il prit à droite, entre deux grands sapins, et longea un ruisseau où les têtes de dragon étaient censées pousser. Après l'avoir traversé, il s'immobilisa en entendant un bruissement dans le fourré en face de lui. Il attrapa son appareil photo, prêt à appuyer sur le déclencheur. Un blaireau ? Il suivit les bruits jusqu'à arriver à une petite clairière mais, à sa grande déception, ce n'est pas cet animal farouche et rare qu'il aperçut. Non, il vit tout autre chose.

Un corps nu, bleui.

Une fille.

Une adolescente ?

Tom Petterson tressaillit si violemment qu'il fit tomber son appareil photo dans la bruyère sans s'en rendre compte.

Une fille morte était étendue dans la clairière.

Des plumes ?

Mon Dieu.

Une adolescente était étendue morte dans la forêt.

Entourée de plumes.

Avec un lys blanc dans la bouche.

Tom Petterson tourna les talons et déguerpit. Il courut dans la végétation dense, retrouva le sentier, descendit le plus vite possible à sa voiture où, essoufflé, il composa le numéro des urgences.

2

Toujours au volant de sa voiture garée devant son ancien domicile dans le quartier de Røa, à Oslo, l'enquêteur criminel Holger Munch regrettait d'avoir accepté de venir. Il avait vécu dans la belle maison en bois blanche avec son ex-épouse Marianne jusqu'à leur séparation, dix ans plus tôt, et n'y avait plus remis les pieds depuis. Le policier un peu replet alluma une cigarette et baissa sa vitre. À la suite du bilan annuel, son médecin lui avait pour la énième fois conseillé de faire un régime et surtout de mettre un terme à sa tabagie. Une recommandation que Munch n'avait aucune intention de suivre, et certainement pas arrêter la clope. Il en avait trop besoin pour réfléchir, et si quelque chose lui plaisait c'était bien ça : utiliser son cerveau.

Holger Munch adorait les échecs, les mots croisés, les maths, bref, tout ce qui stimulait sa matière grise. Il passait son temps libre devant son ordinateur à tchater avec des copains du Net au sujet des parties d'échecs de Magnus Carlsen ou de la résolution d'énigmes mathématiques plus ou moins compliquées – notamment celle qu'il venait de recevoir de son copain Youri, un prof habitant à Minsk avec lequel il était en relation depuis plusieurs années :

Une barre en métal est plantée dans un lac. La moitié de la barre est enfoncée dans le sol. Un tiers est immergé. 8 mètres sortent hors de l'eau. Combien mesure la barre ? Amitiés, Y.

Munch réfléchit quelques instants avant de répondre. Il s'apprêtait à envoyer un mail quand il fut interrompu par la sonnerie de son portable. Il jeta un œil sur l'écran : Mikkelson, le chef du QG de la police, dans le quartier de Grønland. Il laissa le téléphone sonner quelques secondes, songea décrocher mais choisit de refuser l'appel. Il appuya sur le bouton rouge et remit l'appareil dans sa poche. Une seule chose comptait en cet instant : le temps qu'il allait passer avec sa famille. Il ne voulait surtout pas refaire l'erreur qu'il avait commise à l'époque, quand il bossait jour et nuit et avait la tête ailleurs lors de ses rares apparitions chez lui. Il se trouvait à présent devant cette maison où, désormais, Marianne vivait avec un autre homme.

Holger Munch se gratta la barbe, tira sur sa cigarette puis regarda dans le rétroviseur le gros paquet rose entouré d'un ruban doré posé sur la banquette arrière. Marion, sa petite-fille, la prunelle de ses yeux fêtait ses six ans. Avait-il exagéré, cette fois encore ? Sa fille, Miriam, lui avait souvent fait la leçon ces dernières années, parce qu'elle estimait que le grand-père gâtait trop la petite, en accédant à tous ses désirs. Pour cet anniversaire, il lui offrait un cadeau qu'il savait très politiquement incorrect, mais qui était précisément ce qu'elle souhaitait : une poupée Barbie, avec une grande maison Barbie et une voiture Barbie. Il entendait déjà les reproches de Miriam. Comme quoi, outre qu'il pourrissait Marion, il souscrivait implicitement à une image erronée de la femme. Ce n'était pourtant qu'une poupée, bon sang... Quel mal y avait-il là, si c'était ce dont sa petite-fille chérie avait envie ?

Il poussa un profond soupir. Voilà pourquoi il avait accepté de faire le déplacement à Røa, bien qu'il se soit promis de ne plus jamais y revenir. Tirant une longue bouffée de cigarette, il toucha le creux sur son annulaire laissé par l'alliance qu'il venait de retirer et de ranger dans l'armoire à pharmacie de la salle de bains. Jusque-là, il n'avait pas eu le courage de l'enlever, malgré le divorce. Encore moins de la jeter. Ah, Marianne... Elle avait été son grand amour. Il s'était toujours imaginé qu'ils finiraient leurs jours ensemble. Et n'avait pas rencontré d'autre femme depuis, ne fût-ce qu'un simple rendez-vous pour une soirée. Non qu'il n'en ait pas eu l'occasion : de nombreuses femmes avaient jeté des regards éloquents sur son passage. Mais il n'en avait jamais ressenti l'envie. Ça ne lui avait pas semblé correct. Peut-être parce qu'il espérait toujours ? Était-ce mal ? Ou aurait-il dû suivre les conseils de ses amis ? Continuer et rencontrer quelqu'un d'autre ?

Son portable se remit à sonner, Mikkelson cherchait encore à le joindre. Munch refusa l'appel. Il faillit cependant décrocher quand, au troisième coup de fil, il vit le nom de Mia Krüger s'afficher sur l'écran. Il envoya à sa jeune collègue une pensée chaleureuse. Il lui téléphonerait plus tard, une fois cette réunion familiale terminée. Peut-être pourraient-ils prendre un thé au café Justisen dans le courant de la soirée ?

Il en aurait sûrement besoin après ses retrouvailles avec Marianne. Faire un brin de causette avec Mia. Ça faisait un bail qu'ils ne s'étaient plus vus. Elle lui manquait.

Quelques mois plus tôt, il était allé la chercher sur une île perdue dans le comté du Trøndelag. Elle s'était isolée du monde, sans téléphone. Il avait été obligé de prendre l'avion jusqu'à Trondheim, louer une voiture et demander à la police locale de le conduire sur Hitra en bateau. Il avait emporté un dossier et ramené Mia à la capitale.

Holger Munch éprouvait du respect pour tous ses collègues au sein de l'Unité spéciale qu'il dirigeait. N'empêche, Mia était à part. Elle était encore à l'école de police et n'avait qu'une petite vingtaine d'années quand il lui avait demandé de venir travailler dans son service. Il avait reçu un coup de fil d'un ancien collègue devenu directeur de l'établissement, lui suggérant de rencontrer celle qu'il considérait déjà comme une nouvelle recrue pour Munch. Il l'avait rencontrée dans un café. Un rendez-vous informel, à proximité du QG. Mia Krüger. La jeune femme, vêtue d'un pull blanc et d'un pantalon noir moulant, avait de longs cheveux noirs qui lui donnaient un air d'Indienne et surtout des yeux bleus d'un éclat inouï, comme il n'en avait jamais vu. Elle lui avait plu d'emblée. Pour son intelligence, son assurance, son calme. Elle semblait en outre avoir parfaitement conscience qu'il la testait, même si elle lui avait répondu poliment, avec une petite lueur dans le regard qui semblait dire : Tu me prends pour une conne ?

Mia Krüger avait perdu sa jumelle Sigrid alors qu'elle n'était encore qu'une jeune femme. Elle avait été retrouvée au fond d'une cave, dans le quartier de Tøyen, morte d'une overdose d'héroïne. Mia avait toujours mis ce décès sur le compte du petit copain de sa sœur. Or, dans le cadre d'une enquête de routine des années plus tard, ils étaient tombés sur lui. Au bord du lac de Tryvann, dans une caravane, une nouvelle victime à côté de lui. Mia Krüger l'avait abattu froidement, de deux coups de pistolet dans la poitrine. Également sur place, Holger Munch savait que cette bavure pouvait facilement être prise pour un cas de légitime défense. Mais leurs supérieurs avaient considéré l'affaire d'un tout autre œil. Non seulement Mia avait failli purger une peine de prison et avait été mise en disponibilité, mais Holger, pour l'avoir soutenue, avait été muté au commissariat de police de Hønefoss – autant dire dans un trou. Après deux ans passés là-bas, il avait enfin été rappelé à Oslo pour reprendre la direction de l'Unité spéciale d'enquête dans la rue Mariboes Gate. Il avait donc certes réussi à ramener Mia dans l'équipe mais, une fois l'enquête résolue, Mikkelson avait considéré la jeune femme comme trop instable pour continuer à travailler. Il l'avait donc suspendue jusqu'à nouvel ordre en exigeant qu'elle se fasse suivre par un psychologue, avec l'interdiction de revenir tant qu'elle ne serait pas déclarée apte.

Munch refusa le troisième appel de son chef et préféra se regarder quelques instants dans le rétroviseur. Qu'est-ce qu'il foutait ici ? Devant son ancien domicile, où vivait son ex-femme avec un nouvel homme, pendant que lui nourrissait toujours le vague espoir d'un rabibochage…

Tu es un abruti, Holger Munch. Il n'y a pas que ta collègue qui ferait bien de consulter un psy… Suivez mon regard.

Munch sortit de sa voiture. Il faisait plus froid que tout à l'heure. L'été était loin et l'automne semblait prendre le même chemin, alors qu'octobre ne faisait que commencer. Il s'emmitoufla un peu plus dans son duffel-coat, attrapa son téléphone et envoya une réponse à Youri.

48 mètres :) HM

Il termina sa cigarette, prit le cadeau et se mit à grimper le sentier gravillonné qui menait à la maison blanche.

3

Sous la fine moustache, Mia Krüger vit bouger la bouche de l'homme devant son bureau, mais elle n'avait pas la force de l'écouter. Les mots n'atteignaient pas ses oreilles. Les mouettes lui manquaient. L'odeur des vagues qui s'écrasaient contre les rochers. Le silence. Elle se redemanda pourquoi elle avait accepté de s'infliger ça. Consulter un psy. Parler d'elle. Comme si ça allait pouvoir l'aider. Prenant une pastille dans sa poche, elle regretta de s'être fourrée dans ce guet-apens prétendument thérapeutique. Elle aurait dû refuser tout net.

Instable et inapte au service.

Connard de Mikkelson! Non seulement il ne comprenait rien à la réalité du service, mais il ne s'était jamais colleté à la réalité d'une enquête. Il devait son poste uniquement à son habileté à caresser les politiques dans le sens du poil.

Mia soupira et tenta une nouvelle fois de comprendre ce que le type venait de lui dire. Elle était censée répondre mais n'avait pas écouté la question.

— Qu'est-ce que vous voulez dire?

— Les cachets ? répéta le psychologue, sûrement pour la troisième fois.

Il se renfonça dans son fauteuil et ôta ses lunettes. Un geste d'empathie. Un signe censé lui montrer qu'elle pouvait se sentir en sécurité ici. Il ne comprenait sûrement pas à qui il avait affaire. Toute petite déjà, elle avait eu l'occasion de voir ce que renfermait vraiment l'âme humaine. Voilà pourquoi elle regrettait son île : le lieu était dépourvu de cruauté.

— Bien, déclara Mia, dans l'espoir qu'elle fournissait la bonne réponse.

— Donc vous n'en prenez plus ? insista le psy, en remettant ses lunettes.

— Depuis longtemps.

— Et l'alcool ?

— Idem, répondit-elle sans dire l'entière vérité.

Elle jeta un œil à la pendule. Les aiguilles, qui avançaient beaucoup trop lentement, lui indiquaient qu'elle allait devoir rester ici un petit moment encore. Elle maudit dans un premier temps Mikkelson puis ce spécialiste dont le cabinet se trouvait dans les quartiers chics à l'ouest de la capitale. Elle regretta aussitôt : ce dernier n'y pouvait rien, il voulait seulement venir en aide à ses patients. Mattias Wang, psychologue. Elle avait eu de la chance. Elle avait choisi le nom au hasard et décidé de lui donner une chance. Elle avait refusé tous ceux proposés par la police. Le devoir de réserve au QG de Grønland ? Elle en doutait fortement, surtout la concernant.

— Nous allons devoir parler de Sigrid…

Mia, qui venait de baisser sa garde, renfila instantanément son armure. Il avait beau déployer des trésors de gentillesse et de prévenance, elle n'avait aucune intention de le consulter à propos des douleurs du passé. Ce qu'elle voulait, c'était retourner au travail. Et, pour ce faire, elle consentait à quelques heures hebdomadaires chez le psy. Afin d'obtenir l'attestation dont elle avait besoin. *Mia Krüger est guérie. Elle se montre coopérative, ouverte au dialogue et comprend l'ampleur de ses problèmes. Une réintégration dans ses fonctions et une reprise du service sont conseillées, à effet immédiat.*

Non sans un petit sourire, elle fit un doigt d'honneur imaginaire à Mikkelson.

Inapte au service.

Va te faire foutre ! Voilà bien sûr la première pensée qu'elle avait eue. Mais, après cinq semaines passées entre les murs de l'appartement qu'elle avait acheté dans le quartier de Bislett, entourée de cartons qu'elle n'avait pas eu le courage de défaire, prisonnière dans un corps qui réclamait toujours les médicaments dont il avait été gavé pendant des mois, elle avait cédé. Elle avait perdu tous ceux qu'elle aimait. Sigrid. Sa mère. Son père. Sa grand-mère. Le cimetière à Åsgårdstrand n'attendait plus qu'elle. Tout ce qu'elle voulait, c'était quitter ce monde, échapper à toute cette misère. Au bout d'un moment néanmoins, elle avait pris conscience qu'elle tenait à ses collègues. Les mois passés dans la Mariboes Gate, après son long séjour sur l'île, lui avaient donné l'impression que vivre serait peut-être possible, en fin de compte, que ça en valait peut-être le coup. Force lui était de reconnaître qu'elle travaillait avec des gens bien, qui comptaient pour elle.

Munch. Curry. Kim. Anette. Ludvig Grønlie. Gabriel Mørk.

— Sigrid? dit Mattias Wang.

— Oui?

— Il va falloir que nous parlions d'elle…

Sigrid Krüger

Sœur, amie, fille

* 11 novembre 1979 — † 18 avril 2002

Profondément aimée. Profondément regrettée.

Elle n'allait pas pouvoir y échapper.

Mia remonta la fermeture Éclair de son blouson en cuir et, d'un mouvement de tête, désigna la pendule au-dessus de la tête du psychologue.

— Absolument, répondit-elle avec un petit sourire. Mais la prochaine fois.

Mattias Wang prit un air un peu déçu quand il vit que les aiguilles annonçaient la fin de la séance.

— D'accord, fit-il en posant son crayon sur le bloc-notes. La semaine prochaine, même heure?

— O.K.

— Il est important que…

Mia prenait déjà la direction de la porte.

4

Holger Munch éprouva une certaine irritation mais aussi un vague soulagement quand il entra, pour la première fois depuis dix ans, dans son ancien domicile. Il était agacé d'avoir accepté d'y fêter l'anniversaire de Marion et soulagé parce qu'il appréhendait d'être entouré de vieux souvenirs qu'il n'était pas certain de pouvoir supporter. Heureusement, la maison ne ressemblait pas à celle qu'il avait connue. Outre qu'elle avait subi une rénovation, certaines cloisons avaient été abattues et les murs ripolinés. Munch se surprit même à penser qu'ils avaient fait du beau travail et, plus il la découvrait, plus il se calmait. Qui plus est, il n'aperçut nulle part la tronche de cake de ce foutu Rolf, prof à Hurum et nouveau partenaire de Marianne. Qui sait, l'après-midi n'allait peut-être pas être aussi terrible qu'il l'avait craint…

Cette dernière l'avait accueilli sur le seuil, de la même manière que les fois précédentes où ils avaient été obligés de se côtoyer (confirmation, anniversaires ou enterrements), c'est-à-dire par un «bonjour» poli et agréable. Pas de baiser, pas d'accolade, aucun signe d'affection. Pas d'amertume non plus, ni de déception ou de haine dans les yeux, comme cela avait été le cas juste après leur divorce. Rien que ce sourire mesuré mais non moins courtois.

— Bienvenue, Holger. Installe-toi dans le salon, le temps que je termine de décorer le gâteau de Marion. Tu te rends compte comme elle a grandi ? Six bougies...

Munch accrocha son duffel-coat dans l'entrée et, voulant poser le cadeau dans le salon, entendit un cri à l'étage, suivi de petits pas pressés dans l'escalier.

— Papy !

Marion courut vers lui et le serra fort dans ses bras.

— C'est pour moi ? demanda-t-elle en écarquillant les yeux sur le paquet rose.

— Bon anniversaire, ma puce ! dit son grand-père lui ébouriffant les cheveux. Alors, ça fait quoi d'avoir six ans ?

— Oh, pas grand-chose, tu sais. Je me sens presque comme hier quand j'en avais cinq, répondit Marion avec un sourire et un ton d'enfant précoce, sans quitter des yeux son cadeau. Est-ce que je peux l'ouvrir maintenant ? Dis, papy ?

— Tu vas devoir attendre qu'on ait chanté la chanson d'anniversaire..., intervint Miriam qui à son tour venait de descendre de l'étage.

La jeune femme serra son père dans les bras.

— C'est chouette que tu aies pu venir, papa. Comment ça va ?

— Bien, je te remercie.

Il l'aida à transporter le gros cadeau vers la table du salon où en attendaient d'autres.

— Tout ça pour moi ! Dis, maman, je pourrais les ouvrir tout de suite, dis…, la supplia Marion, qui estimait avoir suffisamment attendu.

Munch observa sa fille qui lui rendit son regard par un sourire qui le rassura et lui fit du bien. Après le divorce, leur relation ne s'était guère déroulée sous le signe de l'amitié – pour employer une litote. Mais ces derniers mois, la haine éprouvée depuis si longtemps par la fille envers son père semblait appartenir au passé.

Dix années de rapports glacés entre eux deux. À cause de la rupture parentale. Et de son travail, qui l'accaparait trop. Or, aussi étrange que cela puisse paraître, c'était justement le travail qui les avait rapprochés, comme s'il y avait malgré tout une justice en ce bas monde. Six mois plus tôt, une affaire considérable, sans doute la plus lourde qu'ils aient jamais connue, avait occupé l'Unité spéciale que dirigeait Holger. Marion et sa mère y avaient été impliquées à leur corps défendant : la petite de cinq ans avait été kidnappée par une malade. Et cet enlèvement aurait dû les diviser encore plus, Miriam aurait dû une nouvelle fois accuser son père. Or l'inverse s'était produit : elle avait été plus qu'heureuse que les policiers parviennent à élucider l'affaire et lui rendent sa petite saine et sauve. Elle éprouvait désormais pour son père une sorte de respect. Il semblait même le lire dans ses yeux : à présent, Miriam le regardait différemment, comme si elle comprenait l'importance de son métier. Toutes deux avaient suivi une thérapie, auprès du psychologue le plus doué de la police, afin de se débarrasser du traumatisme laissé par les événements. Heureusement, Marion s'était rétablie très vite – sans doute était-elle trop jeune pour comprendre ce qui lui était arrivé. Elle avait certes eu des nuits difficiles, se réveillant en larmes de cauchemars terribles, mais tout avait fini par s'apaiser. Il en allait autrement pour sa mère, qui avait poursuivi les séances seule. Consultait-elle toujours ? Munch n'en était pas certain. Leur nouvelle intimité n'allait pas jusqu'à ce degré de confidence. Chaque chose en son temps.

— Johannes n'est pas là ? demanda-t-il quand ils se furent assis dans le canapé.

— Oh, il a dû assurer une garde imprévue. L'hôpital d'Ullevål l'a appelé en urgence. Il repassera s'il a le temps. Le travail, tu sais ce que c'est… Pas facile quand on est quelqu'un d'important.

Elle lui lança un clin d'œil complice. Munch lui adressa un sourire, en guise de remerciement.

— Le gâteau est prêt ! les interrompit Marianne en entrant dans le salon avec le plat.

Holger Munch lui jeta des coups d'œil à la dérobée, il ne voulait pas la regarder en face mais ne pouvait pas non plus s'en empêcher. Lorsque leurs yeux se croisèrent un instant, il eut soudain envie d'utiliser un prétexte pour l'emmener à la cuisine, la serrer dans ses bras et l'embrasser, comme autrefois. Il réussit toutefois à se ressaisir, grâce à Marion qui commençait à trépigner d'impatience.

— Je peux les ouvrir ? Les cadeaux sont beaucoup beaucoup plus importants que cette chanson idiote !

— Il faut quand même qu'on chante et que tu souffles tes bougies, ma chérie, rectifia Marianne en caressant les cheveux de sa petite-fille. Et il faut aussi que tu attendes que tout le monde soit là pour les ouvrir.

Marianne. Miriam. Marion et lui. Holger n'aurait pas pu s'imaginer meilleure distribution. Mais, comme si les paroles de son ex-femme étaient une réplique de pièce de théâtre, la phrase-clé permettant le retournement de situation, la porte d'entrée s'ouvrit sur Rolf, le professeur de Hurum, un sourire aux lèvres et un énorme bouquet de fleurs à la main.

— Ouais, Rolf! s'exclama Marion en se précipitant vers lui.

Munch éprouva une pointe de douleur en voyant les petits bras enlacer ce type qu'il ne pouvait pas voir en peinture. Sa déception s'éteignit instantanément: sa petite-fille avait plus d'importance que n'importe qui et, dans le cas présent, elle n'y pouvait rien. Pour elle, la vie avait toujours été ainsi faite: d'un côté son papy, seul; de l'autre, mamie et Rolf, ensemble.

— Regarde tous les cadeaux que j'ai eus!

Elle prit la main du prof de Hurum pour le conduire dans le salon.

— C'est merveilleux, dit-il en lui caressant les cheveux.

— Elles aussi elles sont pour moi?

— Non, les fleurs sont pour ta mamie, répondit-il en jetant un œil vers Marianne qui l'attendait sur le seuil, souriante.

Quand Munch vit la nature du regard que lança son ex-femme à son nouveau compagnon, l'agréable sensation qu'il éprouvait jusque-là se volatilisa. Il se leva pour serrer la main à cet homme qu'il détestait en réalité, mais se figea en le voyant tendre le somptueux bouquet à Marianne avant de l'embrasser sur la joue.

Heureusement, cette fois encore il fut sauvé par sa petite-fille qui trépignait d'impatience :

— Allez, maintenant on chante !

La chanson d'anniversaire fut vite expédiée, Marion souffla ses bougies et se rua sur les paquets.

Une petite demi-heure plus tard, Marion dévorait des yeux ses cadeaux, presque épuisée. Elle se jeta au cou de son grand-père. Les Barbie avaient fait une heureuse et ne suscitèrent ni colère ni regard réprobateur de Miriam, qui se fendit d'un sourire, lui donnant ainsi la sensation que tout allait bien.

Un instant de malaise surgit une fois les cadeaux ouverts : Marianne et le prof de Hurum assis dans le canapé à l'autre bout de la table basse ne semblaient pas vouloir engager la conversation. Munch tira son épingle du jeu grâce à un coup de fil : Mikkelson, encore. L'appel n'étant plus inopportun, Munch s'excusa et sortit sur le perron, alluma une cigarette tant désirée et répondit à l'appel.

— Oui ?

— Tu ne décroches plus, ou quoi ? grommela une voix agacée à l'autre bout du fil.

— Obligations familiales.

— J'en suis ravi ! rétorqua Mikkelson d'un ton sarcastique. Désolé de devoir rompre le nirvana familial, mais j'ai besoin de toi.

— Qu'est-ce qui se passe ? s'enquit Munch, intrigué.

— Une adolescente.

— Où ça ?

— À Hurum.

— Hurum ?

— Oui. Un promeneur l'a retrouvée il y a quelques heures.

— Et on est sûrs?

— De quoi?

— Qu'il s'agit d'une 233?

Munch tira une grosse bouffée de cigarette. Il entendait les éclats de rire de Marion dans la maison. Quelqu'un lui courait après, sûrement cet imbécile de Rolf qui avait pris sa place. Munch secoua la tête, agacé. Fêter l'anniversaire dans son ancienne maison, pff... Il s'était imaginé quoi?

— Hélas, oui, poursuivit Mikkelson, nettement plus calme qu'au début. J'ai besoin de toi tout de suite.

— O.K., j'arrive.

Il raccrocha, jeta sa cigarette et monta les marches lorsque la porte s'ouvrit sur Miriam.

— Tout va bien, papa? demanda-t-elle avec un regard inquiet.

— Quoi? Oui, oui... Juste le boulot.

— D'accord. Je me disais que...

— Que quoi, Miriam? répondit Munch, impatient, avant de se reprendre en lui caressant tendrement l'épaule.

— Je... je voulais te préparer à une nouvelle, dit-elle en le regardant dans les yeux.

— Quelle nouvelle?

— Ils vont se marier, dit-elle, cette fois sans le regarder.

— Qui ça?

— Maman et Rolf. J'ai essayé de lui faire comprendre que ce n'était pas forcément le bon moment pour l'annoncer, mais...

Elle marqua un silence, lui jeta un coup d'œil inquiet.

— Tu nous rejoins ?

— On vient de me confier une enquête...

Il ne savait pas quoi dire.

Se marier ? Et dire que l'après-midi commençait si bien... Il avait... Oui, qu'est-ce qu'il avait cru ? Il était en colère contre lui-même. Il attendait quoi ? Quel con ! Enfin bon, il avait maintenant autre chose à penser, une affaire nettement plus importante.

— Donc tu t'en vas ?

— Oui.

— Attends, je vais te chercher ton manteau.

Quand elle revint, Munch lui dit un peu sèchement :

— Tu leur transmettras tous mes bons vœux de bonheur.

Se retournant, il entendit sa fille lui dire :

— Appelle-moi ! Il faudrait que je te parle d'un truc un peu important pour moi. Rien d'urgent. Quand ça t'arrangera. D'accord ?

— Pas de problème, Miriam. Je t'appelle.

Il descendit à petites foulées le sentier gravillonné, monta à la hâte dans son Audi noire et démarra.

5

Il était à peine dix-sept heures et pourtant il faisait déjà nuit noire quand Holger Munch atteignit les barrages de police à Hurum. Il plaqua sa carte contre la vitre et fut rapidement guidé par un jeune gardien de la paix stagiaire, un peu gêné d'avoir dû vérifier son identité. Munch gara sa voiture sur le bas-côté de la route, à quelques centaines de mètres. Dès qu'il sortit dans l'air frais, il alluma une cigarette et ferma son blouson.

— Munch?

— Oui?

— Olsen, capitaine de police.

Munch serra la main gantée que lui tendait un homme dans la quarantaine qu'il ne reconnaissait pas.

— Qu'est-ce qu'on a?

— La victime a été retrouvée à environ six cents mètres de la route, direction nord nord-ouest, dit l'officier grand et robuste en désignant la forêt plongée dans le noir.

— On a qui là-haut?

— Les collègues de la scientifique et ceux de la médecine légale. Et un membre de votre équipe… Kolstad ?

— Kolsø.

Munch ouvrit le coffre de son Audi pour en sortir ses bottes. Il s'apprêtait à les mettre quand son téléphone sonna.

— Oui, Kim…

— Tu es arrivé ?

— À l'instant. Tu es où ?

— Devant la tente. Vik a terminé et commence à perdre patience, mais je lui ai demandé de laisser la victime en l'état pour que tu puisses la voir. Je descends te chercher.

— D'accord, merci. Et c'est comment ?

— Pas beau à voir. Je crois même qu'on va très mal dormir cette nuit. Celui qui a fait ça est un malade…

Après trente ans de service au sein de la criminelle, Holger Munch avait vu toutes sortes de choses qui auraient fait perdre le sommeil aux gens ordinaires. Lui, en revanche, parvenait à garder une distance professionnelle devant les spectacles auxquels il était confronté. Si la phrase avait été prononcée par quelqu'un d'autre de l'équipe, il ne se serait pas fait de soucis outre mesure. Venant de Mia, une écorchée vive qui s'imprégnait comme une éponge des scènes de crime, ou venant de Curry avec ses hauts et ses bas, ce genre de remarque ne l'aurait pas étonné. Mais venant de Kolsø ? Munch redoutait le pire.

— Je te fais un dessin maintenant ou tu veux le voir par toi-même ? poursuivit Kolsø.

— Décris-moi vite fait à quoi ça ressemble.

39

Munch se boucha l'oreille au moment où un véhicule de patrouille passa à côté de lui toutes sirènes allumées.

— Tu es là ? demanda Kolsø.

— Oui, oui. Répète ce que tu viens de dire, s'il te plaît.

— Une adolescente, seize ou dix-sept ans vraisemblablement. Nue. Ça ressemble à un... comment dire... à un rituel ? Il y a des plumes partout autour d'elle. Et des bougies...

Munch planta de nouveau un doigt dans son oreille lorsqu'un second véhicule partit à son tour.

— ... ça ressemble à une espèce de symbole...

La voix disparut encore. Munch jeta un œil agacé vers Olsen qui faisait de grands gestes en direction d'un remue-ménage au niveau des barrages.

— Je t'entends plus...

— Une figure étoilée.

— Quoi ?

— Une adolescente nue. Son corps est contorsionné dans une position étrange. Les yeux sont écarquillés. Et il y a des plumes partout...

La voix s'estompa.

— Je t'entends plus ! cria Munch en se rebouchant l'oreille.

— ... une fleur.

— Quoi ?

— Quelqu'un a coincé une fleur dans sa bouche.

— Une quoi ?

— Je suis en train de te perdre, là... Je descends te chercher.

— O.K. Je suis...

Kolsø avait déjà raccroché.

Munch tirait sur sa cigarette quand le capitaine de police Olsen revint vers lui.

— Des journalistes un peu trop curieux se sont approchés de la zone. Mais je crois qu'on a enfin réussi à la sécuriser.

— Parfait. Vous avez déjà fait le tour du voisinage ? Vous êtes allés interroger les habitants des maisons, plus haut ?

— Oui.

— Quelqu'un a vu quelque chose ?

— Pas que je sache.

— D'accord. Veillez à ce qu'on passe le camping au peigne fin. Même s'il est fermé pour l'hiver, il y a quand même des caravanes. Qui sait, avec un peu de chance...

Le capitaine acquiesça et s'en alla.

Munch enfila ses bottes et sortit son bonnet de sa poche. Il jeta sa cigarette, en alluma aussitôt une autre, ses doigts rougis parvinrent tout juste à actionner le briquet. On n'était que début octobre et il ne faisait que cinq degrés dans l'après-midi.

Il vit Kim sortir du bois, une lampe de poche à la main, le visage sombre.

— J'espère que t'es blindé...

Blindé ?

Kolsø n'était pas comme d'habitude. Ce qu'il avait découvert dans la forêt l'avait visiblement secoué. Munch s'attendait au pire.

— Et suis-moi à la trace. Le terrain est superaccidenté.

Holger Munch emboîta le pas hésitant de son collègue d'ordinaire si calme.

6

Miriam Munch se demandait si oui ou non elle allait appuyer sur la sonnette de l'appartement de Julie, son amie d'enfance. Celle-ci lui avait envoyé plusieurs textos insistants pour qu'elle vienne.

Elles avaient été très proches à une époque, quand elles fréquentaient le squat de Blitz et étaient bénévoles à Amnesty International. Des adolescentes rebelles avec la vie devant elles et une foi inébranlable dans le bien-fondé de la lutte contre les pouvoirs en place, contre la classe dominante.

Avec le recul, leur insoumission paraissait remonter à une éternité, appartenir à une autre période, à une autre vie. En soupirant, Miriam approcha son doigt du bouton, mais le retira aussitôt. Pour s'accorder un ultime moment de réflexion. Marion passait la nuit chez Marianne et Rolf, elle avait même insisté pour y passer tout le week-end de son anniversaire. Johannes travaillait, comme d'habitude. Et rester seule dans un appartement vide ne la réjouissait guère. Pourtant, Miriam n'arrivait pas à se décider. Non qu'elle ne soit plus allée à une fête depuis la naissance de sa fille, mais quelque chose l'arrêtait. Elle baissa les yeux sur ses belles chaussures, sur sa robe, et se trouva idiote de s'être attifée comme ça. Elle avait passé une heure devant la glace à essayer différentes tenues, à se maquiller puis à se démaquiller, à mettre d'autres fringues pour finalement en choisir de nouvelles. Et maintenant, nerveuse comme une gamine, elle se tenait devant cette fichue sonnette qu'elle n'arrivait pas à actionner.

Qu'est-ce que tu es en train de faire?

Tu n'es pas heureuse, peut-être? Si, tu es heureuse, Miriam. Très heureuse, même. Tu n'as pas tout ce que tu veux, peut-être? Tu as Johannes, tu as Marion. Tu as la vie que tu voulais. Qu'est-ce que tu veux de plus?

Ce petit jeu de questions-réponses, elle se l'était répété maintes fois dans sa tête les semaines passées. Elle ne pouvait s'en empêcher, c'était plus fort qu'elle : quand elle répondait à la dernière question, aussitôt commençaient les pensées interdites. Elle avait eu beau essayer, elles refusaient de partir. Elles étaient vissées en elle. Le soir, dès qu'elle posait la tête sur son oreiller. Le matin, dès l'instant où elle ouvrait les yeux. Devant la glace, quand elle se lavait les dents. Sur le chemin de l'école, lorsqu'elle emmenait Marion et qu'elle lui disait au revoir devant le portail. Elle mâchait et remâchait ses pensées, auxquelles se superposait une image. Ou plutôt un visage. *Le* visage. Le même visage en permanence.

Non, ce n'est pas possible.

Voilà, elle venait de prendre sa décision.

Elle recula et descendit les marches à la hâte quand la porte s'ouvrit brusquement.

— Miriam? Tu vas où comme ça?

Julie.

Miriam se retourna et vit immédiatement que son amie aux cheveux courts avait déjà un petit coup dans le nez. Elle agitait un verre de vin rouge dans une main et riait à gorge déployée.

— Je t'ai vue par la fenêtre, je me disais que tu t'étais trompée d'étage. Viens, entre vite, il y a des tonnes de gens.

— Oui, je m'étais un peu perdue..., bredouilla Miriam, penaude, en remontant les quelques marches à pas lents.

— Ma chérie! ricana Julie en l'embrassant sur la joue. Mais entre, voyons!

Celle avec qui Miriam avait tout partagé à une époque la prit par la main, la tira dans l'appartement et ferma la porte d'un coup de pied.

— Non, tu n'as pas besoin d'enlever tes chaussures. Viens, je vais te présenter.

Miriam se laissa guider à contrecœur dans le salon noir de monde. Certains étaient assis sur les appuis de fenêtre, d'autres sur les accoudoirs du canapé ou carrément par terre. Un épais nuage de fumée de cigarette mais aussi de substances plus illicites flottait dans le petit appartement de la rue Møllergata. Un jeune homme avec une crête rouge avait pris possession des platines et venait de mettre les Ramones, si fort que les basses résonnaient contre les cloisons. Julie dut crier pour obtenir l'attention de ses invités. Une attention dont Miriam se serait bien passée.

— Hé, Kyrre, s'il te plaît, siffla Julie. Dis à notre apprenti punk de baisser le son.

Miriam se sentait de plus en plus ridicule d'avoir sorti la tenue des grands soirs et de tenir la main de sa meilleure amie, ce qui la rendait beaucoup trop visible et puérile à son goût.

— Hé, tout le monde ! cria Julie lorsque l'apprenti punk eut baissé le son de mauvaise grâce. Je tiens à vous présenter ma meilleure et ma plus vieille amie. Elle est entre-temps passée du côté des snobinards, donc je vous demanderai de vous comporter en gens civilisés. C'est compris ?

Riant de sa blague, elle souleva son verre pour que l'assemblée trinque en l'honneur de Miriam.

— Ah, oui, j'oubliais… Miriam est fille de flic. Oui, vous avez bien entendu, son père n'est autre que le superdétective Holger Munch. Donc un conseil, cachez votre herbe sinon les stups vont débarquer. Eh oui, Geir, c'est bien à toi que je fais allusion !

Elle brandit son verre en direction d'un garçon en pull islandais et dreadlocks juché sur un appui de fenêtre, un gros joint entre ses lèvres souriantes.

— Voilà, et maintenant tu peux remonter le son, dit-elle cette fois au garçon à la crête. Mais si tu tiens absolument à mettre du punk, choisis plutôt Black Flag ou les Dead Kennedys, merci. Pas vrai, Miriam ?

Miriam haussa les épaules et avait surtout envie de se cacher dans un trou de souris. Heureusement, personne ne semblait se soucier des consignes qui venaient d'être données : tous avaient replongé le nez dans leur verre comme si rien ne s'était passé. Julie entraîna Miriam à la cuisine où elle lui servit un grand verre de vin rouge.

— C'est vraiment chouette que tu sois venue ! Je suis un peu soûle, excuse…

—Ne t'inquiète pas, répondit Miriam en inspectant la pièce du regard.

Le visage n'était pas dans le salon ni ici. Peut-être qu'elle s'était fait du mauvais sang inutilement. Et puis mince… C'était une fête, bon sang. Une fête tout ce qu'il y a de plus ordinaire, inutile de se monter la tête. En plus, les invités étaient de son âge. Elle avait participé à suffisamment de dîners de médecins, à parler voiture et villas sur le littoral, porcelaine et couverts en argent pour ne pas profiter d'une ambiance qui lui rappelait sa jeunesse. D'accord, elle avait choisi les mauvaises fringues, mais elle était revenue au bon vieux temps.

—C'est vrai?

Miriam se retourna, mais Julie était déjà repartie dans le salon. À sa place se tenait le garçon aux lunettes rondes.

—C'est vrai? répéta-t-il avec un sourire timide.

—Quoi? demanda Miriam qui une fois de plus sonda le salon du regard.

—Que Holger Munch est ton père? Le policier. Il est enquêteur au sein de la section criminelle, non?

La question suscita chez la jeune femme une certaine irritation. On le lui avait servi tant et tant de fois quand elle était petite : *Son papa, il est policier. Il ne faut rien dire de mal à Miriam.* Mais elle n'avait plus huit ans et, quand elle croisa le regard bienveillant et amical du jeune homme en chemise blanche et aux lunettes rondes, elle comprit qu'il n'avait pas d'arrière-pensées méchantes. Il était intrigué, rien de plus.

—Oui, c'est mon père.

46

Et elle sentit aussitôt, et pour la première fois depuis longtemps, que ça ne lui faisait plus rien de répondre par l'affirmative.

—Cool!

Il but une gorgée de vin. Un silence s'installa, comme s'il cherchait quelque chose à ajouter.

—Oui, c'est cool, confirma Miriam en inspectant une nouvelle fois la pièce.

—Et toi, qu'est-ce que tu fais?

—C'est-à-dire? répliqua-t-elle d'un ton méprisant, comme par réflexe, en regrettant aussitôt son mouvement d'humeur.

Il était juste timide et un peu maladroit, cherchant à engager la conversation sans savoir comment s'y prendre. Peut-être même qu'il la draguait un peu – auquel cas il n'était pas très doué. Il lui fit presque pitié quand elle l'examina d'un peu plus près, cramponné à son verre dans l'espoir que ce serait son grand soir. Il détonnait autant qu'elle au milieu de cette foule d'invités peu soucieux de leur apparence. La chemise blanche, le pantalon à pli et les souliers vernis qui faisaient penser à des chaussures italiennes mais n'en étaient qu'une pâle copie. Elle eut honte de sa dernière observation en songeant que, quelques années plus tôt, elle-même aurait été juchée sur un appui de fenêtre avec un joint entre les lèvres.

—Je suis maman à plein temps, indiqua-t-elle chaleureusement. J'avais commencé des études de journalisme, et puis je suis tombée enceinte entre-temps… Mais j'ai l'intention de les reprendre.

—Ah, d'accord…, fit-il avec cette lueur de déception dans le regard qu'elle connaissait bien.

Miriam Munch était une jolie jeune femme, ce n'étaient pas les prétendants qui manquaient. Mais la précision «J'ai une fille de six ans» suffisait à les faire fuir.

— Et toi, tu fais quoi?

Hélas, la baudruche de drague s'était déjà dégonflée : les lunettes rondes cherchaient une autre proie.

— Il fait des affiches comme un dieu. N'est-ce pas, Jacob?

Et voilà, il venait de surgir sans qu'elle l'ait vu approcher.

Le visage.

— Jacob, je te présente Miriam. Miriam, je te présente mon ami Jacob. Mais je vois que vous vous connaissez déjà, j'en suis ravi.

Le visage adressa un clin d'œil à Miriam et lui sourit.

— Ah, alors comme ça c'est celle-là que tu..., reprit le jeune homme aux lunettes rondes, soudain gêné et très impatient de les laisser. Je crois que j'ai besoin d'un autre, ajouta-t-il en désignant son verre, avant de s'échapper.

— *Celle-là que tu...* Très élégant, ma foi! ironisa Miriam.

— Oh, tu sais... Jolie robe, au fait. Enfin quelqu'un qui a du goût dans cette soirée.

— Merci, répondit Miriam avec une petite révérence.

— Et? demanda le visage.

— Et quoi?

— Tu ne trouves pas qu'on est un peu à l'étroit ici?

— Absolument!

— J'ai entendu dire qu'ils servaient d'excellentes margaritas à l'Internasjonalen.

— Je crois qu'en fait une téquila me ferait le plus grand bien...

— Eh bien, allons boire une téquila.

Le visage posa son verre sur le plan de travail et se fraya un chemin à travers la foule bruyante, avec Miriam Munch sur ses talons.

7

Le policier Jon Larsen, que la plupart de ses amis appelaient Curry, essayait d'entrer chez lui mais avait toutes les peines du monde à glisser la clé dans la serrure.

Il avait promis à sa copine d'arrêter, et ce à plusieurs reprises. Ça faisait longtemps qu'ils mettaient des sous de côté : deux mille couronnes tous les mois depuis plus d'un an maintenant. Fidji. C'est là qu'elle voulait passer des vacances. Quatre semaines entières sur une île paradisiaque. À boire des cocktails décorés d'un petit parapluie en papier, à se baigner dans une eau bleu azur avec des poissons aux couleurs éclatantes. Bref : partir loin de ce boulot qu'elle n'aimait pas. Et il venait encore de tout bousiller.

Curry jura à voix basse et réussit enfin à enfoncer la clé dans ce foutu trou de souris. Il pénétra dans l'appartement en faisant le moins de bruit possible. Il tenta d'accrocher son blouson mais rata son coup, chancela un instant dans le couloir, se demandant s'il devait filer dans la chambre à coucher ou migrer plutôt sur le canapé du salon. C'est là qu'il échouait systématiquement après des nuits comme celle-ci, quand il rentrait bourré comme un coing et fauché comme les blés, et surtout infoutu de se justifier. Encore une soirée poker, encore une énorme somme de perdue : leurs économies, en fait. Tout était pourtant si bien parti, il avait joué comme un dieu, empoché quatre plaques, et puis... un instant d'arrogance, tout était subitement parti en couille et, patatras, la totalité de ses jetons avait changé de propriétaire. Après huit heures passées devant la table, il n'avait plus qu'une solution : se pinter la gueule.

Fais chier, putain !

Il se cala contre le mur, finit par ôter ses godasses, tituba dans le salon pour s'affaler sur le canapé blanc acheté chez IKEA. Il carra sa tête sur un oreiller, tenta de relever la couverture sur son corps musclé, n'atteignit que les genoux et fut réveillé par le téléphone sans remarquer qu'il s'était endormi.

— Allô ?

Dehors, il faisait jour. Un soleil mollasson d'octobre inondait sa figure, l'empêchant d'échapper à la réalité.

Il reconnut la voix de Munch et comprit aussitôt que celui-ci était d'une extrême mauvaise humeur.

— Tu es réveillé ?

— Comment ça, réveillé ?

— Tout le monde a été convoqué. On a un briefing dans une heure.

— Un dimanche ? !

— Tu t'en sens capable, oui ou non ?

— Je, euh...

Il avait bavé dans son sommeil, sa joue était trempée. Et il n'arrivait pas à coordonner ses pensées, les mots avaient du mal à atteindre sa bouche.

— Ouais, c'est clair, marmonna-t-il.

Il s'assit dans le canapé. Mais son corps, lui renvoyant un souvenir brutal de la veille, le força à se rallonger illico.

— Faut juste que... que j'annule... On avait prévu de faire une rando... avec Sunniva... dans la forêt... Mais...

Curry sonda prudemment le salon du regard. Nulle trace de sa fiancée. Elle semblait ne plus être à la maison.

— Désolé d'interrompre l'idylle familiale, mais tu dois venir, déclara Munch sèchement.

— Qu'est-ce que... qu'est-ce qui s'est passé?

— Pas au téléphone. Dans une heure, O.K?

— Oui oui, bien sûr, j'arrive. Faut juste...

Munch avait déjà raccroché.

Curry déplaça jusqu'à la cuisine sa carcasse râblée et toujours extrêmement imbibée d'alcool, avala trois cachets contre le mal de tête à l'aide d'au moins un litre d'eau, puis poursuivit jusqu'à la salle de bains où il se doucha jusqu'à vider le ballon d'eau chaude.

Parvenu au numéro 13 de la rue Mariboes Gate, il tapa le code de la porte d'entrée au moment où Anette Goli s'y présentait à pied. Curry l'aimait bien. Elle ne faisait pas beaucoup de bruit de prime abord, mais elle était une procureure hyperdouée, et quelqu'un de droit, en plus. Pas du genre à vous réserver un ou deux coups bas. Certains estimaient qu'elle faisait de la lèche à Mikkelson pour monter en grade, une impression que lui n'avait jamais eue.

— Bonjour ! lui lança-t-elle en le précédant dans l'ascenseur.

— Ouais, salut, marmonna Curry.

En entendant sa voix éraillée par le surplus de whisky et de cigare, il se racla la gorge.

— Ça s'est fini tard, hier soir ? voulut-elle savoir, avec un sourire oblique sous la frange blonde.

— Non... pourquoi ?

— Tu as une haleine de phoque.

— Juste un verre ou deux.

Il sentit la soirée de la veille lui revenir en pleine figure au moment où l'ascenseur brinquebalant se hissait au deuxième étage.

— Qu'est-ce qu'on a ? demanda-t-il en esquissant un sourire.

— Une adolescente retrouvée à Hurum.

— D'accord. Et on a... des indices ?

Anette Goli lui lança un regard intrigué, secoua la tête et sortit la première dans leurs bureaux. Curry interpréta son geste comme le signe qu'il valait mieux la fermer le reste de la journée. Il chancela jusqu'au réfectoire pour prendre un grand café très serré et se dirigea vers la salle de débriefing.

Il salua l'équipe d'un bref hochement de tête. Kim Kolsø, Ludvig Grønlie, Gabriel Mørk et la nouvelle que Munch avait engagée récemment. C'était quoi, déjà, son petit nom ? Y quelque chose... Des cheveux blonds, courts, pas mal, bien qu'un peu trop garçon manqué à son goût. Ah voilà : Ylva. Il s'assit au fond et posa sa tasse sur la table en s'efforçant de ne pas faire de tache.

Déjà installé devant l'écran, la télécommande du projecteur à la main, Munch n'arborait pas son traditionnel sourire : de profondes rides lui barraient le front.

—Tu peux éteindre la lumière, s'il te plaît, Ludvig ?

Une photo apparut sur l'écran derrière lui. Elle montrait une jeune fille nue, étendue, les yeux écarquillés. Curry sursauta. Il regretta aussitôt de ne pas avoir menti sur son état. Il aurait dû se prétendre malade et rester sur son canapé. Il sentit des gouttes de transpiration couler sous sa chemise, ses mains trembler avec des doigts incontrôlables. Il se cramponna à sa tasse de café en espérant que personne n'avait remarqué son émoi.

—Hier samedi à 12 h 40, le corps d'une jeune fille a été retrouvé dans une forêt à l'extérieur de la commune de Hurum, indiqua Munch. Légèrement en retrait d'un sentier menant au sommet d'une montagne appelée Haraldsfjell. Le cadavre a été découvert par un certain Tom Petterson, un botaniste de quarante-six ans employé à l'université d'Oslo. Petterson, parti photographier une plante quelconque, est tombé par hasard sur la jeune fille.

Confronté à pas mal d'horreurs dans sa carrière, Curry se croyait immunisé. Mais ce qu'il voyait était radicalement différent. En plus, sa gueule de bois n'arrangeait rien. Cette jeune fille dénudée. Ses yeux écarquillés de terreur. Son corps contorsionné dans une position étrange : un bras partait en l'air comme s'il désignait quelque chose, l'autre collé au tronc d'une drôle de façon.

Munch rappuya sur le bouton, une autre image apparut.

—À en croire le légiste, la jeune fille a été étranglée. Vraisemblablement sur les lieux, puis son cadavre a été placé tel que nous l'avons retrouvé. Nous allons passer aux détails dans un instant mais, avant, j'aimerais attirer votre attention sur ça.

Une série de photos défila sur l'écran.

—Des plumes.

Nouvelle image.

—Des bougies.

Nouvelle image.

—Une perruque.

Nouvelle image.

—Ces figures sur le sol.

Nouvelle image.

—Le positionnement des bras.

Nouvelle image.

—Ce tatouage. Une tête de cheval avec les lettres A et F juste en dessous.

Curry voulut boire une gorgée de café mais, n'arrivant pas à avaler, recracha le tout dans sa tasse le plus silencieusement possible. Il fut pris d'un soudain vertige, les bruits autour de lui s'estompèrent, il avait un besoin urgent de prendre l'air. Tout aussi brusquement, des images parcellaires de sa soirée de la veille s'imprimèrent sur sa rétine : un ascenseur dans un immeuble – dans le quartier d'Østerås ? Un barbu avec deux nanas trop parfumées et juchées sur des talons hauts. Un récipient en plastique sur une table. De l'alcool distillé maison ? C'est ça qu'il avait bu ? C'est pour ça qu'il ne se remettait pas de sa gueule de bois ? Et où était Sunniva ? Est-ce qu'elle avait compris ce qui s'était passé ? Est-ce qu'elle était partie chez sa mère? Est-ce qu'elle avait mis sa menace à exécution et l'avait plaqué pour de bon?

— Et surtout ça.

La voix de Munch retentit à nouveau dans ses oreilles.

Nouvelle image.

— La fleur dans la bouche.

— Putain, c'est dément comme truc…, murmura Kim Kolsø derrière lui.

Sans s'arrêter aux réactions outrées qui fusaient dans la salle, Munch poursuivit:

— Le rapport préliminaire du légiste révèle une série de singularités sur lesquelles nous allons nous pencher. Mais ce qu'il convient de considérer avant tout, c'est ça.

Nouvelles images. Curry fut incapable de les regarder toutes.

— Des hématomes aux genoux et aux coudes. Les paumes pleines d'ampoules. En plus, la jeune fille est relativement maigre. Pour ne pas dire extrêmement. Elle est presque anorexique. Et la raison de sa maigreur s'explique sans doute par ça.

Il n'y eut cette fois plus de nouvelle image. Munch se mit à chercher dans ses papiers.

— D'après les conclusions du médecin légiste, il n'y avait rien d'autre dans son estomac que des croquettes.

Les réactions fusèrent de nouveau, cette fois sous la forme d'interrogations ouvertement posées.

— De quoi?!

— Des croquettes… pour chiens? demanda Ludvig Grønlie.

— Pour animaux, en effet, confirma Munch.

— C'est quoi cette connerie… ?

— Des croquettes ? !

— Comment c'est possible ?

— J'pige pas, dit Ylva, la petite nouvelle.

Elle semblait choquée par l'incohérence de ce qu'elle venait d'apprendre.

— Comment peut-elle avoir de la nourriture pour animaux dans le ventre ?

— On ne retrouve aucune trace de nourriture classique dans son système digestif, insista Munch.

— C'est hallucinant !

— Comme je vous le disais il y a un instant, il s'agit d'un rapport préliminaire. Vik m'a promis ses conclusions définitives pour demain. En attendant, on peut…

Il fut interrompu par la sonnerie de son portable qu'il ne décrochait jamais en réunion. Voyant le nom qui s'affichait sur l'écran, il fit une exception.

— Salut, Rikard. Tu as eu mon message ? dit-il d'une voix forte, comme pour expliquer pourquoi il venait de décrocher.

Mikkelson. Le chef du QG de Grønland. Là encore, c'était étrange. Car Curry n'avait jamais entendu Munch appeler le big boss autrement que par son nom de famille. Il remarqua que d'autres collègues s'en étonnaient également. Munch planta une cigarette entre ses lèvres et désigna le balcon fumeurs pour leur montrer qu'ils pouvaient profiter de cinq minutes de pause.

8

Agenouillée sur le plancher, des boîtes de cachets alignées devant elle, Mia Krüger essayait de trouver une raison de ne pas les ouvrir.

Après une nuit passée à arpenter son appartement vide, les bras autour de la taille, elle avait fini par perdre connaissance sur son matelas étendu devant la fenêtre.

Elle avait fait un rêve merveilleux. Le même que tant de fois déjà : Sigrid, sa sœur jumelle, vêtue d'une robe blanche, courait au ralenti dans un champ blond comme les blés. Souriante elle lui faisait de grands gestes.

Viens, Mia. Viens !

Elle s'était sentie si bien, si calme tout à coup. Elle avait eu l'impression que la vie était belle, en fin de compte. Sauf qu'elle s'était réveillée. Et était revenue aux bruits de la ville, aux bruits de la réalité. Elle était revenue dans ces ténèbres qui éclipsaient tout. Et ne comprenait plus vraiment pourquoi elle avait accepté la proposition. De vivre. Puisqu'elle avait pris sa décision – non ? C'était pour ça qu'elle s'était

retranchée à Hitra. Pour quitter tout ça. N'est-ce pas ?
Oui, elle avait fait un choix il y a très longtemps. Alors
pourquoi devoir revenir encore une fois là-dessus ?

Viens, Mia. Viens !

Oui.

Tu dois essayer !

Non.

Viens, Mia. Viens !

Oui.

Elle reprit ses esprits un instant et se rendit compte
qu'elle avait froid et qu'elle tremblait. Elle serra sa
couverture contre elle, tendit un bras maigre vers
l'une des boîtes, essaya de lire ce qui y figurait, sans
y arriver. Elle n'avait pas allumé la lumière. Elle
n'était même pas sûre d'avoir pensé à payer la facture
d'électricité.

Elle se leva pour aller boire. Elle avait rangé
sagement toutes ses bouteilles dans la salle de bains,
au fond de la panière de linge sale, dans une tentative
de rester docile et saine. Et en vie.

Je ne bois pas.

*J'ai juste quelques bouteilles en réserve, bien planquées
sous des fringues sales que je devrais laver, dans une
machine que je n'ai pas branchée, dans un appartement,
dans un immeuble, dans une ville, dans un monde auquel
je n'ai pas envie d'appartenir.*

Elle aperçut soudain le reflet de son visage dans le
miroir. Un flash-back lui renvoya aussi brutalement
la vision qui lui était apparue quelques mois plus tôt,
dans la maison sur la côte du Trøndelag.

Ce jour-là, elle avait eu assez de courage pour lever
la tête et affronter son propre regard. Elle l'avait fixé
des yeux et avait découvert un spectre dans la glace.

Mia Douce-Fleur.

Une Indienne avec des yeux norvégiens d'un bleu céruléen. De longs cheveux noir corbeau qui tombaient sur ses épaules frêles. Une cicatrice près de l'œil gauche. Une estafilade de trois centimètres, une marque vouée à ne jamais disparaître. Le petit papillon tatoué juste au-dessus de l'élastique du slip, après une nuit d'idiotie à Prague pendant ses jeunes années. Elle caressa ensuite le petit bracelet en argent à son poignet droit, un simple bijou d'enfant que les jumelles avaient reçu en cadeau pour leur confirmation. Chacune un. Identiques car tous deux ornés d'un cœur et d'une ancre, ils différaient par leur lettre : S pour Sigrid et M pour Mia. Ce soir-là, une fois la fête terminée, les invités partis et les deux adolescentes retournées dans leur chambre à Åsgårdstrand, Sigrid avait brusquement proposé un échange.

« *Tu veux le mien ? Comme ça je prends le tien.* »

Mia ne l'avait plus retiré depuis.

Mia Douce-Fleur.

Le surnom que lui donnait sa grand-mère.

Tu es unique, tu le sais au moins ? Il n'y a rien à redire des autres enfants, ce n'est pas ça : mais toi, Mia, tu es différente, tu sais des choses. Tu sais des choses que les autres ignorent encore.

Sa grand-mère paternelle qui n'était pas sa grand-mère naturelle mais dont Mia s'était toujours sentie si proche. Sigrid et Mia. Mia et Sigrid. Des jumelles adorables, nées à deux minutes d'intervalle, les cheveux blonds chez l'une et noirs chez l'autre, adoptées par un couple plus âgé, Eva et Kyrre Krüger, parce que la mère biologique, trop jeune, seule, ne pouvait ni ne voulait les garder, n'y arriverait pas.

Papa. Maman. Grand-mère. Sigrid.

Quatre tombes dans le même cimetière. Il ne manquait plus qu'elle. Mia plongea le bras dans le linge sale, attrapa une bouteille et la rapporta en grelottant dans son lit, devant l'alignement de cachets.

Aller chez un psy?

Qu'il aille se faire foutre!

Elle avait essayé. Ça, on ne pouvait pas le lui reprocher.

Mattias Wang. Le spécialiste avec une fine moustache, gentil et bienveillant, intelligent et doué, instruit à sa profession dans les règles de l'art – et pourtant il ne comprenait strictement rien.

« Vous savez ce que je crois, Mia? »

Mia débouchonna la bouteille.

« Je vous écoute... »

Elle posa le goulot contre ses lèvres.

« Je crois que c'est votre travail qui vous rend malade. »

Elle sentit la chaleur de l'alcool dans sa gorge.

« Qu'est-ce que vous voulez dire? »

Une sensation quasi identique à celle éprouvée dans le rêve.

« Hum... Je ne sais pas. Mais vous avez quelque chose de particulier. Vous n'êtes pas comme les autres policiers. »

Mia avala une autre gorgée et sentit la chaleur se diffuser à présent dans tout son corps.

« C'est-à-dire? »

Qu'elle ne porte que sa petite culotte lui était complètement égal.

« *Vous prenez les choses trop à cœur. Et ça vous ronge. Ça vous tue, je crois.* »

Mia s'emmitoufla dans la couette. Une sensation de bien-être, de sécurité se diffusa en elle, comme si un ami l'enlaçait et l'aidait dans ce qu'elle s'apprêtait à faire.

« *À quoi faites-vous allusion exactement ?* »

Cinq boîtes de pilules blanches.

« *Cette méchanceté, Mia. Tout ce que vous devez endurer. Tout ce que vous devez voir et affronter. Tout ce que vous devez ressentir. Pour les autres, ce n'est qu'un travail. Mais pour vous, je ne sais pas… Comme si vous les éprouviez vous-même, ces cruautés. Comme si elles étaient dirigées contre vous. Est-ce que cela fait sens, ce que je vous dis ?* »

Mia plaqua la bouteille contre sa bouche.

« *Je crois que vous faites erreur, Mattias Wang.* »

Cinq boîtes à ouvrir.

« *Nous avons un nombre limité de séances, ce qui ne me permet pas encore d'affirmer que je vous connais, Mia. Mais c'est mon… comment dire ? C'est mon ressenti immédiat après les quelques séances passées avec vous.* »

Mia avala une très longue gorgée.

« *Nous en reparlerons la semaine prochaine, si vous le voulez bien.* »

Non, elle ne voulait pas.

« *Je suis convaincu que nous allons pouvoir trouver une issue à votre problème. En êtes-vous aussi convaincue, Mia ?* »

Non.

Mia Krüger reposa la bouteille, caressa calmement du bout des doigts le petit bracelet en argent.

Non.

Non, je ne le crois pas du tout.

Et, d'un geste lent, elle se mit à ouvrir les couvercles des cinq boîtes de médicaments posées sur le lino froid devant elle.

9

Holger Munch, au volant de son Audi noire, était terriblement agacé. Arrêté à un feu rouge sur l'avenue Ullevålsveien, il regardait un jeune couple souriant traverser le passage piétons en poussant un landau. Et dire qu'ils avaient connu ça... Marianne et lui. Avec Miriam dans le landau. Ça lui semblait remonter à hier. Pourquoi n'arrivait-il pas à se l'ôter de l'esprit? Il alluma une cigarette et secoua la tête : il avait vraiment d'autres choses à s'occuper. Une jeune fille de dix-sept ans avait été retrouvée morte. Assassinée et laissée nue dans la forêt. Sur un lit de plumes. Avec une fleur dans la bouche. Et il avait fait des pieds et des mains auprès de Mikkelson. C'était sans doute ça qui l'agaçait le plus. Car, en pénétrant sous la tente blanche et en découvrant la scène du crime, il avait immédiatement compris qu'il n'y avait pas trente-six solutions : il devait réintégrer Mia Krüger dans l'Unité spéciale. Son équipe était excellente, pas de doute là-dessus. La meilleure du pays, même. Mais personne ne pouvait égaler Mia Krüger.

Il fut tiré de ses pensées par le klaxon de la voiture derrière lui. Le feu était vert, le jeune couple avait disparu. Munch passa la première et tourna en direction du stade de Bislett.

Il venait de se garer et s'apprêtait à sortir de la voiture quand son portable sonna.

— Qu'est-ce qu'il y a, Ludvig ?

— Je crois qu'on l'a.

— Déjà ?

— Je pense, oui.

Munch avait demandé à Ludvig Grønlie et à sa jeune recrue Ylva de vérifier les personnes portées disparues.

— Parfait, Ludvig. Alors, de qui il s'agit ?

— Il faut encore qu'on en ait la confirmation définitive, mais je suis sûr que c'est elle. Elle s'appelle Camilla Green. Elle a été portée disparue il y a trois mois. La description correspond. Taille, couleur des yeux, le tatouage, tout. Il y a juste un détail qui cloche.

— C'est-à-dire ?

— C'est pour ça qu'il nous a fallu un peu de temps…

Munch ne put s'empêcher de regretter d'avoir fait tout ce chemin pour récupérer Mia, d'avoir pensé que l'équipe ne pouvait pas tourner sans elle. Et pour cause, cela faisait à peine deux heures qu'il avait réparti les tâches à ses collègues, et Ludvig Grønlie avait déjà une piste…

— Je t'écoute, dit-il en descendant de sa voiture et en allumant une cigarette.

— Camilla Green, poursuivit Ludvig, lisant manifestement ce qui s'affichait sur son écran. Née

65

le 13 avril 1995. Yeux verts. Cheveux châtain clair jusqu'aux épaules. 1,68 m. Environ 70 kg. Orpheline. Disparition déclarée par une certaine Helene Eriksen, responsable d'une structure appelée Exploitation horticole de Hurum.

— Soixante-dix kilos ? ! s'exclama Munch en prenant son dossier posé sur le siège passager. Ça ne peut pas être elle. La victime était squelettique...

— Je sais, l'interrompit Grønlie. Mais j'ai une photo d'elle sous les yeux, et ça peut difficilement être quelqu'un d'autre que cette Camilla Green. Tout correspond, même le tatouage.

Grønlie faisait référence à la photo que Munch observait dans son dossier. Une tête de cheval avec les lettres A et F, que l'adolescente s'était tatouée sur l'épaule droite.

— O.K. Et elle a été portée disparue quand, tu dis ?

— Le 19 juillet. Mais le plus bizarre dans l'affaire, c'est ça. Et c'est pour cette raison que ça nous a pris du temps pour la trouver dans le registre.

— Quoi, *ça* ?

— Oui, voilà : cette Helene Eriksen, qui a déclaré sa disparition à l'époque. Eh bien, elle a retiré sa déclaration. Quelques jours après seulement.

— Donc Camilla Green a été retrouvée ?

— Non plus. Comme je te le dis : elle a simplement retiré sa déclaration.

— Ça n'a pas de sens...

À ces mots, Munch referma sa portière et jeta un coup d'œil vers l'appartement de Mia. Les fenêtres n'étaient pas éclairées. Il avait essayé de la joindre par téléphone, mais elle n'avait pas décroché. Voilà pourquoi il avait fait la route jusqu'ici.

— ... mais elle ne répond pas, indiqua Grønlie.

— Qui?

— Cette Helene Eriksen. Son numéro figure au dossier.

— Camilla Green est orpheline, tu dis? Dans ce cas elle doit avoir un tuteur, non?

— Pour l'instant, tout ce que j'ai c'est cet endroit : Exploitation horticole de Hurum.

— Et c'est quoi?

Munch marcha jusqu'à la porte d'entrée, inspecta la rangée de sonnettes et n'y vit pas le nom de Krüger. Évidemment. Il s'attendait à quoi? Il recula de quelques pas, jeta de nouveau un regard vers les fenêtres plongées dans le noir. Étrange. Il habitait à quelques minutes d'ici et pourtant il n'était jamais venu la voir chez elle. Peut-être pas si étrange, en fin de compte. Il écrasa sa cigarette. Dans la mesure où elle avait été suspendue par Mikkelson, ils ne s'étaient croisés qu'à deux reprises. Au Justisen. Des rencontres brèves, superficielles, autour d'un thé. Elle n'avait quasiment rien dit. Quoi de plus normal après ce qu'elle avait vécu, elle qui avait frôlé la mort lors de la dernière enquête. Puis cette mise en disponibilité. Sa mauvaise conscience le rattrapa. Il aurait dû être plus présent pour elle, être un meilleur patron, un meilleur ami. L'appeler plus souvent. Mais bon, Mia n'était pas facile non plus. Elle tenait bec et ongles à sa vie privée et n'aimait pas qu'on la dérange. Donc il l'avait laissée tranquille.

— On n'a pas trouvé grand-chose. Mais *a priori* il s'agit d'un genre de foyer pour les gamins en difficulté.

— Exploitation horticole de Hurum?

— Oui. Ils ont un site, mais il est un peu…

— Des années 1990, dit la voix d'Ylva en arrière-fond.

— Voilà : il est un peu daté.

— Il s'agit vraiment d'une exploitation horticole ?

— Oui. Des enfants à problèmes peuvent venir y travailler, y vivre. Mais comme je te le disais à l'instant, on en sait encore très peu sur eux.

— C'est déjà beaucoup. Bravo à vous deux. Continuez sur cette piste. Essayez de contacter cette…

— Helene Eriksen.

— D'accord. Continuez jusqu'à ce qu'elle réponde. Et tâchez d'en savoir davantage sur cette Camilla Green. Enfin, tu sais où chercher.

— On est déjà dessus.

— Parfait.

Munch raccrocha et composa aussitôt le numéro de Mia. Toujours pas de réponse. Il envisagea un instant d'appuyer sur toutes les sonnettes qui n'avaient pas de nom en se disant qu'il finirait par tomber juste, mais fut sauvé par la porte qui s'ouvrit. Une jeune femme vêtue d'un survêtement moulant en sortit et Munch s'y engouffra.

Deuxième étage. Ça au moins il le savait. Ils étaient rentrés ensemble à pied, un soir, après un rendez-vous au Justisen.

« C'est là que j'habite. C'est mon nouveau chez-moi. »

Elle avait dit ça d'un ton ironique ; comme si elle n'y croyait pas elle-même.

Le souffle court, Munch monta les marches. Heureusement, il n'y avait que deux logements à cet étage. Sur l'un, une plaque : *Bienvenue chez Gunnar et Vibeke*. La deuxième porte ne portait aucune indication.

Munch déboutonna son duffel-coat et appuya deux fois sur la sonnette. Il attendit qu'on lui ouvre.

10

Miriam Munch ouvrit les yeux dans un appartement inconnu. Et pourtant elle ne se réveillait pas dans un lit inconnu. Non, en bon gentleman qu'il était, il lui avait proposé de dormir sur le canapé et était allé lui chercher une couette.

Une tout autre vie dans ce logement petit et du reste charmant, qui ne ressemblait pas au sien. Mais une vie qui ressemblait à celle qu'elle avait eue avant de tomber enceinte : plus libre, d'une certaine manière. Car leur appartement de Frogner, dont ils étaient propriétaires, avait des carreaux italiens et un éclairage au sol dans la salle de bains. Un réfrigérateur pourvu d'un distributeur de glaçons et d'un tiroir conçu pour garder les légumes frais intacts le plus longtemps possible. Une machine à laver à commande numérique ; ils pouvaient même réguler le chauffage *via* une application sur leur Smartphone, de sorte que les pièces étaient à la température idéale quand ils rentraient. Et ce sans parler de la nouvelle voiture de Miriam, dont elle avait oublié la marque, dotée de tous les équipements possibles et imaginables : GPS, lecteur DVD, airbags à l'avant comme à l'arrière, toit ouvrant, etc. Rien à voir avec cet endroit où de vieilles affiches tenaient au mur grâce à des bouts de Scotch, où des vêtements traînaient dans tous les coins, où un courant d'air s'infiltrait par la fenêtre, l'obligeant à s'emmitoufler dans la couette. Elle attrapa le paquet de cigarettes posé sur la table basse.

Octobre à Oslo. L'hiver était en marche. D'ordinaire, Marion n'allait pas tarder à se réveiller et elle l'accueillerait dans la cuisine pour lui servir son petit déjeuner. Et voilà, il suffisait qu'elle pense à sa fille pour que la culpabilité revienne au galop. Elle n'était pas une bonne mère, elle n'était pas quelqu'un de bien. Non seulement elle avait accepté d'aller à une fête sans sa fille, mais elle avait bu des verres dans un bar et, cerise sur le gâteau, avait suivi un homme chez lui, papoté une partie de la nuit avec lui en buvant du vin rouge. Elle avait parlé de choses qu'elle ne se serait pas crue capable d'avouer : son père, le divorce, Johannes, son insatisfaction. Et cette sensation de malaise qui la taraudait ces dernières années : pour tirer un trait sur son passé, elle l'avait choisi et avait eu un enfant de lui alors qu'il était le strict opposé de celle qu'elle était, au fond.

Elle alluma une cigarette et sortit le téléphone de son sac posé sous la table basse. Aucun des messages auxquels elle s'attendait. Pas de : *« Tu me manques. »* Pas de : *« Où es-tu ? »* Juste un texto de sa mère : *« Est-ce que Marion peut rester une nuit de plus ? Elle aimerait qu'on l'emmène demain à l'école. »* Miriam répondit : *« Bien sûr, maman. Embrasse-la de ma part. »* Elle reposa son portable. Et regarda de nouveau les posters.

La liberté des animaux est notre liberté.

Stop à la ferme de Løken !

Une autre affiche avec la photo d'un chat enfermé dans une cage, squelettique, dans cette fameuse ferme de Løken, située à l'est d'Oslo. Des Norvégiens qui gagnaient leur vie en achetant des chats et des chiens et en les séquestrant avant des les revendre à l'étranger, pour des expériences médicales.

C'est comme ça qu'ils avaient fait connaissance, le visage et elle.

Ziggy.

Sitôt qu'elle prononça son prénom dans sa tête, la culpabilité fondit de nouveau sur elle. Mais elle n'arrivait pas à se décider. Devait-elle se lever, s'habiller, prendre un taxi, rentrer à Frogner, se préparer à accueillir Johannes qui reviendrait de sa garde à l'hôpital d'Ullevål, en bonne épouse parfaite, en bonne mère protectrice, la personne qu'elle devait être ? Ou allait-elle se recoucher sur le canapé dans cet appartement spartiate mais vivant, qui lui rappelait la vie qu'elle avait eue autrefois ?

Stop à la ferme de Løken !

C'est là qu'ils s'étaient rencontrés, le visage et elle. À l'association de protection des animaux DN. Parce qu'elle voulait enfin faire quelque chose de sa vie. Du moins être autre chose qu'une mère. Elle avait rencontré deux femmes formidables, Tove et Kari, qui ne pensaient qu'à prendre soin de ces chats dont personne ne voulait. À leur donner à manger, à les caresser, à leur donner de leur amour. À leur faire oublier que leurs anciens maîtres se les étaient procurés comme objets décoratifs, pour mieux les abandonner dans un fossé quand ces mêmes objets étaient devenus trop encombrants. Pour Miriam, c'était exactement ce qu'il lui fallait : de l'amour et une pause dans son train-train quotidien.

Et puis il avait surgi.

Le visage.

Ziggy.

Tove et Kari s'étaient tout de suite comportées en véritables fillettes, rougissant en le voyant débarquer comme s'il s'agissait d'une star. Miriam n'avait pas compris sur le moment. Après tout, il y avait toujours beaucoup de bénévoles à l'association. Qu'est-ce que ce type avait de si spécial ?

Mais maintenant elle comprenait sans peine.

Ziggy était différent des autres.

Miriam alluma une deuxième cigarette pile au moment où la porte de la chambre à coucher s'ouvrit.

— Bonjour, Miriam.

— Bonjour.

— Tu as réussi à dormir un peu ?

Il se frotta les yeux, traversa la pièce à pas lents et s'installa dans le fauteuil en face d'elle, s'enveloppant dans la couette qu'il avait emportée.

— Pas beaucoup mais un peu, répondit Miriam, gênée.

— Très bien, marmonna-t-il en attrapant à son tour une cigarette.

Après l'avoir allumée, il inclina la tête sur le côté, la dévisagea et alla droit au but :

— Qu'est-ce qu'on va faire d'après toi, Miriam ? Avec ça ?

Elle se sentit d'un coup mal à l'aise. Et garda le silence un long moment. Avec la sensation enivrante d'avoir passé la nuit avec quelqu'un qui lui donnait enfin l'impression d'être elle-même. Et que, si par malheur elle se réveillait, cette sensation disparaîtrait.

—J'ai besoin d'un café. Tu en veux un?

Volontiers.

—Non. Il vaut mieux que je m'en aille.

Je pourrais rester ici toute la journée.

—Je comprends, répondit le visage avec un sourire. Même si je trouve que je ne devrais pas te laisser partir sans te préparer un petit déjeuner. Mais c'est toi qui décides.

N'en dis pas plus sinon je vais rester.

—Non, il faut que je parte.

—Bien sûr. Fais ce qui te semble le mieux.

Quand elle se retrouva derrière la porte de l'appartement, Miriam Munch comprit que cette histoire allait être compliquée.

Elle était tombée amoureuse.

Vraiment amoureuse.

Elle sentit alors un poids dans son ventre, celui de l'interdit absolu. Qui pourtant lui apparaissait on ne peut plus juste.

Peut-être que je ne devrais plus le recontacter?

Elle héla un taxi et se cramponna à cette question pendant le trajet qui la ramenait chez elle.

Ça va passer.

Quand elle ouvrit la porte de son appartement dans le quartier chic de Frogner, elle avait presque réussi à s'en convaincre: ça allait passer.

Elle lâcha les clés sur la table de l'entrée, se déshabilla sitôt avoir franchi le seuil de la chambre, coula son corps sous la couette et s'endormit à peine la tête sur l'oreiller.

11

Après avoir donné un second coup de sonnette et frappé plusieurs fois, Holger Munch s'apprêtait à partir quand la porte s'ouvrit soudain. Mia se profila dans l'entrebâillement.

— C'est une heure pour réveiller les gens? railla-t-elle avant de le laisser entrer.

— À seize heures un dimanche? répliqua Munch, tout aussi ironique.

Il ôta ses chaussures, chercha en vain une patère où accrocher son duffel-coat et décida de le laisser par terre. Il suivit Mia dans le salon.

— Désolée pour le bazar, dit celle-ci. Je n'ai pas encore trouvé le temps de ranger. Je peux t'offrir quelque chose? Un thé? Je suppose que tu ne bois toujours pas d'alcool?

Munch chercha un sous-entendu dans sa dernière phrase, une vague allusion au fait qu'ils ne s'étaient pas vus depuis longtemps, qu'il aurait dû la contacter plus tôt, mais il n'y en avait visiblement pas.

— J'allais prendre une douche quand tu es arrivé… Ça ne te dérange pas de patienter un peu?

— Non, pas du tout.

— J'en ai pour deux petites minutes.

Elle disparut dans la salle de bains, laissant Munch au milieu de la pièce, bras ballants. Le «bazar» que Mia venait d'évoquer était un doux euphémisme et rappelait à Munch le studio qu'il avait pris à Hønefoss : il n'avait jamais ouvert ses cartons ni eu le courage de transformer ce nouveau domicile en un chez-soi où il aurait fait bon vivre. Il n'en allait pas autrement ici. Le matelas posé à même le sol, avec une simple couette et un unique oreiller, laissait penser que Mia dormait dessus. Les cartons entreposés ici et là semblaient avoir été entrouverts puis aussitôt refermés. Les murs étaient nus, il n'y avait pour ainsi dire aucun meuble hormis une table basse. Et, à voir le fauteuil blanc monté à la va-vite et le manuel d'assemblage traînant toujours par terre, Mia avait dû renoncer à s'installer définitivement puisque d'autres caisses de chez IKEA demeuraient intactes. L'appartement ressemblait au sien. Environ soixante-dix mètres carrés, avec une kitchenette et un balcon, un couloir qui donnait sûrement sur la salle de bains ; peut-être comptait-il aussi une chambre à coucher qu'elle n'utilisait visiblement pas.

S'asseyant lourdement dans le fauteuil beaucoup trop bas et posant son dossier sur la table basse, Munch sentit un malaise s'emparer de lui : il n'aimait pas du tout ce dont il était témoin. Et d'autant moins que Mia lui avait paru extrêmement fatiguée. Cette fois encore. Comme lorsqu'il était allé la chercher à Hitra. Il avait frémi en la découvrant. La jeune femme d'ordinaire forte et pleine d'énergie, avec un regard clair, n'était plus que l'ombre d'elle-même, un spectre. Pourtant, elle s'était montrée enjouée lorsqu'ils s'étaient retrouvés au Justisen, comme animée par l'espoir que les choses finiraient par s'arranger. Or aujourd'hui ses yeux étaient à nouveau absents, sans vie.

Munch alla chercher ses cigarettes dans l'entrée.

— Je peux fumer à l'intérieur ou tu préfères sur le balcon?

Elle ne l'entendait sûrement pas avec le robinet de douche ouvert à fond, aussi choisit-il le balcon. Il faisait froid, les dernières lueurs du jour s'estompaient sur le stade de Bislett alors que le reste de la ville était plongé dans l'obscurité. Il alluma une cigarette.

Un malade, avait dit Kolsø.

La phrase l'avait choqué, même s'il n'en avait rien laissé paraître. Pas devant l'équipe. Jamais. Avec eux, il restait mesuré, neutre, calme, constructif. Dans le fond, c'était aussi pour ça qu'il était chef. Surtout, ne jamais montrer aux autres l'effroi ou l'émoi qu'il ressentait parfois durant leurs enquêtes, lui qui éprouvait toujours une profonde sympathie pour les victimes, pour leurs familles, les personnes ayant perdu un proche dans des conditions dramatiques. La majorité des affaires qu'ils avaient à traiter gardaient une dimension rationnelle ou au bas mot humaine : disputes qui s'achevaient par une fin malheureuse, guerre des gangs ou jalousie. Il aurait été faux d'affirmer que les meurtres et les assassinats avaient une part d'humanité, mais au fond de son âme Munch était toujours soulagé de constater qu'il y trouvait toujours une explication cohérente, des mobiles qu'il était en mesure de comprendre.

Mais pas dans ce cas-là. Ce qu'il avait vu à Hurum était fondamentalement l'œuvre d'un grand malade. Et cela l'inquiétait.

Munch retourna dans l'entrée chercher son paquet de cigarettes et aperçut au passage Mia, enroulée dans une serviette, se faufiler dans ce qui devait être la chambre à coucher, vers une armoire ou plutôt un carton où elle entreposait ses vêtements. Imaginant le dénuement de la pièce, repensant aux boîtes de pizza à côté de la bouteille d'armagnac qu'il avait aperçues au pied du matelas dans le salon, il eut à nouveau mauvaise conscience. Elle avait choisi de couper les ponts avec la réalité en allant se réfugier sur Hitra. Parce qu'ils ne l'avaient pas soutenue lors de la bavure où elle avait tué de sang-froid l'ancien petit copain de sa sœur jumelle. Puis ils étaient allés la chercher sous prétexte qu'ils avaient besoin d'elle et de son intelligence et, rebelote, ils l'avaient laissée tomber comme une vieille chaussette. Non, pas *eux*. Mais Mikkelson, la police, le ministère. Pas lui. S'il n'avait tenu qu'à lui, Mia Krüger aurait pu faire comme bon lui chantait, pourvu simplement qu'elle ne quitte pas son équipe et continue son boulot impeccable.

— Si tu dois absolument ouvrir la porte du balcon, tu peux tout aussi bien fumer à l'intérieur, tu ne crois pas ?

Mia venait de le rejoindre, tout sourire, vêtue d'un pantalon noir moulant et d'un pull blanc à col roulé, une serviette autour de la tête qu'elle défit pour se sécher les cheveux.

— Oui, pardon, fit Munch, la tête ailleurs, en s'empressant de jeter sa cigarette au-dessus du balcon avant de refermer la porte.

— Si j'étais toujours employée comme enquêtrice au sein de la police, je conclurais que si le chef de l'Unité spéciale vient en personne me voir un dimanche après-midi avec un dossier, cela signifie qu'il s'est passé quelque chose d'horrible dans le monde, que le ministère est au trente-sixième dessous et qu'il a brusquement besoin de moi. Je me trompe ou je suis réintégrée ?

— Ça m'a valu quelques courbettes...

— Parce que en plus je devrais te remercier ?

Munch imita Mia qui venait de s'asseoir sur son matelas. Il profita de ce petit silence pendant qu'il s'installait dans le fauteuil pour tenter de débusquer une remarque acerbe dans la question de la jeune femme – en vain cette fois encore. Elle paraissait même soulagée, joyeuse presque. Les yeux éteints qu'il avait croisés dans l'entrebâillement de la porte s'étaient réveillés, Mia avait l'air contente de le voir là.

— Alors, qu'est-ce qu'on a ? voulut-elle savoir en posant sa serviette par terre.

— Tu veux voir tout de suite ou tu préfères que je te donne mon avis ?

— Est-ce que j'ai le choix ?

Elle attrapa le dossier posé sur la table basse. Munch vit ses yeux changer d'expression tandis qu'elle étalait les photos sur le plancher.

— On l'a retrouvée hier midi. À Hurum. Dans la forêt, sur le chemin qui mène à une montagne, pour être précis. Un promeneur... Non, pardon : un biologiste, ou un botaniste, était parti photographier une plante. C'est lui qui l'a retrouvée, au milieu d'un...

— Un rituel, déclara Mia, d'une voix éteinte.

Munch n'ajouta rien et la laissa découvrir les autres clichés.

— On dirait, en effet. Mais...

— Quoi ? fit-elle, relevant la tête.

— Tu veux que je me taise ou... ?

Munch avait l'impression de la déranger.

— Oui, non... Excuse-moi. Continue...

Elle attrapa la bouteille d'armagnac dont elle remplit un verre aux bords sales.

— Comme l'apparence qu'en donnent les photos et comme tu l'as toi-même remarqué, cela ressemble effectivement à une pratique rituelle. La perruque. Les plumes. Les bougies. Le positionnement des bras.

— Un pentagramme, indiqua Mia en portant le verre à sa bouche.

— C'est aussi ce qu'a dit Ylva.

— Ylva ?

— Kyrre a été muté. Elle venait juste de terminer l'école de police...

— Comme moi ? demanda Mia avec un sourire avant de baisser les yeux sur les photos.

— Non, toi tu n'as jamais terminé tes études.

— C'est quoi, le deal ?

— Avec Ylva, tu veux dire ?

— Non, avec moi.

— Je ne comprends pas...

— Avec Mikkelson, si tu préfères. Qu'est-ce que tu lui as promis ce coup-ci ? Non, ne dis rien... Laisse-moi deviner : je reviens à condition de continuer mes séances chez le psy ?

— Voilà.

Munch fit mine de se lever.

—Tu n'as qu'à fumer ici. Tu trouveras un cendrier dans un placard de la cuisine, précisa-t-elle sans quitter les photos des yeux.

—Camilla Green, répondit Munch en allumant une cigarette. Dix-sept ans. Orpheline. Placée en foyer. Portée disparue il y a trois mois environ, par une institution pour les jeunes en difficulté. Une Exploitation horticole…

—La fleur dans la bouche.

—Le rapport préliminaire d'autopsie indique la présence de nourriture pour animaux dans l'abdomen de la victime.

—Pardon?

—Des croquettes.

—Putain!

Elle but une nouvelle gorgée d'armagnac. Mia avait à nouveau ce regard lointain que Munch avait tant de fois observé par le passé. Elle était présente physiquement, certes, mais plus mentalement; elle était plongée en elle-même, dans les circonvolutions de son cerveau qui tournait à plein régime. Munch aurait très bien pu être ailleurs qu'elle en aurait à peine conscience. Quand son portable sonna, il sortit sur le balcon pour décrocher sans qu'elle s'en aperçoive.

—Munch, c'est moi, Ludvig. On l'a retrouvée.

—Qui?

—Helene Eriksen. Celle qui a déclaré la disparition de la gamine. Elle devrait arriver chez nous d'une minute à l'autre.

—O.K., j'arrive.

Munch raccrocha et s'aperçut en revenant dans le salon que Mia avait entre-temps vidé son verre et l'avait rempli pour la deuxième fois.

— Alors ? demanda-t-il.

— Alors quoi ?

— Ton impression ?

— Je passe demain au bureau. Pour l'instant, j'aimerais rester seule avec ces photos.

— D'accord. Tu es sûre que ça va aller ? Tu ne veux pas que j'aille te chercher à manger ?

Mia lui fit signe de partir d'un revers de main agacé sans relever la tête.

— Alors à demain.

Elle acquiesça en guise de réponse.

Munch laça ses chaussures, referma la porte en silence, descendit les marches au petit trot et regagna sa voiture pour filer dans la Mariboes Gate.

12

La femme d'environ quarante ans en doudoune rouge, postée sous un réverbère à côté du stade de Bislett, vit un homme en duffel-coat beige sortir de l'immeuble et allumer une cigarette avec l'air de celui qui s'accorde un moment de réflexion, puis s'en aller au volant d'une Audi noire.

— On attend quoi?

Le garçon âgé de vingt ans à côté d'elle jetait des regards inquiets autour de lui et enfonça son bonnet un peu plus sur ses oreilles.

— On s'les caille, putain.

— La ferme! grogna-t-elle en fourrant une main dans sa poche pour vérifier qu'il s'y trouvait toujours.

Le bracelet.

— C'est pourtant pas la mer à boire, merde! se plaignit-il avant d'allumer, les doigts tremblants, la roulée calée au coin de sa bouche. T'as pas dit qu'elle nous donnerait du pognon?

La femme regretta d'avoir emmené ce type qu'elle ne connaissait quasiment pas, surtout au moment où elle allait enfin franchir le pas, ce qu'elle aurait dû faire depuis des lustres.

Elle s'emmitoufla dans sa doudoune, les yeux fixés sur l'appartement du deuxième étage éclairé par une faible lumière. Donc elle était chez elle en ce moment.

— Faut que j'me fasse un shoot, là, dit le garçon au milieu d'une quinte de toux.

— Mais ferme-la deux secondes !

Elle avait beau dire, elle aussi sentait le manque, le désir de la seringue qui ferait disparaître la misère, qui lui donnerait la chaleur dont elle avait tant besoin.

— Fais voir !

— Quoi ?

— Le bracelet ! T'as pas dit qu'elle nous donnerait du fric si on le lui amène ?

Elle jeta un nouveau coup d'œil vers l'appartement et montra le bracelet au garçon.

— Ça ! éructa-t-il, en l'approchant de la lumière du réverbère. Et elle va nous donner du fric pour une merde pareille ? ! Tu fais chier, putain ! On aurait mieux fait de braquer un kiosque, on aurait eu du fric en même pas cinq minutes. T'as vraiment rien dans le crâne !

La femme en doudoune rouge remit le bracelet en sécurité dans sa poche.

Un bracelet en argent, un cœur, une ancre et une lettre : M.

— Il a de la valeur affective, murmura-t-elle, alors que le manque commençait à lui vriller les nerfs.

— Valeur affective, mon cul, ouais ! Si seulement on était allés au kiosque. Ou si on avait appelé Leffe comme je l'proposais. Il nous aurait donné au moins de la beuh, vu qu'il me doit un service. Ou p'têt même un shoot, j'parie. Il habite dans l'coin, en plus. Allez, on va l'voir, putain. Ta quincaillerie, là, c'est d'la merde à deux balles! Moi j'me casse, hein...

La femme en doudoune rouge vit alors une porte s'ouvrir sur le balcon et la flic aux cheveux noirs apparut. Elle avait un verre à la main et une feuille qu'elle examinait. Un papier ou une photo. Elle releva la tête une seconde, comme si elle sondait l'obscurité de la ville, avant de retourner chez elle en refermant la porte.

Mia Krüger.

Elle s'en voulut un instant de ne pas être allée la voir plus tôt.

Car elle avait été présente, ce fameux soir.

— Allez, radine-toi, on s'tire! l'implora presque le jeune garçon en jetant son mégot. J'vais nous l'trouver, le shoot.

— Mais ta gueule, à la fin! Je te dis que c'est pas seulement une question de fric!

— Mais putain, t'as dit que...

— On était amies autrefois.

Elle aurait dû venir seule. Et elle aurait dû venir depuis très longtemps.

— Vous étiez copines? Dans ce cas t'as qu'à lui demander du fric direct! C'est complètement débile, Cisse. Avoue.

— Non, c'est pas avec elle que j'étais copine. Mais avec Sigrid.

— Sigrid qui?

— Sa sœur.

Le garçon sortit son paquet de tabac et essaya de se rouler une cigarette avec les quelques brins qui restaient, en jetant des regards impatients autour de lui.

— Non mais, sérieux, là. J'vais péter un plomb si on reste là. Viens, on descend voir Leffe.

— J'étais là.

— Où ça là ?

— Je l'ai vu.

— Qui ?

— Le type. Quand il l'a tuée.

Le garçon se figea.

— Tu m'fous les boules, là, Cisse. Quand il a tué *qui* ?

Sigrid.

J'étais là quand il l'a tuée.

— Putain, c'est craignos ton plan. Allez, viens, on va voir Leffe.

La femme en doudoune rouge fit rouler le bracelet entre ses doigts au moment où la lumière dans l'appartement s'éteignit.

— Allez, quoi…

— Mais ferme ta grande gueule !

— Nan mais sérieux, quoi… Viens, on s'casse.

— Tu es sûr que Leffe a de l'héro ?

— Ouiii ! Et il me doit un service.

La femme en doudoune rouge jeta un dernier regard vers l'appartement à présent plongé dans le noir et suivit le garçon qui descendait déjà vers la rue Pilestredet.

II

13

Gabriel Mørk s'arrêta devant les unes des journaux collées sur la vitrine du kiosque à l'angle de la rue Mariboes Gate et se rappela que, six mois plus tôt, il s'était tenu au même endroit, très nerveux à l'idée de commencer à travailler pour la police. Le jeune hacker n'avait alors, encore aucune expérience dans ce domaine. En fait, et pour être franc, il n'avait jamais travaillé. Son futur employeur avait obtenu son numéro par le GCHQ en Angleterre. Gabriel Mørk avait réussi à décrypter un code *a priori* insoluble pour les non-initiés : *Canyoucrackit ?* Il s'agissait en réalité d'un exercice de recrutement lancé sur le Net par le MI6, les services secrets britanniques. Étant de nationalité norvégienne, il n'avait pas décroché le poste. Cette histoire lui était entre-temps sortie de la tête quand, un beau jour, il avait reçu un coup de fil d'un certain Holger Munch qui, après un bref entretien téléphonique, l'avait engagé dans l'instant.

Six mois venaient donc de s'écouler, et pourtant il avait le sentiment de travailler au sein de l'Unité spéciale depuis une éternité. Ses débuts n'avaient pas été faciles : il était mal à l'aise, peu sûr de lui. Mais ses collègues l'avaient bien accepté, et il se sentait désormais comme un membre à part entière de l'équipe. La police ? Il ne se serait pas imaginé une seconde y travailler. Maintenant, il ne s'imaginait pas travailler ailleurs.

Gabriel pénétra dans l'immeuble jaune en faisant glisser sa carte dans le lecteur. Une adolescente. Trouvée nue dans la forêt du côté de Hurum. Avec une fleur dans la bouche. Il frémit en repensant aux photos qu'il avait vues. Ils avaient eu à résoudre une autre enquête de ce type : des fillettes retrouvées pendues à un arbre. À l'époque, il avait failli vomir. Et songé qu'il avait commis une grave erreur en acceptant cet emploi. Heureusement, ils avaient résolu l'affaire. Et il y avait contribué. Holger Munch l'avait même remercié personnellement : *« Sans toi, nous n'y serions pas arrivés, Gabriel. »* Il avait éprouvé une grande fierté. Pour la première fois de sa vie, il participait à quelque chose d'important.

Gabriel plaqua sa carte contre le lecteur de l'ascenseur et s'apprêtait à appuyer sur le bouton du deuxième étage quand il reconnut une voix derrière lui :

— Attends-moi !

Il se retourna et sursauta en découvrant Mia courir à petites foulées dans sa direction.

— Merci, dit-elle essoufflée, lorsque les portes coulissèrent.

Mia Krüger.

— Tu es revenue ?

Sentant le rouge lui monter aux joues, il espéra qu'elle ne s'en rendrait pas compte.

— Oui, ça m'en a tout l'air. Même si j'aurais dû leur dire d'aller se faire foutre. Tu ne crois pas?

— Peut-être…

— Tu as eu accès à ses données?

— Pardon?

— Ses données téléphoniques. À Camilla Green? La victime…

— Non, pas encore. Ça prend un peu de temps, mais c'est en route. La bureaucratie, tu sais ce que c'est.

— Pourquoi tu ne hackes pas leur système?

— Munch préfère qu'on fasse tout dans les règles, répondit Gabriel avec un sourire un peu gêné.

— Je sais!

Elle entra la première dans le couloir, posa sa carte sur le lecteur de la porte d'entrée, la tint à Gabriel puis la referma au moment où Munch apparut.

— Onze heures! C'est pas ce qu'on avait dit? Onze heures, pas onze heures et quart!

Il secoua la tête d'indignation et disparut au fond du local.

— Oups…, fit Mia.

— Il est de très mauvaise humeur en ce moment.

— Visiblement, oui, dit Mia qui ne semblait pas s'en inquiéter outre mesure.

— Onze heures c'est onze heures! cria Munch dans la salle de débriefing, en grognant tel un ours sorti de son hibernation. On n'est plus à l'école, je vous signale. Bon, vous venez, oui ou non?

Mia Krüger.

Gabriel était content qu'elle ait réintégré l'équipe.

14

— O.K., fit Munch après avoir repris sa place devant l'écran.

Gabriel Mørk voyait les sourires illuminer les visages à mesure que les gens découvraient Mia dans la salle de débriefing.

— Douce-Fleur ! s'écria Ludvig Grønlie en la serrant dans ses bras.

Anette Goli vint lui serrer la main tandis que Kim Kolsø lui adressa un grand sourire et un pouce levé.

— O.K., répéta Munch. Comme vous le voyez, Mia est revenue parmi nous et nous en sommes tous très contents. Si par hasard vous vous demandez à qui présenter vos remerciements, eh bien c'est à moi. Et je vous préviens, c'est la première et la dernière fois que je fais des ronds de jambe à Mikkelson. Mais ce coup-ci, ça en valait la peine !

Munch se fendit d'un petit sourire en allumant le projecteur.

— Où est Curry ? demanda-t-il soudain – et Gabriel se rendit compte que le policier au crâne rasé manquait à l'appel. Kim ? Ludvig ?

Munch vit des têtes remuer en guise de réponse. Seul Kim dit :

— Je l'ai pas vu de la matinée.

— Pff…, fit Munch en appuyant sur le bouton.

Une image se matérialisa, montrant l'adolescente, aujourd'hui morte, encore vivante sur l'écran, et souriant en direction de l'appareil, dans ce qui ressemblait à une photo de classe.

— Nous avons eu hier soir la confirmation que la jeune fille retrouvée à Hurum est bien Camilla Green. Dix-sept ans. Née en 1995. Sa mère est décédée quand elle était petite, dans un accident sur la voie publique. Son père est français, un certain…

— Laurent Clementz, compléta Ludvig Grønlie.

— Merci, Ludvig. Nous n'avons pas encore réussi à le localiser et, selon Helene Eriksen, Camilla Green avait très peu de contacts avec lui. Il lui aurait rendu visite certains étés quand elle était gamine mais, au fil des années, les services de l'enfance se sont occupés d'elle.

Ylva leva le doigt :

— Excuse-moi, Holger, mais… qui est cette Helene Eriksen ?

Gabriel avait remarqué que, depuis le début de la réunion, Ylva jetait à intervalles réguliers des regards en coin vers Mia. Il n'avait aucun mal à comprendre pourquoi, lui aussi avait éprouvé la même sensation à son arrivée au sein de l'équipe : l'honneur de se retrouver aux côtés de Mia Krüger, l'angoisse de commettre une bourde par une parole ou un geste maladroits.

— Ne t'inquiète pas, Ylva. La nuit a été longue pour tout le monde, et je suis désolé que vous n'ayez pas encore été prévenus des dernières informations que nous avons récoltées depuis hier.

Munch se racla la gorge, prit une gorgée d'eau gazeuse à la bouteille de Farris posée devant lui.

— Helene Eriksen…

Il s'interrompit et se tourna vers Grønlie.

— Nous n'avons pas encore de photo d'elle, n'est-ce pas?

Ludvig fit signe que non.

— Bref. Toujours est-il que Camille Green a connu plusieurs familles d'accueil. Il semble cependant qu'elle ne se soit jamais sentie chez elle dans aucune d'entre elles.

Munch feuilleta ses papiers.

— Elle est partie de… voyons voir… voilà, quatre maisons en tout et pour tout. Jusqu'à ce qu'elle atterrisse dans l'Exploitation horticole de Hurum à quinze ans.

En marquant un bref silence, Munch parut attendre une question de l'assistance.

— Oui oui, ça va venir, cette fameuse exploitation, reprit-il. Bon, où en étais-je?

Munch étouffa un bâillement qui trahissait le manque de sommeil et expliquait sans doute sa mauvaise humeur de tout à l'heure dans le couloir.

— Helene Eriksen, précisa Ylva.

— Ah oui, merci. Nous avons pu établir hier un contact avec la responsable de l'Exploitation horticole, cette Helene Eriksen donc, celle-là même qui a déclaré la disparition de Camilla Green il y a trois mois. Ludvig et moi l'avons conduite à la morgue pour qu'elle puisse identifier le corps.

Munch marqua une nouvelle pause et interrogea encore Grønlie :

— Comment ça s'est terminé ?

— Bah, soupira Ludvig. Pas très bien. Elle était vraiment sous le choc.

— Tu l'as raccompagnée chez elle ?

— Bien sûr.

— Tu ne l'as pas laissée toute seule ? Elle avait quelqu'un pour s'occuper d'elle ?

— Oui, un certain Paulus. Son assistant, je crois. Un bras droit, en tout cas.

— Parfait, dit Munch en consultant ses notes, avant de relever la tête. De lui non plus on n'a pas de photos ?

— Pas encore.

— Quoi qu'il en soit, ce Paulus a lui aussi été hébergé à Hurum dans sa jeunesse. D'après ce qu'on a appris, il y a obtenu un emploi à plein temps. C'est lui qui nous a envoyé la liste des résidents, salariés et responsables, ainsi que de toutes les personnes liées à l'institution.

— Excuse-moi de t'interrompre encore et d'insister, intervint Ylva, de plus en plus gênée, mais est-ce que tu pourrais nous expliquer ce que c'est exactement comme lieu ?

— Oui, désolé. Ludvig, tu peux t'en charger ? demanda Munch en réprimant un nouveau bâillement.

— Évidemment, répondit ce dernier qui jeta un œil à ses notes. L'Exploitation horticole de Hurum est une structure pour les jeunes en difficulté. Elle a été fondée en 1999 par Helene Eriksen. Il s'agit d'un établissement privé mais qui reçoit des fonds publics et est en relation avec différentes institutions et instances publiques telles que la Ddass, la Maison de l'Enfance, un service de prise en charge des enfants atteints de troubles du comportement alimentaire à l'hôpital d'Ullevål, et enfin l'hôpital psychiatrique de Dikemark. J'ai passé tout un tas de coups de fil et n'ai entendu que des louanges. Il semble que les enfants et adolescents qui ne se sont pas adaptés dans des familles ou dans des centres spécialisés se plaisent énormément à Hurum. Certains y vivent même depuis plusieurs années. Toutes les personnes que j'ai appelées n'ont eu que des paroles élogieuses pour cette Helene Eriksen. Elle semble faire office de mère pour ces adolescents. Je vais continuer mes recherches aujourd'hui mais, jusque-là, il n'y a aucune zone d'ombre. Au contraire.

— Parfait, Ludvig. Merci. Euh…

— C'est peut-être à moi, là ? coupa Kim Kolsø, avec un sourire en biais.

— Si tu veux, Kim.

— On a placé une équipe sur le lieu du crime depuis qu'on a retrouvé la victime. On a frappé à toutes les portes et passé l'endroit au peigne fin. Quant aux indices, on n'a hélas pas grand-chose à se mettre sous la dent. Le site étant une destination appréciée par les randonneurs, on peut oublier les traces de pas, car il nous faudrait tester les chaussures de la moitié du comté. Rien non plus dans les environs, ce que personnellement je trouve un peu étrange, mais on continue. On a réussi à mobiliser des équipes des commissariats alentour, mais la zone est tellement grande que ça va nous prendre du temps. De toute façon, on cherchera jusqu'à ce qu'on trouve quelque chose. Quant aux éléments concrets, vous les avez déjà vus : les plumes, les bougies, la fleur dans la bouche qui se révèle être un lys. Ah, j'oubliais… On a un témoin oculaire.

Il fit dérouler un document sur son iPad.

— Une certaine Olga Lund, retraitée, qui habite le long de la route qui mène au sentier, qui lui-même mène à l'endroit où on a retrouvé le corps de la victime. Elle prétend avoir observé une camionnette blanche, avec un autocollant sur l'aile qui lui est passée devant. Juste après le journal télévisé de 19 heures. Le véhicule a refait le chemin en sens inverse juste avant le journal télévisé de la nuit.

Les précisions décrochèrent quelques sourires dans l'assemblée face à cette vieille dame qui, visiblement, ne manquait aucune émission de la première chaîne de télévision norvégienne.

— Un autocollant ? répéta Mia, qui intervenait pour la première fois depuis le début de la réunion.

— Oui, c'est ce qu'elle a dit, confirma Kim.

— Un logo ?

— C'est ce qu'elle affirme, en effet. Attends, je regarde sur ma tablette… Non, je n'ai rien de particulier dans le rapport que m'a envoyé l'agent dépêché sur place. Mais je me disais que j'irais bien faire un petit tour chez elle pour la réinterroger.

— Parfait, Kim. Merci. Gabriel ?

Plongé dans ses pensées, Gabriel sursauta en entendant son prénom.

— Oui ?

— Les données téléphoniques ?

— La demande est en cours, j'attends qu'elle arrive.

— Bien.

Gabriel dévia le regard vers Mia qui lui fit un clin d'œil.

— O.K., dit Munch. Mia?

La jeune femme se leva pour rejoindre l'écran. Munch lui tendit la télécommande du projecteur et s'assit sur une chaise à côté. Mia plaqua derrière l'oreille une mèche de ses longs cheveux noirs, s'éclaircit la voix et montra la première image. Ils l'avaient déjà tous vue, elle représentait la jeune fille, Camilla Green, nue, étendue dans cette position étrange avec le lys blanc dans la bouche.

— Je n'ai hélas pas eu beaucoup de temps pour bien les regarder puisque je ne les ai eues qu'hier, commença-t-elle avec un petit sourire d'excuse. Elles contiennent néanmoins des informations très importantes pour nous. Certains choix que nous allons devoir prendre, certaines directions qu'il va falloir suivre.

Il n'y avait plus un bruit dans la salle de débriefing lorsqu'elle se tourna vers l'écran.

— Il ne fait pas l'ombre d'un doute que cet assassinat a été minutieusement organisé. Je dirais même qu'il a été préparé depuis longtemps. La première chose qui m'a frappée, c'est la mise en scène. C'est presque un jeu, vous ne trouvez pas?

Mia fit défiler quelques images sans attendre la réponse de ses collègues.

— La perruque, les plumes, les bougies autour d'elle. Le fait qu'elle soit nue. La façon de placer les bras. La fleur dans la bouche. Un rituel. Ou plutôt: *un sacrifice*. C'est bien sûr le premier mot qui m'est venu et j'imagine qu'il en est allé de même pour vous. Comme vous le voyez...

Elle fit un pas vers l'écran et désigna différents points de la photo.

— La disposition des bougies. La figure géométrique qu'elles forment. Il s'agit d'un pentagramme qui suscite aussitôt des associations d'idée. Puisqu'il s'agit d'un symbole très connu. La porte qui ouvre… oui, sur les ténèbres, le Diable. À l'heure qu'il est, je ne veux pas tirer de conclusions hâtives, je vous transmets uniquement mes premières réflexions. Pour moi, il est évident que nous avons affaire à une personne, ou à un groupe de personnes, liées à la pratique de l'occultisme. Ou du satanisme, si vous préférez.

Mia embrassa l'assistance du regard pour vérifier s'il y avait des questions, mais le silence était toujours aussi profond.

— Vous voyez où je veux en venir ?

Quelques-uns hochèrent la tête, mais tous se taisaient.

— Là où je veux en venir, c'est que nous avons une *jeune* fille, entièrement *nue*, dont le corps ne montre aucun signe de violence sexuelle. Je ne me trompe pas ?

Elle interrogea Munch du regard qui confirma.

— Donc : la Vierge.

Elle s'arrêta sur un gros plan de Camilla Green que Gabriel pouvait à peine regarder.

— Et c'est ça dont il est question dans ces rituels. Je ne dis pas que Camilla Green était forcément vierge. Peu de jeunes filles le sont de nos jours en Norvège. Là où je veux en venir, c'est qu'elle n'a pas subi d'agression sexuelle, qu'elle a été placée au milieu de ces symboles. Nue. *Pure*, en d'autres

99

termes. Et c'est *ça* que nous devons toujours garder à l'esprit.

Mia attrapa la bouteille de Farris que Munch avait utilisée, en but une gorgée et demeura silencieuse.

— Mia? dit Munch du bout des lèvres.

— Quoi?

Elle le regarda.

— Oui, pardon…

Elle appuya sur la télécommande, une nouvelle image apparut.

— Donc. Comme je n'ai pas eu beaucoup de temps pour les observer, je vais vous parler de ce que nous voyons *à l'extérieur*. Vous comprenez? Que nous disent, que nous révèlent ces images à nous, spectateurs?

Mia esquissa un sourire en direction de ses collègues dont Gabriel Mørk savait que, comme lui, ils l'écoutaient avec la concentration d'étudiants assistant à un cours magistral.

— Bien. Donc, à l'extérieur. Nous regardons en surface.

Elle fit défiler d'autres photos qu'ils avaient pour certaines déjà vues.

— Une ou plusieurs personnes l'ont posée ici. Placée. Exposée. Camilla Green, une adolescente de dix-sept ans. Ma deuxième réflexion a été la suivante: l'ont-ils exposée ainsi pour que nous la trouvions? C'est une question importante.

Elle jeta un nouveau coup d'œil à Holger Munch qui lui aussi ressemblait à un étudiant attentif.

— Absolument, répondit-il.

— Passons à présent aux aspects plus techniques, si vous le voulez bien.

Elle fit apparaître une image qui ne faisait pas partie de la scène de crime mais ressemblait à une photo de classe.

—Camilla Green était une jeune fille pleine de santé, tout à fait ordinaire. Elle avait des problèmes existentiels, certes. C'était une enfant de l'Assistance, comme on disait autrefois, qui habitait dans une structure, laquelle déjà... ?

—L'Exploitation horticole de Hurum, dit Munch.

—Voilà. Mais, d'un point de vue purement technique, ce n'est pas ça qui nous intéresse expressément. Mais plutôt son passé. Car regardez...

De nouvelles images défilèrent.

—Au moment de sa disparition, elle avait un poids normal. Or, quand elle a été retrouvée, elle ressemblait à ça.

C'était à peine supportable pour Gabriel.

—Elle était maigre. Famélique. Avec des bleus et des blessures aux genoux.

Mia continua d'appuyer.

—Aux coudes...

Appuya encore.

—... et sur les paumes. Elle disparaît il y a trois mois et reparaît dans cet état. Qu'est-ce que ça nous dit, encore une fois d'un pur point de vue technique ?

—Elle a été séquestrée, répondit Kim Kolsø.

—Je partage ton avis, approuva Mia en prenant une nouvelle gorgée d'eau gazeuse.

Gabriel baissa les yeux. *Séquestrée ?* Il constata qu'il n'était pas le seul à avoir du mal à admettre cet état de fait.

—Des questions ? s'enquit Mia.

Un instant s'écoula avant que quelqu'un ose prendre la parole. Ce fut Ylva qui demanda avec prudence :

— Je m'interroge au sujet de cette… nourriture pour animaux.

Gabriel jeta un œil vers la jeune femme. Elle était blanche comme un linge, à croire qu'elle ne saisissait pas tout à fait ce dont elle était témoin. Gabriel ne la comprenait que trop bien. Il avait eu la même sensation à ses débuts, en découvrant un monde qu'il ne connaissait qu'à travers la presse.

— Ah, toi aussi ! s'exclama Mia.

Elle eut une absence.

— Alors… ? insista Ylva.

— Un animal, répondit Mia.

— Qu'est-ce que tu veux dire ?

— Non, vous n'êtes pas d'accord ? Kim, d'après toi ?

— Je ne sais pas ce que je dois croire, Mia. Et je t'avoue que je ne comprends pas bien à quoi tu fais allusion.

— Elle a été traitée comme un animal.

— Mais pourquoi ? !

La question, qui venait d'Ylva, ressemblait à un cri du cœur.

— Ça, je l'ignore, confessa Mia avant d'avaler un peu de Farris. Au risque de me répéter, je n'ai obtenu les images qu'hier, ce sont donc mes premières impressions.

Elle interrogea Munch du regard qui hocha la tête, comme pour lui signifier qu'elle pouvait se rasseoir.

— Parfait, dit-il avec un sourire.

Un long silence s'installa dans la salle de débriefing. Munch se gratta la barbe d'un air songeur.

— Je crois que nous avons besoin d'une petite cigarette. Mais rapide. Tout ceci est passionnant.

Gabriel vit Kim Kolsø sourire. Et pour cause puisque Munch était le seul fumeur au sein de l'équipe. Il prit son manteau et s'éclipsa sur le balcon tandis que les autres restaient assis.

— Pourquoi il a dit «passionnant»? s'étonna Kim. Qu'est-ce qu'il lui arrive aujourd'hui?

Mia haussa les épaules.

— C'est peut-être que…, commença Ludvig Grønlie.

— Quoi? insista Kim.

— Non. Peut-être qu'il devrait l'annoncer lui-même, marmonna Grønlie. Si du moins il a l'intention de nous le dire.

— De nous dire quoi? demanda Mia, intriguée.

Ludvig hésita mais finit par sortir un dossier qu'il lui tendit.

— On a reçu ces listes il y a une heure.

— Quelles listes?

— Des employés. À l'Exploitation horticole de Hurum.

— Oh, putain! lâcha Mia.

— De quoi? voulut savoir Kim Kolsø.

— Rolf Lycke, marmonna à son tour Mia.

— C'est qui ce Rolf Lycke, bordel?

— Le copain de Marianne.

— Et on peut savoir qui est Marianne?

— Marianne Munch…, précisa Ludvig du bout des lèvres.

— Son ex-femme?

— Eh ouais. Rolf Lycke, le copain de Marianne Munch, est prof là-bas, à Hurum.

— Oh putain !

— N'est-ce pas ? murmura Ludvig en glissant la feuille dans le dossier au moment où Munch ôtait son duffel-coat pour les rejoindre.

15

Debout devant son lit, Isabella Jung se sentait en proie à une agitation terrible. Une nervosité qu'elle n'avait du reste jamais éprouvée. Et c'était ça le plus étrange. Quand le psychologue lui avait proposé cet endroit quelques mois plus tôt, elle avait réagi comme à son habitude par un «Comme vous voudrez» sur l'air de «J'en ai rien à battre». Mais aujourd'hui la situation était radicalement différente.

Elle avait passé la majorité de son adolescence en foyer. Là-haut aussi, à Hammerfest, dans cette Norvège du Nord paumée. Elle disait «là-haut» car elle n'en était pas originaire. Elle, ce qu'elle voulait, c'était habiter à l'autre extrême, en Norvège du Sud, à Fredrikstad. Avec papa. Mais, d'après les services de l'enfance, son père n'était pas assez bien pour elle. Qu'est-ce qu'elle en avait à cirer, elle, qu'il boive un peu et ne soit pas tout le temps à la maison? Elle savait se faire à manger, n'avait besoin de personne pour préparer son cartable et trouver seule le chemin du bus. Mais non, il fallait *a priori* qu'elle vive à Hammerfest, chez maman.

Maman.

Isabella Jung frémit en pensant à son nom. Ce monstre n'était pas une mère. Est-ce qu'ils pouvaient le comprendre ? Que son père était beaucoup mieux ? Car une mère était censée se soucier de ses enfants. Leur dire des choses gentilles. Leur faire des compliments. Et ne pas se plaindre à longueur de temps. Ne pas les engueuler à longueur de temps. À propos de tout et n'importe quoi. Dire à sa fille qu'elle était moche. Qu'elle était nulle. Qu'elle était bonne à rien. Qu'elle aurait beau avoir de bonnes notes à l'école, elle ne deviendrait jamais quelqu'un. Non, toujours des engueulades et des méchancetés, jamais un mot gentil ou un bisou. Et donc Isabella avait échoué dans un foyer, puis dans un autre, jusqu'à ce qu'elle fugue à l'âge de treize ans. Elle avait fait du stop. Du nord au sud. 1 400 km. Elle était arrivée à Fredrikstad saine et sauve, prête à vivre avec son père. Mais non. Interdit. Entre-temps, arrêté pour conduite en état d'ivresse, il devait purger une peine de prison. Et tant pis si elle pouvait se débrouiller toute seule, la Ddass était d'un autre avis et l'avait envoyée à Oslo, à la Maison de l'Enfance, sous prétexte qu'elle ne mangeait pas, qu'elle était maigre comme un clou. Là-bas, elle avait entendu les filles en parler. Comme quoi l'Exploitation horticole de Hurum était un bon endroit, pas comme les autres structures. Alors, quand le psychologue lui avait proposé de l'y placer, elle avait tout de suite accepté. Même si elle ne se faisait pas d'illusions.

Les débuts n'avaient pas été sans mal. Elle avait bien imaginé que ça ne se passerait pas autrement qu'ailleurs. La structure se composait d'un bâtiment principal qui hébergeait les bureaux et l'école. La scolarité faisait en effet partie du programme, forcément, même si leur emploi du temps ne ressemblait pas à celui d'un collège ou d'un lycée traditionnels. On trouvait ensuite le grand internat pour les filles et le petit internat pour les garçons, les trois grandes serres avec ses remises ici et là pour les outils et le reste, et enfin un garage pour les voitures. Helene lui avait fait visiter les lieux lors de sa première journée. Elle lui avait également donné une carte indiquant les endroits accessibles et les limites à ne pas franchir. Elle s'était dit : *« Dans tes rêves ! Comme si quelqu'un allait m'interdire d'aller quelque part. »* Car le règlement était particulièrement strict. Lever à sept heures, petit déjeuner à huit, travail dans les serres ou heures de cours, déjeuner, rebelote dans les serres ou en classe, dîner à six heures, enfin quelques heures de liberté bien méritées jusqu'à onze heures où tout le monde devait être au lit, lumières éteintes. Personne n'avait la permission de quitter le secteur, à moins d'être chargé d'une course, livrer des fleurs par exemple. Ils n'avaient pas non plus accès à Internet la journée. Idem pour la télé, qu'ils avaient le droit de regarder de huit à dix heures du soir seulement. Interdiction aussi de téléphoner : leur portable ne leur était remis qu'après le dîner et repris avant le coucher. Après deux jours passés à Hurum, Isabella avait pensé qu'elle ne ferait pas de vieux os ici. Or ce n'est pas du tout ce qui s'était passé.

Très vite, elle avait fini par trouver un semblant de calme. Sans doute à cause de l'ambiance. Personne ne se plaignait, personne ne vous enquiquinait, ne vous engueulait. Tous les ados placés ici comme elle semblaient purement et simplement aller bien. Elle avait très vite compris qu'ils le devaient à Helene. Celle-ci n'avait rien à voir avec les autres adultes qu'Isabella avait rencontrés jusque-là. Elle ne les prenait jamais de haut, n'étalait pas sa science. Et elle était toujours de bonne humeur, contente sans être niaise. Quand elle leur montrait ou apprenait quelque chose, elle prenait toujours son temps, ne s'énervait pas s'ils ne comprenaient pas ou rataient ce qu'ils étaient censés faire. Au bout de quelques semaines, Isabella s'était couchée un soir en songeant : *« J'ai envie de rester ici. »*

Elle qui ne se serait jamais crue capable de se lever à sept heures du matin, en plus pour bosser, avait fini par adorer. Surtout le travail dans les serres. Quand elle était entrée dans la plus grande, là où ils faisaient pousser les orchidées, elle avait eu une drôle d'impression, un peu comme si elle rentrait à la maison. Ça n'avait pas été simple au départ : elle avait dû mémoriser tout un tas de choses. Mais grâce à Paulus, qui avait la responsabilité de ces fleurs, tout lui avait paru facile. En plus d'être pas mal de sa personne, avec ses yeux bleus et ses longs cheveux bouclés, Paulus était aussi adorable et patient que Helene.

Non, la nervosité d'Isabella Jung n'était pas due à son séjour dans l'Exploitation horticole de Hurum. Elle venait de fermer la porte de sa chambre pour rejoindre les autres en bas quand elle découvrit une fleur sur le seuil. Un lys blanc. Pour elle ? En quel honneur ? Elle le ramassa, l'observa et vit alors autre chose, collé sur sa porte : un mot.

Tu me plais.

Elle inspecta le couloir de regard mais ne vit personne. Elle sentit le feu lui monter aux joues. Quelqu'un avait déposé une fleur devant sa porte, sans oser frapper, puis était reparti aussi silencieusement qu'il était venu.

Tu me plais.

Il y avait un dessin sous la phrase, une espèce de signature, sans qu'Isabella puisse reconnaître immédiatement ce qu'il représentait. Elle retourna aussitôt dans sa chambre, le cœur battant, pour s'isoler. Devant son lit, elle examina le mot. Son admirateur secret devait être très timide car il n'avait pas écrit son prénom. Mais à y regarder de plus près, elle reconnut que le dessin formait un oiseau. Un oiseau avec de grands yeux. Un hibou ? Elle huma de nouveau le parfum de la fleur qu'elle posa sur son lit avant de cacher le petit mot sous l'oreiller. Elle ressortit de sa chambre et descendit les marches d'un pas léger.

À peine arrivée à l'extérieur de l'internat, elle comprit qu'il y avait un problème. Elle vit en effet Cecilie, en larmes, dans les bras de Synne.

— Qu'est-ce qui se passe ?

— Tu n'es pas au courant ? hoqueta Cecilie, celle qu'elle préférait de toutes les filles qui habitaient ici.

— Non...

— Ils ont retrouvé Camilla.

— Camilla Green ?

— Oui. Elle est morte. Elle a été tuée. Ils l'ont découverte dans la forêt.

— Mon Dieu..., bafouilla Isabella.

— Helene nous a tous convoqués dans la salle de classe.

— Comment... ?

Elle n'eut pas le temps de terminer sa phrase. Paulus, dans la cour, les appela :

— Helene vous attend, les filles. Vous venez ?

La voix du garçon aux boucles brunes était infiniment triste.

Isabella Jung passa un bras autour des épaules de Cecilie, lui caressa les cheveux. Les trois adolescentes rejoignirent la salle de classe, serrées les unes contre les autres.

16

Il était dix-huit heures, et l'obscurité enveloppait déjà la capitale, quand Munch et Mia montèrent dans l'Audi pour se rendre à l'Exploitation horticole de Hurum. Si ça n'avait tenu qu'à Mia, ils seraient partis tout de suite après le débriefing, mais Munch avait été catégorique. Helene Eriksen devait d'abord informer toutes les personnes de la structure, annoncer la nouvelle tragique aux plus proches de Camilla Green avant que la police *« débarque avec ses gros sabots »*, comme lui-même l'avait expliqué. Une raison *a priori* suffisante pour qu'ils n'y aillent que tous les deux, et sur ce point Mia partageait son avis. Dans un groupe d'adolescents au passé difficile, il n'était pas exclu que certains d'entre eux aient déjà eu maille à partir avec les forces de l'ordre ou des relations délicates avec l'autorité en général. Envoyer une escouade toutes sirènes hurlantes aurait été contre-productif quand il s'agissait de glaner des informations essentielles. Quoi qu'il en soit, Mia aurait aimé y aller plus tôt : elle sentait que quelque chose lui avait jusqu'ici échappé, un détail que les photographies ne révélaient pas, sans qu'elle puisse mettre le doigt dessus. Son intuition lui soufflait même qu'ils ne devaient pas perdre une minute.

Trop impatiente.

Oui, elle l'était sans doute. Alors que Munch se montrait plus pondéré. Et son comportement étrange pendant la réunion s'expliquait uniquement par la liste que Ludvig Grønlie lui avait montrée.

Elle prit une pastille dans sa poche et baissa la vitre au moment où Munch allumait une cigarette et s'engageait sur la E18. Mia fixa cette opacité qu'elle détestait tant, cette période froide et sombre de l'année, cette cloison de noirceur impénétrable qui l'entourait, aujourd'hui dès dix-sept heures. Comme si le monde n'était pas assez inhumain, ils allaient devoir vivre pendant des mois avec une clarté réduite à son minimum. La chaleur de son rêve l'envahit soudain, la figure de Sigrid en train de courir ressurgit dans son esprit – mais elle les écarta. Non sans frémir à l'idée que, vingt-quatre heures plus tôt, elle avait failli ingérer le contenu de cinq boîtes de médicaments – et qu'elle en avait déjà avalé un.

Munch venait encore de lui sauver la vie. S'il n'avait pas frappé à sa porte par un concours de circonstances, elle l'aurait fait. Et elle n'existerait plus. Elle avait enfoncé ses doigts dans la gorge et vomi les cachets. Maintenant, elle avait honte. Elle avait promis d'essayer pour finalement renoncer. Si tôt.

Elle appuya sur le bouton du chauffage qu'elle poussa à fond. Elle réfléchit quelques secondes avant de poser la question qui lui brûlait les lèvres. Faire semblant ne servait à rien, se dit-elle.

— Tu comptais me l'annoncer quand ?

— Quoi ?

— Holger… Je les ai vues, les listes. Moi comme tout le monde, soit dit en passant. Comment comptes-tu mener l'affaire ?

— Mais de quoi tu me parles ?

— Rolf. Rolf est prof à Hurum. Tu sais ce que ça signifie ? Que tu dois être dessaisi de l'enquête pour partialité. Si Mikkelson apprend le lien qui vous relie, il te retirera la direction de l'Unité. Tu y as pensé ? Putain, mais t'as quoi dans le cerveau ?! En plus tu ne nous en parles même pas et…

— O.K., O.K.

Il l'interrompit d'un geste agacé mais ne répondit pas tout de suite.

— Ils vont se marier.

— Qui ?

— Marianne et Rolf.

— Et je peux savoir quel rapport ça a avec l'enquête ?

Nouveau silence.

— Oh ! non… Quand même pas ? Tu es plus intelligent que ça, Holger !

— Que quoi ?

— Et en plus c'est à moi de le dire…

— De dire quoi ?

Et peut-être plus qu'irrité, Munch semblait surtout découragé. Il passa sur la file de gauche pour doubler un camion puis alluma la deuxième cigarette du trajet.

— Holger…, soupira Mia. Pas besoin d'être psy ou voyante pour saisir le fond de ta pensée. Et si c'est vraiment ça que tu comptes faire, laisse-moi te dire que tu commets une grave erreur.

—Laquelle? demanda-t-il, bien qu'il sache cette fois à quoi elle faisait allusion.

—Si, par un hasard quelconque, Rolf Lycke était impliqué dans l'affaire, Marianne se séparerait aussitôt de lui. Et là, pour toi, la voie serait libre. Je ne sais où dans ta petite tête de cabochard tu as dégoté ce scénario, mais je peux te certifier qu'il est mauvais. Ce happy end hollywoodien ne te ressemble pas, Holger.

Elle lui sourit et fut ravie de le voir lui rendre son sourire.

—Tu sais que t'es vachement chiante, des fois?

—Oui, mais c'est pour ça que tu m'aimes. Et puis il fallait bien que quelqu'un te le dise.

Munch secoua la tête, comme pour confirmer sa propre puérilité.

—Il est arrivé en lui offrant un énorme bouquet de fleurs.

—Tu m'en vois désolée. Mais elle remonte à combien de temps, votre séparation? Dix ans?

—Je sais, Mia.

—Qu'est-ce qu'on fait alors?

—Par rapport à quoi?

—Par rapport au fait que Rolf travaille dans la structure. Par rapport au fait que tu as commis une bourde et que tu ne devrais pas enquêter sur cette affaire.

Munch accéléra pour doubler un nouveau poids lourd.

—On l'exclut de la liste des suspects potentiels le plus vite possible.

114

— Ça devrait marcher. Il paraît peu probable qu'il soit impliqué.

— C'est même évident.

— Donc on en obtient la confirmation dès qu'on arrive et on le raye tout aussitôt des listes.

— Voilà.

— Ça devrait aller.

— Pourquoi ça n'irait pas?

— Un problème de réglé.

— Parce que c'en était un?

Mia sourit.

— Il était où cet abruti de Curry? demanda Munch lorsqu'ils atteignirent Asker et prirent la nationale 167.

Il voulait manifestement changer de conversation. Mia n'avait rien contre, elle venait d'avoir la justification et la réponse qu'elle réclamait. Elle savait que Munch regrettait Marianne. Mais elle était surprise d'apprendre que, malgré les années, il l'aimait toujours autant.

— J'en sais rien, répondit-elle. Il ne décroche pas son téléphone.

— Va pourtant falloir qu'il se radine au boulot, et vite. Il sait qu'on a une affaire sérieuse.

— Je n'ai pas réussi à le joindre. J'ai même essayé chez Sunniva mais, là aussi, personne.

— Je n'ai pas les moyens de perdre un troisième élément.

— Comment ça, trois?

— Tu n'es pas au courant?

— Euh, non…

Munch tourna la tête vers elle.

— Kim.

— Qu'est-ce qu'il a, Kim?

— Il est probable qu'il nous quitte, soupira-t-il.

— Ah bon ? s'étonna Mia. Pourquoi ?

— Il a demandé sa mutation à Hønefoss.

— Kim ? Dans un trou perdu ?! Mais qu'est-ce qu'il va foutre dans ce bled ?

— Il va se marier. Lui aussi... Ça doit être la mode en ce moment.

— Avec qui ?

— Tu te souviens de cette prof ? Des deux frères, lors de notre enquête là-bas ?

— Et comment ! Les deux gamins qui avaient trouvé la fillette pendue à l'arbre ? Tobias et Torben ?

— Voilà. Emilie Isaksen. Elle et Kim, ils sont tombés amoureux. Ils ont même l'intention d'adopter les deux gamins.

— Tant mieux pour eux.

Munch lâcha un petit rire.

— Oui, pour eux peut-être, mais pas pour nous. Je ne sais pas ce qu'on fera sans Kim. Alors, avec Kyrre parti, et ce connard de Curry qui ne se présente pas au bureau, où ça va nous mener ?

— Tu trouveras un remplaçant, tu es doué pour ça.

— En tout cas, il n'aura pas la permission de s'en aller tant que cette affaire ne sera pas résolue.

— Justement, tu en penses quoi ?

Les phares éclairèrent le panneau devant eux. *Exploitation horticole de Hurum, 500 m.*

— De l'enquête ?

— Oui.

— Entre nous ?

— Oui.

116

—J'ai une très mauvaise intuition. Je sens un truc qui pue. Tu vois ce que je veux dire?

—Parfaitement. Des ténèbres, dit Mia à voix basse.

Munch hocha lentement la tête et quitta la nationale pour s'engager sur une allée menant à ce qui ressemblait à une serre.

17

La peine suintait des murs du petit bureau. Mia remercia intérieurement Holger d'avoir donné à Helene Eriksen et aux autres résidents de la structure un peu de temps pour digérer le choc. Elle aurait même préféré ne pas avoir eu besoin de faire le déplacement tant la femme aux cheveux blonds semblait écrasée par le chagrin et incapable de mener une discussion.

— Je souhaiterais avant tout vous remercier d'avoir accepté de nous recevoir dans un délai aussi bref, commença Holger. Vous remercier également pour votre assistance hier soir. Je comprends le choc que cet événement tragique représente pour vous. Aussi, j'espère que vous pardonnerez mes questions qui vous paraîtront sans doute superflues à la lueur de ce drame. Mais, pour nous, il est primordial de pouvoir entamer cette enquête le plus rapidement possible. Je sais que ça ne vous ramènera pas Camilla, que ça ne peut pas atténuer le chagrin qui vous accable tous. Mais il est de notre devoir d'arrêter l'assassin au plus vite afin qu'il soit jugé pour le crime qu'il...

— Bien sûr, l'interrompit Helene Eriksen.

Mia n'eut aucun mal à voir que cette femme était la responsable de la structure. Elle dégageait un charisme et une autorité bienveillante.

— Très bien. Nous avons déjà reçu les différentes listes des employés et des usagers de la part de votre assistant...

— Paulus.

— Paulus, merci. Nous aurions également besoin d'informations plus détaillées au sujet des patients...

— Des résidents, rectifia sèchement Helene Eriksen.

— Oui, pardon. Des résidents. Nous avons donc besoin d'avoir accès à leur dossier médical, leur biographie, afin de mieux savoir qui ils sont, les épreuves qu'ils ont dû traverser, les raisons de leur admission ici, en somme.

Helene Eriksen sembla réfléchir et finit par hocher la tête en signe d'assentiment. Mia eut ainsi la confirmation que cette femme veillait sur ses petits, qu'elle pensait surtout à eux et à leur bien avant de prendre une quelconque décision. Elle éprouva pour elle encore plus de respect et comprit que les éloges à son sujet, glanés par Ludvig Grønlie, étaient justifiés.

— Bon, fit Munch en feuilletant son carnet. J'aimerais vous poser une question liminaire, afin d'évacuer le sujet. Vous avez déclaré la disparition de Camilla le 19 juillet. Or, quelques jours plus tard, vous avez repris contact avec nos services pour retirer cette déclaration. Pourquoi ?

— Je me sens vraiment bête, là. Mais... le fait est que Camilla a toujours été comme ça. Pardon : *était*.

Helene Eriksen s'accorda un silence avant de poursuivre. Mia vit qu'elle luttait contre les larmes, que devoir nommer Camilla Green au passé lui coûtait.

— Que voulez-vous dire par « comme ça » ?

— Instable.

— C'est-à-dire ? insista Munch d'un ton amical.

— Non, pas instable. Pardonnez-moi. Spéciale est plutôt l'adjectif qui convient. Voilà : Camilla était spéciale. Elle n'aimait ni les règlements ni l'autorité. Elle a fait de nombreuses fugues, mais elle est toujours revenue. Les choses devaient se dérouler telles qu'elle les avait décidées. Vous comprenez ?

— Oui. Je repose ma question : vous avez déclaré sa disparition, mais ensuite…

— Camilla ne s'est pas présentée comme convenu au dîner et n'était pas dans sa chambre au réveil. Voilà pourquoi j'ai déclaré sa disparition.

— Et pourquoi avez-vous retiré cette déclaration ?

— Elle m'a envoyé un texto quelques jours plus tard.

— Qui disait ?

Helene Eriksen soupira.

— Que nous ne devions pas la chercher. Qu'elle allait bien. Qu'elle était partie en France retrouver son père.

— Et vous y avez cru ?

La remarque venait de Mia, qui sentit aussitôt la brusquerie de sa question.

— Qu'est-ce que vous insinuez ?

— Rien, ne vous inquiétez pas. Je me demandais simplement si une phrase dans son message vous a alertée.

Soudain perplexe, Helene Eriksen dévisagea Munch.

—Non, je...

— Pour paraphraser ma collègue : ne vous inquiétez pas, personne ne vous accuse de quoi que ce soit.

—J'aurais dû le comprendre. Mais elle était tellement...

— Instable ? suggéra Munch.

—Non non. Le mot était mal choisi. Disons plutôt : entêtée. Camilla était une fille entêtée qui n'aimait pas qu'on lui dise ce qu'elle avait à faire.

— Donc, son SMS vous a paru fondé ? demanda Mia.

— Oui.

— Avez-vous une idée ?

— De quoi ?

— De la personne qui aurait pu avoir eu envie d'assassiner Camilla Green.

—N-non, absolument pas, bafouilla Helene Eriksen en déviant à nouveau son regard vers Munch.

—Aucun des résidents ou des employés ? Quelqu'un qui aurait un passé un peu particulier ? Quelqu'un qui aurait eu une vie difficile au point de trouver du plaisir à coucher Camilla Green dans un lit de plumes et à lui coincer une fleur dans la bouche ?

— Non, voyons... Comment pourrais-je... ?

Elle avait à présent un regard horrifié. Mia poursuivit, sans se soucier de Munch qui lui faisait les gros yeux :

—Aucune pensée immédiate ? Aucun soupçon ? Quand vous l'avez vue, je veux dire. Aucune association avec un homme ou une femme... ?

Helene Eriksen marqua un silence, jeta un œil rapide vers Munch avant de baisser la tête vers le bureau.

—Non. Non, pas du tout.

Munch fusilla Mia du regard et s'apprêtait à prendre la parole quand on frappa à la porte qui s'ouvrit sur un garçon aux cheveux bouclés.

—Helene, il faut qu'on...

Il s'interrompit en découvrant qu'elle n'était pas seule.

—Oh, pardon, je...

—Il n'y a pas de mal, Paulus. Qu'est-ce que tu voulais?

—Certaines des filles aimeraient... Mais je ne sais pas comment...

Le jeune garçon toisa Mia et Holger.

—On peut en parler plus tard, s'il te plaît? lui demanda Helene Eriksen avec un sourire.

—Oui, évidemment.

—Nous pouvons attendre, intervint Munch.

—Ce serait bien, oui, confirma le Paulus en question, qui fixait toujours les deux policiers. Si c'est possible?

—Vous êtes sûrs que ça ne vous dérange pas? insista la responsable.

—Pas du tout, je vous prie. Nous avons le temps.

—Parfait, je vous remercie. Je suis à vous dans deux minutes.

Elle se leva et referma la porte derrière elle. Une fois qu'ils se retrouvèrent seuls, Munch lança un regard courroucé à Mia et secoua la tête. Celle-ci haussa les épaules.

—Quoi?

— Parfois, hein…

— Elle sait quelque chose.

— Va te faire foutre, Mia.

— Mais qu'est-ce qu'il y a à la fin?!

— Tu ne pourrais pas…

— Mais quoi? Je te dis qu'elle sait quelque chose.

La porte se rouvrit au même moment, la femme grande et blonde se rassit à son bureau.

— Où en étions-nous?

— Les dossiers médicaux des patients, dit Munch.

— Des résidents, rectifia une fois de plus Helene Eriksen.

— Oui, je suis désolé. Quand pensez-vous que nous pourrons y avoir accès?

— Il faut d'abord que j'en parle à notre avocat. Pour m'assurer que nous ne commettons pas d'erreurs dans les procédures, que nous ne fournissons pas d'informations qu'il nous serait interdit de transmettre. Vous comprenez?

— Bien sûr.

À ces mots, Munch lança un nouveau regard sévère vers sa collègue avant de se gratter la barbe et de tourner la page de son carnet.

18

Installé devant ses écrans dans son bureau de la rue Mariboes Gate, Gabriel Mørk n'était pas mécontent de lui. Le jeune hacker n'éprouvait que du respect pour Holger Munch. Néanmoins, pendant le débriefing, il avait senti un certain décalage. Sans doute dû à la différence d'âge. Munch aurait bientôt cinquante-cinq ans, ce qui ne faisait pas de lui un vieux machin, non, mais l'enquêteur un peu bedonnant, aussi doué soit-il, avait tendance à oublier qu'aujourd'hui les jeunes entre eux communiquaient principalement sur les réseaux sociaux. Et sur ce point, l'enquête qui les occupait actuellement intriguait Gabriel Mørk. Personne sur le Net n'avait en effet parlé de l'assassinat de cette Camilla Green. Pendant la réunion, il avait failli lever le doigt pour soulever cette question, d'autant qu'aucun de ses collègues n'avait évoqué cette dimension de l'affaire. Il s'était finalement abstenu de peur de froisser son chef d'une humeur bizarre – peut-être parce que le copain de son ex-femme se trouvait sur la liste des employés de l'Exploitation horticole de Hurum, où avait vécu la jeune fille retrouvée morte. Autant s'en charger lui-même, s'était-il dit, et peut-être glaner ainsi quelques compliments au passage. Gabriel Mørk but une gorgée du Coca posé à côté de son clavier et prit un chewing-gum.

Il avait trouvé un certain nombre de comptes Facebook portant le nom de Camilla Green, mais aucun correspondant à l'adolescente norvégienne. Une fille de Caroline du Sud, une dame d'un certain âge originaire de Floride avec une photo de son chat, une en Suède, une autre en Hongrie. Étrange, avait-il pensé d'abord, avant de trouver en essayant plusieurs combinaisons : *cgreen*. Un compte sur Facebook et un sur Instagram. Le policier qui sommeillait désormais en lui s'efforça d'analyser ce qu'il avait découvert. C'était bizarre, et ça l'avait frappé d'emblée : peu d'entrées sur Facebook, peu de photos sur Instagram. Très inhabituel pour une adolescente de dix-sept ans. Quelques *selfies*. L'un où on la voyait dans ce que Gabriel supposait être sa chambre à Hurum avec la légende « *Je m'ennuie* ». Un autre au même endroit, où on la voyait allongée sur son lit, souriante et les pouces dressés : « *Demain, je vais faire du cheval à Whirlwind !* » Des photos de chevaux, justement. Quelques *likes*. Quelques commentaires : « *Bon anniversaire !* », « *Tu me manques, ma chérie !* » Pas grand-chose en définitive. Étonné, Gabriel avait vérifié la date de création des comptes : 30 juin. Ils étaient donc nouveaux. Ouverts tous les deux le même jour. Soit trois semaines avant la disparition de Camilla Green.

Avalant une autre gorgée de Coca, Gabriel Mørk essaya d'anesthésier ses émotions et de réfléchir froidement comme le feraient Munch ou Mia.

Camilla Green avait annulé ses anciens comptes pour en ouvrir de nouveaux trois petites semaines seulement avant de disparaître? Pourquoi? Est-ce qu'il s'était passé quelque chose dans sa vie?

Il fit de nouveau défiler les photos et sursauta lorsqu'on frappa à sa porte. Mia Krüger passa la tête par l'entrebâillement.

— Tu es occupé? Je t'ai pris la main dans le sac?

— Quoi?

— Des petits secrets inavouables…?

— Exactement, répondit Gabriel en reprenant ses esprits. Je rassemble des photos pour Curry.

— C'est ça, oui… Et qu'est-ce qu'il a commandé cette fois?

— Des filles sur un chameau.

— Tu déconnes?!

— Mais bien sûr!

Mia s'assit et posa les pieds sur la table. Lorsqu'elle croisa le regard de Gabriel, celui-ci sentit le rouge lui monter aux joues.

— Et donc tu l'as retrouvée? demanda-t-elle en opinant vers l'écran.

— Oui.

— Munch n'est pas vraiment le roi du Net, pas vrai?

— On peut le dire, oui…

— Heureusement qu'on t'a! lui lança-t-elle.

— Peut-être, oui…, répondit Gabriel avec un sourire, en espérant qu'il n'allait pas rougir une fois de plus en présence de Mia Krüger.

— Alors, je t'écoute.

— J'ai trouvé un compte sur Facebook et un sur Instagram.

Il les fit apparaître sur les écrans pour qu'elle puisse les examiner avec lui.

— Tu sais que je suis nulle à ce niveau-là. Ils nous disent quoi, ces comptes ?

— Ils sont nouveaux.

— Ah ? fit-elle en écarquillant les yeux. Comment ça, nouveaux ?

— Ils ont été ouverts trois semaines avant qu'elle disparaisse. Pour être précis : elle a fermé ses anciens comptes et en a ouvert de nouveaux.

— Nan ?!

— Si.

— Et ça signifie quoi pour toi, qui t'y connais ?

— C'est peut-être un hasard, mais…

— Mais ?

— Quand tu as des amis sur Facebook et qu'ils ne te plaisent plus, tu peux trouver ça difficile de les rayer de ta liste parce que tu dois leur expliquer pourquoi tu as annulé leur lien. Dans ces cas-là, autant te créer un nouveau profil. Tu comprends ?

Mia leva les yeux au ciel et haussa les épaules. Elle n'y connaissait décidément rien en la matière. Comme Holger Munch. Mais pour Mia, c'était différent : elle était un personnage public qui, en plus, tenait à sa vie privée.

— Souvent, poursuivit-il, c'est parce qu'il y a un événement dans ta vie.

— Comme… ?

— Il peut y avoir différentes raisons : une rupture, de nouveaux amis que tu souhaites cacher.

— Une nouvelle rencontre… ? suggéra Mia à voix basse, intriguée.

— Par exemple, oui.

— Hum.

Elle observa un long silence puis, les yeux toujours rivés sur l'écran, demanda :

— Elle aimait les chevaux ?

— Ça m'en a tout l'air. Elle montait à cheval en tout cas.

— Whirlwind, murmura-t-elle en désignant le message sur Facebook.

— Un cheval, j'imagine, non ?

— Ou un chameau, répondit-elle avec un sourire.

Sur ce elle se leva, comme si elle pensait soudain à autre chose.

— Tu m'accompagnes ?

— Où ça ?

— On vient de recevoir ses affaires de l'Exploitation horticole.

— Celles de Camilla ?

— Oui. Et ça correspond à ce que tu as trouvé.

— À savoir ?

— Les chevaux. J'ai comme l'impression qu'on devrait commencer par là. Tu viens ?

— Ça roule.

Gabriel Mørk la suivit dans le couloir en direction de la salle de débriefing.

19

Le jeune hacker Skunk se trouvait face à un dilemme auquel il n'avait jamais été confronté.

Il enleva sa capuche, révélant ainsi des cheveux noirs, raides et parcourus dans leur milieu par une mèche blanche qui lui donnaient l'allure d'une mouffette et lui valaient son surnom. Il traversa la rue pour demeurer dans l'ombre.

Aller à la police. Normalement, l'idée ne lui aurait même pas effleuré l'esprit. Dans son monde, impliquer les autorités équivalait à commettre un péché mortel. Skunk se considérait comme un anarchiste, un combattant de la liberté sur Internet. Et, même s'il avait délaissé les avant-postes de la lutte souterraine au profit d'un commerce nettement plus lucratif, les règles demeuraient les mêmes : aucun contact avec les forces de l'ordre, aucune relation avec les représentants de l'État. D'accord. Mais maintenant ? Après le film qu'il avait reçu la veille ? Il n'avait pas le choix.

Il rabattit sa capuche, alluma une clope et choisit un autre itinéraire que celui qu'il empruntait d'ordinaire quand il s'aventurait en ville. Car Skunk était rarement visible dehors. Pour quoi faire? Il avait tout le nécessaire dans son sous-sol, à Tøyen. Son bunker, comme il l'appelait. Où personne ne pouvait le trouver. Il changea à nouveau de trottoir au moment où une voiture le dépassa, tourna la tête jusqu'à ce qu'elle se fût éloignée. Il s'efforça de réfléchir sans céder à la panique.

Car ce qu'il avait vu l'avait terrifié.

Après tout, il n'avait qu'à s'en prendre à lui-même. Pourquoi ne pas avoir suivi son intuition? Pourquoi avoir fourré son nez dans ce serveur? Lui qui avait justement le nez pour éviter les emmerdes. Il en avait entendu parler depuis plusieurs mois et avait jusque-là résisté, avant de succomber finalement à la tentation. Il avait alors découvert le fameux film dont l'horreur dépassait l'entendement. Pourtant Skunk était blindé. Depuis dix ans qu'il était hacker, donc du mauvais côté de ce que beaucoup appelaient la loi, il n'avait jamais eu peur. Chaque fois, il avait foncé tête baissée dans un nouveau projet. Sans laisser de traces, bien sûr. Il n'était pas un amateur. Il n'éprouvait aucun sentiment de culpabilité non plus. Ses activités étaient de l'ordre du devoir. Loin de lui l'impression d'être un Robin des Bois du Net. Certes il empochait le fric qu'on lui proposait, mais ce pognon venait de types tellement mesquins qu'ils méritaient de payer. Son business était aussi simple que génial. Il prenait une entreprise qu'il détestait, débusquait une faille dans ses systèmes de sécurité, soutirait les preuves de transactions frauduleuses, qu'il s'agisse de corruption, pots-de-vin, falsifications ou manquements aux règles de protection de l'environnement, et il les faisait chanter. Ce n'était jamais bien compliqué et il n'avait encore rencontré aucun problème. Chaque fois qu'il tombait sur une malversation, il envoyait un mail anonyme avec les informations obtenues et réclamait à la boîte en question une somme d'argent rondelette, faute de quoi il livrerait tout aux médias. Du kidnapping virtuel, en d'autres termes. Et ces semi-mafieux, trop effrayés à l'idée que leurs petites saloperies soient percées à jour, étaient suffisamment cons pour payer. Ils banquaient systématiquement pour éviter le scandale. Si le peuple norvégien avait su ce que traficotaient leurs chères sociétés nationales, ces prétendus piliers de la société de consommation, ce sur quoi reposaient leurs richesses, peut-être alors qu'il se serait soulevé. Or non.

Mais ce film qu'il avait trouvé n'avait rien à voir. Il ne s'agissait pas d'une transaction illégale avec une ancienne république soviétique, ni d'un virement à un chef d'État africain en compensation de l'exploitation d'un puits de pétrole. Skunk écrasa sa cigarette en entrant dans le parc de Tøyen, jeta un coup d'œil par-dessus son épaule et secoua la tête d'indignation en pensant à son comportement. Paranoïaque, lui ? Ça ne lui ressemblait pas. Qu'allait-il faire ? Aller à la police ? Non. Quand même pas. Et c'est là que lui vint une illumination. Il avait une autre option.

Gabriel Mørk.

Ils avaient commencé ensemble, il y a longtemps. Et c'était comme un jeu, à l'époque. Devant leurs ordis, dans leur chambre de petit garçon, inspirés par Electron et Phoenix, deux jeunes hackers australiens à la fin des années 1980. À une époque où l'Internet en était à ses balbutiements, quand les ordinateurs n'avaient que dix mégabits maximum de mémoire et les processeurs la taille de calculatrices. Pourtant, ils avaient réussi à entrer partout : à la NASA, à la CIA. Chaque fois qu'ils réussissaient à pirater un domaine, ils avaient la sensation d'être invincibles. Et puis, soudain, Gabriel avait viré sa cuti. Raison pour laquelle ils s'étaient éloignés l'un de l'autre. Gabriel avait changé d'avis, il ne voulait plus créer le chaos, ne voulait plus détruire le système, mais au contraire utiliser ses connaissances et ses capacités pour faire le bien. Lors de leur dernière rencontre autour d'une bière, ils s'étaient quittés fâchés et ne s'étaient plus jamais adressé la parole. Les nouvelles que Skunk avait eues de lui depuis l'informèrent qu'il bossait pour la police.

Pour les flics ! Pour l'ennemi absolu.

Prenant le chemin de son bunker et s'assurant que personne ne le suivait, Skunk ravala son aversion en se convaincant qu'il n'avait pas trente-six solutions. Il devait montrer ce film à Gabriel Mørk.

20

Mia Krüger fit signe au serveur auquel elle commanda une Guinness et un schnaps. Elle attendit qu'il reparte vers le comptoir pour ouvrir son dossier. Elle s'était installée à sa table préférée : au fond de l'établissement, dans un coin, où elle pouvait se cacher un peu, se retrouver seule et se plonger dans ses pensées tout en ayant la sensation que la vie battait son plein autour d'elle.

Le Lorry. Ce vieux pub vénérable situé au bas de la rue Hegdehaugsveien qu'elle s'était remise à fréquenter ces derniers temps quand son appartement, situé à quelques minutes à pied, lui apparaissait trop froid et trop désolé. Elle aimait son cadre vieillot, les box avec banquettes en cuir rouge, les nappes blanches sur les tables, les serveurs en chemise également blanches avec un nœud papillon noir, la clientèle variée allant des hommes d'affaires aux artistes plus ou moins fauchés, en passant par les écrivains de polars. Surtout, c'était l'un des rares lieux d'Oslo sans musique tonitruante, où on pouvait apprécier le silence, le cliquetis des verres et les voix étouffées.

Mia prit une grande gorgée de bière et entreprit d'étudier la première photographie. Une jeune fille nue. Camilla Green. Dix-sept ans. Placée dans un pentagramme de bougies. Sur un lit de plumes. Revêtue d'une perruque blonde. Avec un lys blanc dans la bouche. Mia goûta le schnaps et sentit l'alcool commencer à faire son effet. Elle sortit de son sac un bloc-notes et un crayon.

19 juillet. Trois mois.

Maigre. Des contusions et des ampoules.

De la nourriture pour animaux dans l'estomac.

Disparue pendant trois mois avant d'être retrouvée.

Les voix autour d'elle s'estompèrent lentement tandis qu'elle s'immergeait un peu plus dans les photographies.

Il fallait qu'il en soit ainsi.

Elle a été séquestrée. Retenue prisonnière.

Ici, en Norvège. Pendant que monsieur et madame Tout-le-monde se levaient le matin, disaient au revoir à leur partenaire, allaient au travail, papotaient pendant le déjeuner, allaient chercher les enfants à l'école, dînaient, faisaient le ménage, regardaient les informations, se couchaient, éteignaient la lampe de chevet dans l'attente d'une journée quasi identique à la celle de la veille, Camilla Green était enfermée quelque part, affamée quasiment à mort, terrorisée, complètement seule.

Mia Krüger avala une nouvelle gorgée de Guinness en s'efforçant de ne pas répondre aux voix qui l'appelaient, aux mondes qui avaient failli l'engloutir vingt-quatre heures plus tôt : la cruauté, les ténèbres.

Viens, Mia. Viens.

Non.

Si, viens.

Non, Sigrid.

On pourra enfin être réunies.

Non, Sigrid. Il faut que je...

— Une autre tournée ?

Mia fut tirée de ses pensées par le serveur campé devant elle.

— Quoi ?

— Je vous ressers ? demanda courtoisement le serveur d'un certain âge en désignant ses verres vides.

— Oui, je veux bien, merci.

Mia se façonna un sourire. L'homme revint quelques instants plus tard avec deux verres pleins.

Merde.

Mia rangea le dossier dans son sac et, les doigts tremblants, vida le schnaps.

Merde de merde !

Peut-être qu'elle l'avait perdu, son talent si spécial. Cette capacité à distinguer des choses que les autres ne voyaient pas. La raison pour laquelle Munch était allé la chercher à l'école de police avant même qu'elle ait décroché son diplôme. Oui, peut-être qu'il avait raison, le psychologue à la fine moustache.

« *Je crois que c'est votre travail qui vous rend malade.* »

« *Vous prenez les choses trop à cœur.* »

« *Ça vous tue, je crois.* »

Mia posa son crayon sur le bloc, enfila son blouson. Non sans un hochement de tête poli aux types de la sécurité, elle sortit pour prendre l'air. Elle s'assit sur une chaise en regardant deux hommes d'affaires ivres discuter d'une transaction qui avait eu lieu un peu plus tôt dans la journée.

Il l'ornemente.

Cette pensée lui avait déjà effleuré l'esprit mais elle l'avait refoulée – or elle persistait.

Il l'ornemente. La perruque blonde. La fleur dans la bouche. Il l'embellit. Il la prépare. Camilla. Elle est nue. Elle est vierge. Elle est utilisée dans un but très précis. Il y a dans cette ornementation, dans cette utilisation, quelque chose, un détail qui nous a échappé.

Mia regagna sa table.

Il ?

Ou étaient-ils plusieurs ?

Mia héla le serveur qui revint avec une troisième tournée. Mia sentit que le blocage se dénouait à mesure que l'alcool anesthésiait sa nervosité. Le crayon coulait avec plus de légèreté sur la feuille. *Quelque chose qui nous a échappé.* Son portable vibra sur la table devant elle, le prénom de Holger s'afficha sur l'écran, elle l'ignora.

Quelque chose que nous n'avons pas vu.

Portant sa bière à ses lèvres, Mia tenta d'approfondir cette intuition. La perruque blonde. *Pourquoi cette perruque ?* Alors que Camilla n'était pas blonde. Est-ce que c'était pour ça ? Devait-elle être blonde ? Parce que... ? Devait-elle être scandinave ? Maigre ? Est-ce pour cela qu'il l'avait séquestrée aussi longtemps avant de la tuer ? Pour qu'elle finisse par avoir cette apparence ? Parce qu'elle devait ressembler à une jeune fille maigre ? *Elle doit avoir cette apparence. Sinon ça ne sert à rien. Elle ne peut pas être déposée sur un tapis de plumes avant de ressembler à une jeune fille maigre. C'est à cause de ça qu'elle est allongée là. La*

perruque. Blonde et émaciée. Elle n'est pas elle-même. Elle
ne doit pas être elle-même. Ce n'est pas Camilla Green qui
est étendue là. C'est une autre. Camilla Green est utilisée
pour être quelqu'un d'autre. Mais qui? Qui est étendue
là? Qui es-tu?

Mia vida le schnaps sans s'en rendre compte tandis
que le crayon filait sur la feuille.

Une offrande.

Les bougies et les plumes. La fleur.

C'est un empaquetage.

Un paquet-cadeau.

Elle est un cadeau offert à quelqu'un.

— Je vous ressers?

Mia releva la tête de ses notes, décontenancée. Elle
avait été à deux doigts de démêler quelque chose,
mais la réalité l'avait rattrapée.

— Une autre tournée?

— Je veux bien, oui.

Elle essaya de reprendre le fil de ses pensées.
En vain. À leur disparition succédait une prise de
conscience de la quantité d'alcool ingurgité. Elle se
rendit compte que Munch l'avait appelée. Non pas
une, mais six fois. Et qu'il avait laissé un message.

Où es-tu? Appelle-moi.

Elle composa son numéro. En écoutant la sonnerie,
elle s'efforça de se ressaisir, de surtout ne pas paraître
ivre. Sans savoir pourquoi, elle éprouvait toujours une
forme de culpabilité face à Munch. Parce qu'elle avait
trop bu. Parce qu'elle était déprimée. Parce qu'elle
voulait disparaître. Car dès leur première rencontre,
quand il était venu la chercher à l'école de police, il

137

avait cru en elle, en ses capacités, son talent. Il avait tout misé sur elle, et c'est sans doute pour ça qu'elle se sentait coupable.

Viens, Mia. Viens.

Il décrocha au moment où le serveur apporta les verres.

— Oui? grommela-t-il.

— Oui?

— Oui quoi?

— Euh… tu m'as appelée, murmura Mia.

— Oui.

Il avait l'air absent, à croire qu'elle le dérangeait et que dans l'intervalle il avait oublié lui avoir téléphoné.

— Du nouveau?

— Excuse-moi… Oui, en effet.

— À savoir?

— J'ai reçu deux coups de fil tout à l'heure. L'un de *Dagbladet*, l'autre de *VG*. Le loup est sorti du bois, pour faire un mauvais jeu de mots. Ils publient demain les photos du lieu du crime. Peut-être qu'elles sont déjà sur le Net.

— Mais… Comment se les sont-ils procurées?

— Ce que j'en sais, moi… On a tourné l'information dans tous les sens avec Anette, on ne peut rien faire. C'est elle qui va se charger de prévenir les huiles de Grønland. On a convoqué une conférence de presse pour neuf heures demain matin. Pour la suite, on verra. Et, oui…

Il observa un silence, comme s'il réfléchissait à ce qu'il allait dire.

— On a la maîtrise de la situation. Avec Grønland, je veux dire. Mais il est important que…

— Que quoi?

138

Nouveau silence.

Puis il lâcha, à toute vitesse, comme s'il avait une patate chaude dans la bouche ou redoutait de prononcer la phrase :

— Il faut que tu fasses profil bas.

— Pardon ?

— Il faut qu'on te maintienne en dehors de l'affaire. Demain, je veux dire.

— Comment ça ?

— Officiellement, tu n'es toujours pas revenue au travail. Donc… Enfin, tu te connais mieux que moi… Si jamais les journaux apprennent que tu es sur l'enquête alors que tu es suspendue, là…

Mia sentit l'irritation monter en elle. Elle s'empara de son verre et avala une grande gorgée de bière.

— Tu es là ? demanda Munch d'une voix atone.

— Oui, répliqua sèchement Mia.

— Ça te va ?

— C'est Mikkelson qui t'a fait la leçon ?

— Oui, non…

Munch semblait aussi mal à l'aise qu'elle ou sans doute plus. Mia trouvait injuste de lui en vouloir. Ce n'était pas sa faute. Elle savait que Munch était allé défendre sa cause à Grønland. Il ferait tout pour elle. Et pour ça aussi elle l'appréciait : c'était quelqu'un de bien, fondamentalement. En tout cas avec elle.

— Ne t'inquiète pas, Holger. Je peux me rendre invisible si c'est ce que tu veux. Ça ne me pose aucun problème.

— Merci, fit Munch, qui parut soudain soulagé. Tu sais…

— Oui, je sais, Holger. Je suis instable et je donne une mauvaise image du ministère.

— Mais non, voyons… Ce n'est pas ce que je voulais dire !

— Ne t'inquiète pas, Holger, répéta-t-elle avec sérieux, sans un instant penser à mal.

Pourquoi aurait-elle envie, ne serait-ce qu'une seconde, de parler à la presse ? Ils l'avaient harcelée pendant des semaines après cette histoire avec le copain de Sigrid, ce Markus Skog qu'elle avait abattu de sang-froid. Elle avait même été obligée de prendre une chambre d'hôtel parce qu'ils la poursuivaient partout. Donc, non, tout bien réfléchi, rester en arrière-plan ne lui posait aucun problème.

— Merci, redit Munch.

— N'y pense plus. Et donc les photos seront sur le Net cette nuit et en une des journaux demain ?

— Visiblement, oui.

Il semblait content de changer de sujet.

— Pas celles du corps quand même ?

— Non. C'est un ramassis d'imbéciles, mais ils ont encore un fond de morale. Aussi étrange que ça puisse paraître.

— Donc qu'est-ce qu'ils montrent ?

— Je n'ai pas les détails exacts, mais je suppose qu'ils ont déniché celle du pentagramme, celle avec les bougies et les plumes.

— On peut retrouver celui qui a balancé l'information ?

— J'ai mis Ludvig sur le coup. Ah, tiens, à ce sujet…

Mia porta le verre à ses lèvres quand elle aperçut un visage connu dans l'entrée du Lorry. Un boule-dogue au crâne rasé, en train de s'engueuler avec les videurs qui lui barraient le passage.

— Ludvig a obtenu la réponse au sujet des plumes.

— De quoi? fit Mia en se levant.

— Les plumes qu'on a retrouvées sur les lieux. Ce sont celles d'un hibou.

— Un hibou? Toutes?

— Oui. Mais c'est pas vraiment mon rayon, les oiseaux...

— Désolée, il faut que je te laisse, Holger. On reprendra demain. Il va se passer un truc, là où je suis.

— Ah, O.K. Le briefing est à dix heures demain, c'est noté?

— Ça roule.

— Très bien. Et merci encore.

— Avec plaisir.

Elle raccrocha et fila à l'entrée.

— Mia! cria Curry en tendant les bras vers elle dès qu'il l'aperçut.

— Il n'entrera pas.

— Mais chuis pas bourré, merde! éructa-t-il en se libérant du bras pourtant musclé du vigile.

— C'est bon, intervint Mia. Je m'occupe de lui. Laissez-moi juste le temps de récupérer mes affaires et de payer.

— Chuis pas bourré! répéta Curry avant de s'étaler de tout son long.

— Nous lui avons déjà signifié qu'il n'était plus le bienvenu dans notre établissement, indiqua d'une voix sévère le videur à Mia lorsqu'elle revint.

141

— Comment j'peux plus être le bienvenu quand j'suis jamais venu ici? Et pi d'abord chuis pas bourré!

— Allez, viens, Curry, dit Mia avec un sourire d'excuse pour l'homme, en entraînant son collègue vers la rue.

III

21

L'homme au casque de vélo blanc n'aimait pas
sortir de chez lui. Mais aujourd'hui il n'avait pas
le choix : il n'avait plus rien dans son frigo. Il avait
espéré que ses dernières courses dureraient plus
longtemps. Pourtant il avait acheté beaucoup de
choses lorsqu'il s'était rendu à l'épicerie. Il ne se
souvenait plus exactement quand. Mardi dernier ? Ou
bien au mois d'avril ? Non, de ça il était sûr car avril
venait après mars et en mars le camion à ordures était
venu chercher le conteneur vert où il avait jeté tout
un tas de trucs. Non, pas en mars mais les mardis.
Ils venaient vider les poubelles tous les mardis car
il passait tous ses mardis enfermé dans la salle de
bains dès qu'il voyait les éboueurs rappliquer. Pour
éviter qu'ils toquent chez lui au prétexte d'utiliser
son téléphone ou ses W.-C. Ils l'avaient fait une
fois. Même que l'éboueur qui lui avait demandé la
permission avait fait pipi sur la lunette des toilettes,
ce qui l'avait obligé à porter son casque de vélo
blanc même à l'intérieur. Depuis, tous les mardis, il

se cachait dans la salle de bains dès qu'il les voyait arriver.

Tous les mardis, en mars. Non, pas seulement en mars mais tous les mois. Octobre. Ah, voilà, on était en octobre. Il le savait car il avait tourné la page du calendrier il y a quelques jours. En septembre c'était une mouette et maintenant c'était un renard sur la photo. Un goupil rusé qui avait le bout de la queue blanc et qui lui avait fait un clin d'œil pendant qu'il mangeait sa dernière boîte de thon dans la cuisine. Le thon en conserve qui lui avait fait comprendre que son frigo était vide et que les armoires étaient vides elles aussi et qu'il devrait bientôt descendre à l'épicerie pour faire des courses en espérant qu'ils ne se moqueraient pas de lui, là-bas, comme ils le faisaient chaque fois. En coin. Jamais devant lui, non. La fille qui mâchait toujours un chewing-gum et la dame à la caisse, elles faisaient même semblant d'être serviables en sa présence. Il leur montrait son papier à commissions et elles l'aidaient à trouver les produits. Elles les posaient même dans son panier. Et elles ne riaient pas non plus quand il devait payer et n'arrivait pas à compter les sous dans son porte-monnaie pour que ça corresponde à la somme qui s'affichait sur la caisse. Non, devant lui elles étaient gentilles. Mais dès qu'il avait quitté le magasin, elles se payaient sa tête et riaient à gorge déployée en se tapant sur les cuisses. Tout ça parce qu'il portait en permanence un casque de vélo. Il s'en était rendu compte en se cachant derrière le conteneur à bouteilles vides ou derrière la camionnette où était écrit *ICA Hurum*. Y aller prenait vingt-quatre minutes. Sauf quand il y avait du verglas. Ce qui était le cas aujourd'hui, raison pour laquelle il appréhendait le trajet. Il déverrouilla et poussa sa bicyclette avec prudence le long de la route.

Aujourd'hui, il lui fallut presque trente-cinq minutes. À cause du verglas justement. Octobre, non plus septembre et encore moins mars, et pourtant c'était presque l'hiver. Par sa faute ? L'homme au casque de vélo blanc y avait beaucoup réfléchi la semaine passée. Il savait que le réchauffement climatique était dû aux ordures ménagères : si on ne les triait pas correctement, la glace des pôles allait fondre encore plus vite. Il avait donc toujours agi en conséquence, en jetant avec une extrême rigueur ses déchets dans les poubelles appropriées. Mais il avait été malade quinze jours plus tôt et donc plus aussi vigilant : tout était allé dans la même poubelle. Il avait découvert son erreur, trop tard. Afin de la réparer, il ne s'était plus alimenté pendant quatre jours. Jusqu'à ce qu'il tombe dans les pommes et soit obligé de manger. À son réveil le lendemain, il avait trouvé la cour couverte de glace et s'était dit qu'il payait pour son inadvertance et qu'on allait venir le chercher et le renvoyer là où il voulait pas aller. Mais personne n'était venu puisque, à part les éboueurs le mardi, il ne venait jamais de visiteurs inconnus dans la petite maison blanche où il vivait tout seul.

L'homme au casque de vélo cadenassa sa roue avant au rack à vélos et boucla l'arrière avec une chaîne. Après avoir vérifié que les verrous étaient bien fermés, il s'engagea sur le long chemin qui le séparait de la porte. Il n'entrait plus directement. Plus depuis le jour où, une fois à l'intérieur, il était tombé sur d'énormes loups gris avec des yeux écarquillés et

147

des gueules grandes ouvertes. Il avait eu tellement peur qu'il avait renversé un présentoir de lunettes de soleil et, en s'enfuyant, il s'était cogné contre la porte fermée. Une ambulance avait dû venir le chercher et tout le monde s'était moqué de lui, même les infirmières et les médecins à l'hôpital. Depuis, il décrivait une boucle, en profitait pour regarder les promotions de la semaine sur le panneau d'affichage sans se ridiculiser, ce qui lui permettait aussi de vérifier si de gros méchants loups ne l'attendaient pas derrière. Aucun aujourd'hui. Ouf, pensa-t-il. Il attendit quelques minutes supplémentaires histoire d'être sûr qu'ils ne se soient pas cachés en embuscade. Là seulement il prit son courage à deux mains et poussa la porte.

Une clochette retentit au-dessus de lui, comme d'habitude. Comme il s'y était préparé, il ne sursauta pas en l'entendant. Il prit un panier, sonda le magasin du regard. Personne, heureusement. Hormis la fille qui mâchait son chewing-gum et remplaçait l'autre dame à la caisse. Il sortit sa liste de commissions en se déplaçant le plus vite possible dans les rayonnages. Lait. Oui. Œufs. Oui. Filets de saumon. Oui. Il se sentait déjà mieux. Bananes. Oui. Pommes de terre. Oui. Poulet. Oui. Oui, le poulet acceptait de venir, ce n'était pas toujours le cas. Il en aurait presque souri tant ça se passait bien, ça devait être son jour de chance. Peut-être que ce n'était pas sa faute, en fin de compte, si l'hiver venait si tôt cette année ? L'homme au casque de vélo blanc mit ses dernières emplettes dans son panier et se dirigea fièrement vers la caisse.

La jeune fille posa son magazine et souffla une grosse bulle de chewing-gum sans le regarder avec des yeux bêtes. Non, elle lui souriait presque. L'homme au casque de vélo blanc sentit son cœur battre un peu plus vite sous sa doudoune au moment où il posa ses courses sur le tapis. Elle l'avait sûrement compris : c'était sa journée aujourd'hui, ce n'était pas sa faute si la météo faisait des siennes.

— Un sac ? demanda la fille après avoir scanné l'ensemble des achats.

— Non, répondit-il avec un sourire satisfait en s'apprêtant à les ranger dans son sac à dos.

Quand il les vit soudain sur le présentoir devant lui.

Les journaux.

Oh non.

— En liquide ou par carte ?

La photo.

Comment ils ont pu… ?

— Excuse-moi, tu veux payer comment ?

— Hein ?

— En liquide ou par carte ?

— Le poulet est venu tout seul, répondit-il sans quitter des yeux la photo sur les journaux.

— Pardon ?

— Le poulet.

— Oui ?

— Il a accepté de venir dans mon panier.

— Ah, d'accord. Mais tu veux payer comment ? En liquide ou par carte ?

— C'est pas ma faute !

— De quoi tu parles ?

— C'est pas moi qui ai tué le chat.

— Le chat ?

— Et le chien non plus.

Oh là là, voilà que surgissait un gros loup avec des lunettes, par une porte au fond de la boutique. Il se rapprochait, de plus en plus. L'homme au casque de vélo blanc avait envie de se sauver, mais ses pieds refusaient d'obéir. Il ferma les yeux et se boucha les oreilles.

— Tiens... C'est toi, Jim. Salut!

Si le loup parlait, c'est qu'il n'en était peut-être pas un. Quand l'homme au casque de vélo blanc rouvrit les paupières, il découvrit qu'il s'agissait du gentil monsieur barbu, le propriétaire de la boutique.

— Le poulet était d'accord pour venir dans mon panier à commissions, expliqua l'homme au casque de vélo blanc.

— Il y a un problème de paiement?

Le gentil monsieur barbu venait de poser la question à la fille qui mâchait son chewing-gum. Celle-ci fit tourner un doigt sur sa tempe mais se récolta un regard méchant de la part du propriétaire, l'homme au casque de vélo blanc s'en rendit bien compte.

— Allez, Jim, on va ranger tes affaires, dit le gentil monsieur barbu qui se mit aussitôt à l'aider.

— Ce n'est pas moi qui ai tué le chat.

— J'en suis persuadé.

— Et le chien non plus.

— Personne ne t'accuse.

Le gentil monsieur barbu le raccompagna à la porte.

— Et ne t'inquiète pas pour les sous, tu me paieras un autre jour.

Il lui sourit, sans rire à gorge déployée et sans montrer ses dents luisantes, donc l'homme au casque de vélo blanc n'eut pas de problèmes pour déverrouiller les cadenas de sa bicyclette.

— Tu sais que je peux t'apporter tes commissions, si tu veux? Tu me passes un petit coup de fil et on vient, ajouta le gentil monsieur barbu.

— Il est important de se débrouiller tout seul.

— C'est certain. Et tu te débrouilles très bien, Jim. Mais si jamais il y avait quoi que ce soit, tu me téléphones. D'accord?

— Le renard a le bout de la queue blanc, c'est pour ça qu'on est en octobre.

L'homme au casque de vélo blanc appuya fort sur les pédales de sa bicyclette et établit un nouveau record: il rentra chez lui en vingt-deux minutes, alors que le verglas rendait la chaussée très glissante.

22

Curry, réveillé par un bip sonore insistant, tendit le bras vers le radio-réveil sur la table de nuit pour l'éteindre. Ses doigts écrasèrent le bouton, il put s'enfoncer à nouveau dans le sommeil. Il s'emmitoufla dans la couette et roula vers Sunniva. Il adorait ces quelques minutes, quand ils faisaient semblant de ne pas devoir aller au travail, de n'avoir aucune obligation, aucun chef mais seulement eux deux lovés l'un contre l'autre. La chaleur de sa peau contre la sienne quand elle enfouissait son nez dans son cou et se pelotonnait contre lui, comme si elle voulait qu'il la protège. Il avait compris dès l'instant où il l'avait vue : il la voulait, elle et aucune autre. Elle, avec ses cheveux roux et son sourire enchanteur, qui achetait son café du matin au même endroit que lui, elle en route vers la clinique où elle était infirmière, lui vers l'école de police. Un jour, il avait pris son courage à deux mains pour l'inviter au cinéma. À sa grande surprise, elle avait accepté.

Ouvrant les yeux, Curry découvrit un tas de cartons posés sur un lino, dans un appartement qu'il ne reconnaissait plus. Lentement, la réalité lui revint à l'esprit. Il s'était endormi tout habillé – mais pas chez lui. Sunniva avait changé la serrure. Le bip retentissant à nouveau, il comprit qu'il ne venait pas d'un réveille-matin mais de la porte d'entrée. Il alla ouvrir.

— Mia Krüger ? demanda un homme avec une fine moustache, les yeux fixés sur une feuille qu'il tenait à la main.

— Je lui ressemble, peut-être ?

Il sentait que son corps était toujours imbibé d'alcool et que son haleine empestait. Et pour cause, il n'avait pas dessoûlé depuis deux jours et n'était pas allé bosser. Depuis qu'elle lui avait dit qu'elle ne voulait plus jamais le revoir.

— Euh… non, admit l'homme, décontenancé.

« Va te faire foutre, Jon ! Là, t'as dépassé les bornes. Nan mais tu te rends compte ? Tout notre argent ? Tu sais combien j'ai dû trimer pour le gagner ? T'en as conscience ? »

— Je peux revenir plus tard si vous voulez, proposa l'homme d'un air désolé. Mais il y a un problème de champignons dans les caves…

— De quoi ?

Curry sentit qu'il avait du mal à tenir debout.

— Et c'est le dernier appartement que je visite, alors…

— O.K.

Quelques minutes plus tard, Curry avait rejoint le stade Bislett après avoir donné à l'ouvrier la clé de l'appartement en lui demandant de la mettre dans la boîte aux lettres quand il aurait terminé. Il sortit sa boîte de tabac de sa veste et glissa une prise sous sa lèvre puis héla un taxi.

Il profita du trajet pour vérifier son portable. Rien. Pas d'appels, pas de textos, pas un mot de Sunniva, alors que de son côté il avait téléphoné à maintes reprises et envoyé un nombre incalculable de SMS : «*Allez, quoi… On doit pouvoir en reparler tous les deux?*» «*Tu peux décrocher, s'il te plaît?*» «*Tu peux me rappeler?*» «*Appelle-moi, O.K. Quand tu as deux minutes.*» «*Tu me manques.*»

Bien qu'il l'ait déjà pris un million de fois, l'ascenseur lui parut plus étroit qu'une boîte de sardines. Il en sortit avec soulagement et fut surpris par le silence qui régnait dans leurs bureaux.

— Hé ho?

Il poursuivit son inspection dans la salle de repos, prit une tasse de café au passage et entra dans la salle de débriefing.

— Tiens, tu es quand même venu?

Ylva venait de surgir derrière lui.

— Comment ça «quand même»?

Il but une gorgée de café en s'efforçant de paraître le plus sobre possible.

— Mia nous a annoncé que tu étais malade.

— Oui, juste une petite grippe. Mais ça va mieux. Et je ne tenais plus en place à la maison. Du nouveau ici?

Curry suivit Ylva à son bureau et s'installa à une distance respectueuse pour qu'elle ne puisse pas sentir son odeur, puisqu'il n'avait pas eu le temps de prendre une douche avant de partir et ne s'était pas lavé depuis ses deux jours de beuverie.

—Anette était en conférence de presse à neuf heures et Munch a tenu une réunion à dix heures. Est-ce que Mia t'a briefé ou tu veux que je te fasse un topo?

Ylva sourit et rajusta ses lunettes.

—Nan nan, elle m'a briefé. Mais ils sont partis où, tous?

—Tu es sûr que tu ne veux pas un résumé?

Elle lui adressa un nouveau petit sourire que Curry lui renvoya. C'était une chic fille, la petite nouvelle. Même si elle n'était pas à son goût. Il la suivit dans la salle de réunion.

—Tu es au courant pour Anders Finstad? demanda-t-elle en désignant le grand tableau.

—Qui ça?

Ylva se gratta la tête et se tourna vers lui.

—Je crois que tu as quand même besoin d'un brief complet…

—Euh, d'accord…

Curry trouva une chaise.

—Tu en étais resté où?

—Une adolescente nue retrouvée morte dans la forêt avec une fleur dans la bouche.

—Voilà, elle a été étranglée. Elle s'appelait Camilla Green.

—On l'a identifiée?

—Oui, confirma Ylva sans lui donner l'impression qu'il était un sombre imbécile puisqu'en réalité il ne savait rien de l'avancée de l'enquête. Camilla Green, dix-sept ans, résidente dans un genre de centre de rééducation pour jeunes en difficulté… Tu veux tous les détails ou…?

—Simplement un résumé.

155

—Très bien. Donc, Camilla Green. Portée disparue de cet endroit appelé Exploitation horticole de Hurum, il y a trois mois. La déclaration a ensuite été retirée parce qu'ils ont reçu un message comme quoi elle allait bien et qu'ils ne devaient pas la chercher.

—Un message ?

—Un SMS.

Elle lui tendit une feuille.

—Ce sont les données téléphoniques de son portable ?

—Oui. Gabriel les a reçues de Telenor hier. D'après Munch, Mia et Kim qui en discutaient aujourd'hui, le plus bizarre c'est que le texto a été envoyé de l'Exploitation horticole.

—C'est-à-dire ?

—C'est Gabriel qui nous a expliqué ça. Il s'y connaît mieux que moi mais, si j'ai bien compris, il l'a su grâce à… l'antenne ? C'est comme ça que ça s'appelle ?

—L'antenne-relais ?

—Oui, voilà. L'antenne-relais du réseau a permis de localiser que l'appel provenait de l'Exploitation horticole.

Intrigué, Curry se leva et s'approcha du tableau pour étudier les photos.

—Tu as prononcé un nom tout à l'heure. C'est notre suspect ?

—Anders Finstad, confirma-t-elle en posant le doigt sur la photographie noir et blanc d'un homme dans la soixantaine, un casque d'équitation sur la tête, devant ce qui devait être un box d'écurie.

—Et ça, c'est quoi ?

156

— Le tatouage ?

— Quel tatouage ?

Cette fois, il se sentait comme le dernier des cons. Il avait passé deux jours à boire à cause de ses problèmes de couple tandis qu'un malade courait dans la nature et que ses collègues bossaient comme des dingues – et lui, il avait contribué à quoi ? À rien, strictement rien.

— La tête de cheval. Avec les lettres A et F juste en dessous. Tu vois ?

— Oui.

— Anders Finstad. Camilla aimait beaucoup faire du cheval. Cet Anders Finstad tient un petit haras pas loin de l'Exploitation horticole où elle vivait.

— Et ?

— Il a un casier. Une plainte a été déposée pour agression sexuelle. Il avait demandé à deux gamines de douze et quatorze ans d'enlever le haut de leurs vêtements pendant qu'il les photographiait devant leur cheval. L'homme a soixante-six ans.

— J'y crois pas... Et ?

— Ça n'a pas abouti. Il a un avocat brillant qui a pu annuler la validité des preuves. Bref. Toujours est-il que c'est sur lui qu'on se concentre. Camilla était membre de son haras. Et très douée. Elle allait peut-être entrer dans l'équipe nationale junior de saut d'obstacles.

— Notre victime ?

— Oui. Mia s'y trouve actuellement, le reste de l'équipe est à l'Exploitation horticole.

— Tu sais s'il reste des voitures au sous-sol ?

— C'est-à-dire ?

— Des voitures de service ?

157

—Je n'en sais rien.

Ylva ressortit dans le couloir.

—Est-ce que je t'enregistre comme présent ou j'indique que tu es toujours absent pour maladie?

—Je croyais que c'était Grønland qui s'en occupait?

—Eh non..., soupira Ylva. C'est peut-être ça d'être la petite nouvelle de l'équipe...

—Parles-en à Anette.

Curry lui adressa un clin d'œil, trouva une clé de voiture dans l'armoire, posa sa tasse de café à la cuisine et prit l'ascenseur jusqu'au sous-sol.

23

Munch put rapidement franchir les barrages de police qui bloquaient l'entrée de l'Exploitation horticole de Hurum. Au moment où une pluie de flashs illuminait son Audi, il se félicita d'avoir envoyé Mia au haras plutôt qu'ici. Tandis qu'il remontait l'allée, il secoua la tête d'indignation en regardant dans son rétroviseur. Helene Eriksen l'avait appelé tôt le matin pour le prévenir. Elle ne s'était pas trompée, les lieux était envahis par la presse : « Comme une nuée de criquets, ils entrent partout. Les filles ont peur, que devons-nous faire ? » Munch sourit en garant sa voiture devant le bâtiment principal. Il commençait à l'apprécier, cette femme. Des criquets… La comparaison aurait pu venir de lui.

Il alluma une cigarette au moment où Kim Kolsø descendit le perron.

— Quel cirque ! lança-t-il avec un mouvement de tête en direction du bout de l'allée.

— On contrôle, répondit Munch. Comment ça se passe ici ?

— Bien. On a obtenu deux classes et un bureau. C'est un peu primitif comme dispositif, mais on a déjà commencé. J'ai établi la liste comme tu me l'avais demandé, toi et moi prenons les plus importants. Ludvig ne semble pas mécontent de ne plus devoir prendre la poussière dans Mariboes Gate. Et Jensen puissance 2 sont arrivés eux aussi.

Munch avait demandé du renfort au QG de Grønland et Mikkelson leur avait attribué une équipe de la section criminelle, deux types portant le même nom de famille et plus connus sous le sobriquet de Jensen puissance 2. Pas expressément la préférence de Munch, mais ils feraient avec, ils avaient besoin de monde.

— Curry nous rejoint, on le mettra avec eux, marmonna-t-il, en tirant une grosse bouffée de cigarette pour que Kim ne perçoive pas son agacement.

— Ah oui? Mia n'a pas dit qu'il était malade?

— Visiblement il s'est rétabli...

— Parfait.

Kim conduisit son chef en haut des marches et jusque dans la salle d'interrogatoire improvisée.

— On a qui en premier? voulut-il savoir après avoir ôté son duffel-coat.

Il regarda le premier nom sur la liste que Kim Kolsø venait de poser devant lui.

— Benedikte Riis? lut-il avec de l'étonnement dans la voix. Je croyais qu'on était tombés d'accord pour que, toi et moi, on interroge ce Paulus?

Kim haussa les épaules en guise d'excuse.

— Grønlie l'a pris.

— En quel honneur?

— Il a insisté.

— Qui ça, le garçon? Pourquoi?

— Il était dans la cour quand on est arrivés. Il n'avait pas l'air d'avoir beaucoup dormi. Et là il nous a dit: «Je parie que c'est moi que vous soupçonnez, alors autant être interrogé le premier.»

— Ben dis donc...

— Du coup j'ai laissé Ludvig s'en occuper. Pour qu'il arrête de paniquer.

— Qu'est-ce qu'il entendait par «c'est moi que vous soupçonnez»?

— Il s'est sûrement dit qu'on avait vu son casier.

— Des petits délits uniquement, non?

— Oui oui. Possession de haschich, vol avec effraction dans un magasin, accident sur la voie publique à bord d'une voiture volée. Le tout dans son adolescence. Mais peut-être qu'il en a commis d'autres dont on n'est pas au courant. Une chose est sûre, il se sent coupable. De quoi, ça... Toujours est-il que Grønlie est en train de l'interroger.

— O.K., fit Munch en consultant la liste. Et cette Benedikte Riis, c'est qui?

— La dernière à avoir vu Camilla Green en vie. Elle aurait un truc important à nous raconter. Je crois que Helene Eriksen a essayé de lui tirer les vers du nez, mais la gamine exige de parler à la police.

— Voyez-vous ça... Eh bien, fais-la entrer.

24

Anders Finstad était assis sur le perron quand Mia Krüger entra dans la cour. Haras de Hurum. De l'extérieur, l'endroit rappelait à s'y méprendre l'Exploitation horticole qu'elle et Munch avaient visitée la veille. Une longue allée flanquée de bouleaux majestueux donnant sur un corps de bâtiment qui semblait parfaitement entretenu, entouré de prés couverts de givre. Une imposante bâtisse peinte en blanc, une cour gravillonnée et une magnifique structure en briques rouges qui hébergeait sûrement les écuries. Quand elle descendit de la voiture, Mia sentit un grand calme s'emparer d'elle. Certes il n'y avait pas la mer, mais les lieux dégageaient la même quiétude que sur l'île de Hitra. On ne pouvait que se plaire ici, au milieu de cette nature superbe.

— Bonjour, dit l'homme en se levant pour venir à sa rencontre. Anders Finstad.

— Mia Krüger.

Elle serra la main froide qu'il lui tendait, il devait être dehors depuis un moment. Il lui sourit.

— Oui, je sais qui vous êtes. Si les circonstances avaient été différentes, je vous aurais dit que je me sens très honoré de faire votre connaissance.

— D'accord...

Mia tenta de débusquer derrière cette offensive de charme une tentative de la désarmer, de l'adoucir – mais ne vit rien en ce sens. Finstad donnait au premier coup d'œil la même impression que sa propriété : celle d'un homme qui veillait à son apparence, sans que ce soin apporté paraisse surfait ou factice.

— Quelle tragédie, dit-il après l'avoir conduite dans ce qui devait être le salon.

Il lui fit signe de s'asseoir et lui sourit à nouveau.

— Puis-je vous offrir quelque chose, ou souhaitez-vous... ?

— Aller directement à l'affaire qui nous intéresse.

Visiblement, il avait attendu et espéré cette réponse. S'asseyant en face d'elle, il baissa d'abord les yeux sur la nappe blanche puis, rassemblant son courage, les releva sans que Mia ait pris la parole.

— Je l'avais compris, évidemment.

— Qu'est-ce que vous aviez compris ?

— Que vous m'accuseriez.

— Qui a dit que nous vous accusions ?

— Parce que ce n'est pas le cas ? lâcha-t-il, surpris et presque soulagé.

Mia ne put s'empêcher d'avoir pitié de cet homme poli et tiré à quatre épingles. Les yeux cernés, il agitait nerveusement ses mains sur la table. Il ne faisait pas de doute que les événements des derniers jours l'avaient profondément marqué.

— Pour l'instant, nous ne sommes sûrs de rien et envisageons toutes les possibilités. Mais... c'est certain. Comme vous connaissiez Camilla qui était élève chez vous…

— Oh, non.

— Comment ça, non?

— Elle n'était pas élève. Je ne formulerai pas les choses sous cet angle.

— Mais?

— Elle était…

Finstad s'adossa à la chaise comme s'il cherchait ses mots.

— Elle était spéciale. Elle n'était l'élève de personne, si vous préférez.

— C'est-à-dire?

— On ne pouvait rien lui imposer ni lui dicter sa conduite. Elle était entêtée, elle avait une volonté propre.

Il esquissa un sourire. Son regard disparut, à croire qu'Anders Finstad voyait Camilla Green quelque part dans son cerveau.

— Donc elle n'était pas votre élève au haras?

— Pardon? Si. Sur le papier, oui. Mais elle n'était pas élève dans la mesure où elle suivait uniquement ses choix. C'était une fille merveilleuse. Je l'ai compris dès que Helene l'a amenée la première fois. Ça ne vous est jamais arrivé? De rencontrer des personnes plus charismatiques que d'autres, qui ont une espèce de…?

Un silence s'installa.

— Vous l'aimiez? reprit Mia.

— Oui, tout le monde aimait Camilla.

— Vous aussi?

— Oh, oui…

— Vous l'aimiez beaucoup?

Finstad eut l'air de se réveiller de sa rêverie et comprit brusquement où Mia voulait en venir.

— Non! Non. Pas comme vous l'insinuez…

Il y eut un nouveau silence. Anders Finstad prit la mine résignée de celui qui connaît déjà la prochaine question.

— Septembre 2011, dit Mia.

— Oui?

— Vous savez à quoi je fais allusion?

— Bien sûr, confirma-t-il sans la regarder.

— Les photographies torse nu devant un cheval.

Finstad plaqua ses mains sur son visage.

— Je n'en suis pas fier.

— Et pourtant vous les avez prises?

— Nous commettons tous des erreurs. L'erreur est humaine et je suis un homme comme n'importe qui.

Mia sentit que la sympathie qu'elle avait éprouvée envers lui se transformait en aversion.

— Des erreurs? Autrement dit, vous affirmez que prendre des photos de fillettes dénudées n'est pas un problème?

— Quoi? s'exclama Finstad, sans cacher sa surprise.

— Vous êtes allé chercher votre appareil photo dans l'écurie. Vous avez abusé de votre autorité sur deux fillettes innocentes et vous leur avez demandé de poser à moitié nues devant un cheval. Et ce geste devrait être pardonné, comme ça, en un claquement de doigts? C'est ce que vous essayez de me faire croire? Vous êtes un pédophile, Anders Finstad. Et vous utilisez cet état de fait en guise d'excuse. C'est ce que je suis censée comprendre?

— Mais qu'est-ce que vous racontez?

— Vous m'avez parfaitement entendue.

— Pardon… ? Mais ce n'est pas du tout ce qui s'est passé, voyons…

— C'est pourtant ce qui figure dans votre casier judiciaire.

Mia commençait lentement à douter. D'autant que Munch ne lui avait pas transmis tous les détails de cette affaire.

— Ah ça, non ! Pas du tout ! Ou alors vous ne l'avez pas lu jusqu'au bout.

— Dans ce cas de quoi n'êtes-vous pas fier ? demanda Mia en se raclant la gorge et en essayant de paraître un peu plus professionnelle.

— Qu'est-ce que vous voulez dire ?

À présent, Finstad paraissait désespéré.

— Vous m'avez dit tout à l'heure que vous n'étiez pas fier. De quoi ?

— De l'avoir trompée.

— Qui ?

— Mais mon ex-femme ! Le jugement l'a confirmé ! C'est forcément écrit dans votre dossier.

Mia regarda Finstad, les yeux écarquillés d'incrédulité. Cet homme était honnête, c'était évident. Elle sentit son irritation monter contre Munch qui l'avait envoyée ici sans lui avoir donné un aperçu complet de la situation.

— Certes. Mais je devais malgré tout vous poser la question.

— Donc vous savez qu'elle voulait se venger de moi. Qu'elle a tout inventé. Parce que je l'avais trompée. Qu'elle a avoué en fin de compte. Que la plainte a été retirée.

— En effet, oui. Je vous prie de m'excuser.

166

— Je vous en prie.

Il finit par se calmer et lui sourit.

— Mais je regrette. Je n'aurais jamais dû m'auto-riser cet écart. Je ne suis pas ce type d'homme, vous savez...

— Cela ne me regarde pas, répondit Mia en lui adressant un regard bienveillant.

— Quelle tragédie... Camilla était une fille tellement adorable.

— Elle venait souvent?

— Oh, oui. Presque tous les soirs à certaines périodes. Elle était l'une des rares à avoir son placard à elle. Je vous ai dit qu'elle avait beaucoup de talent pour l'équitation? Pour quelqu'un qui n'était jamais monté sur un cheval de sa vie, elle était...

— Un placard?

— Oui. Les plus assidues en ont un. Elles y rangent leurs affaires, leur matériel d'équitation...

— Je peux le voir?

— Bien entendu.

Il se leva et invita Mia à le suivre vers les écuries.

25

Isabella Jung y avait souvent pensé. Son père lui ayant toujours seriné que l'habit ne faisait pas le moine et qu'il ne fallait pas nécessairement se fier à la première impression, elle avait jusqu'ici refusé de l'admettre. Or maintenant elle en était sûre : elle ne pouvait pas voir cette Benedikte Riis en peinture.

Les filles avaient été rassemblées dans la salle de télévision en attendant d'être appelées une par une pour être interrogées par la police. Forcément, Benedikte Riis avait été la première. Madame l'avait exigé sous prétexte d'être *« celle qui connaissait le mieux Camilla »*, *« sa plus proche amie »*, *« la dernière à l'avoir vue en vie »*. Un tissu de conneries, selon Isabella, puisque jamais elle n'avait vu de personne aussi égocentrique que Benedikte : elle n'avait pas de plus proche amie qu'elle-même et son reflet dans le miroir. Elle lui aurait bien dit de fermer sa grande gueule de pouffe mais, par respect pour les autres, s'était abstenue. Si elle était forte et avait réussi à s'en sortir seule, il en était autrement pour quelques-unes des filles qui résidaient à l'Exploitation horticole de Hurum.

Cet endroit si paisible, mais devenu invivable depuis quelques jours. Leur quotidien n'existait plus, les cours n'étaient plus qu'une succession de questions, non plus sur la géographie de la Norvège ou les verbes anglais mais sur Camilla Green, certaines filles avaient même fait une crise de nerfs. La police partout, des journalistes en embuscade, des barrages dans tous les coins comme s'ils étaient cernés. Heureusement, les policiers en uniforme avaient fini par quitter les lieux, il ne restait que ces enquêteurs en civil qui venaient d'interroger Benedikte Riis. Elle tenait salon :

— Moi je leur ai dit, hein. Qu'on était super proches. Et que s'il y a quelqu'un qui sait, c'est *moi* !

Recluse dans un coin, terrorisée, un coussin sur le ventre comme si elle avait besoin de se protéger, Cecilie, la petite originaire de Bergen, demanda :

— Et qu'est-ce que tu sais ?

— Nan mais t'es conne ou quoi ? Je sais ce qui s'est passé, tiens !

— Et tu leur as dit quoi ?

La question venait de Wenche, qui était originaire d'Oslo. Elle avait des cheveux noirs et des tonnes de tatouages. Les rumeurs prétendaient qu'elle sortait avec un biker et avait été arrêtée pour avoir tenté d'introduire en Norvège de l'héroïne cachée dans un landau après un voyage en ferry au Danemark. Depuis son séjour ici, Isabella avait appris à se méfier des on-dit et savait que certaines essayaient de se faire plus délinquantes qu'elles ne l'étaient en réalité. Aussi préférait-elle la compagnie de Synne ou Cecilie, moins excentriques, plus pragmatiques.

Justement, elle se souvint du mot accroché sur sa porte.

Tu me plais.

Et, en dessous un petit dessin.

Un hibou.

Mais pourquoi un hibou?

Et pourquoi *elle*? Qui était cet admirateur secret? Celui à qui elle pensait?

Elle fut tirée de ses pensées par cette tronche de cake de Benedikte Riis qui brandissait un doigt à dix centimètres de son visage :

— Et toi aussi tu la fermes, compris?

Isabella Jung se rendit compte que tous les regards étaient braqués sur elle.

— De quoi?

— T'es sourde ou lourde? soupira Benedikte.

Isabella résista à la tentation de lui en coller une en pleine figure.

— Je viens de dire qu'aucune d'entre nous ne doit en parler à la police!

— Mais de quoi?

— Qu'elle avait l'habitude d'aller dans la forêt, soupira cette fois Wenche, qui entre-temps s'était assise sur l'appui de la fenêtre et avait allumé une cigarette, bien que ce soit interdit à l'intérieur des bâtiments.

— La nuit, ajouta Sofia.

— Ah bon? Je l'ignorais…

— Forcément puisque t'es nouvelle, répliqua Benedikte. Et, pendant qu'on y est, va pas croire que Paulus t'aime bien sous prétexte qu'il t'aide aux orchidées. Paulus aime toutes celles qui s'occupent de ses orchidées. Pas vrai, les filles?

Sur ce elle éclata de rire, suivie par Wenche et Sofia.

—Et pourquoi il ne faut pas que j'en parle? demanda Isabella, qui sentait la rébellion monter en elle.

—Parce que je le dis, point barre! répondit Benedikte en lui enfonçant son index sur le front.

Isabella bondit.

—Primo, je fais ce que je veux!

—Ça c'est ce qu'on va voir, ma cocotte...

Elle ne put aller plus loin car Helene pénétra au même moment dans la pièce. Elle avait l'air épuisée. Elle qui normalement aurait donné un avertissement à Wenche pour avoir fumé dans les locaux, choisit d'ignorer l'odeur de cigarette.

—Isabella? appela-t-elle d'une voix atone.

—Oui?

—Viens, c'est ton tour. La police désire t'interroger.

26

Au lieu de passer la nuit à consoler Curry, Mia Krüger aurait préféré avoir dormi davantage que trois petites heures. Car alors elle aurait eu plus de forces et mieux supporté la vision qui surgit devant elle au moment où Anders Finstad ouvrit la porte des écuries. Brusquement, elle avait à nouveau seize ans.

L'endroit lui rappelait tellement Sigrid.

— Les clés de l'armoire, je les ai oubliées… Je suis désolé, dit le propriétaire du haras.

— Je vous en prie.

— Attendez-moi ici, je reviens.

— Je ne suis pas pressée.

Mia recula de quelques pas tandis que Finstad traversait la cour à grandes enjambées.

Deux fois par semaine. À l'arrière de la Volvo de leur père. Un haras non loin de Horten. Sigrid sur son cheval noir, ses cheveux blonds sous la bombe, un grand sourire sur son beau visage. Elle adorait monter. Ils allaient souvent la regarder, toute la famille réunie. La vision et l'odeur des montures dans cette écurie ravivèrent ses souvenirs jusqu'à lui donner la nausée. Sans doute parce qu'elle n'avait quasiment rien mangé, parce qu'elle avait surtout bu avec Curry et pris des cachets, parce qu'elle n'avait pas pris soin d'elle. Ou alors pour une autre raison.

Elle fut incapable de se retenir plus longtemps. Elle tituba le long du mur et eut tout juste le temps de tourner à l'angle. Elle vomit. Recroquevillée, à bout de souffle, la vue brouillée, elle tenta de se ressaisir :

— Vous êtes là ?

Elle retourna sur ses pas et s'efforça de sourire.

— Ah, vous voilà…, dit Finstad en montrant un trousseau de clés. J'ai…

— Excusez-moi, puis-je utiliser vos toilettes ? marmonna-t-elle en serrant les lèvres.

— Bien sûr. Tout de suite à droite de la porte d'entrée. Venez, je vais vous montrer.

— Je vous remercie, je trouverai toute seule.

Après s'être enfermée, elle s'assit quelques instants sur la lunette pour retrouver une respiration normale. Puis elle s'aspergea le visage d'eau et se campa devant le miroir. Elle faisait peine à voir. Livide, effrayée, elle put mesurer la force avec laquelle son corps avait réagi au souvenir de Sigrid sur son cheval.

« Nous allons devoir parler de Sigrid… »

Alors peut-être qu'il avait raison, le psychologue. Il lui avait envoyé un message : *« Vous n'êtes pas venue à la dernière séance, quel jour vous conviendrait le mieux pour la prochaine ? »* Aucun, avait-elle eu envie de répondre – elle s'était donc abstenue. À quoi bon continuer à consulter ? Après tout, elle avait réintégré le service. C'est pour cette raison qu'elle avait dû pousser la porte de Mattias Wang, non pour ouvrir son âme. Elle sentit un semblant de normalité revenir en elle. D'un autre côté, parler au psy pourrait lui faire du bien. Ce chagrin, cette misère, ce manque. Son père, sa mère, sa sœur, sa grand-mère. Elle trouva une bouteille de bain de bouche dans l'armoire à pharmacie et se rafraîchit l'haleine. Affrontant de nouveau son reflet, elle se vit secouer la tête.

Pas question.

Elle se passa une seconde fois le visage sous l'eau froide. Et se regarda.

Certainement pas.

Ce n'était qu'une coïncidence. Trop de pression, trop peu de sommeil, puis cette enquête. Et par-dessus le marché cet emmerdeur de Curry qu'elle avait dû aider. Ça n'avait rien à voir avec son psychisme. Elle avait une entière maîtrise de la situation. Elle opina dans la glace.

Un contrôle total.

Elle demeura quelques instants supplémentaires jusqu'à ce que son visage ait retrouvé des couleurs. Et ressortit dans la cour.

— Tout va bien ? s'inquiéta Anders Finstad.

— Oui, bien sûr, répondit-elle, en suivant l'homme tiré à quatre épingles vers les écuries. C'est son placard ?

Voilà, elle était redevenue l'enquêtrice parfaite.

— Oui. Vous voulez que je l'ouvre ?

— Rester devant ne risque pas de nous apporter grand-chose, n'est-ce pas ?

Elle lui fit un clin d'œil, Finstad sourit. Après avoir essayé plusieurs clés, il trouva la bonne. Mia sortit des gants en latex de sa poche.

— Vous souhaitez que je vous laisse ?

Il était aussi impatient qu'elle de découvrir le contenu du placard.

— C'est gentil, oui.. Je vous appelle si j'ai une question.

Elle attendit qu'il ait quitté l'écurie pour ouvrir.

Une veste d'équitation rouge. Des bottes noires. Un fuseau beige pendu à un cintre. Et une petite feuille glissée dans l'intérieur de la porte. Un mot, écrit à la main.

Tu me plais.

Et, en dessous un petit dessin.

Un oiseau.

Un hibou.

Les plumes de hibou.

Mia s'empara de son téléphone portable et composa le numéro de Munch. Comme il ne répondait pas, elle lui envoya un texto : *« Appelle-moi. C'est urgent. »*

Tu me plais.

Un dessin.

Un oiseau.

Un hibou.

Mia prit une pastille dans la poche de son blouson en cuir et ne put réprimer un sourire.

27

Ça n'aurait pas dû l'étonner, et pourtant il constata avec surprise que la lumière dans le ciel semblait refuser de percer alors qu'on était au milieu de la journée. Il eut une pensée pour Mia. S'il n'aimait pas outre mesure le froid et l'obscurité, il savait que sa jeune collègue les supportait encore moins : il semblait alors que la nuit quasi permanente se fixait dans son esprit, changeait son humeur et l'assombrissait jusqu'à l'arrivée du printemps. Il alluma une cigarette et, observant le bout incandescent orangé, songea aujourd'hui encore que personne ne devrait vivre sous ces latitudes, aussi septentrionales. C'était une erreur historique. Les Norvégiens étaient les descendants d'un peuple qui, forcément, s'était égaré au cours de sa migration. Pourquoi auraient-ils choisi cet endroit alors que le monde regorgeait de terres ensoleillées et fertiles. Des paysages paradisiaques, dans ce pays ? Avec de telles conditions climatiques ?

Sous la capuche de son duffel-coat, Holger Munch tenta de trouver un lien entre les interrogatoires des jeunes filles qui avaient défilé devant eux au cours de la journée. Aucune ne leur avait fourni une information immédiate qui puisse leur permettre d'avancer dans leur enquête. Toutes paraissaient terrorisées et, même si elles étaient très différentes, elles avaient ceci en commun qu'elles s'entretenaient avec la police de très mauvaise grâce. Il tira sur sa cigarette au moment où la porte du bâtiment principal s'ouvrit sur Helene Eriksen qui descendit le perron pour le rejoindre.

— Vous savez que vous pouvez fumer à l'intérieur si vous voulez? lui dit-elle en esquissant un sourire.

On voyait qu'elle se forçait à être aimable, et pour cause : elle avait paru accablée dès l'instant où Holger l'avait vue ce matin, et le remue-ménage d'aujourd'hui n'avait pas contribué à la rassurer. La lueur de vie qu'il avait aperçue dans ses yeux s'était éteinte. Elle lui faisait de la peine.

— Je peux vous offrir un café? La journée a été longue, autant pour nous que pour vous…

— Je vous remercie, mais j'ai arrêté le café, répondit-il poliment. Un thé, en revanche, ne serait pas de refus.

— J'ai ça aussi en stock.

Après cette tentative d'humour, elle invita Munch à la suivre dans une petite pièce du rez-de-chaussée.

— Ma pièce à moi, expliqua Helene Eriksen quand l'enquêteur se fut assis. Parfois, il est bon d'avoir un lieu où se retirer pour profiter d'un peu de solitude.

Posant son manteau sur l'accoudoir de l'autre chaise, Munch songea que, décidément, il appréciait cette femme qui aidait les jeunes en difficulté. Elle était quelqu'un de bien, avec un grand cœur.

— Je n'ai hélas pas beaucoup de choix aujourd'hui, dit-elle en posant devant lui un bol contenant différents sachets.

— Ne vous inquiétez pas, ça ira. Pourvu simplement que je me réchauffe un peu.

— Oui, pour un mois d'octobre, il fait un froid glacial.

Elle s'assit en face de lui. Munch prit un sachet au hasard et remplit sa tasse d'eau chaude.

— Puis-je vous en prendre une ? demanda-t-elle, un doigt pointé sur le paquet de cigarettes.

— Servez-vous.

— En fait je ne fume plus. J'ai arrêté il y a longtemps. Mais là...

— Je comprends, dit Munch en se penchant pour lui donner du feu.

Helene Eriksen s'enfonça dans sa chaise et souffla la fumée en direction du plafond. Elle parut réfléchir, comme si elle souhaitait lui avouer quelque chose qu'elle aurait sur le cœur ou s'ouvrir d'un secret – mais elle garda le silence. Aussi Munch prit-il la parole, davantage pour la rassurer :

— Nous avons bientôt terminé et allons pouvoir vous laisser tranquilles.

— Vous avez une piste ? Est-ce que ces interrogatoires vous ont aidés ?

— Je ne peux hélas pas discuter des détails avec vous, Helene. Secret de l'enquête. Je pense que vous comprendrez. Mais, oui, nous avons obtenu les renseignements dont nous avions besoin.

— Très bien. Si je puis vous être utile en quoi que ce soit, surtout vous n'hésitez pas. À tout moment.

— C'est très gentil de votre part, Helene. Vous nous avez déjà été d'un soutien très précieux. Au nom de toute l'équipe, je vous remercie.

— Tant mieux.

Elle tira une petite bouffée de sa cigarette et écrasa le mégot dans le cendrier, non sans un sourire pour Munch.

— Autrefois, je fumais un bon paquet par jour alors qu'aujourd'hui j'ai la tête qui me tourne après une demi-cigarette.

La voyant regarder droit devant elle, Munch repensa ce qu'avait dit Mia lors de leur premier interrogatoire.

« *Elle sait quelque chose.* »

Il écrasa à son tour son mégot, se leva et s'éclaircit la voix :

— Merci pour ce thé, mais je vais devoir m'y remettre. Nous avons encore pas de mal de noms sur la liste.

— Oui bien sûr.

— Ah, juste une chose…, reprit Munch lorsqu'ils se retrouvèrent dans le couloir.

— Oui ?

— Un petit détail dont je voulais m'assurer auprès de vous car il ne figure pas sur la liste.

— Qui ça ?

— Rolf Lycke.

— Rolf ? s'étonna Helene Eriksen.

— Oui. Si je ne m'abuse, il est professeur chez vous ?

— Rolf ? répéta-t-elle. Il est sur vos listes ? Il n'enseigne plus ici depuis longtemps…

— Mais il a travaillé pour vous ?

— Certes. Mais uniquement pendant une courte période. Il était… comment dire? C'était un excellent professeur, et je l'aurais très volontiers gardé. Je ne voudrais surtout pas être méchante envers mes filles mais… d'un strict point de vue scolaire, le niveau n'est pas très élevé, si vous me permettez. Et j'ai le sentiment que Rolf Lycke avait d'autres ambitions qu'un poste chez nous. Néanmoins, si vous aviez besoin de lui parler, je pourrais m'en charger. Je dois avoir son numéro quelque part. Vous voulez que je le trouve?

— Non non. Nous allons nous en tenir aux listes.

— Comme vous voudrez.

Au même moment, le portable de Munch vibra dans sa poche. Il l'avait gardé en mode silencieux pendant les interrogatoires, mais sans désactiver le vibreur. Le nom d'Anette Goli s'affichait sur l'écran.

— Oui?

— Je crois qu'on le tient, Holger. Tu as eu Mia au téléphone? Elle essaie de te joindre : elle a trouvé quelque chose au haras. Mais ça n'a plus d'importance…

La procureure parlait si vite que Munch ne captait que la moitié de ses phrases.

— Pardon?

— On le tient.

— Qui?

— L'assassin. Il s'est présenté de lui-même à Grønland. Il a été placé en garde à vue. Il a avoué le meurtre, Holger!

— J'arrive.

Munch enfila son duffel-coat et, tandis qu'il courait vers sa voiture, un texto lui arriva. Miriam. *« Il faudrait que je te parle, papa. C'est un peu important. Tu peux m'appeler? »* Il soupira. Ça attendrait.

28

En ouvrant la porte de la petite pièce contiguë à la salle d'interrogatoire, Munch vit d'emblée que Mia, toujours vêtue de son blouson en cuir, n'avait pas l'air convaincue en mangeant sa pomme. Appuyée contre le mur, les bras croisés, Anette Goli arborait quant à elle un petit sourire.

— Qui est-ce qu'on a ? s'enquit Munch en accrochant son duffel-coat au dossier de chaise en face du miroir sans tain.

— Jim Fuglesang, annonça la procureure. Trente-deux ans. Domicilié à Røyken, soit à moins de quarante minutes en voiture de l'Exploitation horticole de Hurum. Il s'est présenté de sa propre initiative il y a moins d'une heure. Il a avoué avoir tué Camilla Green.

— Fuglesang ? Ça existe comme nom[1] ? s'étonna Munch en regardant l'homme assis derrière le miroir.

— Oui, ce n'est ni une blague ni une invention. Jim Fuglesang existe bel et bien, j'ai vérifié. Ancien employé de la poste. Il touche désormais l'AAH, sans

---

1. *Fuglesang* signifie littéralement *chant d'oiseau* en norvégien. *(N.d.T.)*

que je sache encore pourquoi. J'ai mis Ludvig sur l'affaire.

— Pourquoi il porte un casque de vélo ?

— Il refuse de l'enlever, indiqua Anette Goli d'un haussement d'épaules.

— Je n'y crois pas, intervint Mia en croquant un nouveau morceau de pomme.

— Pourquoi ?

— Voyons, Holger… Les journaux se sont emparés de l'affaire hier seulement. Combien de fois ça nous est arrivé ? Que des gens avouent un crime qu'ils n'ont pas commis ? Sans que je puisse l'expliquer, certains individus ont envie, ou besoin, d'attirer l'attention sur eux. Franchement, je ne comprends pas ce qu'on fiche ici… Tu as eu mon message ?

— J'ai passé toute la journée en interrogatoire.

— Le dessin, au haras, expliqua Mia sans quitter des yeux l'homme au casque de vélo blanc.

— Quel dessin ?

Mia ne répondit pas.

— Anette ?

La procureure sembla à son tour agacée par la remarque qui insinuait qu'elle les aurait fait déplacer pour une broutille. Elle posa sur la table un dossier qu'elle n'avait visiblement pas encore montré à Mia, dans l'attente que Holger les rejoigne.

— Je ne suis pas conne non plus, répliqua-t-elle sèchement. Je sais ce que c'est qu'une fausse déposition, merci. Et je ne vous aurais pas appelés s'il n'avait pas apporté ça.

Elle posa le doigt sur les photos qu'elle venait de sortir du dossier.

— Oh, putain ! s'exclama Munch.

—Quoi? fit Mia en se tournant vers Anette.

—Alors, qu'est-ce que je disais? lança celle-ci d'une voix triomphante.

Deux photographies. Floues. Mais les motifs étaient indubitablement reconnaissables.

—J'comprends pas, là…, marmonna Mia.

—Je vous l'ai dit: on le tient.

—Bon, allons voir ce que ce zigoto a à nous dire, dit Holger.

29

Dans la salle de débriefing, Gabriel Mørk regardait Grønlie accrocher des photos sur le mur. Redoutant qu'on le prenne pour un gamin, le jeune hacker ne l'avait dit à personne, mais il avait passé une journée passionnante – sans doute la plus intéressante depuis ses débuts à l'Unité spéciale. Il avait eu la permission d'accompagner l'équipe pour procéder à l'audition des résidents et des employés de l'Exploitation horticole. Cette tâche, d'ordinaire réservée à Munch, Mia et Kim Kolsø, ressemblait pour lui à une espèce de baptême. Devant l'ampleur de l'enquête et le nombre de personnes à interroger, Munch avait envoyé tout le monde à Hurum. À l'exception d'Ylva, chargée de veiller sur les bureaux, qui l'avait regardé avec envie en le voyant partir avec le reste de la troupe. Elle entra au moment où, souriant au souvenir de ces longues heures, il avalait une gorgée de Coca.

— Vous le faites quand même ? demanda-t-elle alors que Grønlie venait d'accrocher la photo d'une des adolescentes et écrit son nom en dessous : *Isabella Jung*.

— Comment ça « quand même »? dit Gabriel.

— Ben, on a l'assassin...

— Ça, ça reste encore à prouver, intervint Ludvig Grønlie.

Il accrocha une nouvelle photo à côté de la précédente et nota : *Paulus Monsen*.

— Pourtant, Anette avait l'air sûre d'elle...

— Tu m'en verrais ravi, mais... ça nous est arrivé plusieurs fois, répliqua le policier, fort de sa longue expérience.

— Quoi?

— Que quelqu'un s'accuse d'un meurtre qu'il n'a pas commis, répondit Gabriel, non sans regarder Grønlie pour obtenir son approbation.

— Exactement, confirma celui-ci en collant une troisième photo : *Benedikte Riis*.

Gabriel éprouva cette sensation un peu euphorisante de ne plus être un débutant, d'avoir enfin échappé à cette gêne des premiers temps, ce sentiment d'exclusion, quand il ne comprenait rien aux usages de ses nouveaux collègues, au vocabulaire qu'ils employaient.

Ylva mit un chewing-gum dans sa bouche quand Grønlie colla une quatrième personne, cette fois au-dessus des trois autres : *Helene Eriksen*.

— On sait un peu qui est ce type?

— Pas tout à fait. J'ai encore des coups de fil à passer.

— J'espère quand même que ce sera lui, qu'on pourra vite résoudre cette affaire, dit-elle en soufflant une bulle de chewing-gum.

— Moi aussi, lui dit Grønlie après avoir accroché une dernière photo : *Cecilie Markussen*. Mais jusqu'à ce qu'on en ait la certitude, il faut d'abord qu'on vérifie tout ce petit monde.

Il soupira en regardant son tableau terminé.

— C'est vrai que c'est un peu le bazar…, fit remarquer Ylva.

— Tu trouves ?

— Non, pas ton tableau. Excuse-moi. Je veux dire, cette enquête, tous ces gens… Pas facile de savoir par où et par qui commencer. Qui est-ce qu'on regarde exactement ?

— Helene Eriksen. La chef de la structure, celle qui l'a créée.

— D'accord.

— Ici, Paulus Monsen, vingt-cinq ans. Un ancien résident et aujourd'hui… euh… Son bras droit, un genre de factotum.

— O.K.

— Là-bas, deux professeurs : Karl Henriksen et Eva Dahl.

— Ils étaient comment ?

— C'est Munch et Kim qui les ont interrogés, donc on ne sait pas encore. Dommage, en fait.

— Pourquoi ?

— Qu'on n'ait pas fait de débriefing. Holger m'a prévenu que ça attendrait demain, qu'en plus tout le monde avait eu une très longue journée. Pas trop dans les habitudes de la maison, un peu bordélique à mon goût, mais bon…

L'homme aux cheveux gris recula de quelques pas pour contempler à nouveau son œuvre.

— Il n'y a que des filles qui habitent là-bas ?

—Non, pas au départ, je crois. Tu le sais, toi, Gabriel?

—Non, l'endroit est ouvert aux adolescents des deux sexes. Il y a un internat pour les filles et un pour les garçons. Mais en ce moment, pour une raison que j'ignore, la structure n'héberge que des filles. On n'a pas encore trouvé l'explication exacte, Ludvig?

—Non.

—Donc il y a huit résidentes…? demanda Ylva.

Un bip résonna dans la poche de Gabriel. Il sortit machinalement son iPhone, préférant écouter la réponse de Grønlie. Mais, quand il découvrit le message qu'il venait de recevoir, tout disparut autour de lui.

«Phoenix à Electron. Tu es là?»

Il lui fallut quelques secondes pour comprendre les deux phrases.

Skunk?

Il n'avait plus entendu parler de lui depuis des lustres. Il tapa à la va-vite:

«Ici Electron. Qu'est-ce qu'il y a?»

La réponse vint tout aussi vite.

«Je suis en bas. C'est hyperimportant.»

En bas?

«Comment ça en bas? Qu'est-ce qui est important?»

La réponse arriva à la même vitesse.

« Mariboes Gate 13. J'ai un truc pour toi.
Rapport à la fille avec la fleur dans
la bouche. »

Camilla Green ?
Mais qu'est-ce que Skunk avait à voir là-dedans ?!
Gabriel se leva tel un automate, marmonna une excuse à ses deux collègues et, une fois sorti dans le couloir, dévala les marches de l'escalier quatre à quatre.

30

— 10 octobre. Il est 17 h 05. Sont présents dans cette pièce : Holger Munch, chef de l'Unité spéciale criminelle, ainsi que Mia Krüger, enquêtrice.

— Déclinez votre identité, s'il vous plaît, ordonna Mia à l'homme au casque de vélo, en désignant le magnétophone.

Elle semblait furieuse, Munch faillit la prier de se calmer mais ravala ses paroles en voyant l'homme la dévisager sans répondre.

— Comment vous appelez-vous ?

— Jim.

— Votre nom complet !

— Mais c'est mon nom…, balbutia-t-il en interrogeant cette fois Munch du regard.

— Vos nom et prénom, expliqua celui-ci.

— Jim Fuglesang.

Il baissa la tête.

— Vous savez que vous avez droit à la présence d'un avocat ? lui indiqua Munch.

— Quoi ?

— Un avocat ? Est-ce que vous voulez qu'un avocat vous assiste ?

— Le poulet a accepté de venir dans mon panier.

Mia jeta un coup d'œil à Munch qui se contenta de hausser les épaules.

— Donc vous refusez votre droit à un avocat ?

L'homme au casque de vélo observa Munch comme s'il ne comprenait pas ce qu'il lui disait. Il redressa le dos et déclara :

— Je l'ai tuée.

— Qui ? demanda Mia.

— Qui ? répéta Jim Fuglesang, là non plus sans comprendre.

— Oui, qui avez-vous tué, Jim ?

Mia s'était calmée. Cet homme dégageait quelque chose qui empêchait de se mettre en colère. Il ne semblait pas avoir conscience de la gravité de la situation. Il était vain de vouloir user de la menace envers cet être qui avait l'air perdu et terrorisé. Aussi répéta-t-elle, d'une voix encore plus douce :

— Qui avez-vous tué, Jim ?

— Celle dans les journaux.

— Qui exactement, Jim ? demanda Munch, tout aussi calmement.

— Celle sur les plumes.

— Camilla ?

Un instant s'écoula avant qu'il réponde.

— Oui, confirma-t-il du bout des lèvres en baissant la tête.

— Vous la connaissiez ?

— Qui ?

— Camilla Green.

190

L'homme au casque de vélo blanc n'avait pas l'air de savoir de qui parlait Munch, mais il opina malgré tout.

— Vous la connaissiez ? demanda Mia. Vous la connaissiez d'où, Jim ?

— C'était l'été. Il y avait un écureuil. J'aime beaucoup les écureuils.

— Où ça, dans la forêt ? interrogea Mia après avoir échangé un regard incrédule avec Munch. C'est dans la forêt que vous avez vu Camilla ?

Comme parti dans ses pensées ou dans un lieu indéfinissable, Jim Fuglesang esquissa un sourire.

— J'aime bien leur queue. Elle est hirsute et toute douce. Et puis j'adore quand ils font comme ça avec leurs pattes avant. Quand ils mangent une pomme de pin. Vous voyez ?

— Bon, je résume : vous avez vu un écureuil dans la forêt l'été dernier ? demanda Munch, qui commençait lentement à perdre patience.

— Oh, oui ! Beaucoup même. Ils sont toujours dans les sapins, au bord de l'étang. Vous savez, là où le bateau rouge est amarré.

— C'est au bord de l'étang que vous l'avez vue, Jim ?

— Qui ?

— Écoutez..., commença Munch, mais Mia l'arrêta en posant une main sur son bras.

— Vous étiez au bord de l'étang et vous regardiez les écureuils ? reprit Mia.

— Oui. Parce que c'est là qu'on les trouve.

— Et vous étiez seul ?

— Oui. J'aime bien être seul.

Munch laissa poursuivre sa collègue.

—Et Camilla, la fille dans le journal, elle n'était pas avec vous ?

—Non. Il n'y avait que l'écureuil. C'était une maman. Car il m'a semblé voir un bébé écureuil pas très loin. Après j'ai vu le deuxième. Pour ça, il faut se pencher, comme ça…

Il joignit le geste à la parole, enfonça la tête dans ses épaules, inspecta les lieux du regard, les deux index au coin des lèvres.

—Et il ne faut surtout pas faire de bruit sinon ils s'enfuient.

—Donc devant l'étang, dit Mia avec un sourire. C'est là que vous avez pris ces photos ?

Elle les fit glisser sur la table devant lui. Il se figea aussitôt et fixa un point sur le mur.

—Maria Theresa, dit-il en balançant sa tête toujours casquée.

—Camilla, soupira Munch, qui n'y tenait plus.

—Maria Theresa, répéta-t-il. Quatre pierres blanches.

—Camilla, répéta Munch, plus fort.

—Quatorze minutes quand il fait beau. Seize minutes pour revenir. Quatre pierres blanches.

—Bon…

Mia interrompit Munch dans son élan.

—Vous savez quoi, Jim ? Quand j'étais petite, on avait un écureuil dans notre jardin. On avait mis des graines de tournesol pour les oiseaux. Et, en allant voir si certains avaient trouvé nos graines, on a vu un écureuil à la place.

Jim cessa de balancer la tête mais gardait les yeux rivés au mur.

— Ma sœur et moi, chaque fois qu'on mettait des graines, c'était l'écureuil qui venait les manger. Quasiment tous les jours, à la même heure. Mais vous savez ce qui était le plus dur pour nous ?

— Non ? fit Jim, intrigué, en se tournant enfin vers eux.

— On ne savait pas s'il fallait l'appeler Tic ou Tac. Ma sœur jumelle penchait pour Tic et moi pour Tac.

— Tic et Tac, ils ont démoli le sapin de Noël de Mickey.

— Oui, je sais. On n'est jamais arrivées à se décider du prénom. Heureusement, on avait pris des photos.

— De l'écureuil ?

— Oui. On les avait accrochées dans notre chambre, comme ça on pouvait voir l'écureuil tous les soirs avant de nous coucher. Vous aussi vous aimez bien prendre des photos, Jim ?

— Oh oui !

— Et celles-ci, alors, c'est vous qui les avez prises ?

— Oui.

Il réussit cette fois à les regarder.

— Vous savez ce que je crois, Jim ?

— Non.

— On va oublier cette histoire de Camilla. La fille sur les plumes.

— Ah bon ?

— Oui, oublions-la, elle n'a pas beaucoup d'importance. Parce que vous ne l'avez pas tuée, Camilla. Pourquoi vous feriez une chose pareille ? Puisque vous êtes gentil. Vous ne feriez de mal à personne, hein ?

— Non, jamais.

— Vous ne la connaissiez même pas, pas vrai ?

193

— Non, je n'ai jamais fait sa connaissance.

— Vous avez juste eu très peur, n'est-ce pas? Quand vous l'avez vue dans les journaux. Moi aussi j'aurais pris peur. Et toi aussi, Holger, hein?

— Et comment! fit celui-ci, amusé.

— Vous voyez, Jim. Nous aurions eu peur tous les trois. Mais ces photos, c'est vous qui les avez prises?

— C'est pas moi! s'exclama-t-il, les larmes aux yeux.

— Bien sûr que non ce n'est pas vous qui l'avez tuée.

— Je n'ai pas tué le chat!

— Le chat non plus, non.

— Et le chien non plus.

— Le chien encore moins. Vous ne feriez de mal à personne, Jim, n'est-ce pas?

— Non, jamais, répondit-il en essuyant une larme.

— Nous, on est très impressionnés, très reconnaissants que vous nous ayez apporté ces photos. Vous nous aidez beaucoup grâce à elles. Parce qu'il est évident que ce n'était pas vous. Mais nous aimerions bien savoir où vous les avez prises. Vous comprenez?

Deux photographies. Presque identiques. Des bougies formant un pentagramme. Un lit de plumes. Sur l'une, un chat. Sur l'autre, un chien. Tous les deux tués. Et les pattes placées dans une drôle de position. Comme les mains de Camilla Green. L'une dressée. L'autre dirigée vers le bas, le long du corps.

— C'était près de là où habitent les écureuils, Jim?

— Il y avait des loups à l'épicerie, répondit l'homme, dont la raison était en passe de leur fausser compagnie à nouveau.

— Jim ? C'était près de l'étang ? Près du bateau rouge ?

Il se mit à cogner des mains contre son casque.

— Maria Theresa, marmonna-t-il.

— Jim.

— Quatre pierres blanches.

— Jim ! Est-ce que vous vous souvenez de l'endroit où vous avez pris ces photos ?

— Le bateau rouge, répondit-il se tapant encore plus fort sur le casque.

— Est-ce que c'était au même endroit ? Est-ce que c'était au même moment ?

— Maria Theresa. Quatre pierres blanches. Le poulet était d'accord pour venir dans mon panier…

On frappa à la porte, Anette Goli passa la tête par l'entrebâillement. Mia Krüger la fusilla du regard.

— Grønlie a réussi à les joindre, annonça-t-elle à Munch. Je peux t'en toucher deux mots dans le couloir ?

Munch interrogea à son tour Mia du regard qui secoua la tête d'agacement.

— J'arrive, répondit-il.

Il quitta la pièce en refermant tout doucement la porte.

— Alors ?

— Ludvig a passé toute une série de coups de fil. Jim Fuglesang est un patient de l'hôpital psychiatrique de Dikemark où il a fait des séjours réguliers. Il vit seul chez lui, mais avec une surveillance sociale. Qu'est-ce qu'on fait, on le maintient en garde à vue ?

— On n'a pas assez de preuves pour ça. Il vaut mieux le confier aux personnes de référence, qui s'occupent de lui.

Le téléphone de Munch se mit à sonner. Voyant le nom de Gabriel s'afficher sur l'écran, il hésita un instant avant de décrocher.

— Oui, Gabriel, qu'est-ce qu'il y a?

Silence à l'autre bout du fil.

— Allô?

Toujours rien.

— Gabriel, qu'est-ce qui se passe?

— Il faut que tu viennes.

— Maintenant? Mais je suis en plein interrogatoire...

Le jeune hacker déclara d'une voix atone:

— Il faut que tu viennes tout de suite. Je dois te montrer quelque chose.

— Ça ne peut pas attendre demain?

— Non. C'est urgent.

— D'accord, d'accord. Tu es dans ton bureau?

— Oui.

— Ne bouge pas, j'arrive.

— Dis à Anette et Mia de venir.

Il raccrocha.

— Il faut que je file au bureau. Gabriel est bizarre... Il veut me montrer quelque chose. Et m'a demandé que Mia et toi veniez également.

— Ah bon?

— Termine l'interrogatoire, contacte les services sociaux pour qu'ils viennent chercher l'olibrius et rejoignez-nous.

Sur ce, il attrapa son duffel-coat et quitta la pièce à grands pas.

IV

31

Sunniva Rød monta les dernières marches en courant, accrocha son manteau dans son casier, enfila son uniforme à la hâte et poussa un profond soupir. Depuis bientôt huit ans qu'elle officiait en tant qu'infirmière, elle commençait à en avoir sa claque. Non pas de l'uniforme vieillot et hyperserré qu'elle trouvait mignon au départ, mais du milieu hospitalier en général et de son travail en particulier. Elle alla se chercher un café dans la salle de repos.

Fidji. Une mer bleu azur, les palmiers, la liberté.

Cela faisait un an qu'ils économisaient pour se payer des vacances. Un an qu'elle trépignait d'impatience. Un an qu'elle n'avait presque pas pris de congés pour justement pouvoir partir un mois entier en janvier prochain. Un an qu'elle avait accepté toutes les gardes possibles.

Et voilà, il avait recommencé. Il avait à nouveau joué au poker malgré les avertissements réitérés qu'elle lui avait lancés. Et non seulement ça, mais il avait parié sur *leurs* économies et… tout perdu. Quel con! Ç'avait été la goutte d'eau. Elle adorait Curry, pas de doute là-dessus, ils allaient bien ensemble. Elle avait bravé ses hésitations du début, lorsqu'ils s'étaient rencontrés. Elle avait accepté que ce ne soit pas parfait en permanence. Elle s'était accommodée de ses horaires de travail farfelus, résignée qu'il doive bosser à n'importe quelle heure du jour et de la nuit. Elle avait même passé l'éponge sur sa tendance à lever un peu trop le coude. Mais ça ? Non. C'était trop. Sunniva Rød avait flanqué Jon Larsen à la porte, et elle en était soulagée. Après tout, c'était son appartement, dont elle était devenue propriétaire grâce à l'argent que lui avait donné son père. Et tant pis si elle l'avait acheté pour eux deux, Curry et elle.

Sunniva se prépara à la première réunion de la journée, qui précédait le changement de service : la garde de nuit venait de s'achever, dans quelques minutes celle de la matinée débutait. La Fondation Sankt Helena était une clinique où les personnes âgées passaient leurs derniers jours (ou semaines, ou mois), jalonnés par la visite du médecin qui ordonnait une éventuelle modification de traitement. Avant d'entamer sa première tournée des chambres, elle vit que Torvald Sund figurait sur sa liste des patients à voir absolument. Torvald Sund, ou «le pasteur fou», comme on le surnommait. Sans qu'elle sache d'ailleurs exactement pourquoi. Peut-être à cause de son regard noir ? Toujours est-il qu'elle éprouvait chaque fois une sensation de malaise en sa présence.

En apportant le petit déjeuner dans sa chambre, elle se façonna un sourire. Heureusement, le pasteur fou dormait, il lui suffisait donc de déposer le plateau sur la tablette près du lit. Monsieur avait droit à un smørrebrød au saumon et aux câpres, une camomille avec du miel et un verre de jus d'orange. La clinique ne reculait devant rien pour satisfaire ses patients aisés. Sunniva s'apprêtait à s'en aller quand le pasteur ouvrit brusquement les yeux.

— Je n'irai pas au Ciel ! s'exclama-t-il en la toisant du regard.

L'infirmière sursauta.

— Mais si, voyons.

— Je vous dis que non ! J'ai péché.

Le vieil homme avait l'air dans les vapes.

— Oh, Dieu, pardonne-moi. Oh, Seigneur, je ne sais pas… je ne sais pas comment expier mes péchés.

Il leva ses bras maigrelets en signe d'imploration vers le Ciel.

— Pourquoi refuse-t-on d'entendre mes prières ?

Le dossier du pasteur indiquait qu'il recevait trois fois par jour 10 mg de diazepam et 0,5 mg de morphine en perfusion. Or Sunniva constata que la poche était vide, sa collègue de nuit avait visiblement oublié de remplacer la perf. Indignée, elle s'apprêtait à en mettre une nouvelle quand Torvald Sund marmonna :

— Non.

Sunniva baissa les yeux vers lui.

— Non, non, non ! fit-il, catégorique, en désignant la poche vide qu'elle tenait.

Il lui fallut quelques secondes avant de comprendre ce à quoi il faisait allusion.

— Vous ne voulez pas de médicaments ?

Il secoua la tête et désigna un ouvrage posé sur sa table de chevet.

— La Bible, c'est ça ? Vous voulez que je vous en lise un extrait ?

Là encore il secoua la tête, la regardant avec insistance de ses yeux plus clairs désormais. Il bredouilla une phrase sibylline qu'elle ne comprit que lorsqu'il la répéta : il voulait qu'elle ouvre une armoire. Pas la grande, mais le petit espace de rangement de sa table de chevet. Elle s'exécuta, reposa la poche de perfusion, contourna le lit et ouvrit le meuble en question. Un vieil exemplaire de *VG* y était rangé. Sunniva lui montra le journal.

— C'est ça que je dois vous lire ?

Le vieil homme opina. À présent il souriait.

— Elle, dit-il en montrant la photo d'une jeune fille en une.

— Qui « elle » ?

— Les enfants brûlent, murmura-t-il d'un œil à nouveau absent.

— Torvald ?

Aucune réponse.

— Torvald ?

Il s'était assoupi, les paupières fermées, l'index pendant mollement en dehors du lit. Sunniva reposa le journal, remonta la couverture sur le vieux pasteur, alla chercher une nouvelle poche de morphine dans l'armoire de médicaments, posa la perfusion et referma sans bruit la porte de la chambre pour continuer ses visites.

32

Assis au fond de la salle de débriefing, Gabriel Mørk était muré dans le silence. Il n'avait pas dormi depuis vingt heures mais ne se sentait pas fatigué. Il avait à plusieurs reprises dégobillé tripes et boyaux mais n'avait pas faim. Il était en état de choc. Quand Skunk s'était manifesté la veille au soir, après de longues années de silence, ça l'avait d'abord intrigué. D'autant que son ancien ami hacker l'attendait au bas de l'immeuble et affirmait avoir quelque chose pour lui. Cependant, il n'était préparé en rien à ce qu'il allait découvrir.

Munch, debout devant le projecteur, avait l'air éreinté. Personne n'avait dormi. Mia, Anette et lui étaient restés auprès de Gabriel toute la nuit. Curry les avait rejoints sur les coups de trois heures du matin. Kim, Ludvig et Ylva étaient les seuls à ne pas avoir encore vu le film et, pour être franc, Gabriel n'était pas sûr de pouvoir supporter une fois de plus le visionnage. Munch s'éclaircit la voix et regarda la petite assemblée :

— Comme vous le savez, Gabriel a été contacté hier par un ancien collègue du nom de…

Il interrogea le jeune homme du regard.

— Skunk, murmura celui-ci.

— Un hacker du nom de Skunk, donc, qui a mis la main sur une vidéo. Quelque part sur le Net, sur un serveur secret. Si j'ai bien compris, ce hacker n'apprécie pas particulièrement la police, donc nous pouvons tous remercier Gabriel d'avoir obtenu ce qu'il faut désormais considérer comme une pièce à conviction.

Tous se tournèrent vers lui et hochèrent la tête en signe de gratitude, un geste qui le réconforta un peu. Cependant, ces témoignages de sympathie, à commencer par celui de Munch, ne l'aidèrent pas franchement à se rassurer. Au cours de toutes ses escapades numériques, y compris dans les profondeurs obscures du Dark Web, Gabriel Mørk avait eu l'occasion de voir pas mal de bizarreries. Mais rien qui ressemble de près ou de loin à ce film. Lui qui, pas plus tard que la veille, avait eu l'impression de monter en grade en accompagnant l'équipe à l'Exploitation horticole de Hurum, se sentait redevenu petit garçon : il avait vomi en regardant les scènes épouvantables de ce film. Une attitude pas vraiment professionnelle – hélas, il n'avait pu s'en empêcher. Aussi essayait-il à présent de respirer, de se reprendre, les mains posées sur ses genoux, pour ne pas paraître lamentable devant ses collègues.

— Pour mémoire, poursuivit Munch, Camilla Green a été retrouvée dans un état très dégradé au regard de sa condition physique avant qu'elle disparaisse. Elle était extrêmement maigre, presque squelettique, elle avait des ampoules aux mains et des ecchymoses aux genoux, ainsi que des hématomes un peu partout sur le corps. L'autopsie a par ailleurs confirmé que son estomac et son tube digestif ne renfermaient que des croquettes, donc de la nourriture pour animaux. Grâce à Gabriel et à son ancien collègue, nous allons maintenant comprendre pourquoi.

Gabriel lut dans le regard qu'Ylva lui lançait de la curiosité et de la peur mêlées. Elle semblait mal à l'aise, comme si elle non plus n'avait pas forcément envie de voir ce qu'ils allaient découvrir.

— Tu peux éteindre la lumière, s'il te plaît, Ludvig?

Grønlie se leva pour appuyer sur l'interrupteur pendant que Munch déclenchait la vidéo.

Gabriel redressa la tête pour se forcer à regarder. Peut-être parviendrait-il cette fois à visionner les images comme Mia et Munch, avec des yeux de policier, à y chercher des indices, à essayer de comprendre. Non pas comme la première fois où il les avait vues, tel un individu lambda témoin de l'humiliation et du désespoir d'une adolescente.

Le film débutait dans le noir complet, comme si la personne avait commencé à tourner dans une pièce sans éclairage. Puis elle apparaissait à l'écran: Camilla Green. Malgré l'obscurité, on comprenait qu'elle se trouvait au fond de ce qui ressemblait à une cave. Et qu'elle était enfermée dans une sorte de cage, pareille à celles destinées aux hamsters, souris ou cochons d'Inde, mais dans le cas présent conçue pour un être humain. Puisqu'il y avait une roue. Une très grande roue. À l'intérieur de laquelle était assise

Camilla Green. La veille, quand il avait vu la vidéo pour la première fois, Gabriel n'avait pas compris immédiatement de quoi il s'agissait. Puis la jeune fille se mettait à quatre pattes, et là seulement la lumière s'allumait. Elle actionnait la roue à la seule force de ses mains pour la faire tourner. Elle était séquestrée dans une cave, dans le noir et, pour que les lampes autour d'elles puissent briller, elle devait courir dans la roue. Gabriel dut détourner la tête quand elle se leva afin que la roue tourne plus vite. C'est à ce moment-là que les lettres blanches peintes sur le mur gris derrière elle apparurent distinctement :

L'Élue.

Lorsque Gabriel releva les yeux vers l'écran, Camilla Green avait réussi à se mettre debout et la roue tournait à toute vitesse : un pied devant l'autre, en accélérant le plus possible. Ça non plus Gabriel ne l'avait pas compris la première fois. La lumière s'étant allumée, pourquoi continuer ? Une lucarne s'était alors ouverte, libérant une matière qui dégringolait sur le sol avec un bruit sourd.

De la nourriture.

Voilà pourquoi elle devait actionner la roue.

Pour avoir à manger.

Gabriel ne pouvait plus regarder.

Des croquettes.

Il faillit vomir.

Camilla Green devait faire une tourner une roue de hamster. D'abord pour que s'éclaire la cave dans laquelle elle était enfermée. Ensuite pour pouvoir espérer manger.

De la nourriture pour animaux.

C'en était trop pour Gabriel. Plaquant une main sur sa bouche, il quitta précipitamment la salle de réunion, poussa la porte des toilettes, s'agenouilla devant les W.-C. tandis que de la bile lui sortait de la bouche. Il était en nage.

— Ça va, Gabriel ?

Remarquant à peine la porte s'ouvrir sur Mia, le jeune hacker fut incapable de répondre. Elle passa sous le robinet une petite serviette qu'elle lui tendit et s'accroupit à côté de lui pendant qu'il s'humectait le visage.

— Ça va aller, balbutia-t-il.

Ce n'était franchement pas l'image qu'il avait envie de donner de lui. Et surtout pas devant Mia Krüger. Celle d'un vulgaire débutant qui ne supportait pas les épreuves qu'imposait parfois le métier de flic. Il réussit à se relever, tira la chasse et s'assit sur la lunette des toilettes, la serviette sur le visage.

— Je crois qu'il vaut mieux que tu rentres chez toi, Gabriel. Ç'a été une longue nuit et tu n'as pas dormi. On en parlera demain.

— De quoi ? demanda-t-il sans comprendre.

Elle posa une main sur son épaule.

— Je sais que c'est difficile pour toi, mais il faut que nous le sachions.

— Que vous sachiez quoi ? marmonna-t-il, surpris.

— Où tu l'as eue. Ou plutôt : où ton ami Skunk s'est procuré la vidéo. Et on a besoin de le savoir le plus rapidement possible.

— Oui, répondit Gabriel, sachant que ce serait infaisable.

Skunk avait surgi de l'ombre et disparu aussi vite qu'il était apparu. Même s'ils ne se fréquentaient plus depuis longtemps, Gabriel savait une chose : son ancien ami non seulement détestait les autorités et les représentants de l'État, mais il n'avait pas son pareil pour se volatiliser dans la nature et devenir parfaitement invisible. Jamais il n'accepterait de coopérer avec la police, quand bien même Gabriel le supplierait.

— Munch a appelé un taxi qui t'attend en bas. Va dormir, et on en reparle dans quelques heures. Tu veux que je te raccompagne ? proposa-t-elle avec un sourire.

— Non, je vais y arriver, dit-il en se relevant.

— Très bien. Tu m'appelles quand tu te réveilles ?

— Ça roule.

Il prit sa veste dans le couloir et descendit par l'ascenseur pour prendre le taxi.

33

Curry avala une gorgée de café au moment où Mia revint s'asseoir avec eux.

— Tout va bien ? s'enquit Munch.

— Ça va s'arranger, confirma-t-elle.

— Tant mieux.

L'enquêteur de cinquante-cinq ans n'avait pas l'air de savoir comment continuer. L'absence de sommeil se voyait sur lui. Il ravala un bâillement et se gratta la barbe. Curry ne le comprenait que trop bien : après avoir dormi sur le matelas de Mia, il avait été convoqué au bureau à trois heures du matin. Sans trop savoir si sa réaction s'expliquait aussi par cette courte nuit et le fait que Sunniva ne répondait ni à ses appels ni à ses textos, il éprouvait une sensation d'abrutissement et de haine mêlés. Quel malade pouvait inventer une horreur pareille ? Enfermer une adolescente dans une grande cage ? Pendant plusieurs mois ? La faire courir dans une roue pour obtenir de la lumière puis de la nourriture ? Au fur et à mesure que la colère s'emparait de lui, il parvenait à peine à se maîtriser face à Munch qui cherchait ses mots devant le projecteur. Curry avait beau se compter parmi les durs à cuire, il s'était décomposé la première fois que la vidéo s'était déroulée sur l'écran. Ce noir complet qui laissait lentement apparaître le visage terrorisé et épuisé de Camilla Green…

— Des questions ? demanda Munch. Avant qu'on passe à l'analyse des images ?

Personne n'en avait. À quoi bon des questions, dans le fond ?

— Mia, si tu veux bien ?

Il céda sa place à leur collègue qui, contrairement au chef, ne semblait pas du tout souffrir du manque de sommeil. Elle appuya sur un bouton.

— Bon. Certains d'entre vous voudront sans doute revoir le film, sachez qu'une copie se trouve sur le serveur. Mais avant, j'aimerais qu'on s'accorde un peu de temps pour observer les détails des différentes images. Comme vous avez pu le voir, l'enregistrement dure environ une minute. Nous l'avons découpé en arrêts sur image, pour isoler certaines scènes et examiner ce qu'on voit au premier coup d'œil et que nous trouvons important.

Elle était impressionnante. Certes, Curry avait toujours eu beaucoup de respect pour Mia, mais il voyait maintenant comment elle parvenait à contrôler ses sentiments, contrairement à eux tous, au profit de son acuité d'enquêtrice tandis qu'elle faisait défiler les images.

— Pourquoi Camilla Green était-elle si maigre quand nous l'avons retrouvée ? Nous le savons désormais. Pourquoi avait-elle des ampoules aux mains et des ecchymoses aux genoux ? Ça aussi nous le savons désormais. Et surtout, pourquoi l'autopsie a-t-elle révélé la présence dans le ventre de la victime de nourriture pour animaux? Nous le savons également. Tous ces éléments, nous pouvons par conséquent les rayer de nos listes des pistes à élucider. Je comprends qu'il paraîtra difficile à certains de comprendre l'ampleur du drame dont nous venons d'être témoins. Je préfère néanmoins en voir le côté positif: plus nous en saurons, plus il nous sera facile d'attraper le ou *les* salopards responsables de cette horreur.

D'abord incrédule, Curry finit par comprendre que ce laïus s'adressait davantage à Ylva, la jeune recrue qui avait été à deux doigts de défaillir pendant le visionnage.

— Bien, continua Mia qui s'accorda un instant de réflexion. Nous savons deux choses. Primo: Camilla Green a été gardée prisonnière dans une cave et forcée à vivre comme un animal en cage, peut-être pendant plusieurs mois. Secundo: à un moment donné, le ou, j'insiste, *les* assassins ont décidé de la tuer, de la mettre à mort dans le cadre de ce qui ressemble à un sacrifice rituel.

Mia fit apparaître deux nouvelles photos de Camilla: l'une dans la cave, l'autre dans la clairière de la forêt.

— Donc, première question: le motif. S'agit-il d'un seul et même crime? Le mobile qui sous-tend les deux crimes est-il identique? Y a-t-il *vraiment* un lien entre les deux? Vous me suivez?

Comme personne ne répondait, elle poursuivit.

— Je ne prétends *pas* qu'il n'y en a pas, je dis uniquement que nous *devons* nous poser la question.

Pourquoi la maintenir prisonnière? Pourquoi la placer ensuite nue dans une forêt?

— Et toi, Mia, qu'est-ce que tu en penses? voulut savoir Kim Kolsø.

— Je ne sais pas. Je serai franche: le lien, je ne le vois pas encore. Mais les deux événements m'interpellent justement car la corrélation m'échappe.

Buvant une nouvelle gorgée de café, Curry comprit pourquoi sa collègue n'était pas aussi fatiguée que Munch. Elle avait pris quelque chose. Et il s'en voulut un peu, d'autant qu'elle avait été vraiment chouette envers lui en le laissant dormir chez elle. Mais, au réveil, il n'avait pu ignorer les boîtes de médocs dans la poubelle de la salle de bains. Non qu'il ait fouillé, ça allait de soi. N'empêche, impossible de ne pas les voir. Il décida de ne pas s'y arrêter. Après tout Mia était adulte, elle faisait ce qu'elle voulait. Curry espérait uniquement qu'elle ne s'effondre pas devant eux.

— Je ne vois pas pourquoi il s'agirait de deux crimes distincts, reprit Kim. Pour moi, c'est l'œuvre d'un ou de plusieurs pervers qui ont tiré un malin plaisir non seulement à la séquestrer de cette manière, mais aussi à regarder ensuite la vidéo, et enfin à la voir étranglée sur un lit de plumes, morte dans un pentagramme de bougies. Excuse-moi, Mia, mais j'ai un peu de mal à voir une quelconque différence…

— Tu as peut-être raison. C'est juste que… il y a un truc bizarre qui me gêne…

Elle se gratta la tête, prit une gorgée d'eau.

— Bon. Gardons-le en mémoire et passons aux aspects techniques.

Elle montra une série d'images.

— Regardons cette roue qui rappelle celle d'un hamster, mais à taille humaine. Je ne pense pas qu'on puisse l'acheter dans le commerce, donc : est-ce qu'elle a été construite par quelqu'un, exprès ? Ou vient-elle d'un cirque ? Sur le plan des indices, c'est ce qui doit nous interroger en premier lieu : d'où vient cette roue ? Pouvons-nous retracer sa fabrication, retrouver qui l'a livrée ?

Nouvelle image.

— Les lettres sur le mur. *L'Élue*. Pourquoi ? En quoi Camille est-elle l'Élue ? Pourquoi elle ? Pourquoi elle et pas une autre ? Et est-ce qu'elle l'est vraiment ? Ou ne serait-elle pas plutôt disposée de cette manière, dans ce décorum si organisé, comme justement un objet de… décoration ?

Nouvelle image.

Tandis que Mia déversait son flot de paroles avec des yeux écarquillés, Curry en eut la confirmation : elle avait pris quelque chose, des médicaments, n'importe quoi. Sans quoi elle ne serait pas capable d'avoir cette lucidité, surtout après vingt-quatre heures de veille.

— La vidéo. Pourquoi a-t-elle été filmée ? La séquestration de Camilla avait-elle comme unique but de réaliser cette vidéo ? Dans ce cas, et je reviens à ma question de tout à l'heure : pourquoi l'avoir tuée ? La vidéo est-elle destinée à un usage personnel ? Visiblement non, puisqu'elle a été mise à disposition sur un serveur. Et pourquoi sur un serveur ? Vous ne trouvez pas ça un peu risqué ? Est-ce qu'elle a été partagée par un cercle restreint ou l'idée est-elle de la montrer à n'importe qui ? Je compte obtenir une réponse précise à cette question dès que Gabriel sera réveillé et que nous pourrons parler à ce…

Elle interrogea Munch du regard, si fatigué qu'il n'avait même pas demandé une pause pour aller s'en griller une – une première dans l'histoire de leurs réunions.

—Skunk, grommela-t-il.

—Voilà. Merci, Holger, dit-elle avec un sourire, en coinçant derrière l'oreille une mèche de ses cheveux noirs. Est-ce que vous avez des questions? Des commentaires?

Tu devrais aller dormir, Mia, songea Curry sans le dire à haute voix.

—Non? Bon. J'aimerais que nous passions maintenant à ce que Holger et moi avons trouvé cette nuit.

Elle se dirigea d'un pas rapide vers l'ordinateur pour lancer le document préparé à l'avance.

—C'est un tout petit extrait de la vidéo qui intervient environ à la quarantième seconde. Essayez de repérer ce que nous voulons vous faire découvrir. Vous êtes prêts?

La silhouette de Camilla Green encore vivante ressurgit sur l'écran. Elle venait de sauter de la roue et était agenouillée par terre. Devant elle, un tas de croquettes. Des mains avides qui tentaient d'en ramasser le plus possible. Avant que la lumière s'éteigne. Était-ce pour cette raison que son corps tremblait? Ou parce qu'elle était affamée? Ou était-ce pour un tout autre motif?

De la nourriture pour animaux… Qui était le malade capable de faire ça?

214

— Alors, vous avez remarqué ? demanda Mia, impatiente, à la fin de l'extrait.

Curry regarda autour de lui mais vit ses collègues secouer la tête.

— Bon, c'est normal que vous ne l'ayez pas repéré, indiqua Mia. Même si c'est difficile, essayez de ne pas regarder Camilla, regardez plutôt le mur, derrière la roue. Tout en bas, à droite. O.K ?

Mia cliqua à nouveau sur le document et Curry se concentra sur l'endroit indiqué. Et soudain il vit.

— Oh, la vache ! s'exclama Ylva d'emblée.

— Mon Dieu..., murmura Kim Kolsø.

— N'est-ce pas ? fit Mia d'un ton presque triomphal, à la fin de l'extrait.

— Mais..., balbutia Anette Goli.

À cet instant, Munch se leva, dans un mouvement lent, comme pour rassembler les dernières forces qui lui restaient.

— Très bien, fit-il en bâillant. Mais là il faut absolument que je fasse une pause. On se retrouve pour un nouveau briefing mettons à... dix-huit heures ce soir, ça vous va ?

Sans attendre la réponse, il enfila son duffel-coat, rabattit la capuche et quitta la pièce d'un pas chancelant.

215

34

Miriam Munch se trouvait lâche et faible. Elle avait cru que cette sensation passerait et qu'elle parviendrait à garder ses distances. Pourtant, force lui était de constater qu'elle avait passé son temps à penser à lui. Au visage, à Ziggy. Et, maintenant, elle l'attendait dans un café avec une impatience et une culpabilité mêlées. Impatience car elle avait accepté une rencontre secrète. Dans un endroit où elle n'avait pas l'habitude d'aller, à l'opposé de son très calme et très chic Frogner : le quartier branché de Grünerløkka, où elle ne connaissait personne, où personne ne pourrait la surprendre. Culpabilité ensuite, non parce qu'elle avait encore confié Marion à Rolf et à sa mère, la petite adorait être chez sa grand-mère, mais bien à cause de Johannes. D'ailleurs, elle avait failli mettre cartes sur table. Elle qui détestait l'hypocrisie et les mensonges. Elle voulait avouer ce qu'elle éprouvait. Ils venaient de se réveiller, ils étaient encore au lit, Marion ne s'était pas levée – et Miriam avait pensé : *Je n'en peux plus, il faut que je lui dise.* Sur ces entre-faites, le portable de Johannes avait sonné (pouvait-il venir un peu plus tôt à l'hôpital ?), et l'heure de vérité était passée aux oubliettes.

Après être allée se commander une deuxième tasse de thé, elle retourna à sa table. Le quart. Il était en retard. Évidemment, elle était arrivée beaucoup trop tôt, survoltée comme une gamine en route pour son premier rendez-vous amoureux. Déjà, dans le tramway elle ne tenait pas en place, avec une excitation chevillée au corps. À présent, elle avait presque honte et l'impression que tout le monde la regardait. Pour s'occuper, elle prit un journal qu'elle survola sans lire. Et d'autant moins qu'il était uniquement question de cette fille étranglée et retrouvée nue en pleine forêt, sur un lit de plumes. Une certaine Camilla Green. Non, c'était trop horrible. Miriam ne voulait pas y penser, elle était trop fragile. Elle reposa le journal le plus loin possible. Ce devait être pour cette raison que son père était parti en coup de vent au tout début de l'anniversaire de Marion. À cause de lui aussi elle se sentait coupable : elle l'avait accusé du divorce de ses parents, pendant toutes ces années elle l'avait traité comme un moins que rien. Elle s'en voulait, elle aurait dû comprendre plus tôt que son père ne pouvait pas être aussi présent qu'il l'aurait souhaité, avec toutes les responsabilités qui pesaient sur ses épaules. Miriam s'efforçait depuis quelque temps de raccommoder leur relation. Elle avait essayé de lui téléphoner il y a quelques jours, pour lui parler de ce qui la chagrinait, sans réussir à le joindre. Lui-même avait tenté de la rappeler le même jour, mais elle avait éteint son portable. Dommage.

Elle eut le temps de boire un troisième thé avant qu'il arrive. Elle avait failli partir, failli se mettre en colère contre lui, mais tout s'envola dès l'instant où elle le vit, affichant un sourire joyeux, franchir la porte et s'affaler sur une chaise en face d'elle.

— Désolé d'être aussi en retard…

— N'y pense plus !

— Tu bois du thé ? Et si on prenait une bière ?

Miriam hésita un instant : elle avait prévu de passer chercher Marion au moment du coucher. Elle se ravisa : la petite aurait sûrement envie de rester dormir chez sa grand-mère. Quant à Johannes, il travaillerait tard.

— Allez, soyons fous !

Ziggy alla passer commande au comptoir et revint d'un pas chaloupé avec deux verres.

— Encore une fois, je suis désolé. Ma sœur m'a téléphoné pour de sombres histoires de famille. Mais je ne voudrais pas t'ennuyer avec ça.

— Ça ne m'ennuie pas du tout. Raconte.

— Tu es sûre ?

— Absolument ! Faut bien qu'on parle de quelque chose…

Elle lui lança un clin d'œil avant de trinquer, Ziggy lui rendit son sourire. La dernière phrase était devenue une blague entre eux puisque, dès leur première rencontre, ils s'étaient tout de suite plu et lancés dans d'intenses discussions.

— Quoi ? fit-il.

— Non, rien.

— Mais si, tu me regardes… Dis-le.

— Non, je t'assure. Parle-moi plutôt de ta sœur. Il s'est passé quelque chose de grave ? Tu en as combien, au fait, de frères et sœurs ?

Il la dévisagea d'un air un peu surpris avant de s'appuyer contre le dossier de sa chaise.

— Si je comprends bien, tu ne sais pas qui je suis?

— Qu'est-ce que tu veux dire? Bien sûr que si, voyons…

— Je veux dire : tu ne sais pas qui est ma famille?

— Euh, non… Tu n'en as jamais parlé. De toute façon, ça n'a jamais été nécessaire, nous avons quand même…

Brusquement déstabilisée, Miriam s'emmêlait les pinceaux.

— Ce n'est pas ce que je sous-entendais. Moi non plus je ne sais pas… Qu'est-ce que tu attends de moi? Qu'est-ce que tu veux de moi? Parce que moi je sais ce que je veux de toi.

— Et toi, tu veux quoi? demanda-t-elle sans oser le regarder.

— Je crois que tu le sais très bien, répondit-il en posant une main sur la sienne.

Elle retourna sa paume pour lui caresser les doigts. Mais la retira aussitôt en voyant quelqu'un pousser la porte derrière Ziggy et la fixer. Elle craignit d'être reconnue. Une seconde plus tard, elle se détendit, le visage ne lui était pas familier.

— Pardon, dit-il, je ne voulais pas te mettre mal à l'aise.

— Non non, ce n'est pas du tout ça. C'est juste… ma situation, tu sais…

D'un mouvement de tête, il lui fit comprendre qu'il savait. Elle avait réussi à lui en parler, la nuit qu'ils avaient passée ensemble chez lui. Qu'elle avait une fille. Et il lui avait assuré que ça ne lui posait pas le moindre problème.

— Donc, ta famille ? s'enquit-elle, histoire de changer de sujet.

— Tu ne sais pas qui est ma famille, vraiment ?

— Mais non ! À part que tu as une sœur, puisque tu viens de me l'apprendre.

— En fait c'est bien de ne pas être perçu à travers mes parents. Je crois que c'est la première fois que ça m'arrive.

— J'ai envie de tout savoir sur toi. Pour être franche, je pense tout le temps à toi.

— Moi aussi j'ai envie de tout savoir sur toi. Et moi aussi je pense tout le temps à toi. Peut-être que je ne le devrais pas, mais c'est plus fort que moi.

Il se pencha vers elle, Miriam sentit son cœur battre plus fort en le voyant lui sourire et embrasser sa main sans la quitter des yeux.

Mais qu'est-ce que tu fous, Miriam ? Tu as un rancard avec un type que tu connais à peine, à l'autre bout de la ville !

Elle préféra changer de sujet de conversation :

— Je sais que tu t'appelles Ziggy Simonsen.

— Voilà. Mais je n'ai pas été baptisé Ziggy. Mon prénom de naissance est Jon-Sigvard. Puisqu'il faut un Sigvard dans le prénom de tous les garçons de la lignée. C'est comme ça à chaque génération.

Et cette fois Miriam comprit.

— Carl-Sigvard Simonsen ? C'est ton père ? Celui qui est plein aux as ?

Elle regretta d'emblée sa remarque malheureuse :

— Oh, pardon ! Je ne voulais pas…

— Non, je t'en prie, voyons.

— J'aurais dû le savoir plus tôt. Mais je ne lis pas la presse people, donc…

—Miriam, arrête! Je suis tellement content que tu ne me voies justement pas comme... comme...

Il plongea dans ses pensées, son regard pourtant si lumineux d'habitude se voila, s'obscurcit d'une gravité qu'elle ne lui connaissait pas.

—Comme «un gosse de riche»?

Il l'observa à nouveau avec ses yeux bleus et souriants.

—Est-ce que ça signifie ce que je crois? demanda-t-il.

—Quoi?

—Ce qu'on s'apprête à faire?

—Qu'est-ce qu'on s'apprête à faire?

Il lui prit la main. Cette fois Miriam ne retira pas la sienne.

35

— Douce-Fleur ! s'écria gaiement l'homme dans l'entrebâillement. Je me demandais quand tu allais débarquer… Puisque je savais que tu viendrais quand j'ai lu la presse. Mais entre, voyons, entre.

Mia Krüger suivit l'homme mince à queue-de-cheval dans l'appartement.

— Tu n'as pas besoin d'ôter tes chaussures, on n'est pas très regardant dans cette maison. Et excuse le bazar, mais je n'ai pas beaucoup de visites. Comme tu le sais, je préfère être seul.

Il s'affala dans un fauteuil tandis que Mia déplaçait une pile de livres au bout du canapé.

— Est-ce je peux t'offrir un verre ? Ou autre chose, d'ailleurs, si tu le désires ?

Mia comprit immédiatement son allusion, à en juger par l'odeur forte de marijuana qui flottait dans la pièce.

— Tu sais que je ne touche pas à ces produits, répondit Mia qui sentait le manque de sommeil peser lourdement dans sa tête.

Holger le lui avait pourtant recommandé : « *Repose-toi !* » Au lieu de quoi elle avait ingurgité un cocktail de médicaments en mesure de la maintenir debout.

— Comme tu voudras. Je viens pourtant de recevoir un afghan mer-veil-leux. Importé à la source et interdit dans trente pays. Mais ça ne te dérange pas si je m'en roule un petit ?

— Fais comme tu veux, répondit simplement Mia, avec un haussement d'épaules.

Ah, ce Sebastian Larsen... Anthropologue social, ancien professeur à l'université d'Oslo. Un esprit extrêmement brillant, ayant connu une carrière fulgurante – jusqu'à ce qu'il ait la très mauvaise idée de vendre du haschich à ses étudiants. Naturellement, ni l'université ni le ministère de l'Éducation n'avaient plus voulu entendre parler de lui. Et si Mia avait déjà utilisé ses services, sa hiérarchie avait emboîté le pas des autres administrations, ne souhaitant pas vraiment être associée de près ou de loin à cet individu. Aussi était-elle surprise qu'il ait accepté de la recevoir aussi rapidement, d'autant qu'il n'aimait pas qu'on empiète sur son territoire, ainsi qu'il venait de lui faire remarquer.

Son nom lui avait en effet trotté dans la tête dès l'instant où elle avait vu les photos de Camilla Green. Mia savait que nul autre que Sebastian Larsen serait capable de l'orienter sinon vers une bonne piste, en tout cas vers les informations qui lui manquaient. Puisque ses travaux universitaires portaient sur ce sujet, les sectes et l'occultisme. Il était devenu une sommité en la matière, donnant des conférences dans le monde entier, jusqu'à ce que sa faiblesse pour la substance qu'il fumait actuellement précipite sa chute. Depuis, il vivait manifestement de son blog consacré entre autres aux diverses théories du complot.

— Ça me fait tellement plaisir de te revoir, Douce-Fleur. Je croyais qu'à la police vous m'aviez oublié…

— On a été très occupés ces derniers temps.

Mia alla droit au but.

— Tu devines la raison de ma présence ici?

— Évidemment, tu imagines bien. Je suis content que tu sois venue. Et pour être franc, *j'attendais* ta venue.

— Et qu'est-ce que tu en penses?

— Des photos dans les journaux?

Mia acquiesça.

Sebastian Larsen se passa une main dans les cheveux, hésitant.

— Eh bien… Il est difficile d'affirmer quoi que ce soit de concret. À moins que tu n'aies d'autres choses à me montrer…

— C'est bien possible. Mais tu dois d'abord me lâcher une info.

— Tu n'as plus confiance en moi?

Avec un petit sourire, Mia désigna le joint qui se consumait dans le cendrier.

— Tu en aurais, toi, à ma place?

Larsen lâcha un rire bref. Il se dirigea vers son ordinateur et ouvrit une page Internet. La photo publiée dans la plupart des journaux apparut : la forêt, les plumes, les bougies en quinconce.

— Non, très intéressant, je suis forcé de le reconnaître. Un pentagramme. Mais, te connaissant, je sais que tu l'auras compris, dit-il en lui adressant un clin d'œil. Les plumes, en revanche, c'est nouveau. Si je suis censé te donner un coup de main, il va falloir, au risque de me répéter, que tu me fournisses d'autres éléments.

Mia sentait qu'elle avait éveillé l'intérêt de l'anthropologue social qui sommeillait doublement en lui puisque assommé par les vapeurs de haschich. Toutefois, elle n'était pas encore convaincue que le moment était bien choisi pour sortir les photos de Camilla Green, nue, qu'elle cachait dans son sac.

— Et aujourd'hui?

— Qu'est-ce que tu veux dire?

Elle manquait de cohérence, il fallait absolument qu'elle dorme.

— Le pentagramme. Le sacrifice rituel, en d'autres termes. Qui aurait l'idée de le pratiquer, de nos jours?

— Par où dois-je commencer?

— Par ce qui est le plus pertinent.

— Donc je n'ai rien d'autre à me mettre sous la dent?

Elle ignora sa curiosité et botta en touche:

— Si tu devais désigner quelqu'un, instinctivement, ce serait qui?

Larsen ouvrit un autre site.

— L'OTO, répondit-il en désignant l'écran.

— Qui ça?

— Ordo Templis Orientis.

— Et c'est...

— « *Fais ce que tu voudras sera le tout de la Loi. L'amour est la loi, l'amour sous la volonté.* »

— Je ne te suis plus, là...

— L'Ordo Templis Orientis, ou Ordre du Temple de l'Est, a été fondé en 1895. Sa structure ressemble

225

à celle des Francs-Maçons mais est en rupture avec l'Église. Aleister Crowley, ça te parle?

— Oui.

— La loi de Thélème?

— Pas vraiment.

— Le satanisme?

— Oui, évidemment.

— Bon, je reprends. Beaucoup pensent que l'OTO a été fondé par Aleister Crowley, mais c'est faux. L'Anglais n'a rejoint l'ordre qu'en 1904 lorsqu'il…

— Excuse-moi de t'interrompre, mais… qu'est-ce que tu as dit juste avant?

— La loi de Thélème?

— Voilà.

— *« Fais ce que tu voudras… »*

— Qu'est-ce que ça signifie?

— D'après toi?

— Si je te demande, c'est que je l'ignore, Sebastian.

— Il ne faut pas oublier qu'à l'époque, l'Église…

Mia sentit qu'elle n'aurait pas la force d'assister à un cours magistral.

— Tu peux me faire un résumé, s'il te plaît?

— C'est toi qui demandes. Ce sont tes mots, je te le rappelle, rétorqua Larsen, vexé.

— Pardon. J'ai eu une longue journée. Donc… cette organisation… Elle existe en Norvège?

— Oh, oui! Elle prospère, même! Le fameux Sénat des Chevaliers a été mis en place en 2008 et des loges existent dans la plupart des grandes villes du pays, Bergen et Trondheim étant les plus puissantes.

— Et donc ils vivent selon cette… loi de Thélème?

— *« Fais ce que tu voudras… »*

— Ça renvoie à quoi, précisément?

— Mia, fais marcher tes méninges, voyons! Tu me déçois, là... Tu es avec moi, oui ou non?

Elle ne le comprenait que trop bien. Sebastian, qui venait de consommer des substances illicites, était toujours capable d'utiliser son cerveau. Elle, en revanche, s'était gavée de pilules on ne peut plus licites mais était incapable d'aligner deux réflexions cohérentes. Elle faillit en prendre une autre dans sa poche, mais se ravisa. Son corps réclamait du sommeil, elle devait l'écouter. Elle s'efforça de tenir, le temps de cette entrevue.

— Pardon. Je suis pleinement là. Vas-y, explique-moi.

— Ça renvoie à la liberté individuelle. À la résistance contre l'autorité de la société. Contre la doctrine de l'Église. Contre les normes morales et éthiques auxquelles nous sommes soumis. Ces templiers pratiquent leurs rituels, comme les membres d'autres sectes. J'ai parlé à certains d'entre eux, plus précisément aux plus anciens. Et... y a pas à dire, ils ne donnent pas dans la dentelle à ce niveau-là.

— Ce qui signifie...

— Qu'il s'agit de magie sexuelle, de sacrifices rituels. Les mots d'ordre étant: détache-toi de la société, abandonne ton corps, abandonne ton âme, libère-toi.

— De magie sexuelle?

Larsen esquissa un sourire.

— Eh oui...

— Et ça implique quoi?

— Oh, c'est très simple: si un sénateur désire que tu te voues à la loi de Thélème et que tu te mettes complètement nue avec un masque de chèvre sur la figure devant un groupe de vieux barbons, tu n'as pas le choix, tu dois le faire.

— Un sénateur ?

— Oui, je te parlais tout à l'heure de leur sénat, de leurs loges. C'est la partie la plus triviale de l'histoire, mais aussi la plus amusante. Car, vois-tu, le plus drôle au sein de ces sectes qui prônent l'affranchissement de toute forme d'organisation de la société, c'est leur manière de singer cette même hiérarchie sociale. Ils te promettent la liberté alors qu'il n'y en a aucune dans leur structure. Tu commences en bas et tu montes peu à peu en grade : grand conseiller, grand maître, sénateur, président, etc. Il y a toujours quelqu'un au-dessus de toi. Tu ne trouves pas ça étrange ?

— Et le meurtre pourrait être leur signature, à cet OTO ?

— C'est beaucoup trop tôt pour l'affirmer, ma chère Mia. À moins que tu n'aies d'autres documents à me montrer..., suggéra-t-il d'un air malin.

Cette fois encore, Mia contourna l'allusion.

— Ou peut-être la signature d'un groupe similaire ? Il y en a d'autres ? En Norvège, je veux dire ?

— Et comment !

Il ouvrit un nouveau site, Google Maps cette fois-ci.

— Qu'est-ce qu'on regarde ? demanda-t-elle.

— Le Palais royal.

— Hein ?

— Le château où vit le roi de Norvège. Ou plutôt la rue qui passe derrière le Palais royal : Parkveien. Tu la connais ?

Elle le regarda d'un air consterné. Bien sûr qu'elle connaissait : il s'agissait de l'une des rues les plus huppées d'Oslo, où se trouvaient le siège de plusieurs ambassades et le logement de fonction du Premier ministre.

— Eh bien figure-toi qu'une écrasante majorité de ces organisations est domiciliée dans cette rue, juste derrière le Palais royal. L'adresse de la section norvégienne de l'Ordre des Druides ? Parkveien. L'adresse de la section norvégienne de l'Ordre des Templiers ? Parkveien.

— Et le pentagramme, c'est eux ?

— Ce n'est pas ce que je dis. Ça ressemble plutôt à l'OTO ou à la secte dont fait partie ton chef.

— Munch ?

Larsen éclata de rire.

— Non, ce cher Munch ne se plairait pas dans ces obscurités, voyons.

— Qui, dans ce cas ?

Larsen ouvrit une nouvelle page Internet sur laquelle un visage connu se profila sous les yeux de Mia.

— Mikkelson ? s'exclama-t-elle.

— Rikard Mikkelson, oui. En personne. Membre de la Grande Loge de Norvège.

— Mikkelson, un franc-maçon ?

— Oh oui ! Et ils adooorent le pentagramme. Ils aimeraient tant se présenter comme les piliers de la société, mais… Je suppose que tu as vu cette vidéo où les apprentis du 33e degré, tous vêtus de leur tablier, bavette relevée, sexe sorti, sacrifient une chèvre ?

— Mais qu'est-ce que tu me racontes ? !

Mia ne savait plus trop croire, si les allégations de Larsen étaient sous l'influence de ce qu'il avait fumé ou si c'était l'universitaire qui parlait à travers lui.

— Mikkelson en fait partie, avec tout ce qui compte de politiciens, industriels, bref, tous ceux qui président aux destinées du pays. Ils raffolent des rituels !

Mia, d'un coup très sérieuse, planta ses yeux dans ceux de l'anthropologue.

— Sebastian. J'aimerais te montrer quelque chose. Je n'en ai bien sûr pas le droit, mais je vais le prendre quand même.

— Ah ? fit-il, retrouvant son sérieux.

— J'ai besoin que tu me donnes ton opinion. Franchement. J'ai besoin d'informations concrètes, tu comprends ?

Elle alla dans le couloir chercher le dossier rangé dans son sac. Quand elle revint s'asseoir sur l'extrémité du canapé, Larsen ressemblait à un enfant devant son cadeau de Noël.

— Le pentagramme.

— Oui ?

— Je veux que tu me dises ce que ça signifie.

Elle sortit la photographie de Camilla Green qu'elle posa sur la table devant lui.

— Putain !

— Je t'avertis, Sebastian, si jamais je vois que tu en parles sur ton blog ou ailleurs, crois-moi, je t'envoie les stups et le reste…

— Je comprends, ne t'inquiète pas.

— Que signifient les bougies, ces points, les symboles ? Ça ne peut pas être le hasard, non ?

— Disons qu'il y a une interprétation standard. Comme tu le sais, le pentagramme a cinq côtés qui symbolisent chacun quelque chose. Le sommet, c'est l'âme et…

Mia sentit son téléphone vibrer dans sa poche. Elle le sortit et, voyant le nom de Kim Kolsø s'afficher sur l'écran, choisit d'appuyer sur le bouton rouge.

— Pardon, continue.

— Les autres points correspondent à l'eau, au feu, à la terre et à l'air.

— D'accord, merci.

Elle s'apprêtait à ranger la photo quand une main frêle se posa sur la sienne.

— Mais ça, Mia, c'est l'interprétation, je dirais… scolaire.

— C'est-à-dire?

— Il en existe une autre, plus profonde.

Il désigna Camilla Green.

— Ses bras. La façon dont ils sont disposés. Tu l'as dit toi-même : ça ne peut pas être un hasard.

— J'écoute?

— La naissance, la vierge, la mère, la loi, la mort. Et ses bras sont placés de telle sorte qu'ils indiquent la naissance et la mère.

Mia bâilla. Elle n'en pouvait plus, elle devait rentrer. Maintenant. Elle composa le numéro de la centrale des taxis et en commanda un.

— Merci, Sebastian.

— Je peux la garder?

— Certainement pas.

— Ça valait le coup d'essayer…, dit-il en lui adressant un clin d'œil. Mais n'oublie pas : la naissance, la mère.

— Merci encore.

Elle tituba au bas des marches et s'affala dans le taxi qui l'attendait déjà.

36

Miriam Munch avait la sensation étrange que son corps était désarticulé.

Marion, pour son plus grand bonheur, couchait chez sa grand-mère – ce dont Miriam et sa mère étaient convenues après un coup de fil de dernière minute. Quant à Johannes, il ne répondait ni à ses appels ni à ses textos. Elle avait quand même tenté de le joindre, en nourrissant le vague espoir qu'il la sauverait de cette situation où elle s'apprêtait à le tromper et lui confirmerait qu'ils formaient un couple en dépit de tout. Confrontée au silence, Miriam en conclut que leur relation était terminée.

Ziggy téléphonait en ce moment sur le trottoir, en gesticulant le sourire aux lèvres, et Miriam ne pouvait s'empêcher de l'observer à la dérobée. Elle sentait une vague de bonheur déferler en elle rien que de le regarder. Constatant que leurs verres étaient vides, elle alla commander deux nouvelles bières. Il revint au moment où elle se rasseyait.

— Encore une tournée ? demanda-t-il avec un clin d'œil. Tu ne veux pas qu'on change d'endroit ?

— Ça m'est égal. Il faut peut-être que tu rentres ?

— Pas du tout. Et toi ?

— Non, répondit Miriam, catégorique.

Elle avança sa main sur la table pour que leurs doigts s'entrelacent à nouveau.

— Un coup de fil important ? voulut-elle savoir.

— Non, juste Jacob.

— Jacob qui ?

— Vous vous êtes rencontrés. Tu te souviens ? À la fête, chez Julie. Des lunettes rondes ? Toujours tiré à quatre épingles ?

Ah oui, ce garçon qui avait commencé à la draguer pour mieux fuir en apprenant qu'elle était maman.

— Maintenant je me souviens, répondit-elle.

— Et donc tu trouves qu'on devrait essayer...

— Pour la énième fois : oui, Jon-Sigvard, je trouve qu'on devrait essayer. Pas toi ?

— Tant que tu ne m'appelles pas Jon-Sigvard, je suis prêt moi aussi. C'est juste que..., commença-t-il en baissant les yeux sur son verre.

— Que quoi ?

— Si jamais tu découvrais chez moi des choses que tu n'aimes pas.

— Ça, j'en doute !

— Si jamais tu découvrais que je commets des actions qui pourraient m'envoyer en prison ?

— C'est-à-dire ?

— Des actions interdites, criminelles.

— Toi, un criminel ?

Elle laissa échapper un petit rire avant de comprendre qu'il était très sérieux.

— Tu es braqueur de banques ?

— Non, pas vraiment...

— Tu as tué quelqu'un?

— Miriam, allons…, fit-il en fronçant les sourcils. Tu me prends pour qui?

— Écoute, tu me dis que tu commets des actions criminelles, qu'est-ce que je dois croire?

— Bon. Je vais te raconter un secret. Tu sais où nous nous sommes rencontrés?

— Oui, dans cette association de protection des animaux.

— Voilà. Une activité tout ce qu'il y a de plus innocente à première vue, mais… pour moi ce n'était pas assez.

— Comment ça?

— Je hais les gens qui maltraitent les animaux.

— Euh, oui… Moi aussi.

— Non, Miriam. Moi je les *hais*! insista Ziggy, les mâchoires serrées.

— Et ça fait de toi un criminel?

— Aux yeux des autorités, oui.

Il chercha quelque chose sur son smartphone puis le lui tendit. Il s'agissait d'un ancien article publié dans le quotidien *VG*: *Coup d'éclat des activistes à la ferme de Løken*. Le lieu, situé à l'est d'Oslo sur la commune de Mysen, récupérait des chats et des chiens pour les revendre à l'étranger, en vue d'expériences médicales.

— C'était toi?

— Oui, enfin… avec les autres.

— Vous avez attaqué la ferme en pleine nuit pour libérer les animaux?

Il hocha la tête.

— Je crois me souvenir que vous avez employé des armes, n'est-ce pas ? Et il y a eu des échanges de tir, si je ne m'abuse ?

— Les coups de feu ne venaient pas de notre côté.

Il se redressa, Miriam lui rendit son portable.

— Et c'est ça que tu avais peur de me raconter ?

— Oui.

— Tu sais, si tu me donnes une carabine, je tire !

— Tu es sérieuse ? demanda-t-il, soulagé.

— On ne peut plus sérieuse. N'importe où, n'importe quand. Des gens pareils ?!

— Je ne l'aurais jamais cru…

Miriam était presque vexée, même si Ziggy lui souriait.

— Tu ne m'en crois pas capable ? Détrompe-toi. C'est de ça que vous parliez avec… Joakim ?

— Jacob, tu veux dire ?

— Oui, pardon.

Il inspecta les lieux du regard, pris d'un accès subit de paranoïa, comme si quelqu'un tapi dans l'obscurité les espionnait et ne perdait pas une miette de leur conversation.

— C'est une nouvelle action, expliqua-t-il en tapotant sur son téléphone avant de le lui donner.

— Les fermes d'Atlantis ?

— Une entreprise pharmaceutique. En fait, il s'agit d'un centre d'essais, situé à Hurum. Ils figurent au registre du commerce en tant que laboratoire qui teste de la nourriture pour animaux génétiquement modifiée. Ils font des essais sur les chiens, les chats, les oiseaux. Ils sont en infraction totale à la loi norvégienne, mais ça ne semble choquer personne. Leurs locaux ne figurent même pas sur la carte. Mais nous avons réussi à...

Il retomba dans le silence, brusquement sur la réserve, comme s'il se rendait compte qu'il en avait trop dit. Il avala une gorgée de bière et regarda à nouveau les clients autour de lui.

—Oui, dit alors Miriam.

Ziggy la dévisagea sans comprendre.

—Oui quoi?

—Ce que tu m'as demandé dans l'après-midi, expliqua-t-elle en caressant son bras.

Ziggy rayonna soudain.

—Tu es sûre?

—Je le veux. Je t'aime.

—Je t'aime moi aussi.

Il lui fallut quelques secondes avant de poser sa question:

—Je ne sais pas si c'est quelque chose qu'on demande, mais...

—Mais?

—Est-ce que je peux t'embrasser?

—Je n'attends que ça.

Miriam Munch prit une profonde inspiration, ferma les yeux et se pencha vers le garçon aux yeux bleus.

37

Mia se réveilla en sursaut et resta allongée un moment, haletante, avant de prendre conscience que le cauchemar qu'elle venait de faire n'était pas réel. Elle qui d'habitude dormait bien, comme si un mur s'érigeait autour d'elle pour la protéger de la cruauté du monde pendant son sommeil. Elle avait rêvé de Sigrid. Mais elle n'avait pas vu défiler les images coutumières, si douces et rassurantes, où sa sœur jumelle souriante courait dans un champ en lui faisant des grands gestes.

Viens, Mia. Viens.

Elle s'assit sur le bord du lit, prit sa tête entre ses mains tandis que son cœur tambourinait dans sa poitrine. Elle s'était endormie tout habillée et, à présent, ses vêtements lui collaient à la peau. Elle se leva et, toujours en blouson de cuir et en chaussures, tituba jusqu'à la salle de bains pour se rafraîchir le visage. Elle resta un long moment ainsi, la figure sous l'eau froide, jusqu'à ce que sa respiration se calme. Puis elle alla s'effondrer sur le canapé du salon. Avec ce cauchemar qui ne la quittait pas.

Elle s'était retrouvée à nouveau dans la cave miteuse, à Tøyen. Le garrot autour du bras et la seringue prête, Sigrid était assise sur ce matelas dégueulasse où elle s'était suicidée dix ans plus tôt. Et où Mia l'avait découverte – trop tard. Elle avait vu la saleté tout autour, senti l'odeur pestilentielle d'urine et de vieilles poubelles. Le contraste avec la belle Sigrid aux cheveux blonds ne pouvait être plus grand. Dans le cauchemar, Mia avait tenté de parler, mais aucun mot n'était sorti de sa bouche. Elle avait essayé de bouger, de courir pour aider sa sœur, mais ses pieds étaient comme collés au sol. Une sensation de panique s'était alors emparée d'elle. Car elle avait alors vu sa sœur allumer son briquet sous la petite cuillère pleine d'héroïne, la drogue se liquéfier, des bulles apparaître. Puis l'aiguille avait aspiré l'héroïne liquide. Mia voulait protester, intervenir, mais elle en était toujours incapable. Et toujours cette puanteur, d'excréments et de déchets ; cette odeur de misère humaine. Là, Sigrid avait coincé le garrot entre ses doigts, tapoté de l'index la peau blanche du coude. Son pouce avait appuyé sur le piston, une goutte d'héroïne était sortie de l'aiguille, pour vider la seringue des éventuelles bulles d'air susceptibles de la tuer. Or, au moment d'approcher la pointe de la veine bleue et gonflée, elle avait changé d'avis.

Elle voulait vivre.

Et non seulement Sigrid voulait vivre, mais elle avait soudain regardé Mia dans les yeux. Et lui avait souri. Son si beau sourire suivi d'un clin d'œil. Elle avait alors reposé la seringue sur le matelas et desserré le garrot. Mais une ombre s'était profilée sur le mur. Et Sigrid, qui une seconde auparavant

238

faisait signe de se lever, s'était tournée vers l'ombre. Une conversation s'était engagée car Mia voyait les lèvres de sa sœur bouger, hélas sans entendre les paroles échangées. Puis Sigrid avait baissé les yeux, hoché la tête, remis le garrot, repris la seringue et enfoncé l'aiguille dans sa veine. Ses yeux s'étaient écarquillés avant de se révulser, un sourire extatique avait déformé sa bouche. Et l'être que Mia aimait le plus au monde s'était avachi sur le matelas souillé. Sa jumelle était morte, devant elle, sans qu'elle puisse intervenir. Tandis que l'ombre se profilait toujours sur le mur.

L'ombre sur le mur.

La même ombre que dans la cave où Camilla Green avait été séquestrée.

Mia sentit le monde réel revenir peu à peu autour d'elle. Les cartons qui s'entassaient, le plan de travail dans la cuisine où traînaient des restes de nourriture qu'elle n'avait pas réussi à avaler. Elle sortit son portable de la poche du blouson. Il était presque minuit. Elle avait raté la réunion de dix-huit heures. Pourtant, hormis deux coups de fil de Kim Kolsø, elle n'avait aucun appel en absence ni aucun message de Munch. Étrange.

Les relents putrides du cauchemar lui soulevaient toujours le cœur. Elle se rendit compte que c'était elle qui dégageait cette odeur : une odeur de sueur et de poison synthétique à cause des cachets qu'elle avalait. Elle se redressa lentement et ôta ses vêtements nauséabonds jusqu'à ce qu'elle se retrouve nue. Elle s'emmitoufla dans la couette au moment où son téléphone sonna et où le nom de Kim Kolsø réapparut sur l'écran. Elle se rassit et appuya sur la touche verte.

— Oui?

— Mia, c'est toi?

— Oui, Kim.

— Tu as une drôle de voix... Je t'ai réveillée?

— Non, pas du tout. Comment ça va?

— Bien bien, je te remercie. Je me disais que ce serait pas mal qu'on fasse un petit point ensemble... Munch t'a appelée?

— Non.

— Pareil pour nous. On a essayé de le joindre, mais il n'a pas répondu. On s'est dit qu'il valait mieux le laisser dormir.

— Bonne idée.

— Il n'a pas assisté à la réunion non plus, donc elle a été courte. Gabriel n'est pas venu non plus, je crois qu'il s'est pris un sacré choc.

— Oui.

Un silence s'installa, comme si Kim attendait qu'elle ajoute quelque chose.

— Tu es sûre que ça va, Mia?

— Oui, je t'assure! Tout va bien, ne t'inquiète pas.

Oui, tout allait mieux. Son corps et sa tête se réveillaient, elle ne rêvait plus. Elle était dans son appartement, nue sous sa couette, il n'y avait plus d'ombre sur le mur. Elle alla toucher le radiateur sous la fenêtre, il était froid. Elle les alluma tous.

— Vous avez parlé de quoi pendant la réunion?

— Du rapport que la scientifique nous a adressé sur le mot que tu as trouvé au haras. Il n'y a pas d'autres empreintes que celles de Camilla Green.

— Mince.

— Tu l'as dit. On a aussi évoqué les nouveaux détails du rapport d'autopsie.

— Alors?

— Hélas, rien qu'on puisse vraiment utiliser. Elle a bel et bien été étranglée. Vik estime que le meurtre a été commis là où on l'a retrouvée.

— Ce qui signifie qu'elle a marché toute seule dans la forêt?

— Qu'on l'y a forcée, oui. Autre élément: ce que les collègues ont trouvé à l'Exploitation horticole. Mais je ne sais pas trop si on doit approfondir cette piste…

— C'est-à-dire?

— Ils ont trouvé des plants de marijuana dans une serre.

— Beaucoup?

— Non, huit.

— Donc pour une consommation personnelle?

— Je n'en sais rien, bâilla Kim.

— On en reparlera demain. On est convoqués à quelle heure?

— Munch avait dit neuf heures. Ça ira pour toi?

— Oui, pas de problème.

— Ah si, j'oubliais… Je suis allé voir Olga Lund. Tu sais, la vieille dame à Hurum.

— Celle qui a vu la camionnette blanche?

— Voilà. Une camionnette de livraison avec un logo dessus. Au début, elle croyait qu'il représentait une fleur.

— De l'Exploitation horticole?

— J'ai eu le même espoir, tu penses bien. Mais après elle n'était plus sûre. Elle pense que c'était peut-être plutôt une orange. Je propose qu'on la raye de nos tablettes.

— Mais elle était certaine de la couleur ?

— Oui. Le problème, selon Ludvig, c'est qu'on a des milliers de camionnettes blanches immatriculées dans les comtés d'Oslo et du Buskerud. Par où veux-tu qu'on commence ?

— Laissons tomber alors.

Elle tendit ses jambes en bâillant. L'appartement se réchauffait peu à peu. Les quelques heures de sommeil ne lui avaient pas suffi, il fallait qu'elle dorme vraiment.

— Et puis il y a la perruque.

— Celle qu'on a retrouvée sur la tête de Camilla Green ?

La vierge en perruque blonde.

— Exactement. Et là je crois qu'on tient peut-être quelque chose. Même si on n'a pas encore le rapport définitif de la scientifique. Pour moi, une perruque, tu l'achètes dans un magasin de jouets ou de farces et attrapes, non ?

— Et ce n'est pas le cas ?

— Non. Le type avec qui j'ai parlé au labo m'a assuré que c'étaient de vrais cheveux. Qui viennent d'une vingtaine de femmes différentes. Là où je veux en venir, c'est que, si ce sont de vrais cheveux, alors la perruque a été spécialement fabriquée. D'où la question : combien de magasins en Norvège fabriquent des perruques de ce genre ?

— Et on le sait ?

— Pas encore, non. Il faut qu'on s'y attelle.

242

— Absolument. Je te propose qu'on en reparle demain. Tu as fait du bon travail, Kim.

— C'est gentil, merci. Mais...

Il y eut un nouveau silence. Mia en profita pour aller à la fenêtre. Le stade de Bislett, la nuit sur la ville, les gens de sortie. Un groupe de jeunes en train de rire. Une femme en doudoune rouge sous un lampadaire, la capuche sur la tête, les mains dans les poches, le regard dirigé vers une fenêtre de l'immeuble de Mia. Peut-être qu'elle attendait un ami qui habitait l'étage en dessous du sien. Des gens ordinaires, qui menaient une vie ordinaire. Elle sentit qu'elle les enviait.

— Vous me maintenez dans la boucle? demanda soudain Kim Kolsø.

Mia sortit de sa rêverie sans comprendre ce que son collègue lui disait.

— Dans la boucle?

— Oui, Holger et toi. Dans la mesure où Emilie et moi on... Dans la mesure où j'ai demandé ma mutation...

— Mais où est-ce que tu veux en venir, Kim?

— Nan, c'est juste que j'ai l'impression que... Que j'ai peur d'être exclu de l'enquête. Que vous allez la continuer sans moi.

— Qu'est-ce que tu vas t'imaginer, Kim? Pourquoi on ferait ça? Tu es le plus doué de l'équipe!

— Ah...

— Bien sûr qu'on te garde dans la boucle, comme tu dis.

— Super. Merci.

— Y a pas vraiment de quoi.

— O.K. Donc on se voit demain, à la réunion de neuf heures ?

— Oui, à demain, Kim. Dors bien.

— Toi aussi, Mia. Repose-toi surtout.

Elle lâcha la couette et, nue, rejoignit la douche où, la tête penchée vers les carreaux, elle resta jusqu'à ce qu'il n'y ait plus d'eau chaude.

38

Helene Eriksen éteignit le moteur, descendit de voiture et alluma une cigarette. Elle remonta jusqu'au col la fermeture Éclair de sa doudoune en ayant la sensation de commettre un acte interdit. Était-ce franchement une bonne idée de se retrouver sur un chemin désert, tard le soir, en cachette? Elle tira une grosse bouffée de cigarette puis fixa le bout incandescent entre ses doigts. Elle tremblait. À cause du froid, peut-être. Non content de tirer sur la région une couverture opaque, octobre avait en plus apporté un temps glacé qui sévissait plutôt en novembre ou en décembre. Elle rabaissa ses manches, sonda l'obscurité du regard en quête des phares qui n'allaient pas tarder à l'éblouir.

« Ouvre ta bouche. »

Sortir sa langue.

« Gentille fifille. Au suivant. »

Cela remontait à plus de trente ans et pourtant ça ne la lâchait pas. Il lui arrivait de se réveiller en pleine nuit, les draps trempés, après un rêve où elle avait à nouveau dormi dans le vieux canapé, la peur au ventre en se demandant où il était passé, ce qui allait arriver, en songeant à la punition dont elle écoperait si elle faisait quelque chose de mal, si elle disait quelque chose de travers, si elle avait d'autres pensées que celles voulues par les taties. Sept ans à l'époque, plus de quarante aujourd'hui, mais elle avait la sensation que ça perdurait, intact. Et cela l'horripilait.

« Ce n'est pas ta faute. »

Voilà ce que le psychologue lui avait dit. D'emblée. Elle avait douze ans et se souvenait surtout que son bureau dégageait une odeur bizarre et qu'elle avait du mal à ouvrir la bouche.

« Ce n'est pas ta faute, Helene. Je veux que tu commences par ça. Je veux que tu penses : "Ce n'est pas ma faute." Tu peux le faire, tu crois ? Tu peux commencer par là, Helene ? Par penser et par te dire : "Ce n'est pas ma faute" ? »

Helene Eriksen posa ses fesses sur le capot et resta un long moment ainsi, les yeux rivés sur le paysage impénétrable. À force de voir les arbres dessiner avec leur ombre des créatures humaines à moitié mortes, chuchotantes, elle sentit le poids de la solitude et l'inquiétude grandissante que cet endroit ingrat insufflait en elle. Elle jeta sa cigarette à moitié fumée et se rassit au volant. Elle se trouvait plus en sécurité à l'intérieur. Elle mit la clé dans le contact et la tourna pour enclencher le chauffage et l'autoradio.

« Ouvre ta bouche. »

Sortir sa langue.

« Gentille fifille. Au suivant. »

Elle parcourut la bande FM jusqu'à trouver une station capable de faire obstacle à ses pensées sombres. Elle monta le son et tambourina contre le volant au rythme de la musique, sans cesser de regarder à travers le pare-brise, cherchant la lumière de ces phares qui ne tarderaient plus à éclairer le paysage.

« Tu crois que tu y arriveras, Helene ? »

Porter les mêmes vêtements que les autres. Suivre à la lettre les ordres des taties. Faire la même chose, jour après jour après jour : école, yoga, travaux ménagers, leçons, cachets, école, yoga, et ainsi de suite. Des faits qui remontaient à trente ans… ! Combien de temps encore allaient-ils lui coller à la peau ?

« Je comprends que c'est difficile. Mais sache que je suis là pour t'aider. »

Helene Eriksen sortit son paquet de cigarettes et en alluma une autre, bien qu'elle n'en ait pas envie, bien qu'elle ait arrêté – et repris. Elle ouvrit la vitre pour aérer, la referma aussitôt à cause du froid. L'hiver en octobre ? Quelqu'un là-haut avait-il décidé de les punir ?

« À quoi penses-tu, Helene ? »

Avoir douze ans, être propulsée à Oslo où l'on n'a jamais vécu et passer la majeure partie de son temps dans le fauteuil d'un psychologue.

« Ce n'est pas ta faute, Helene. Tu le comprends ? »

Liquidation judiciaire consécutive à faillite. Exploitation horticole à vendre.

Vingt-deux ans qu'elle s'était lancée là-dedans. Encore une fois elle avait obéi : elle était allée au lycée, avait continué ses études, s'était formée, était devenue quelqu'un.

Affaire située à Hurum. Bien entretenue. 3 hectares de terrain. Quatre serres. Petites rénovations à prévoir.

Elle avait su très vite que c'était *ça* qu'elle avait envie de faire dans la vie : aider les autres.

Helene Eriksen éteignit la radio, jeta un coup d'œil à la pendule du tableau de bord, ressortit de la voiture et s'appuya contre l'aile, à côté de la portière ouverte. Une main dans la poche de sa doudoune et l'autre tenant sa cigarette, elle scruta la profondeur de la nuit.

« Dis-le-moi, Helene. À quoi tu penses ? »

Depuis plus de trente ans ? Il fallait que cette obsession s'arrête.

Les phares se profilèrent au loin lorsqu'elle tira une dernière bouffée de cette cigarette qui la dégoûtait plus qu'autre chose. La camionnette blanche de livraison finit par se garer à côté d'elle.

— Bonsoir. Qu'est-ce qui se passe ? interrogea le visage dans l'encadrement de la vitre baissée.

— Tu as lu les journaux ?

— À propos de quoi ? demanda l'homme.

— Tu te fous de moi ?

Elle s'approcha de la portière et vit qu'il réfléchissait avant de répondre.

— Oui, je suis au courant. Mais ça n'a rien à voir avec moi.

Elle avait envie de le croire. Elle aurait donné n'importe quoi pour être certaine qu'il disait vrai. Hélas, elle n'était pas convaincue, loin s'en fallait.

Son frère.

Il ne portait pas de vêtements. Il était complètement nu, mais son corps était entièrement recouvert de… plumes ?

248

— Ils fouinent partout, tu comprends… Ils veulent tout savoir.

— À propos de quoi ?

— De tout, de tout le monde, de moi, de nous…

— Ne me dis pas que tu es en train de m'accuser, Helene ?

— Tu y as passé tout l'été, non ? Dans ta résidence ? Tu n'étais pas chez toi, n'est-ce pas ? Je suis obligée de te poser la question, tu comprends. Je tiens à toi.

Son frère lui sourit et sortit le bras par la vitre pour lui caresser la main.

— Moi aussi. Allons, Helene… Mais pourquoi tu ne m'en as pas parlé au téléphone ? Pourquoi me donner rendez-vous ici, dans cet endroit perdu, en pleine nuit ?

Elle se sentait bête. Elle se blottit dans son blouson au moment où son frère lui serra la main.

— Non, c'est juste que… Les plumes et tout… Tu vois ?

— Il y a belle lurette que ça appartient au passé et que je ne mange plus de ce pain-là. Rentre chez toi et va te coucher. D'accord ?

Helene Eriksen sentit une dernière fois la chaleur de sa main avant qu'il remonte sa vitre.

Puis il disparut dans la nuit, aussi vite qu'il était apparu.

V

39

À le voir tout sourire devant l'écran en attendant que les autres s'installent, Holger Munch semblait avoir bien dormi. Gabriel Mørk ne se sentait pas aussi bien. Pour la première fois depuis le début de l'affaire, il avait envisagé de se faire porter pâle. De s'accorder une journée de libre et par la même occasion de prendre ses distances avec l'enquête. Car la vidéo l'avait déstabilisé, suscitant chez lui un malaise profond, à tel point qu'il s'était senti mal fichu – ne couvait-il pas une petite angine ? Ne ferait-il pas mieux de rester bien au chaud à la maison, avec sa petite amie qui en était à son septième mois de grossesse ? Peut-être pourrait-il l'accompagner quelques instants pour aller acheter des vêtements à leur futur garçon ? Mais il s'était ravisé et il était parti au travail, ayant parfaitement conscience qu'il se cherchait des excuses pour ne pas affronter le vrai problème : Skunk. Il se doutait que la question serait tôt ou tard abordée : où pouvaient-ils trouver cet ancien ami de Gabriel qui lui avait fourni la vidéo ? Or il n'avait pas la moindre idée de l'endroit où se cachait Skunk. À part un numéro de téléphone, il ne disposait d'aucun renseignement.

— Bonjour à tous ! lança Munch avec un sourire au moment où chacun trouva sa place. Je suis désolé de vous avoir fait faux bond hier, mais je commence à me faire vieux.

Sa boutade, qu'il doubla d'un clin d'œil, lui valut quelques ricanements.

— Avant que je commence, est-ce que quelqu'un aurait des informations dont je ne serais pas au courant ?

Gabriel vit Ylva se tortiller sur sa chaise. Étant arrivée la première dans la salle de réunion, elle avait visiblement découvert quelque chose qu'elle était impatiente de révéler.

— Moi j'ai trouvé un truc, dit-elle.

— Ah ?

— Oui, le tatouage.

Elle se leva pour lui tendre une feuille et resta debout, comme si elle ne savait pas si elle devait se rasseoir ou poursuivre son intervention.

— Très bien, tout ça. Alors, qu'est-ce qu'on est censés voir ? demanda Munch en étudiant la feuille.

Il lui fit signe qu'elle pouvait continuer de l'endroit où elle se tenait pour partager l'information avec tout le monde. Ylva semblait nerveuse, mais surtout fière. Elle mit ses mains dans les poches avant de se lancer.

— Donc, ce tatouage que Camilla avait sur le bras, vous vous souvenez ?

Une tête de cheval avec les lettres A et F.

— Ça m'a travaillée toute la nuit parce que, depuis le départ, j'ai toujours eu l'impression de l'avoir déjà vu.

La jeune femme esquissa un petit sourire, tête baissée, mal à l'aise de présenter son travail en public pour la première fois.

— Je ne sais pas si vous l'avez remarqué, mais on aperçoit un petit trait entre les deux lettres...

Entre-temps, Munch venait de trouver dans son ordinateur la photo correspondante qui s'affichait à présent sur l'écran. Elle s'avança pour allier le geste à la parole.

— Voilà, ici... Je me suis dit : et si ce trait, en réalité, n'en était pas un ? Et s'il s'agissait d'une lettre, au même titre que le A et le F ? Est-ce que vous voyez ?

— Un L ? suggéra Kim.

— Exactement ! Et si le mot formé par les lettres n'était pas AF, mais... ALF ?

— ALF ? bâilla Curry. L'assassin s'appellerait Alf ?

Des gloussements fusèrent.

— Mais quoi ? fit-il en interrogeant ses collègues du regard.

Gabriel ignorait ce qui se passait pour Curry en ce moment, mais il n'avait pas l'air dans son assiette depuis quelque temps.

— Continue, Ylva, encouragea Munch.

— Comme je vous le disais, j'ai toujours eu l'impression d'avoir vu ce motif quelque part, sans pour autant savoir où. Jusqu'à ce que je repère qu'il s'agissait en fait de la lettre L. Et, cette nuit, en faisant des recherches sur le Net, j'ai trouvé ça. Je l'ai imprimé en plusieurs exemplaires. Est-ce que... ?

Jetant un œil vers Munch qui opina, elle retourna rapidement à sa place pour distribuer un paquet de feuilles.

— C'est quoi? demanda Kim Kolsø.

— Animal Liberation Front, répondit-elle, une fois revenue à côté de Munch. C'est leur logo. Ou plutôt: l'un de leurs logos. La tête de cheval avec les lettres en dessous.

Des murmures parcoururent l'assemblée, Munch lui fit signe de continuer. La jeune policière rayonnait.

— Cette association de protection des animaux, fondée en Angleterre en 1974, est active dans plus d'une quarantaine de pays. Les membres sont connus pour leurs positions très agressives envers les particuliers ou les entreprises qui maintiennent des animaux en captivité, particulièrement les laboratoires qui effectuent des tests médicaux. Certains pays, les États-Unis en tête, les ont qualifiés d'organisation terroriste ou, plus précisément, les ont accusés de mener des opérations écoterroristes. Car les activistes n'hésitent pas à user de moyens violents et parfois illégaux pour aboutir à leurs fins.

— Ils opèrent aussi en Norvège? voulut savoir Kim.

— Oui et non. Et c'est ça qui est un peu étrange… En Norvège, les activistes n'ont pas repris exactement l'appellation anglaise. Ils l'ont traduite: Dyrenes Frigjøringsfront. Ce qui signifie la même chose, Front de Libération des Animaux. Ils ont été très présents de 1992 à 2004 en effectuant des raids contre des fermes qui élèvent des animaux pour leur fourrure ou les boutiques de fourrures. Ils ont certes un site Internet, mais il n'a pas été actualisé depuis 2009, donc il est difficile d'affirmer si oui ou non ils sont toujours en activité. Est-ce qu'ils sont passés à la clandestinité et agissent sous un autre nom? Pour l'instant, je l'ignore…

Munch lui signala qu'elle pouvait se rasseoir. Puis, observant la feuille qu'elle leur avait tendue, précisa:

— Donc notre amie Camilla Green avait sur le bras un tatouage d'une association de protection des animaux. Ylva, je tiens à te dire que tu as vraiment bien travaillé. Tous mes compliments.

La jeune femme souriait de fierté.

— Je veux que tu suives cette piste, d'accord? Regarde si tu peux trouver d'autres éléments, si l'association norvégienne a organisé des actions ces derniers temps, s'il y a un lien avec Camilla Green, quel qu'il soit. Ludvig t'aidera à consulter les archives et pour tout ce qui te serait utile.

Ylva et Grønlie échangèrent un regard complice.

— Excellent. Notre journée commence très, très bien.

Gabriel crut qu'avec cette remarque Munch allait réclamer une pause pour aller fumer sur le balcon – ce qu'il ne fit pas. Enthousiaste, ce dernier appuya sur le projecteur pour rattraper ce qu'il avait raté la veille lorsqu'il s'était reposé.

— Ça nous fait beaucoup d'indices. J'aimerais donc qu'on établisse quelques priorités, si vous le voulez bien. Examinons d'abord ce que nous avons trouvé à l'Exploitation horticole, la marijuana. Kim?

— Il ne s'agit que de quelques pieds… Sept ou huit.

— Et ça peut avoir une importance pour notre enquête?

Kim Kolsø haussa les épaules.

— C'est encore trop tôt pour l'affirmer, mais ça vaut le coup d'être vérifié. J'ignore si ça peut intéresser nos collègues des stups, la prise est quand même minime. Mais Helene Eriksen nous doit une petite explication.

— Pour autant qu'elle soit au courant...

— Certes. Mais quelqu'un devait l'être.

— C'est certain. Il va falloir retourner à Hurum aujourd'hui. Tu t'en charges, Kim?

— Pas de problème.

— Très bien. Ah, pendant que tu y es... Le mot. Avec le dessin de hibou. Jusque-là, c'est l'indice le plus probant que nous ayons. Est-ce que quelqu'un l'a déjà vu? Est-ce que quelqu'un de là-bas l'a écrit? Tu vois ce que je veux dire?

— Je m'en occupe.

— Je t'accompagne, annonça Curry.

Munch fit apparaître l'image suivante.

— La perruque.

— Oui, intervint Ludvig. Un truc cher. Des vrais cheveux. Pas le genre d'objet qu'on achète au magasin du coin. Peu de boutiques en fabriquent dans ce pays, mais il en existe une... Voyons voir...

Il continua de feuilleter ses notes.

— Voilà: «Les perruques de Ruh», dans le quartier de Frogner. Je me disais qu'on pouvait commencer par là. Si la nôtre a été achetée chez eux, il est probable qu'ils tiennent un registre ou qu'ils puissent nous renvoyer vers quelqu'un.

— Parfait. Et puis on a ça..., fit Munch, en montrant une nouvelle image.

Gabriel eut un mouvement de recul en voyant apparaître deux photographies qu'il n'avait encore jamais vues. Il remarqua que d'autres eurent la même réaction.

— Anette, tu veux bien prendre la suite, s'il te plaît ?

— Comme vous le savez sûrement, un homme s'est accusé avant-hier du meurtre de Camilla Green. Un homme de trente ans, dénommé Jim Fuglesang et domicilié non loin de l'endroit où a été retrouvée Camilla. Il s'agit d'un patient de l'hôpital psychiatrique de Dikemark où il a effectué plusieurs séjours. Nous estimons qu'il n'est pas l'assassin. Le plus intéressant néanmoins, c'est qu'il s'est présenté à Grønland avec ces photos.

Gabriel les observait d'un œil intrigué. Elles montraient respectivement un chat et un chien. Tués et disposés de la même manière que Camilla Green : sur un lit de plumes, dans un pentagramme de bougies.

— Mon Dieu ! s'exclama Ylva.

— C'est quoi, ce bordel ? marmonna Curry. Le même rituel grotesque ? Avec des animaux ? ! Quel est le malade qui peut avoir l'idée de faire ça ?

— Justement, répliqua Munch. C'est ça que nous ne comprenons pas vraiment. Nous n'avons pas encore eu la possibilité d'en parler davantage avec ce Jim Fuglesang, parce que...

Anette Goli vint à sa rescousse.

— Nous étions en contact hier avec un chef de service de Dikemark. Il affirme que Fuglesang ne doit surtout pas être perturbé. Le crime dans un premier temps, puis l'interrogatoire à Grønland l'ont très ébranlé. Il ne parlerait plus. Je pense qu'ils l'ont shooté aux médicaments pour le calmer dans un premier temps. Je n'ai pas pu avoir accès à tous les détails à cause du secret médical.

— Mais il figure toujours sur notre liste des suspects ? demanda Munch.

— Absolument ! Dès qu'il sera à nouveau en mesure de parler, nous reprendrons notre interrogatoire.

— Où et quand a-t-il pris ces photos ? Voilà ce que nous devons essayer de savoir. En attendant, essayons de le comprendre ? Quelqu'un a une proposition ? Une association immédiate, n'importe quoi ?

— C'est un salaud qu'a fait ça.

— Merci, Curry, on a compris. Quelqu'un d'autre ?

Il tourna la tête vers Mia dont le silence était inhabituel.

— Pour l'instant, je resterais très prudente…

Il ne faisait pas de doute qu'elle avait étudié les photos de son côté mais, *a priori*, elle non plus ne comprenait pas leur signification, sans quoi Munch n'aurait pas posé la question. Elle se leva malgré tout. Elle n'avait pas l'air très bien aujourd'hui, songea Gabriel, sans pouvoir en déterminer la raison immédiate. Ses yeux peut-être… Ou son comportement. Elle semblait épuisée, absente.

— Comme Holger vient de le dire, nous ne comprenons pas vraiment le lien entre les deux photos des animaux tués et l'homicide sur la personne de Camilla Green. Mais nous sommes persuadés que ça ne peut pas être le fruit du hasard.

Elle désigna l'écran.

— Les plumes, les bougies. Et surtout la disposition des bras ou, en l'occurrence, des pattes. Vous voyez ? Elles sont placées dans le même angle que les bras de Camilla. L'un vers le haut, l'autre sur le côté. Pourquoi ? C'est ce que nous cherchons à savoir.

Elle parut vouloir ajouter quelque chose mais se ravisa et retourna à sa place.

— O.K. Passons à la suite.

Une nouvelle photo apparut sur l'écran qui cette fois encore fit tressaillir Gabriel, contrairement aux autres qui la regardaient avec moins de stupeur. Sans doute l'avaient-ils déjà vue l'après-midi où il avait vomi et était rentré chez lui – ce dont il s'en voulait toujours, il n'avait guère fait preuve de profession-nalisme. Il s'agissait en tout état de cause d'un arrêt sur image, avec un détail agrandi du mur derrière la roue que Camilla devait faire tourner pour obtenir de la nourriture.

Une silhouette humaine recouverte de plumes ! Un être humain en forme d'oiseau ?

Sentant la nausée revenir de plus belle, comme le jour où il avait vu la vidéo pour la première fois, Gabriel tenta de se ressaisir. Il prit conscience du silence qui régnait soudain dans la salle, de la gravité des visages. Quand Munch reprit la parole, il donna l'impression de peser chaque mot qu'il prononçait.

— Bon. Comme nous le disions hier, nous avons le sentiment qu'il s'agit là de l'assassin. La définition de l'image n'est pas très bonne, je l'admets. Mais tout laisse à penser que quelqu'un est assis...

Munch cherchait ses mots.

— ... et regarde Camilla, s'empressa-t-il d'ajouter. Camilla Green est retenue prisonnière et elle a un spectateur. Une personne qui...

— Un homme-oiseau ? s'étonna Curry. C'est quoi, ce bordel ?

Gabriel remarqua que les regards étaient braqués sur Mia, dans l'attente d'une explication de sa part, avec l'espoir qu'elle les aide à comprendre, à remettre un peu de cohérence dans cette histoire obscure. Or Mia Krüger ne disait rien.

—Nous pensons que ce… comment l'appeler ? que cette silhouette l'observe. Pour son bon plaisir ? Nous l'ignorons.

Munch jeta un œil vers Mia puisque c'était son domaine, ce genre de scène. Mais là encore elle garda le silence.

—Nous avons donc un individu couvert de plumes, sans que nous sachions s'il s'agit d'un homme ou d'une femme. Camilla était elle-même étendue sur un lit de plumes. Le chat et le chien également. Le lien se trouve forcément là…

Nouveau coup d'œil vers Mia. Toujours pas de réponse.

—Des plumes de hibou, intervint brusquement Grønlie.

—Oui, fit Munch, manifestement soulagé que quelqu'un prenne la parole.

—Justement. Je suis tombé sur un truc… Je ne sais pas si ça peut être d'une quelconque utilité, mais je trouve la coïncidence un peu étrange.

Ludvig consulta ses notes.

—Oui ? dit Munch.

—J'ai retrouvé la plainte dans nos archives. Elle ne figurait pas dans les priorités et je suis tombé dessus par hasard.

—À propos de quoi ?

—Un vol, commis il y a quelques mois au Muséum d'histoire naturelle de Tøyen. Vous savez où c'est ?

Au Jardin botanique. Ils ont aussi une petite section zoologique. Et, le… voilà : le 7 août exactement, il y a eu un vol avec effraction. Dans une salle appelée *Animaux norvégiens et étrangers*. Le plus bizarre, et c'est la raison pour laquelle ça a retenu mon attention, c'est qu'il a eu lieu sur les vitrines qui présentent les différents hiboux et chouettes de Norvège. Seuls ces animaux ont été dérobés. Une collection entière ! Et les plumes sur lesquelles Camilla était étendue étaient celles d'un hibou… Je ne sais pas pour vous, mais moi je trouve ça suspect.

— Et comment ! s'exclama Munch. Ne perdons pas de vue le dessin que Mia a trouvé dans le casier de Camilla, au haras de Hurum, qui semble représenter un hibou… On a un contact au Muséum d'histoire naturelle ?

— Oui. La plainte a été déposée par le conservateur en chef, un certain Tor Olsen.

— Il faut qu'on s'en occupe tout de suite. Bravo, Ludvig, tu as fait du beau travail. Mia, tu peux t'en charger ?

Elle releva les yeux, sembla se réveiller de sa torpeur.

— Quoi ?

— Les plumes de hibou, le vol à Tøyen ?

— Oui, répondit-elle sans trop savoir de quoi il était question.

— Très bien. Maintenant…

Gabriel comprit que son tour était venu, ce moment qu'il n'avait cessé de redouter depuis le début de la réunion : parler de Skunk. Pas loupé.

— Il faut qu'on reprenne cette vidéo, Gabriel. Ton ancien ami, Skunk. Est-ce que tu as eu le temps d'avancer sur ce point ?

Tout le monde le regardait.

— J'ai essayé, mais il ne répond pas. Je suis toujours dessus, je…

— Parfait. Continue. Il faut coûte que coûte qu'on puisse lui parler, qu'on sache sur quel serveur il a trouvé la vidéo.

— Ça roule.

Gabriel était le premier surpris de ne pas s'être pris un savon. L'instant d'après, il comprit. Munch se faisait du souci pour Mia puisqu'il lui demanda :

— On peut se parler seul à seul ? Dans mon bureau. Si tu as cinq minutes.

— Bien sûr.

— Les autres, s'il y a du nouveau, vous me prévenez tout de suite. Je vous propose un nouveau débriefing en fin de journée. On verra plus tard pour l'heure exacte.

Tout le monde hocha la tête. Gabriel vit Mia se lever puis suivre leur chef dans son bureau, en traînant les pieds.

40

Holger referma la porte derrière Mia et s'assit à son bureau. Elle s'avachit sur le petit canapé. Le regard intrigué qu'elle lui lança le poussa à baisser les yeux tant il ne parvenait pas à l'interpréter. Il s'accorda un instant de réflexion avant de prendre la parole. Elle le devança :

— Qu'est-ce qui se passe ?

— C'est justement la question que je voulais te poser.

La pensée lui trottait dans la tête depuis plusieurs jours déjà : et si Mikkelson avait raison ? Et si Mia, que le grand chef avait suspendue en exigeant qu'elle consulte un psychologue, n'était pas encore prête pour réintégrer son service ? Après tout, cela ne faisait pas si longtemps qu'il l'avait retrouvée sur une île déserte, amaigrie, le teint hâve et les yeux éteints. Elle ne lui en avait jamais parlé, mais Munch n'était pas dupe. Elle ne s'était pas installée là-bas pour prendre des vacances ou du recul. Non, elle s'y était enterrée, au sens propre comme au figuré : elle voulait se supprimer. Et lui, qu'avait-il fait à l'époque ? Il était allé la chercher pour l'aider à résoudre une enquête. Et le même scénario s'était répété pour celle-ci. Tout ça à cause de Mikkelson, qui l'utilisait, puis la jetait comme une vieille chaussette quand il n'avait plus besoin d'elle. Et Holger le suivait, sans prendre le soin de discuter avec sa collègue et amie, sans essayer de savoir comment elle allait *vraiment*. Voilà pourquoi il se faisait du souci. Voilà pourquoi aussi, paradoxalement, l'inquiétude de Mikkelson résonnait en Munch.

— Comment te portes-tu, Mia ? Est-ce que tu vas bien ?

— Tu te fous de moi ?

Elle avait compris où il voulait en venir, avant même qu'il mette le sujet sur le tapis, et ça ne lui plaisait pas du tout. Croisant ses mains, il plaqua les deux index collés l'un à l'autre contre sa bouche.

— Ne le prends pas comme ça, Mia. Je veux seulement que les choses se passent bien pour toi. C'est aussi ma responsabilité, tu le sais.

Il esquissa un sourire qui eut le don de la braquer un peu plus. Elle le dévisagea avec des yeux soupçonneux.

— Mikkelson t'a encore sonné les cloches, ou quoi ?

— Mais non ! Pas du tout, voyons…

— J'ai encore fait quelque chose de mal ? J'ai été une honte pour le ministère ?

— Je n'ai jamais dit ça, Mia…

— C'est parce qu'on fait pâle figure dans la presse, alors ? Parce qu'on n'a pas encore résolu cette enquête ? Ça fait six jours qu'on est dessus, six jours ! Et je trouve qu'on a bien avancé !

Elle se mit pour de bon en colère. Munch devait absolument lui faire comprendre qu'elle se trompait.

— Ça n'a rien à voir avec tout ça. Mikkelson ne m'a rien dit et personne n'est mécontent. Nous nous décarcassons, tous autant que nous sommes dans l'équipe, et nous faisons du bon boulot.

— On dirait pas, hein... C'est quoi, alors, le problème?

— C'est moi.

— Pardon?

— Je m'inquiète un peu pour toi, c'est tout.

Il lui adressa un nouveau sourire.

— Tu t'inquiètes? Mais de quoi?

— Pas du travail que tu fais, Mia. Sans toi, on ne fonctionnerait pas. Je pense juste à... à ta santé, voilà.

— Qu'est-ce qu'elle a, ma santé? Je vais très bien, merci. J'en ai pas l'air?

Munch faillit lui répondre que, non, elle n'avait pas l'air en forme, mais il se ravisa.

— Mia... Un ami ne peut pas de temps en temps faire preuve d'un peu de... Ah, le mot m'échappe...

— D'idiotie? répondit-elle, amusée – et calmée, enfin.

— Ha ha, très drôle! De prévenance. La prévenance. Voilà le mot que je cherchais.

Toujours avec un petit sourire, elle prit une pastille dans sa poche et le regarda avec des yeux plus amicaux. Elle paraissait malgré tout contente de ses égards. Elle soupira:

— J'ai été un peu fatiguée ces derniers temps, je le reconnais. J'ai mal dormi, j'ai repensé à des choses que j'aurais dû... éviter. Mais ça va se tasser.

— Donc tu n'as pas besoin d'une journée de repos ou deux?

— Tu veux me donner des vacances? C'est à mon tour de me faire du souci, Holger. Mais pour toi! Me donner des vacances alors qu'on est en plein dans une enquête? Je commence lentement à me dire que tu as peut-être raison : tu te fais vieux. Ce n'est pas bientôt ton anniversaire? Tu auras quel âge exactement? Soixante-cinq ou soixante-quinze ans? Je ne sais plus très bien, là... À moins qu'on soit le 1er avril et que tu me fasses une blague?

Elle riait de bon cœur. Il l'avait à nouveau devant lui, la Mia qu'il aimait tant.

— Donc tout va bien? insista-t-il néanmoins.

— Oui, Holger, tout va bien, rassure-toi. Tu mènes ce genre d'entretien avec tous tes collaborateurs, ou quoi?

Elle lui fit un clin d'œil et se leva.

— Je te remercie quand même. Ça fait du bien de savoir que tu t'inquiètes. Mais je vais bien.

— Tu m'en vois ravi. De quoi tu t'occupes en premier?

— Du Muséum. Les hiboux. Je me dis que s'il y a un fil à tirer dans ce nœud, c'est celui-ci.

Au même moment on frappa, la porte s'ouvrit aussitôt. Ludvig Grønlie passa une tête dans l'entrebâillement.

— J'ai quelque chose! Oh, pardon... Je vous dérange?

— Non, pas du tout. Entre. Qu'est-ce que tu as trouvé?

Il posa, rayonnant, un dossier sur le bureau de Munch.

— Une autre affaire de disparition.

— Oui, et… ?

— À l'Exploitation horticole de Hurum.

— Quoi ? s'écria aussitôt Mia.

— Elle a eu lieu il y a neuf ans. Un garçon a été porté disparu.

— À Hurum ?

— Exactement. Un dénommé Mats Henriksen. Il est allé se promener dans la forêt et n'est jamais revenu.

— Montre ! ordonna-t-elle à Holger qui, sourcils froncés, lui tendit le dossier.

— Il n'a jamais été retrouvé ? demanda ce dernier à Grønlie.

— Non. À en croire les rapports, les collègues ont effectué des recherches et des battues, mais sans les pousser très longtemps.

— Pourquoi ? voulut savoir Mia.

— *A priori*, le garçon était suicidaire. Donc l'enquête a opté pour ce motif. L'affaire a été close.

— Et on n'a jamais retrouvé le corps ? demanda Munch.

— Eh non… Tu crois qu'il peut y avoir un lien ?

— Ça vaut le coup de vérifier. Passe notre système au peigne fin. Et… mes compliments, Ludvig. Beau travail !

— Merci, Holger, répondit Grønlie qui quitta le bureau.

— Y a un truc qui cloche, marmonna Mia sans relever les yeux du dossier.

— Tu penses à quoi ?

— Je ne sais pas… Mais cette affaire pue l'anomalie.

— Tu sais que je veux uniquement…

Munch ne termina pas sa phrase, perturbé par le regard que Mia lui lançait.

— Veiller sur moi? dit-elle, ironique.

— Oui.

— Je le fais très bien toute seule, Holger.

Munch, un sourire aux lèvres, la vit quitter la pièce à son tour.

41

Miriam Munch fut réveillée par l'odeur de bacon et de café chaud, sans vraiment savoir où elle se trouvait. Se retenant un instant à ses rêves, elle finit par ouvrir les yeux et constata qu'elle était chez elle, à Frogner. L'angoisse jaillit en elle, aiguisée par une batterie de questions : quel jour était-on ? Vendredi ? Quelle heure était-il ? Pourquoi n'était-elle pas encore levée ? Elle devait emmener Marion à l'école… Là seulement, elle prit conscience que sa mère gardait Marion et s'occuperait d'elle. Et elle se souvint du même coup de sa soirée de la veille. Elle était sortie avec Ziggy, jusque tard, après avoir bu beaucoup trop de bières. La fin de leur nuit s'effilochait dans sa mémoire, mais au moins elle était rentrée à la maison. Ouf ! Elle n'avait pas succombé à la tentation. Pourtant l'envie de tout plaquer avait été forte, très forte. L'envie de le suivre à son appartement, le désir qu'elle éprouvait pour lui. Heureusement qu'elle avait résisté, elle ne pouvait pas faire ça à Johannes. Elle se rappela soudain l'avoir pensé, à un moment, les yeux plongés dans son verre : *Il faut d'abord qu'on ait une conversation, lui et moi, avant d'aller plus loin, avant que je m'engage trop. Il faut que je lui dise, il ne mérite pas que je lui mente.*

Elle s'étira, jeta un coup d'œil à son réveil : onze heures et quart. Mon Dieu ! Elle leva la tête de l'oreiller mais dut la reposer aussitôt – les excès de la veille lui vrillaient les tempes. Sachant qu'elle ne souffrait jamais longtemps de la gueule de bois, qu'une bonne douche suivie d'un copieux petit déjeuner en aurait raison, elle se força à rejoindre la salle de bains. Le jet d'eau brûlante sur sa nuque lui fit un bien fou. L'ancienne Miriam, celle qui faisait autrefois la fête avec ses copines jusqu'à pas d'heure, comme hier soir, disparut dans la bonde. Elle était redevenue la mère de famille qui habitait un appartement cossu dans un quartier qui l'était tout autant. Attrapant une serviette, elle sentit qu'elle n'était pas mécontente de sa situation : la chaleur diffusée par le sol lui faisait oublier les températures hivernales de ce mois d'octobre, elle qui avait froid en permanence et aurait tant aimé que le printemps soit déjà là. N'empêche, une autre chaleur ne la quittait pas, celle-là même qui la faisait sourire pour un rien, qui modifiait son comportement depuis un certain temps, depuis... sa rencontre avec Ziggy. Se séchant les cheveux devant le miroir, elle secoua la tête de consternation. Ce que tu peux être conne, ma pauvre fille ! songea-t-elle. On dirait une adolescente...

Miriam s'enroula dans son peignoir et rejoignit la cuisine où elle trouva Johannes, tout sourire, en train de préparer le petit déjeuner. Elle tressaillit. Non seulement il n'était pas au travail mais il avait sorti une nappe blanche sur laquelle attendaient deux verres de jus d'orange pressée, du pain frais et toutes sortes de fromages.

— Bonjour, ma chérie, lui dit-il en l'embrassant. Tes œufs, tu les veux à la coque ou sur le plat ?

— Sur le plat, peut-être ?

— Va t'asseoir. Tu prendras un café ? demanda-t-il en retournant aux fourneaux. Tu es sortie hier soir ? Tu es rentrée tard ?

— Euh... oui, répondit Miriam, troublée.

Avait-elle oublié quelque chose ? Une fête, un anniversaire ?

— Tu veux du lait dedans ?

— Quoi ?

— Ton café, tu le veux avec du lait ? Tu n'es pas bien réveillée, toi...

— Euh... non, répondit-elle cette fois, toujours incrédule.

Johannes lui apporta sa tasse et l'embrassa de nouveau. Étranges, ces manières si inhabituelles chez lui...

— Et c'était bien hier soir ?

— Oui... pourquoi ? bredouilla-t-elle, hésitante, en portant la tasse de café à sa bouche.

— Non, pour rien. J'ai appelé Marianne hier soir. C'est elle qui m'a appris qu'elle gardait Marion et que tu sortais avec une copine. Tu t'es bien amusée ?

— Oui, j'étais avec Julie, s'empressa-t-elle de préciser, avec une once de culpabilité.

— Ah oui, ta copine de lycée...

— Voilà. Elle a des problèmes de cœur en ce moment, tu comprends.

— C'est gentil de ta part de l'aider si elle ne va pas bien.

Johannes posa devant elle une assiette avec du bacon et un œuf sur le plat. Miriam était décontenancée : ils n'avaient plus pris leur petit déjeuner ensemble en pleine semaine depuis une éternité. Et d'abord pourquoi n'était-il pas à l'hôpital ?

— Ton portable ne marche plus ? demanda-t-il en s'asseyant.

— Tu as remarqué toi aussi ? Je ne comprends pas : visiblement, je reçois un message sur deux et je rate certains appels. Pourquoi ?

— Parce que j'ai justement essayé de te joindre hier soir.

— Ah, je ne m'en suis pas rendu compte…, continua-t-elle de mentir.

— C'est peut-être ton abonnement, ou une mise à jour toute simple à faire, suggéra-t-il en se coupant un bout de fromage.

Repensant à sa soirée d'hier, à Ziggy, Miriam était perplexe. Elle avait pourtant pris sa décision : elle refusait de vivre dans le mensonge, elle voulait s'ouvrir à son mari de ses doutes, de sa rencontre avec ce garçon aux yeux bleus magnifiques. Mais maintenant ? Alors que Johannes avait mis les petits plats dans les grands et débordait d'attention pour elle ? Elle sentit son courage l'abandonner. L'occasion était sans doute malvenue.

— Ah, j'oubliais…, dit-il soudain en se levant.

Il revint en se plantant devant, les mains dans le dos, comme il le faisait autrefois, quand il lui offrait quelque chose.

— C'est mon anniversaire… ? balbutia Miriam.

— Non. Mais j'ai quand même le droit de te faire un cadeau, non ?

— Un cadeau… ?

— Oui. Alors, tu veux la gauche ou la droite ?

— La gauche !

— Tiens, ma chérie. C'est pour toi.

Il posa le paquet sur la table.

— Pourquoi tu n'es pas à l'hôpital ?

— Tu n'ouvres pas ?

— Si, bien sûr. Mais je me demandais pourquoi tu n'étais pas au travail…

— J'ai une bonne nouvelle !

— Oh, raconte !

— Ouvre d'abord.

Miriam déballa son cadeau avec délicatesse. Elle se sentait sur la corde raide, travaillée par sa mauvaise conscience et sa certitude croissante qu'elle devait absolument taire ce que, la veille, elle était certaine de vouloir révéler.

— Oh ! fit-elle. Merci.

— Une montre d'entraînement ! Qui fait tout : cardio, GPS, compteur et tout. Tu sais, quand tu fais ton jogging…

— Super ! C'est… Elle est très belle.

— Tu en voulais une, non ?

— Oui. Oui oui. Merci, Johannes.

Elle avait une voix bizarre, comme si ce n'était pas la sienne, comme s'ils ne se connaissaient plus, comme si elle n'était plus elle-même. L'avait-elle jamais été avec lui ? Depuis quand leur relation avait-elle changé au point que Miriam ne les reconnaisse plus en tant que couple ? Cette voix était si différente de celle d'hier soir, avec Ziggy.

« Donc tu viens avec nous ?

— Évidemment, tiens !

275

— *Tu es sûre ?*

— *Combien de fois est-ce que je dois te le répéter ?* *Je suis toujours partante pour sauver des animaux qui servent à des expériences en laboratoire.*

— *Génial ! On a une réunion demain, tu pourras venir ?*

— *Et comment !* »

— Alors dis-moi, c'est quoi cette bonne nouvelle ? reprit-elle en se cachant derrière sa tasse de café, trouvant son visage trop hypocrite pour le montrer à son mari.

— J'ai été choisi par la direction pour représenter l'hôpital d'Ullevål à la Conférence des médecins à Sydney.

— Waouh ! Félicitations !

— Je suis très heureux. Sunde aurait dû y aller, mais… ils m'ont préféré. Tu sais ce que ça signifie ?

Elle vit la fierté briller dans les yeux de son mari.

— Tu passes médecin-chef dans quelques années ?

— Voilà. Tu n'y croyais pas, hein ?

— Non. Enfin… si. Si, évidemment.

— Merci. Il fallait quand même que je te l'annonce. Je ne peux pas disparaître comme ça, à l'improviste… Pour Marion et pour toi, ce ne serait pas très gentil.

— Qu'est-ce que tu veux dire ?

— Je pars dimanche. Le séminaire dure deux semaines et commence dès lundi. Et je suis le premier désolé de devoir te l'annoncer si tard, mais je ne l'ai appris qu'hier. Ça ira, tu crois ? Tu t'en sortiras ?

Et enfin elle comprit : le petit déjeuner, la nappe blanche, le cadeau. Il s'en voulait.

— Oui, bien sûr, sans problème.

— Et avec Marion ?

— Maman m'aidera, ne t'inquiète pas.

— Merci encore, Miriam.

Pour la première fois depuis qu'ils étaient ensemble, Miriam avait la sensation d'être face à un étranger.

— Tu ne la mets pas?

— Quoi?

— La montre…

— Si si!

Elle s'exécuta.

— Elle te va bien.

— Tu trouves?

— Oui, répondit-il en lui serrant la main. Et je trouve aussi qu'on devrait fêter ça. Ils m'ont donné deux jours. Peut-être que Marianne et Rolf pourraient prendre Marion, et nous, on se ferait un petit week-end en amoureux. On pourrait aller dîner dehors?

— Ce soir?

«Donc tu viens avec nous?

— Évidemment, tiens!»

Miriam libéra sa main et s'éclaircit la voix:

— J'aimerais tellement pouvoir te dire oui, mais… j'ai promis à Julie de la retrouver.

— Encore?

— Oui, je sais, c'est bête. Mais elle est vraiment déprimée. Demain soir, plutôt?

— Demain soir sera parfait, confirma Johannes. Il faut que j'appelle papa. Il va être fier de moi.

— J'en suis certaine.

Johannes prit son portable dans sa poche et sortit téléphoner dans le couloir.

42

Il était beau mec, ce flic devant elles dans la grande salle de cours. Non, y avait pas à dire. Avec ses cheveux noirs et lisses qui tombaient légèrement sur le côté. Bon, O.K., admettait Benedikte Riis, il n'arrivait pas à la cheville de Paulus. Mais quand même.

Helene venait de leur demander de faire moins de bruit, le joli cœur avait un truc à leur montrer, en fait un dessin débile digne d'un gamin de huit ans qui représentait un hibou avec une phrase gribouillée en dessous.

— Un peu de calme, les filles, répéta Helene. C'est important !

— Si jamais l'une d'entre vous a déjà vu ce papier, ou un autre qui lui ressemble, il est essentiel que vous nous le disiez tout de suite, dit le policier en faisant passer un tas de feuilles dans les rangées.

— Et je vous demanderai d'en prendre un pour celles de vos camarades qui sont absentes, ajouta Helene avec un sourire.

Benedikte Riis jeta un œil blasé sur le dessin retrouvé dans le casier de Camilla Green.

Camilla Green.

Comme si elle avait quelque chose à battre de cette gonzesse ! Elle lui donnait plutôt envie de gerber, oui.

Tout se déroulait pourtant à merveille avant l'arrivée de cette grue, avec son rire permanent et ses yeux ravissants. Benedikte s'en était rendu compte dans la seconde : ils se plaisaient, Paulus et elle. Dès le premier jour où elle avait déboulé dans la cour et qu'il l'avait aidée à sortir ses bagages du coffre du taxi, sa façon de lui souhaiter la bienvenue, de lui montrer sa chambre. Benedikte Riis avait eu toutes les peines du monde à cacher sa jalousie en voyant à quel point Paulus était aux petits soins avec elle. Il lui avait passé le bras dans le dos en lui faisant visiter les lieux, avec un grand sourire et ses yeux marron qui la regardaient comme ils ne l'avaient jamais regardée, elle. Puisque c'étaient *eux*, le couple : Paulus et Benedikte. Bon, d'accord, ils ne s'étaient jamais embrassés ni n'avaient couché ensemble. N'empêche, c'était *elle* qu'il préférait, *elle* dont il prenait particulièrement soin. Et même si elle admettait au fond d'elle-même que ça n'aboutirait peut-être jamais, elle gardait l'espoir que, un jour peut-être, Paulus comprendrait qu'ils étaient faits l'un pour l'autre. Ça s'était presque produit dans la forêt où il avait sa cachette, il lui avait même certifié qu'il n'y emmenait normalement personne. Là, ils avaient fait des trucs. Seulement voilà, Camilla Green avait débarqué à l'Exploitation horticole et tout avait été chamboulé.

Tant mieux qu'elle soit morte.

C'était peut-être méchant, mais Benedikte Riis était bien contente qu'elle ait disparu de la circulation. Puisqu'elle avait tout gâché. Elle n'aimait pas Paulus, du moins pas avec les mêmes sentiments que Benedikte. Tout ce qu'elle voulait, cette Camilla Green, c'était qu'on la regarde, qu'on s'occupe d'elle. Il fallait voir comment elle essayait en permanence d'attirer l'attention de Paulus : en rejetant ses cheveux en arrière, en lui faisant des clins d'œil, en ôtant son pull hyper lentement. Quelle... Benedikte allait dire «quelle pute», mais ce n'était pas le bon mot. Une fausse séductrice, voilà ce qu'elle était ! Et puis, qu'est-ce qu'elle savait de Paulus ? Rien ! Car si quelqu'un doit le protéger, c'est moi, songea Benedikte. Comme pour cette histoire de plants qu'il cachait au fond d'une serre. Des plants de marijuana. Il les avait montrés à quelqu'un d'autre ? Non. À elle et rien qu'à elle. Un soir, il y a pas mal de temps.

Je vais te faire voir quelque chose, mais il faut que tu n'en parles à personne.

— Bon, les filles. On aide la police, c'est d'accord ? Je vous le rappelle : ce papier est très important.

Benedikte devait voir Paulus, maintenant. Les autres l'avaient cherché quand la police était arrivée mais ne l'avaient pas trouvé. Elle, par contre, elle savait où il se planquait. La cabane, au bout de la propriété, à la limite de celle du voisin. C'était son lieu secret à lui, l'endroit où il aimait se retirer. Peu de monde était au courant, mais elle, si. Puisqu'elle savait tout de lui, plus qu'il n'en avait conscience lui-même. Elle le suivait souvent, l'espionnait sans qu'il s'en rende compte. C'était mieux comme ça. Il avait besoin que quelqu'un veille sur lui.

Benedikte Riis enfonça sur sa tête la capuche de sa doudoune et suivit le flot des filles qui quittaient la salle de cours. Elle prit la direction de la cabane. Là où ils se retrouvaient le vendredi et le samedi soir. Ils fumaient un joint. Il lui avait montré comment le rouler, elle avait fait semblant de le savoir. Elle adorait qu'il lui montre comment marchaient les choses. Ils avaient passé des soirées merveilleuses, à rigoler et à parler. Jusqu'à ce que la Camilla Green ramène sa fraise. Il lui était arrivé une ou deux fois d'être sous sa fenêtre, sans qu'ils le sachent. Elle les avait entendus chuchoter et rigoler comme ils l'avaient fait eux, Benedikte et Paulus. Puisque le vrai couple, c'étaient eux.

— Paulus?

Elle frappa, sans obtenir de réponse.

— Paulus?

Elle poussa la petite porte et entra prudemment dans la cabane.

43

Le conservateur en chef du Muséum d'histoire naturelle Tor Olsen, un homme dans la cinquantaine, n'était pas sans rappeler à première vue Albert Einstein avec ses cheveux crayeux hirsutes et une personnalité remuante.

— Vous voilà enfin, dit-il en faisant entrer Mia Krüger dans son bureau. Vous en avez mis, du temps. Puis-je vous offrir un thé ou un café, ou voulez-vous que nous allions droit au but?

— Nous pouvons aller droit au but.

— Et vous êtes… seule?

Mia ravala un sourire. Elle avait l'habitude de cette réaction chez les personnes confrontées pour la première fois à un délit: elles s'attendaient à voir débouler dans la seconde un cortège de véhicules de police toutes sirènes hurlantes, puis à ce que l'affaire soit résolue dans la foulée. Si elle n'avait pas les statistiques exactes en tête, Mia savait cependant que, sur 130 000 affaires de vols commis chaque année en Norvège, environ 10 000 seulement étaient résolues. Dans ce contexte, les faibles moyens mis à disposition ne permettaient pas de se concentrer d'emblée sur la disparition d'oiseaux empaillés. Tout dérobés qu'ils soient, ils ne constituaient hélas pas la priorité de ses collègues – ce qu'on pouvait déplorer. Mia préférait de loin les résultats de la police criminelle puisque, sur une trentaine de crimes perpétrés, vingt-trois étaient élucidés et aucun dossier n'était classé sans suite.

— Oui, pourquoi ?

— Vous avez conscience que nous avons une collection unique comportant plus de deux millions d'objets ? Des mammifères, des oiseaux, des poissons, des insectes, des arachnides, des procaryotes...

— Des procaryotes ?

Olsen la dévisagea par-dessus ses lunettes puis secoua la tête non sans un petit soupir. Il estimait sûrement que les forces de l'ordre ne lui avaient pas envoyé une lumière en la présence de cette femme.

— Des organismes unicellulaires. Des bactéries, si vous préférez. À l'inverse notamment des êtres humains que nous sommes, c'est-à-dire des eucaryotes.

— Mais seulement les hiboux ont été subtilisés ?

— *Seulement* ?! Toutes les espèces de strigidés vivant sur notre territoire...

— Excusez-moi à nouveau, mais des... *strigidés* ?

Nouveau sourire ravalé de Mia et nouveau soupir affiché d'Olsen.

— Il s'agit du nom scientifique pour désigner cette famille de rapaces nocturnes qui regroupe les hiboux et les chouettes, expliqua-t-il. Dix espèces sont recensées en Norvège. Alors, pour vous, ça paraîtra sans doute minime, mais avez-vous conscience du travail et de l'énergie qu'a exigés cette exposition ?

— Je comprends, répondit Mia en retrouvant son sérieux. Et donc dix espèces seulement en Norvège ?

— Effectivement. Hibou moyen-duc, hibou grand-duc, hibou des marais, chevêchette d'Europe, nyctale de Tengmalm ou chouette boréale, épervière boréale ou chouette boréale, chouette hulotte ou chat-huant, harfang des neiges ou chouette des neiges, chouette lapone, chouette de l'Oural. Sans compter les onze sous-espèces de chouettes effraies qui certes ne nichent pas sous nos latitudes mais dont nous possédons certains éléments, et qui certes ne sont pas des strigidés à proprement parler mais que nous avons incluses parce qu'elles sont les plus connues du grand public.

— Et ces… strigidés, vous les avez montrés tout récemment, disiez-vous ?

— Oui. Ils figurent dans notre exposition perma-nente depuis peu de temps. Nous ne la modifions pas souvent, mais un jour j'ai eu cette idée. Les hiboux. Un animal passionnant, mystérieux. Je me suis dit que ça intéresserait les jeunes, que ça augmenterait le nombre de visiteurs. Vous comprenez ?

Mia doutait que la jeunesse norvégienne se passionne pour ces fameux strigidés, quand bien même ils seraient nationaux.

— Oui, c'est une excellente idée.

— Merci. Mais vous voulez peut-être voir le lieu du crime ?

— Très volontiers.

— Vous en profiterez pour voir l'exposition permanente comme ça...

Elle lui emboîta le pas et ils pénétrèrent dans la première pièce.

— Nous avons appelé cette salle «Sous la surface». Comme vous le constatez, nous avons ici un maquereau, un hareng, un requin-hâ, un chaboisseau, un entélure...

Mia était déjà perdue. Elle avait la confirmation que non seulement la jeunesse norvégienne ne ferait pas le détour par le Muséum d'histoire naturelle, mais surtout qu'elle perdait son temps avec ce scientifique. Elle repensa du même coup à sa visite chez l'anthropologue social qui lui aussi l'avait abreuvée de noms impénétrables. Des ordres et des sectes, des zones d'ombre d'une telle opacité qu'elle en distinguait mal les ramifications. Ici en Norvège? Elle avait du mal à y croire.

— Dans la deuxième vitrine intitulée «Les oiseaux de nos montagnes», vous pouvez retrouver le cormoran huppé, le petit pingouin, le guillemot de Troïl...

Et pourtant elle n'arrivait pas à écarter un lien éventuel entre cette loi de Thélème, *«Fais ce que tu voudras sera le tout de la Loi»*, et la vidéo sordide où Camilla Green gisait dans un pentagramme de bougies.

— Quant à la vitrine numéro 5...

— Et où se trouve celle avec les hiboux? l'interrompit Mia.

— Euh... elle est vide. Mais je peux vous montrer le renne sauvage.

— Non, je crois que ça ira, merci.

Tor Olsen parut surpris.

— Je veux dire : s'il ne reste plus rien à voir de ces hiboux, il vaut mieux que je m'en aille.

— Déjà ?

— Vous m'avez communiqué des informations très précieuses, je vous remercie.

En repartant, Mia aperçut une caméra dans un coin.

— Vous filmez les visiteurs ?

— Oui, mais seulement pendant les horaires d'ouverture.

— Et le vol a eu lieu dans la nuit ?

— Oui, comme je l'ai signalé dans ma déposition. Vous n'avez pas lu le rapport ?

— Si. Je vérifie, rien de plus. Donc aucune image ?

— Vous m'en voyez le premier désolé.

— Et donc vous avez beaucoup de visiteurs ?

— Beaucoup... Mais pas assez à mon goût. Des classes, des groupes. La plupart viennent pour visiter le Jardin botanique, il leur arrive de faire un petit détour par chez nous.

— Des classes ? répéta Mia, intriguée. Vous avez une liste de ces classes ?

Le Jardin botanique. L'Exploitation horticole de Hurum. Les plantes. Les fleurs. Et s'il y avait une corrélation ? Même si cela devait se révéler être une fausse piste, il valait mieux s'assurer qu'elle ne débouche pas malgré tout sur quelque chose.

— Oui, c'est Ruth qui s'en occupe.

— Et je pourrais la voir, cette Ruth ?

— Ah, pas aujourd'hui. Elle n'est pas revenue de sa cure aux Canaries. Elle a des problèmes de rhumatismes, la chaleur fait du bien aux articulations.

— Pourriez-vous lui demander de nous envoyer la liste des classes venues peu de temps avant le vol des hiboux, s'il vous plaît?

Elle attrapa dans sa poche intérieure une carte qu'elle lui tendit.

— Je vais m'en charger. Elle sera de retour lundi.

Regardant la carte de visite, Tor Olsen écarquilla les yeux.

— L'Unité spéciale criminelle?! Mais...?

— Je compte sur vous, d'accord? Lundi!

Le conservateur acquiesça pour seule réponse, avec un tout autre regard désormais. Sentant ses yeux plantés dans son dos lorsqu'elle descendit les marches, Mia songea qu'elle venait de perdre son temps. Toute la journée avait été de cet ordre: d'abord cette discussion avec Holger qui l'avait superbement agacée, même s'il n'avait pas tort de dire qu'elle avait l'air fatiguée, puis ces quelques heures de sommeil que du coup elle s'était accordées sur son canapé, et maintenant ce rendez-vous. Elle s'asseyait au volant quand son portable sonna.

— Mia, c'est Holger.

Elle comprit tout de suite à sa voix qu'il se passait quelque chose.

— Qu'est-ce qu'il y a?

— Kim et Curry ont fait mouche à Hurum. Paulus Monsen et une des filles, Benedikte Riis.

— Eh bien, quoi?

Munch ne répondit pas immédiatement, Mia entendit les bribes d'une discussion en fond sonore.

— Ils sont en route pour être interrogés. Je te parlerai du reste sur place.

— Où ça, à Grønland?

— Oui.

— O.K., j'arrive, s'empressa-t-elle de répondre en mettant le contact.

44

Mia referma doucement la porte du petit réduit où se trouvait Curry qui regardait la salle d'interrogatoire à travers la vitre sans tain. Installé à une table, Paulus Monsen faisait face à Munch et Kim. Le garçon aux boucles brunes, au regard inquiet et fuyant, ne semblait pas comprendre ce qui lui arrivait.

— Alors ? demanda Mia en s'asseyant à côté de Curry.

— Tu préfères la version courte ou la version longue ?

— Courte, s'il te plaît, répondit-elle sans quitter des yeux les trois autres.

— On allait rentrer sur Oslo quand on a vu le garçon traverser la cour avec la gamine sur ses talons. Elle avait l'air énervée, elle avait les yeux rouges, on aurait dit qu'elle avait pleuré et...

— Tu ne devais pas me faire la version courte ?

— Ha ha, très drôle.

Lui en tout cas avait meilleure mine. Peut-être qu'il avait fini par accepter la séparation d'avec Sunniva.

— Et?

— Il nous a avoué avoir cultivé les plants de marijuana dans la serre. Et que Camilla Green et lui avaient une relation.

— Tiens donc...

— Ouais.

— Et pourquoi il ne nous l'a pas dit plus tôt? Il a une explication à ce petit mensonge par omission?

— Elle avait moins de seize ans quand ils ont commencé à sortir ensemble.

Il se pencha contre la vitre, comme pour mieux examiner le Paulus Monsen en question.

— Il drague des filles qui n'ont pas encore leur majorité sexuelle puis il les attire dans sa cabane, les fait fumer des pétards, puis il les utilise. Pas mal, non?

— La cabane?

— Ils avaient un petit nid d'amour sur l'exploitation, au fond de la propriété.

— On est allés voir?

— La scientifique est sur place en ce moment.

— Je ne vois pas ce que je peux vous dire de plus, déclarait le garçon dans la salle d'interrogatoire.

Mia baissa le son pour entendre la fin de la version de Curry.

— Et la fille? Benedikte.

— Elle est dans la salle B.

— Quelqu'un l'a déjà interrogée?

Curry secoua la tête.

— Et elle, quelle est son histoire? Pourquoi vous l'avez amenée?

— Ils s'accusent mutuellement.

— Du crime?

Il acquiesça.

—Un drame de la jalousie. Ou un triangle amoureux qui aurait mal tourné, si tu préfères. Ils commençaient à se foutre sur la gueule dans la cour. On a dû les séparer et les embarquer. Depuis, aucun des deux n'a dit grand-chose.

—Et le plan, c'est quoi?

—Quel plan?

—Qu'est-ce qu'il compte faire, Munch?

—Le mec d'abord, la fille ensuite, et on recommence.

—Pas de confrontation?

—Pas que je sache. Je crois que Munch veut laisser la fille seule un petit moment. Pour qu'elle ait peur. Et qu'elle déballe tout par la suite.

—Pas con.

Mia se leva, frappa à la porte et entra dans la salle d'interrogatoire. Kim Kolsø vint à sa rencontre.

—On échange? demanda-t-elle.

—O.K.

—Il est 16 h 05, annonça Munch en direction du magnéto. L'enquêteur Kim Kolsø quitte la pièce et l'enquêtrice Mia Krüger vient d'entrer.

Mia accrocha sa veste en cuir au dossier de la chaise et s'assit.

—Bonjour, Paulus. Mia Krüger.

Elle lui tendit la main. Le tout jeune homme la dévisagea d'un air nerveux avant d'approcher la sienne.

—Paulus Monsen.

—Enchantée. Nous ne nous sommes pas rencontrés, mais j'ai beaucoup entendu parler de toi. En bien. Tu es très doué, à ce qu'il paraît. Tout le monde n'a que des compliments en ce qui te concerne.

— Quoi? fit-il, décontenancé.

— Tu es très doué dans ton travail, très appliqué. Ça doit faire plaisir à entendre, non? Que les gens t'apprécient?

— Euh… oui, merci.

Il jeta un coup d'œil rapide et inquiet à Munch qui ne lui avait manifestement pas tenu le même langage.

— Et, pour mettre les choses au clair, cette histoire de plants de marijuana, on s'en fout. Ça ne nous regarde pas. D'accord? Je veux dire: ça pourrait arriver à n'importe qui.

Mia sentit le regard courroucé de Munch, qu'elle ignora superbement.

— C'est d'accord? répéta-t-elle avec un sourire.

Le garçon tourna de nouveau la tête vers Munch, mais il se sentait plus à l'aise avec Mia en face de lui.

— C'était pour ma consommation personnelle. Je n'ai jamais voulu en vendre, si c'est ce que vous insinuez.

— Je te le confirme: n'y pensons plus, ça ne nous intéresse pas.

Munch voulut intervenir, mais Mia lui donna un coup de coude. Elle voyait que Paulus Monsen se calmait.

— Ce qui est plus grave…

Feignant de réfléchir, Mia marqua une pause tout étudiée. Le silence se prolongea dans la pièce, suffisamment pour que le garçon retrouve sa nervosité.

— Quoi?

— Non, c'est juste que Benedikte a…

Encore une fois, Mia laissa la fin de sa phrase en suspens.

— Qu'est-ce qu'elle a encore dit ?

Mia haussa simultanément les épaules et les sourcils.

— Qu'est-ce qu'elle a dit, cette conne ? Que j'ai tué Camilla ? Elle ment !

Il bondit de sa chaise.

— Assieds-toi, je te prie ! ordonna Munch.

— Elle ment ! Vous devez me croire !

— Assieds-toi, je t'ai dit ! répéta Munch un cran au-dessus.

— Je vous en supplie, vous devez me croire ! Elle est complètement cinglée, Benedikte. Je vous jure que je vais…

— La tuer ? Elle aussi ? demanda Munch d'une voix sépulcrale.

— De quoi ?

— Est-ce que tu vas tuer Benedikte Riis comme tu as tué Camilla Green ?

— Mais non, à la fin ! Je n'ai pas tué Camilla. Je vous le jure !

— Tu n'as pas avoué ? Ce n'est pas pour cette raison que tu es ici, peut-être ?

— Avoué ? Ça… ça concernait juste les plants.

Paulus implora Mia du regard, mais elle laissa Munch poursuivre :

— Je résume : tu as entamé une liaison avec Camilla Green, qui n'avait pas seize ans et donc pas non plus sa majorité sexuelle. Tu l'as droguée dans ta cabane, puis tu as eu des rapports avec elle. C'est ça qu'il faut comprendre ?

— Non.

Mia prit le relais :

— Donc tu ne sortais pas avec Camilla ?

— Si, mais…

— Mais quoi ?

— Pas comme il le dit, lui.

— Une liaison avec une fille qui n'avait pas seize ans et donc pas…, répéta Munch.

— Comment, alors ? l'interrompit Mia. C'était comment entre Camilla et toi ?

— C'était… bien, répondit-il du bout des lèvres, en baissant les yeux.

— Tu l'aimais ?

— Oui, j'étais amoureux d'elle.

Il luttait pour ne pas pleurer.

— Et elle aussi elle était amoureuse de toi ?

Le garçon sembla réfléchir un instant.

— Je le croyais…

— Mais… ?

— Mais… elle était spéciale. Elle… voulait vivre sa propre vie. Elle faisait uniquement ce qu'elle voulait.

Mia tressaillit. Une heure plus tôt, alors qu'elle discutait avec Tor Olsen, elle avait repensé à la loi de Thélème qui disait en substance la même chose. Paulus releva la tête et implora de nouveau Mia du regard, en évitant celui de Munch.

— Vous devez absolument me croire. Je ne lui aurais jamais fait du mal. Au contraire, j'aurais tout sacrifié pour elle. Je l'aimais.

— Justement, en parlant de « sacrifier » : comme elle ne t'aimait pas, tu l'as tuée.

Mia foudroya Munch du regard et secoua la tête de consternation. Elle avait énormément de respect pour son chef mais, parfois, il était d'une naïveté confondante.

— Vous vous trompez, se contenta de répondre Paulus, avant de se refermer dans sa coquille.

Empêchant Munch de poser une nouvelle question idiote, Mia reprit d'une voix douce et rassurante :

— Tu as mentionné un détail à mes collègues que j'aimerais aborder avec toi.

— Lequel ?

— Si j'ai bien compris, mais corrige-moi si c'est faux, tu as accusé Benedikte d'avoir tué Camilla...

Le garçon observa un silence avant de répondre :

— J'ai dit ça en l'air. Parce que j'étais furieux.

— Contre Benedikte ?

— Oui.

— Pourquoi ?

— Parce qu'elle est venue me voir dans ma cabane, cet après-midi. En me disant des trucs insensés comme quoi nous formions un couple, elle et moi, qu'elle devait veiller sur moi, que j'avais besoin d'elle, qu'il ne pouvait rien nous arriver de mieux que la disparition de Camilla car nous pouvions enfin être ensemble, et que c'était pour ça qu'elle avait envoyé le texto.

— Quel texto ? répliqua Munch.

— Celui du téléphone de Camilla.

— Parce que Benedikte avait le portable de Camilla en sa possession ?

Mia coula un regard effaré vers Munch qui ne masqua pas sa surprise.

— Elle l'avait trouvé dans sa chambre. Celle de Camilla, je veux dire. Après sa disparition, continua Paulus, visiblement épuisé.

— Que nous soyons bien clairs, Paulus : de quel SMS est-il question ? demanda Munch.

— Benedikte a envoyé à Helene un message comme quoi elle ne devait pas s'inquiéter.

— Elle l'a envoyé du portable de Camilla, c'est ça ?

— Oui. Et c'est ce qui m'a foutu en rogne et m'a poussé à l'accuser. Je m'excuse, je n'aurais pas dû. Benedikte est peut-être folle, mais elle ne ferait jamais une chose pareille.

— Et elle t'a expliqué pourquoi elle l'avait envoyé ?

— Pour que personne n'entame de recherches.

— Parce que, si Camilla disparaissait, vous seriez réunis, Benedikte et toi ?

— Un truc dans ce genre, oui…

— Je crois que nous allons faire une pause, suggéra Munch. Est-ce que tu as faim, Paulus ? Veux-tu quelque chose à boire ou à manger ?

— Un burger, je veux bien. Et un Coca. En fait je n'ai rien mangé depuis…

Les deux policiers voyaient qu'il n'en pouvait plus. Une question de plus et il aurait fondu en larmes.

— Il est 16 h 32. L'interrogatoire de Paulus Monsen est interrompu.

Munch éteignit le magnétophone.

45

Devant l'immeuble peint en rouge, Miriam Munch sentit le doute s'emparer d'elle. La veille encore, elle était sûre de sa décision. Or, depuis le petit déjeuner de ce matin avec Johannes, d'autres pensées s'étaient mises à la tirailler. Non pas tant à cause de Johannes, mais bien à cause de Marion. Comment sa petite chérie de six ans prendrait-elle les choses si elle apprenait que son monde était bouleversé ? Tout ça parce que sa maman était tombée amoureuse d'un autre homme ? Il n'était pas encore trop tard pour reculer, pour monter dans le premier tramway et aller la récupérer à Røa, chez sa mère, puis repartir à Frogner pour passer la soirée tous les trois avec Johannes. Non, inutile puisqu'il avait finalement accepté une garde étant donné que Miriam avait prétendu avoir rendez-vous avec Julie. Un demi-mensonge puisque sa meilleure amie serait présente à la réunion fixée pour huit heures.

Miriam jeta un rapide coup d'œil vers l'étage où elle avait passé la nuit une semaine plus tôt environ. Les fermes d'Atlantis. Un laboratoire situé à Hurum, qui se servait des animaux pour procéder à des expériences illégales. De pauvres bêtes maintenues en cage, exposées à des souffrances quotidiennes, sous prétexte qu'une entreprise pharmaceutique voulait gagner davantage d'argent. Miriam Munch détestait l'injustice. Et encore plus les personnes qui usaient et abusaient de leur position pour exploiter les autres, qu'il s'agisse d'êtres humains ou d'animaux. Elle se rappela son engagement au sein d'Amnesty International quand, adolescente, elle se levait le matin avec la sensation d'agir pour le bien commun, d'être utile à la société. Puis elle était tombée enceinte à dix-neuf ans et avait arrêté tout activisme. Elle avait consacré son temps à sa fille, mais il n'était pas trop tard pour replonger dans le combat politique.

Oui, elle en était certaine : elle voulait participer à cette action.

Elle monta à la hâte les marches jusqu'au deuxième étage.

— Ah, enfin, te voilà ! dit Ziggy avec un sourire. Je croyais que tu avais changé d'avis et que tu ne viendrais plus.

— Pourquoi ? Je suis en retard ? demanda Miriam en accrochant son manteau et son écharpe à la patère.

— Non, pas du tout. Certes, on a commencé à sept heures. Mais ce n'est pas grave.

— Je croyais qu'on avait dit huit ?

— Viens, ça n'a pas d'importance.

Ils entrèrent dans le salon.

— Chers amis. Je suis heureux de vous présenter Miriam Munch, pour ceux qui ne la connaîtraient pas. Elle sera des nôtres pour notre action de mardi prochain. Je sais que, à quelques jours seulement de la date fatidique, ça paraîtra un peu bizarre pour certains. Mais je peux vous assurer que Miriam partage entièrement nos convictions. Et nous avons besoin de toute l'aide possible si nous voulons réussir.

— Bonsoir à tous ! dit Miriam.

— Bonsoir, répondirent les autres à l'unisson.

— Salut, Miriam, dit Julie qui se leva pour l'embrasser. C'est bien que tu nous aies rejoints.

— C'est moi qui l'ai recommandée. Comme ça vous pouvez avoir confiance.

La réflexion venait du garçon aux lunettes rondes, celui qui l'avait draguée à la fête de Julie pour ensuite la laisser tomber en apprenant qu'elle était mère de famille. Miriam comprit à son sourire qu'il était toujours gêné aux entournures.

— Ce n'est pas tout à fait vrai, Jacob, objecta Ziggy.

— Mais si ! Attends, la fille de Holger Munch en personne. Il faut absolument qu'on l'ait dans notre camp. Elle peut nous donner des infos confidentielles.

— Oui, oui, c'est ça… Merci pour ta contribution.

— Tout le plaisir est pour moi, répondit-il en se fendant d'une révérence.

Un garçon en pull islandais, les mains croisées sur la poitrine et le visage grave, que Miriam croyait avoir croisé à la fête, ne semblait pas partager leur avis :

— Vous ne croyez pas que ça peut justement poser un problème ?

— À quel niveau ? voulut savoir Ziggy.

— Qu'elle ait un flic dans sa famille. Et pas n'importe lequel en plus…

— Non, elle est…

— Merci, Ziggy, mais je peux me défendre toute seule.

Miriam se retrouva soudain debout au milieu du cercle, avec tous les regards braqués sur elle, ce qu'elle n'avait pas prévu. Mais la détermination qu'elle avait sentie en bas de l'immeuble, doublée de ses vieux réflexes d'activiste, revint au galop.

— Je m'appelle donc Miriam. Je voudrais d'abord vous dire que je suis très heureuse d'avoir rejoint votre groupe. Je ne sais pas si certains d'entre vous ont fréquenté le squat de Blitz, toujours est-il que c'est là que j'ai fait mes débuts, si j'ose dire, à l'âge de quinze ans. J'ai travaillé pour le droit des femmes. J'ai manifesté contre les néonazis, les racistes. J'ai été membre d'Amnesty International et j'ai rejoint il n'y a pas longtemps la Société protectrice des Animaux. Je me suis enchaînée devant le Parlement, j'ai été assommée par un coup de sabot de cheval de la police montée. Pour être franche, je ne sais pas encore exactement ce que nous allons faire mardi, mais je peux vous jurer que les animaux en cage utilisés pour des expériences en laboratoire, ça me fout vraiment en colère !

— Merci, Miriam, lui dit Ziggy. Tu n'étais pas obligée de te justifier comme ça. Nous te faisons confiance.

— Qu'est-ce que je vous avais dit ? embraya Jacob. J'avais pas raison, peut-être ?

Miriam s'assit, gênée de sa prestation qu'elle jugeait un peu exagérée. Quoi qu'il en soit, le garçon en pull islandais leva son verre vers elle et lui adressa un sourire d'excuse. Ziggy frappa dans ses mains.

— Bon. On vient de voir le système d'alarme. Avant qu'on passe à autre chose, est-ce que certains d'entre vous ont des questions à ce sujet ?

46

—Alors, tu en penses quoi? demanda Munch.

Il revenait du comptoir du Justisen avec une bière et une eau gazeuse qu'il posa délicatement sur leur table en veillant à ne pas les renverser.

—De les garder pour la nuit?

—Oui.

—Je ne suis pas très convaincue, à dire vrai.

Mia se précipita sur son verre et tenta de cacher à son collègue qu'elle n'avait pas seulement soif. Elle s'était abstenue de prendre des cachets de toute la journée et sentait à quel point il lui fallait calmer son agitation. La veille, elle avait pris la décision d'arrêter les médicaments – et tant pis si ça allait être ardu de ne plus sentir cette somnolence lui dérober enfin les cauchemars et les images qui la hantaient, cette cruauté, ces ténèbres.

—Donc tu estimes qu'ils ne sont pas impliqués dans l'affaire?

—Oui. Et toi?

—Tu as peut-être raison. Peut-être que je complique pour rien…

— C'est-à-dire ?

— Si on fait abstraction du mode opératoire, ce ne sont pas les mobiles qui manquent…

Elle prit une seconde gorgée de bière, plus généreuse, toujours en s'efforçant de paraître sereine.

— La jalousie ?

— Entre autres, oui. Et elle me semble très instable, très vindicative.

— Certes. Mais pas au point d'assassiner une rivale. Si elle voulait se débarrasser de Camilla, pourquoi aurait-elle disposé le corps de cette manière ? Elle est trop sensible, trop brouillonne pour ça. Alors que le meurtre est clairement calculé, préparé. Ce que les drames de la jalousie sont rarement.

Mia se demandait pourquoi Holger se raccrochait autant à cette hypothèse. Pour elle, il était évident que ni Benedikte Riis ni Paulus Monsen n'étaient les coupables. Il ne lui avait fallu que quelques minutes d'interrogatoire pour en avoir la certitude : il ne s'agissait que de trois jeunes gens tout au plus impliqués dans un drame passionnel banal et inoffensif, certainement pas dans un homicide.

— Et son mobile à lui, ce serait lequel ? Une relation sexuelle avec une mineure de moins de seize ans ? Des plants de marijuana ? Ce n'est pas très sérieux, Holger… Tu veux que je te dise le fond de ma pensée ?

— Je t'écoute.

— Ils disent tous les deux la stricte et entière vérité. Benedikte Riis a une relation malsaine avec Paulus Monsen, Camilla surgit, Paulus la préfère à l'autre et tombe amoureux, ils entament une relation amoureuse. Puis Camilla disparaît. Benedikte met la main sur son portable et envoie un message à Helene Eriksen pour qu'aucune recherche n'ait lieu et, ainsi, avoir Paulus pour elle seule.

—Ah oui, tu crois ça? Alors pourquoi on en parle en ce moment?

Mia ne put réprimer un sourire.

—C'est toi qui en parles, Holger. Pas moi.

—Donc tu estimes qu'on devrait les relâcher ce soir?

—Ça vaut peut-être le coup de les garder au chaud. Si ça se trouve, après une nuit de réflexion, ils nous livreront d'autres détails intéressants. Mais, très sincèrement, j'en doute.

Elle fit un signe au serveur pour commander une autre bière.

—Et tu penses que Benedikte aura jeté le portable dans la première poubelle venue et qu'on ne le retrouvera jamais?

—J'en ai bien peur, en effet...

—Et le Muséum d'histoire naturelle, ça n'a rien donné?

—Un rendez-vous pour rien. Et la perruque? Ludvig a trouvé quelque chose?

—Rien non plus, soupira Munch. Elle n'a pas été achetée chez eux. Mais il y a un autre magasin susceptible de l'avoir vendue. Ludvig doit s'y rendre demain.

Un silence s'installa, prolongé par l'arrivée du serveur avec la deuxième bière de Mia. Elle en prit aussitôt une gorgée, sentit que son état s'améliorait.

—Qu'est-ce qui nous reste? grommela-t-il. Si on raye les deux jeunes zigotos de notre liste?

— Comme suspects? Helene Eriksen. Deux profs. Les sept autres gamines.

— Anders Finstad, tu le rayes aussi?

— Oui, définitivement.

Voyant Munch pousser un second soupir, Mia comprit pourquoi il tenait tant à l'implication éventuelle de Benedikte Riis et Paulus Monsen qu'ils venaient d'interroger pendant plusieurs heures : ils n'avaient rien, personne, aucune piste concrète. En dépit des indices, des preuves, des informations.

— Rien de nouveau non plus sur le lieu du crime? demanda-t-elle.

— Que dalle. Aucune trace de pas utilisable, aucun ADN sur le corps de Camilla.

— Elle n'était pas enceinte, par hasard?

— Pas selon Vik. Pourquoi?

— À cause du pentagramme. J'ai travaillé un peu sur la question. Ça ne peut pas être un hasard si ces bras sont disposés de cette manière, en désignant deux points.

— Et?

— Il y a cinq points dans la figure : l'âme, l'eau, le feu, la terre et l'air.

— Et cette grossesse potentielle, tu en fais quoi?

— Justement, il y aurait dans le pentagramme une symbolique plus profonde, une signification cachée.

— À savoir?

— La mère, la maman. Et la naissance.

— Rien que ça! Sauf qu'elle n'était pas enceinte…

— C'est pour cette raison que je veux approfondir la question. Voir si je ne peux pas trouver autre chose que je pourrais mettre en relation avec les preuves et les indices que nous possédons déjà. Je me disais que j'allais peut-être m'isoler un peu pour y réfléchir.

— Fais comme tu voudras, pourvu simplement que je puisse te joindre sur ton portable, répondit Munch en prenant son duffel-coat. Il faut que j'aille me coucher, je tiens à peine debout. On partage un taxi ?

Mia lut dans son regard que ce n'était pas une question. Papa Holger était de retour, qui veillait à ce qu'elle se repose. Elle se rappela du même coup qu'elle n'avait toujours pas répondu au message de Mattias Wang qui lui proposait de fixer un nouvel horaire pour une prochaine séance. « *Je crois que c'est votre travail qui vous rend malade.* » Il allait devoir se passer d'elle.

— Oui, bonne idée. Moi aussi je suis crevée, mentit-elle.

47

Mia Krüger attendit que les phares arrière du taxi disparaissent dans la nuit pour enfiler son bonnet et descendre la rue Hegdehaugsveien. L'idée d'entrer dans un appartement vide ne la tentait pas outre mesure, elle savait qu'elle ne s'endormirait pas immédiatement et n'avait pas envie de ressasser des idées noires. Elle avait besoin d'une bière supplémentaire, de réfléchir grâce à l'ivresse que lui procurerait l'alcool. Elle avait besoin de disparaître.

Vendredi soir à Oslo. Elle avançait tête baissée. Elle n'avait aucune envie de croiser les regards enjoués des piétons en vadrouille, bien décidés à fêter l'arrivée du week-end après une semaine de travail, ces grappes de gens déjà bruyants, cette normalité à laquelle elle ne prenait jamais part. Elle hocha la tête en guise de salut au portier du Lorry, heureusement ce n'était pas le même que la dernière fois où elle avait récupéré Curry ivre mort, couché par terre. L'établissement grouillait de monde mais sa table préférée au fond était libre. Elle commanda une Guinness et un schnaps et s'assit sur le canapé en cuir rouge. Les autres, ensemble dans la grande salle ; elle, toute seule dans son coin. Les autres, souriants, un verre à la main, réunis pour passer une bonne soirée ; elle, en compagnie d'elle-même, avec cependant un sentiment de responsabilité pour eux tous.

Le serveur lui apporta ses verres. Elle vida son schnaps d'une traite, sentit qu'il se mélangeait à la bière déjà ingurgitée avec Holger, augmentant ainsi sa légère ébriété. Elle sortit son bloc-notes et un crayon, s'isola des bruits alentour, et se lança, un sourire aux lèvres. Elle se sentait forte. Le stylo courait tout seul sur le papier.

Important. Tout revoir d'un œil nouveau.

Camilla. L'Élue. La mère. La naissance. Est-ce que tu avais envie de devenir maman, Camilla ? Est-ce que tu avais envie d'avoir un enfant ? L'Élue. Pourquoi étais-tu l'Élue ? Est-ce que tu devais devenir LA MÈRE ? La mère de L'ENFANT ?

Elle réfléchit un instant et continua :

Camilla. Dix sept-ans. Libre. Forte. Autonome. Les plumes. Le hibou ? La mort ? Étranglée. Pourquoi étranglée ? Pourquoi un truc autour du cou ? Le souffle ? Parce que le souffle, c'est la vie ? Les bras ? La position des bras. La mère. La naissance. Pourquoi dans la forêt ? Pourquoi étais-tu nue ?

Mia avala une grande gorgée de bière brune sans remarquer ce qui se passait autour d'elle. Elle écrivit *le rituel* au-dessus de ce qu'elle venait de noter, déplaça son crayon de l'autre côté du bloc, y écrivit cette fois *la cave*, héla le serveur qui passait devant elle, bien qu'elle n'ait pas encore terminé sa Guinness, et replongea de plus belle dans ses notes.

Il fait noir. Ténèbres. L'animal. Pourquoi es-tu devenue un animal, Camilla ? Pourquoi es-tu un animal ? Comme le chat et le chien qui ont été tués comme toi. Disposés comme toi. Les croquettes. La nourriture. Pourquoi tu n'as que ça à manger ? Qui te regarde ? Pourquoi il te regarde ? Et pourquoi tu ne portes pas la perruque quand tu cours dans la roue ? Quand il te regarde ? Pourquoi dans ces moments il te regarde telle que tu es ? En tant que Camilla et non plus en tant qu'animal ? Pourquoi peux-tu être toi-même dans la cave et pas quand tu es dans la forêt, morte, étranglée ?

Le serveur lui apporta sa commande. Elle s'enfonça dans le canapé, mit instinctivement le bout du stylo dans sa bouche et relut ce qu'elle venait d'écrire. Ça y est, elle le sentait : elle démêlait quelque chose.

D'un côté : tu es étendue devant nous, différente, nouvelle. Dans la forêt. Sur les plumes. Une protection ? Une nouvelle naissance ? D'un autre côté : tu es toi-même quand tu es un animal enfermé dans la cave, quand tu cours dans la roue. Quand tu dois te montrer. Est-ce que tu dois te montrer, Camilla ? À qui ? À quelqu'un qui te regarde ? Tu es filmée. Une vidéo. Tu es filmée pour quelqu'un ? Pour plusieurs ? Pour le plaisir de quelqu'un ? Quelqu'un prend du plaisir en te regardant ?

Mia sentit une présence devant elle. Le serveur, à coup sûr. Sans le regarder, elle lui signifia d'un revers de main qu'elle n'avait besoin de rien, ses verres étaient encore pleins. Mais la personne ne bougeait décidément pas.

— Mia Krüger ? demanda la silhouette.

De mauvaise grâce, Mia leva la tête.

— Oui ?

Un jeune homme se tenait devant elle. En costume noir et avec une chemise blanche, mais coiffé d'un bonnet qui contrastait avec la tenue assez chic.

— Je suis occupée, ajouta-t-elle.

L'inconnu retira alors son bonnet, laissant apparaître des cheveux noirs et hirsutes, avec une ligne blanche dans le milieu.

Mia sentit son irritation monter d'un cran. Elle tenait la solution. Pour peu qu'elle puisse replonger dans ses notes, elle la toucherait du doigt.

— Je suis Skunk, dit-il.

— Pardon?

— Je m'appelle Skunk. La vidéo? Vous me remettez?

Il se fendit d'un sourire oblique en la voyant écarquiller les yeux.

— Alors, vous êtes toujours occupée?

48

Sunniva Rød allait bientôt terminer sa garde de l'après-midi et elle était plus fatiguée que d'habitude. Elle ne dormait pas bien ces derniers temps. Elle se tournait et se retournait dans son lit, faisait des rêves bizarres. Sans qu'elle en comprenne la raison exacte. Ou la connaissait-elle et ne voulait pas se l'avouer? Parce que Curry ne cherchait plus à la joindre? Au début de leur séparation, il lui passait appel sur appel, lui envoyait texto sur texto – puis soudain, plus rien. Lui était-il arrivé quelque chose? Avait-il été victime d'un accident? Devait-elle lui téléphoner pour vérifier? Sunniva soupira en parvenant à la porte de la dernière chambre qui lui restait avant d'avoir fini sa journée. Torvald Sund, «le pasteur fou». D'habitude, elle s'accordait toujours quelques secondes pour reprendre son souffle avant d'entrer chez lui. Mais elle était trop épuisée et n'avait qu'une hâte: être enfin chez elle et dormir.

Elle eut un mouvement de recul en le voyant, les yeux écarquillés, un sourire étrange aux lèvres, comme s'il attendait sa venue.

—Je vais bientôt mourir, déclara-t-il avec un sourire.

—Ne dites pas ça, voyons, Torvald.

Elle alla à la table de nuit pour remporter le plateau-repas qu'avaient apporté les aides-soignantes et constata qu'il n'y avait pas touché. Redoutant d'entamer une énième discussion incohérente avec le vieil homme, elle tenta d'orienter la conversation vers un sujet plus quotidien.

—Vous n'avez pas faim ? Vous ne voulez pas manger un petit quelque chose ?

—Je n'aurai plus besoin de manger quand je serai au Ciel, répliqua le pasteur, sans se départir de son sourire, sans cesser de la regarder.

—Je vous interdis de dire ça, Torvald. Vous avez encore de belles journées devant vous.

—Je vais bientôt mourir, répéta-t-il, d'un ton plus déterminé. Mais ça ne fait rien. Car je vais quand même aller au Ciel. Dieu m'a dit qu'il me suffisait de soulager ma conscience.

Et voilà, c'était reparti pour un tour... Sunniva Rød avait le plus grand respect pour les personnes croyantes, qu'elles prient Dieu, Allah, Bouddha ou même les elfes dans la forêt – mais, par pitié, pas aujourd'hui. Elle souleva le plateau.

—Il faut que vous m'écoutiez, Sunniva !

Elle en aurait pleuré.

—Je suis désolée, Torvald, mais là j'ai presque fini ma journée... Mes collègues vont bientôt arriver, vous pourrez discuter avec elles, répondit-elle en se dirigeant vers la porte.

—Non ! tonna le pasteur en brandissant un index arthritique. Il faut que ce soit avec vous !

Sunniva se figea, le plateau toujours entre les mains.

— Je vous en supplie…, gémit-il. Excusez-moi, je ne voulais pas crier. Dieu, pardonne-moi ! Mais il faut que je vous parle, Sunniva. *Vous* êtes la messagère.

L'infirmière pivota sur ses talons et découvrit le vieil homme, les mains jointes devant lui, le regard implorant.

— S'il vous plaît…

— De quoi devez-vous me parler, Torvald ?

— Oh, merci beaucoup ! Nous vous remercions tous les deux, Dieu et moi. Vous êtes notre messagère.

Elle reposa le plateau sur la table et vint s'asseoir à côté de lui.

— Pourquoi suis-je votre messagère ? Quel message suis-je censée porter ? Et à qui ?

Il lui sourit.

— Je ne l'avais pas compris dans un premier temps. Mais après j'ai appris qui vous étiez.

— Qui je suis ? Vous me connaissez depuis longtemps, allons…

— Oh, non non. Pas comme ça. J'ai entendu les autres infirmières discuter entre elles…

— Arrêtez vos cachotteries, Torvald.

— Elles croient que le vieux pasteur n'entend plus rien, mais c'est faux. Je ne perds pas une miette de leurs chuchotis. Elles pensent que je ne comprends rien quand elles parlent de Sunniva.

— Quoi ? Et qu'est-ce qu'elles disent sur moi ?

Sa curiosité était piquée au vif, elle en oublia sa fatigue.

— Rien de bien méchant. Juste que le policier et vous n'allez pas passer devant le Seigneur. Qu'il boit, qu'il a des dettes de jeu et qu'il a dépensé tout votre argent...

—Mais p...!

Elle travaillait dans un secteur où les gros mots et les injures étaient un motif de licenciement sec. Elle ravala donc ses paroles, mais sa colère était intacte.

—Comment osent-elles?

—Chuuut... Ce n'est pas grave. Donc c'est vrai? Qu'il est policier?

—Oui, en effet.

—Oh, merci, Dieu! Grâce à ça je vais pouvoir être accepté au Ciel! jubila-t-il en tapant dans ses mains.

—Torvald, je ne sais pas si...

Il l'interrompit de nouveau:

—Le plus grand péché est pardonné par une grande action. C'est ce que disent les Saintes Écritures.

Sunniva eut l'impression qu'il était sur le point de repartir dans son monde, comme cela lui arrivait souvent après un moment de lucidité. Mais elle voyait dans ses yeux une lumière différente des autres jours.

—Alors, qu'est-ce que vous avez à me confesser? demanda-t-elle.

—Vous avez vu les journaux?

—À quel sujet?

—L'agneau sacrifié dans le cercle du péché?

Sunniva dut s'accorder un instant de réflexion avant de comprendre qu'il faisait allusion à la jeune fille retrouvée à Hurum. Les médias ne parlaient que de ça. Les bougies qui composaient une forme géométrique. Une espèce de rituel.

—Et qu'est-ce qu'elle a, cette adolescente?

—Je sais qui c'est.

— La fille, vous voulez dire?

— Non, fit-il, agacé qu'elle ne suive pas son raisonnement. La volonté de Dieu.

— Mais de quoi vous me parlez, Torvald?

Le vieil homme ferma les yeux quelques secondes, comme s'il devait mener une petite discussion avec lui-même avant de lui confier son secret. Puis il les rouvrit et la dévisagea.

— Je sais qui est l'assassin.

49

Le jeune homme s'assit à la table de Mia. Il avait un regard intelligent, paraissait calme et sûr de lui, mais son apparence n'était qu'une façade : cette chemise blanche et ce costume noir digne d'un commercial tranchaient avec son étonnante chevelure qui lui donnait l'air d'une mouffette – d'où son surnom, sans doute. Mia Krüger, qui était pourtant douée pour démasquer les gens, ne savait que penser. Ce garçon dégageait quelque chose qu'elle croisait rarement dans l'exercice de ses fonctions. Il ressemblait à une affiche, comme s'il se déguisait, comme s'il voulait devenir un autre homme, qui se distinguerait de la masse et sur lequel les passants se retourneraient. Néanmoins, il ne lui fallut qu'une petite minute pour comprendre qu'elle se trompait. En fait, il s'en fichait royalement. Son allure ne lui importait pas, encore moins l'impression qu'il faisait sur les gens. Il était lui-même. Quand elle le vit porter son verre de bière à la bouche, un petit sourire aux lèvres et sans la quitter des yeux, elle eut pour la première fois depuis une éternité la sensation que ce type pourrait peut-être lui...

Elle ne termina pas sa réflexion. Elle vida son verre, ferma son bloc-notes qu'elle poussa sur le côté et retrouva son visage de flic.

— Donc pas occupée finalement?

Et insolent avec ça! Ça lui était égal. Elle fit signe au serveur et répondit:

— Si, en fait.

— C'est pas le genre de truc que je fais d'habitude.

— Quoi?

— Parler aux flics.

— Ça, j'avais compris. Gabriel a bien insisté sur ce point.

— Gabriel... Il est passé du côté obscur...

Mia Krüger n'était pas familière du monde des geeks mais elle avait suffisamment de références cinématographiques pour comprendre l'allusion à *La Guerre des Étoiles*.

— Selon lui, c'est plutôt toi qui y es passé..., objecta-t-elle au moment où le serveur posait un verre sur la nappe blanche.

— Ah ouais? Tout dépend du point de vue.

Skunk ôta sa veste qu'il accrocha délicatement au dossier de chaise.

— Si tu ne parles jamais aux flics, comme tu dis, pourquoi tu es ici?

— Disons que c'est une question de conscience. Mais aussi de curiosité.

— De curiosité?

Il sourit.

— Je ne t'imaginais pas autrement.

— C'est-à-dire?

316

Il ne la quittait pas des yeux. Tout se bousculait dans la tête de Mia. Le trop-plein d'alcool, sans doute. Mais surtout cette sensation irrépressible que si ce jeune homme n'était pas indirectement mêlé à l'enquête, là... Elle s'efforça de se dominer.

— Bon, fit-il. Allons plutôt droit au but.

— Je ne demande que ça.

— Deux choses. La première : où était le serveur.

— Là où tu as trouvé la vidéo ?

— Mais d'abord, il faut que je t'explique certains détails. Puisque tu ne sembles pas y connaître grand-chose...

— Non, mais je t'en prie !

— Je ne veux pas paraître condescendant, loin de là. C'est juste que c'est très technique. Disons que tu es douée dans ton domaine et moi dans le mien, d'accord ?

— Gabriel aussi est doué.

— Certes. Mais il est beaucoup trop gentil. Passons. Est-ce que tu sais ce que c'est, un *white hacker* ?

— Tu vas me le dire.

— Et un *black hacker* ?

— Ça aussi, tu vas me l'expliquer.

— Non, laissons tomber.

— Comme tu voudras. Dans ce cas dis-moi où tu as trouvé la vidéo. Où est le serveur ?

— Impossible de l'affirmer avec certitude.

— Pourquoi ?

— Parce que ces types se cachent tout le temps.

— Mais encore ?

— Le serveur où j'ai trouvé la vidéo, ils prétendent qu'il se trouve en Russie.

— Qui ça « ils » ?

— En fait, il n'était pas du tout en Russie.

— Où ça, alors ?

— Tu t'y connais en sites miroirs, en adresses fantômes ?

— Je ne connais que ça, bien sûr ! ironisa Mia avec un sourire amusé.

— On peut dissimuler un serveur.

— Donc tu sais où il est ?

— Oui et non. Ce qui est sûr, c'est que, les types ont beau vouloir se planquer, ils laissent toujours des traces. Et le peu que j'ai retrouvé m'a mené à un immeuble de Sankt Hanshaugen.

— Quoi ? Dans le quartier, à deux pas d'ici ? C'est là que tu as trouvé la vidéo ? !

— Au 61 de l'avenue Ullevålsveien. J'ai vérifié. Y avait un magasin de bouquins.

— Comment ça un magasin de bouquins ?

— Un bouquiniste, si tu préfères. Ils vendaient des livres anciens, d'occasion. Tous sur l'occultisme.

— Sur l'occultisme ! s'exclama Mia, qui sentait dans sa tête des connexions s'opérer : cette pensée obsédante qui reprenait les propos de Sebastian Larsen, l'anthropologue.

— Oui. C'étaient des satanistes, quoi.

— Mais pourquoi tu en parles au passé ?

— Parce qu'ils n'y sont plus. Ils ont déménagé. Le local est complètement vide. Ça aussi j'ai vérifié. Mais bon, les traces ne sont pas claires et si ça se trouve c'est un leurre : peut-être même qu'ils n'ont jamais eu leurs bécanes là-bas…

— Et la deuxième ?

— La deuxième quoi?

— Tu m'as dit que tu voulais me parler de deux choses. Si le serveur est le premier point, quel est le deuxième?

— Justement, c'est ça le pire.

Skunk posa son verre sur la table.

— Vous avez vu la vidéo dans vos petits bureaux, j'imagine. Mais est-ce que vous savez exactement ce que c'est?

— Où veux-tu en venir?

— Ce n'est pas un film.

— Quoi?

— Non, c'est du live. Du *live feed*.

— Tu peux éviter de me parler en langage informatique, s'il te plaît?

— C'est un flux vidéo. Du direct, si tu préfères. La vidéo que je vous ai fait passer est un extrait qui passe en direct sur le Net. La gamine que tu vois dedans, elle est filmée et diffusée en direct. Ce qu'elle fait est montré à l'instant précis où ça a lieu.

— Pardon?

Mia n'en croyait pas ses oreilles. Au même moment, le serveur vint leur annoncer que l'établissement fermait et leur présenta la note. Mia régla.

— Mais comment c'est possible?

— Quelqu'un l'a filmée pendant tout un moment, l'a mise sur le Net. Sans doute pour gagner du fric.

Comme ils restaient assis, le vigile s'approcha pour leur demander de partir. Mia rangea ses affaires et enfila son blouson en cuir, le jeune hacker mit son bonnet et sa veste. Une fois sur le trottoir, Skunk héla un taxi libre qui passait devant le Lorry.

—Où est-ce que je peux te trouver? demanda Mia.

—Tu ne peux pas me retrouver, lui répondit-il avant d'entrer dans le véhicule et d'indiquer au chauffeur sa destination.

50

Le financier de soixante-deux ans Hugo Lang descendit de son jet privé à l'aéroport de Zurich et monta directement dans la Bentley blanche qui l'attendait sur le tarmac pour le raccompagner chez lui. Le trajet jusqu'à sa demeure bourgeoise au bord du lac Pfäffikersee ne prenait qu'une vingtaine de minutes durant lesquelles il n'échangea pas un mot avec le chauffeur : on n'adressait pas la parole au petit personnel.

Qualifier Hugo Lang de financier relevait de l'exagération puisqu'il n'avait jamais travaillé de sa vie. Son père, Ernst Lang, le magnat de l'acier mort sept ans plus tôt, avait été l'un des industriels les plus talentueux. Nombre d'observateurs et de banquiers s'attendaient donc à ce que Lang junior prenne la suite couronnée de succès du patriarche. Or non. Hugo avait vendu la totalité des sociétés. L'usine familiale centenaire ainsi que l'ensemble des succursales et filiales étaient désormais entre les mains d'autres entrepreneurs. Il n'avait gardé que le château en Suisse, une propriété aux Bermudes et une série d'appartements à New York, Londres, Hong Kong et Paris. La liquidation avait fait la une des médias. Les proches privés d'héritage, oncles et tantes et autres parents plus ou moins lointains, avaient tout tenté pour l'en empêcher, allant même jusqu'au procès – en vain. Ce que les autres pensaient de ses faits et gestes n'intéressait pas Hugo Lang.

Il attendit que son chauffeur vienne lui ouvrir la portière puis la porte de la maison, laissa ses domestiques lui retirer manteau et chapeau sans leur accorder un regard. Il ne s'abaissait jamais à ce genre de petitesses. Il les payait une fortune pour qu'ils soient à sa disposition vingt-quatre heures sur vingt-quatre, il n'allait pas en plus se fatiguer à écouter leurs jérémiades. D'autant qu'il avait autre chose à penser. La journée d'aujourd'hui lui semblait la plus importante de sa vie.

Hugo Lang avait toujours aimé collectionner. Il avait toutefois dû attendre le décès de son père, ce rapiat, pour posséder ce qu'il désirait vraiment. Le vieux était mort d'une leucémie, mais son agonie avait été suffisamment longue pour qu'il ait le temps de transformer une aile du château en véritable service hospitalier. Hugo passait le voir de temps à autre, ni par envie ni par compassion, mais uniquement pour s'assurer que le cancéreux n'ait pas l'idée idiote de léguer ses biens à d'autres que son fils. Son père enterré, et sa mère étant morte d'une hémorragie cérébrale quand il avait quatorze ans (elle ne lui avait jamais manqué), il s'était débarrassé de tout ce qui aurait pu lui rappeler de près ou de loin ses parents : photographies, vêtements, portraits sur les murs. Il avait en outre besoin de place pour accrocher sa propre collection d'art contemporain. Quant à ses voitures de luxe dont il avait perdu le compte et qu'il ne conduisait pour ainsi dire jamais, elles attendaient dans leurs garages respectifs. D'habitude, il allait les regarder dès son retour chez lui. Mais pas aujourd'hui.

Il avait également l'habitude de passer ensuite par sa salle à aquarium, or là il fila directement à son bureau, ferma soigneusement la porte à clé et alluma son ordinateur. Il sentait déjà son cœur battre, ce qui lui arrivait rarement. Cela faisait belle lurette que plus rien ne l'excitait : ni l'acquisition du timbre le plus cher du monde (un exemplaire unique, suédois, de 1885, pour lequel il avait déboursé 2,3 millions de dollars américains), ni l'achat d'un Petrus pour 90 000 euros. Ce qu'il s'apprêtait à redécouvrir, *ça* c'était tout autre chose. C'était incomparable. Jamais il n'avait éprouvé une telle sensation. Il tapa l'adresse du site Internet secret, les doigts tremblants.

Cela faisait plus d'une semaine que la gamine norvégienne dans sa roue avait disparu des écrans. Elle lui manquait terriblement. Il avait ordonné à ses domestiques de lui installer sa chambre dans le bureau et que ses repas lui soient servis dans son nouvel antre. La nuit, quand il n'arrivait pas à dormir, il s'approchait tout contre l'écran pour l'embrasser. C'était si exaltant de la sentir tout près. Seulement voilà, depuis qu'elle avait disparu, Hugo Lang n'était plus le même homme.

Il était tombé sur la petite annonce quelques mois plus tôt, dans les tréfonds du Net. Ce qui lui avait plu, c'était ce côté haut de gamme élitiste : *« Les cinq plus gros parieurs seulement. »* Seules cinq personnes avaient le droit de regarder ce spectacle. Il ignorait qui étaient les quatre autres. Pour lui qui pouvait tout s'acheter, et qui par conséquent avait tout vu ou presque, ce flux vidéo différait du reste parce qu'il n'était pas joué : c'était vrai, c'était la réalité.

Hugo Lang s'enfonça dans son fauteuil en cuir, sentit son cœur s'emballer quand la page s'afficha sur son écran. Une page quasiment noire, pourvue d'un texte minuscule en anglais :

Laquelle voulez-vous ?
Qui sera l'Élue ?

Il transpirait tant qu'il dut essuyer ses lunettes sur sa chemise pour déchiffrer les noms qui s'affichaient sous la photo des deux jeunes filles norvégiennes.

Isabella Jung.
Miriam Munch.

Elle lui avait tellement manqué, la petite dernière, avec son tatouage : Camilla Green. Mais bientôt, il en viendrait une autre. L'une de ces deux. Hugo Lang les aimait déjà l'une comme l'autre.

Il réfléchit un instant, appuya sur une photographie, se leva de son fauteuil puis alla dans son dressing pour enfiler son costume du soir. Le dîner serait bientôt servi.

VI

51

Mia Krüger se gara devant la maison blanche et descendit de sa voiture avec un mauvais pressentiment. Elle repensait à la rencontre inopinée la veille au soir. Skunk, le hacker qui selon Gabriel détestait la police, avait surgi de nulle part. D'une certaine manière, il l'avait fascinée, éblouie un instant. Il l'avait même poussée à ôter ce masque suspicieux qu'elle portait en permanence. Ensuite, sur le chemin du retour, puis dans son canapé en consultant ses notes, elle s'était mise à douter. Comment l'avait-il trouvée ? Comment pouvait-il savoir qu'elle était au Lorry ? Que savaient-ils exactement sur lui ? Rien, sinon qu'il leur avait fourni la vidéo. Ils ne connaissaient même pas sa réelle identité. À l'en croire, Skunk était tombé sur le film par hasard, sur un serveur mystérieux, qui avait brusquement disparu. Mia sortit son portable de la poche et composa le numéro de Grønlie.

— Tiens, Mia. Bonjour ! Tu es où ?

— À la campagne.

Campagne était un bien grand mot. Elle se trouvait plutôt dans la pampa. Elle s'était perdue à plusieurs reprises, avait sillonné plusieurs routes et failli renoncer quand un petit chemin était soudain apparu, celui menant jusqu'ici – comme si l'absence d'indication était voulue, pour que les éventuels visiteurs ne trouvent pas l'endroit.

— Et tu fais quoi là-bas ?

— Je vérifie un truc. Dis-moi, Ludvig, est-ce que tu pourrais me rendre un service ?

— Bien sûr. Lequel ?

— J'ai besoin de tout savoir sur une adresse : le numéro 61 de l'avenue Ullevålsveien, à Oslo.

— Ça m'aiderait un peu si tu me disais ce que tu cherches exactement, Mia.

— Oui, pardon. L'adresse m'a été fournie hier. *A priori* il devrait y avoir un bouquiniste.

— D'accord, je vais voir ce que je peux trouver.

— Merci, Ludvig. À plus tard.

Elle rangea son portable et regarda les lieux. La petite maison blanche. Une remise rouge de l'autre côté de la cour. Sinon, rien que la forêt, des arbres recouverts de givre à touche-touche. Et pas un bruit. Qui pouvait vivre dans un endroit pareil ?

Jim Fuglesang. L'homme au casque de vélo blanc.

Malade de la tête. À nouveau interné à Dikemark, sûrement avec son casque toujours vissé sur le crâne. Shooté aux médicaments et donc *a priori* dans l'inca-pacité de parler. Pendant l'interrogatoire, Mia n'avait pas eu l'impression qu'il s'agissait du coupable. Ses aveux, venant d'une personne instable comme lui, ne pouvaient être pris au sérieux. Aussi l'avaient-ils libéré et rayé de leur liste de suspects. Mais depuis l'épisode hier soir avec Skunk, elle avait eu un doute. Qui soupçonnerait un jeune homme désireux de coopérer avec la police, de surcroît quand il se présentait de lui-même pour, soulager dixit, « sa conscience » ? De la même manière, qui soupçonnerait un malade mental faisant semblant de parler de ce qu'il sait ? En conséquence, Mia n'excluait plus que l'un ou l'autre soit réellement impliqué dans l'assassinat de Camilla Green.

Même si elle savait qu'il n'y aurait personne, Mia voulut sonner par courtoisie. Ne trouvant pas de sonnette, elle frappa. Pas de réponse. Elle attendit quelques instants, recommença. Une désagréable sensation de claustrophobie la gagnait : Qui pouvait avoir l'idée de venir s'enterrer ici, au milieu de nulle part, en pleine forêt ?

Il lui fallut un petit moment pour ouvrir la porte. Dès qu'elle fut à l'intérieur, elle lança :

— Hé ho ? Il y a quelqu'un ?

Toujours pas de réponse. Elle avait au moins une certitude : Jim Fuglesang était bel et bien enfermé dans une institution. Elle avait donc la maison pour elle toute seule. Certes, son intrusion n'était pas légale, mais Mia s'en fichait. Munch la rappelait sans cesse à l'ordre : il fallait suivre les procédures, demander les mandats de perquisition que la bureaucratie policière mettait des jours à délivrer, encore plus quand aucune preuve patente n'étayait les soupçons – ce qui était le cas en l'occurrence, et Mia n'avait pas envie de patienter aussi longtemps.

Elle avança en silence dans le salon, appuya sur un interrupteur. La pièce était telle que dans son imagination : propre, rangée. Et habitée par un homme célibataire. Jim Fuglesang avait besoin de contrôler les choses et d'avoir de l'ordre autour de lui pour affronter chaque journée, inutile d'avoir fait de longues études de psychologie pour le comprendre. Pourquoi sinon ne quitterait-il jamais son casque de vélo? Elle trouva très vite ce qu'elle cherchait. Soigneusement empilés sur l'étagère du bas. Les albums photo. Marron, en plastique, bon marché. Comme elle l'avait espéré, ils étaient classés chronologiquement, avec méthode. Le premier datait de 1989, le dernier de 2012.

« Vous aimez bien prendre des photos, Jim ?
— Oh oui ! »

Elle s'assit sur le canapé beige et commença à feuilleter. Très vite, elle éprouva de la pitié pour ce pauvre Jim Fuglesang. Il n'avait photographié personne. Pas un seul être humain. Rien que des animaux, des paysages, des natures mortes. Des arbres. Un écureuil. Une mangeoire pour les oiseaux. Toutes ses photos étaient datées et commentées : *« Une jolie perruche, 21 février 1994 »*, *« Les bouleaux ont retrouvé leurs feuilles vertes, 5 mai 1998. »* Elle tourna les pages en vitesse pour atteindre les endroits qui l'intéressaient. Les vides, correspondant aux photos que Jim avait retirées pour leur montrer. Mia avait repéré, au verso, les restes de colle. La première : *« Le chat mort, 4 avril 2006. »* La seconde : *« Le pauvre chien, 8 août 2007. »* Cela remontait à six et à cinq ans. Si loin que ça ? Avec une année d'intervalle ? Pourquoi des animaux… ?

Elle fut interrompue dans ses réflexions par une lumière intermittente qui venait de déchirer l'obscurité extérieure. Le crépuscule venait de tomber sans qu'elle s'en rende compte, trop absorbée par les photos. Elle maudit intérieurement cette fichue saison aux journées décidément trop courtes. Sa venue chez Jim Fuglesang ne se limitait pas aux albums : Mia voulait aussi essayer de retrouver l'étang où les clichés du chien et du chat avaient été pris. Il faisait maintenant trop noir pour s'engager dans cette recherche. Elle n'eut pas le temps de s'appesantir plus longtemps sur ces regrets. Dehors, le moteur d'une voiture venait d'être coupé. Et si elle ne l'avait pas entendue arriver, elle était désormais certaine que quelqu'un venait de se garer dans la cour.

Elle réagit sans attendre. Elle reposa les albums sur l'étagère et se faufila vers la porte qui ouvrait sur la véranda. Elle se cacha dans un coin, en serrant les lèvres pour que nul n'entende sa respiration.

Le silence était si profond qu'elle entendait battre son cœur.

Et elle se souvint tout à coup qu'elle avait oublié de prendre son pistolet. Ce que tu peux être conne, ma pauvre fille ! maugréa-t-elle. Faire le déplacement d'Oslo jusque dans ce trou paumé et ne pas emporter d'arme ! Un oubli à mettre sans doute sur le compte de l'aversion de Mia Krüger pour les armes. Mais, ayant échappé au pire à plusieurs reprises ces dernières années, elle avait été obligée de s'y faire et s'était familiarisée avec les Glock dont elle possédait plusieurs modèles : un Glock 17, et un Glock 26 dont elle appréciait la discrétion et la maniabilité – il était plus facile de cacher ce petit calibre près du corps. Pour l'heure, cela ne lui était guère d'un grand secours.

Elle entendit quelqu'un sortir du véhicule puis s'approcher de la porte. Jim Fuglesang avait donc de la visite. Quittant sa planque improvisée, elle tomba sur le visage barbu et surpris d'un homme en manteau. Elle vérifia rapidement les parages : une camionnette de livraison, blanche, personne *a priori*, pas de mouvements suspects, l'inconnu était seul.

— Q-qui êtes-vous ? bafouilla celui-ci, plus terrorisé qu'elle.

— Désolée de vous avoir fait peur. Mia Krüger, police d'Oslo.

Elle lui montra son insigne en s'efforçant de sourire.

— Je cherchais Jim Fuglesang, expliqua-t-elle, mais il ne semble pas être chez lui.

— Euh, non, en effet. La police ? Jim a fait quelque chose ?

— Non, pas du tout. Juste un contrôle de routine. Et vous êtes ?

— Henrik... Je...

Il désigna sa camionnette sur laquelle figurait un logo : ICA Hurum.

— Je viens lui livrer des courses de temps à autre. Comme je ne l'ai pas vu ces derniers jours, je me disais qu'il n'osait peut-être pas sortir de chez lui.

— Vous le connaissez bien ?

— *Bien*, c'est beaucoup dire... Mais il est un client régulier de mon épicerie. Il est un peu... particulier. Il a besoin qu'on s'occupe de lui. Il a des problèmes ?

— Non, rien de bien méchant. Juste un accident de la voie publique.

— Quelqu'un a été blessé ?

— Non, ne vous inquiétez pas.

— Je peux vous donner un coup de main ? Je connais tout le monde dans le coin...

— C'est votre magasin ? demanda plutôt Mia.

—Oui.

—Et vous vous appelez Henrik... ?

—Henrik Eriksen, en effet.

—D'accord. Je vous appelle si j'ai des questions.

—Vous voulez mon numéro ?

—Je le trouverai en cas de besoin.

Mia s'assit au volant, fit demi-tour et remonta le sentier étroit. Une nouvelle fois, elle pesta contre elle-même et le mois d'octobre, elle allait devoir revenir pour chercher l'étang. Comme si elle n'avait que ça à faire... Quand elle regagna la route principale, son portable sonna. Grønlie.

—Oui, Ludvig ?

—Ton adresse, là...

—Tu as trouvé quelque chose ?

—Pas beaucoup, non. L'immeuble se compose de logements et de quelques magasins au rez-de-chaussée.

—Un bouquiniste ?

—Pas que je sache, non.

Merde.

La sensation d'avoir été bernée dans les grandes largeurs revint, intacte. Ce Skunk l'avait eue, et en beauté.

—Tant pis. Merci quand même, Ludvig.

Elle continua sa route pour rejoindre Oslo.

52

Isabella Jung sentait son cœur battre sous son pull. Assise sur son lit, sans avoir pris soin d'ôter son blouson, elle lisait et relisait le nouveau message qui avait été glissé sous sa porte pendant son absence. C'était la même écriture que le précédent.

Accepterais-tu de me retrouver? En secret.

Rien que toi et moi.

Elle venait de rentrer d'une visite chez son père. Elle ne l'avait pas vu depuis si longtemps que, la veille, elle exultait de bonheur en prenant le train pour Fredrikstad. Sauf que ça ne s'était pas passé comme elle l'avait espéré : il n'avait pas beaucoup parlé et elle avait eu plutôt l'impression de le gêner. Elle était contente d'être revenue à l'Exploitation horticole. Et plus encore de découvrir ça :

Accepterais-tu de me retrouver? En secret.

Bien sûr qu'elle le voulait. Le sourire aux lèvres, elle caressa la feuille blanche du bout des doigts.

Elle avait compris que ça venait de lui. De Paulus. Dès le premier mot elle l'avait su. Dès la première fois où il lui avait montré les orchidées, elle l'avait lu dans ses yeux. Elle ne se souvenait plus si elle lui avait rendu ses regards ce jour-là, mais dès qu'elle en avait l'occasion elle le faisait. Cette bouche qui lui indiquait quelles plantes arroser, quel terreau il valait mieux employer pour les azalées, alors que ces beaux yeux lui souriaient et disaient tout autre chose. Et Isabella Jung n'avait pas saisi d'emblée pourquoi tout devait être aussi secret. Puis elle avait pris conscience de son âge : quinze ans. Lui en avait un peu plus de vingt. Elle était trop jeune et leur amour illégal – ça ne rendait la situation que plus électrisante. Il risquait de perdre son travail, oui, peut-être finir en prison s'ils vivaient leur relation au grand jour. Alors elle avait joué le jeu et accepté le secret qu'il cultivait. Elle s'était contentée des regards, en attendant.

Jusqu'à ce que lui parvienne ce mot :

Tu me plais.

Et maintenant un deuxième :

Accepterais-tu de me retrouver ? En secret.

Rien que toi et moi.

Isabella Jung repensa à son retour à l'Exploitation horticole, tout à l'heure. Elle avait à peine mis le pied dans l'internat qu'elle avait entendu les rumeurs. La police avait arrêté Paulus et Benedikte Riis : ils s'étaient disputés dans la cour, jusqu'à en venir aux mains, la police avait dû les séparer et les avait emmenés. Depuis, aucune nouvelle. Inquiète, elle était passée voir Helene pour avoir la vraie version des faits.

— Je suis occupée, là. Repasse plus tard.

— Je voulais juste…

— Plus tard, Isabella, s'il te plaît.

335

Ça avait à voir avec Camilla Green, forcément. Les filles étaient toutes d'accord, mais aucune ne savait exactement ce qui s'était passé entre les deux. Certaines croyaient savoir que Benedikte avait accusé Paulus du meurtre de Camilla. Des mensonges, évidemment. La réputation de Benedikte n'était plus à faire. Elle n'était pas digne de confiance, elle était capable de n'importe quoi pour attirer l'attention sur sa petite personne. Paulus était innocent, il n'y avait pas à tortiller.

On frappa à la porte et Cecilie, sans attendre de réponse, passa une tête dans l'entrebâillement.

— Tu dors ?

— Non, entre, répondit Isabella avec un sourire, en cachant le mot sous son oreiller.

— Tu as des nouvelles ?

— Non, rien. Je viens juste de rentrer. Et toi ?

— Non plus. Mais j'ai entendu les pires horreurs.

Isabella vit que son amie avait pleuré.

— Il ne faut pas que tu écoutes tout ce qui se raconte.

— D'un côté elles disent que Benedikte a tué Camilla. De l'autre elles disent que c'est Paulus. Oh là là... tu te rends compte si c'est vrai ?

— Sauf que ce n'est pas vrai, Cecilie.

— Tu es sûre ? lui demanda-t-elle avec un regard naïf.

Isabella lui caressa les cheveux pour la calmer. Bien qu'elles aient le même âge, Isabella avait parfois l'impression d'être sa maman, elle connaissait quelques détails de ce que cette pauvre Cecilie avait vécu dans son enfance. Elle l'avait aussitôt prise sous son aile. Ici, et sans doute pour la première fois de sa vie, elle vivait en sécurité. Même si, depuis une semaine, elles se sentaient menacées de toutes parts, avec la présence des journalistes et de la police, les interrogatoires et les accusations. Le petit paradis qu'était autrefois l'Exploitation horticole de Hurum n'existait plus.

— Paulus n'a tué personne, déclara fermement Isabella.

— Et Benedikte non plus ?

— Non plus.

— Tu crois ? Elle est tellement méchante…

— C'est vrai. Mais elle est surtout bête à manger du foin. Même si elle avait essayé, elle n'y serait pas arrivée.

Elle vit que la remarque venait de faire mouche : Cecilie sourit.

— Tu te souviens du jour où on était allées au Muséum d'histoire naturelle et qu'elle avait demandé pourquoi il n'y avait pas de singes ?

— Et pourquoi les animaux ne faisaient pas de bruit !

— Elle se croyait dans un zoo…, confirma Isabella.

— Il faut être conne, hein ?

Elles éclatèrent de rire.

Au même moment, Synne ouvrit la porte avec fracas et lança, hors d'haleine :

— Ils sont revenus !

— Qui ?

— Paulus et Benedikte. Ils sont arrivés à l'instant. Une voiture de police vient de les raccompagner. Ils sont allés directement dans le bureau de Helene !

Isabella Jung sentit son cœur bondir dans sa poitrine.

Accepterais-tu de me retrouver ? En secret.

Rien que toi et moi.

Isabella Jung ne voulait que ça. Elle était impatiente.

53

Holger Munch accrocha son duffel-coat dans le couloir, ôta ses chaussures et fila à la salle de bains. Il prit deux paracétamols dans l'armoire à pharmacie, en veillant à ne pas voir son alliance qu'il avait remisée là avant de se rendre chez Marianne, une semaine plus tôt, pour l'anniversaire de Marion. Il avala les médicaments avec une gorgée d'eau et alla dans le salon sans savoir quoi faire de sa peau. La veille, après son rendez-vous avec Mia au Justisen, il avait eu une nuit courte et jalonnée de mauvais rêves, malgré son épuisement. S'étant réveillé aux aurores sans retrouver le sommeil, il avait fait l'après-midi une sieste qui s'était trop prolongée. Conséquence : ce soir, il n'avait pas réussi à s'endormir, se tournant et se retournant sous sa couette, finissant par se lever, par errer dans l'appartement comme une âme en peine et enfin par s'habiller pour aller marcher dans le froid, la capuche relevée et les yeux rivés sur le sol. Il espérait que cette promenade nocturne l'assommerait, au lieu de quoi un mal de tête lui vrillait les tempes et les yeux, comme s'il avait reçu un coup à l'arrière du crâne. Il avait eu la même sensation pendant l'interrogatoire de Benedikte Riis, ce matin. En plus de voir soudain danser des mouches devant ses pupilles et de sentir un goût métallique dans la bouche, il avait été pris d'un vertige. Mettant ce malaise sur le compte de la fatigue, il s'était excusé et avait regagné son appartement pour se reposer. Là, les symptômes se manifestaient de plus belle. Serait-il en train de faire la première crise de migraine de sa vie ? se demanda-t-il. Il regarda l'heure à la pendule de la cuisine : trois heures. Trois heures du matin ! Avec une insomnie et un mal de tête carabiné. Il espérait que les cachets feraient bientôt effet. Commençait-il vraiment à se faire vieux, lui qui allait bientôt fêter ses cinquante-cinq ans ? Ce qu'il lançait d'habitude comme une blague le préoccupait plus qu'il ne le laissait paraître.

Il ouvrit le frigo, ne trouva rien qui lui faisait envie. Il opta en définitive pour un simple thé qu'il alla boire dans le salon. Il s'assit dans le canapé, alluma la télé, éteignit quelques minutes plus tard. Il parcourut la pièce du regard. En pleine nuit, elle lui semblait encore plus vide et plus morne qu'en pleine journée. Il s'était pourtant démené pour égayer son appartement depuis qu'il y était revenu après son exil forcé à Hønefoss. Un yucca dans un coin, des photos de Miriam et Marion sur l'étagère à CD. Non, décidément, ses efforts avaient été vains. Le chez-soi qu'il avait cru aménager ressemblait davantage à un box de rangement.

Il en était là de ses réflexions quand la sonnerie de l'entrée retentit. Le bruit lui parut étrange, tant il n'avait pour ainsi dire jamais de visites. Ce devait être une erreur. Sans doute des jeunes qui, après la fermeture des bars, continuaient la nuit chez une connaissance et avaient appuyé sur le mauvais bouton. Un deuxième coup de sonnette insistant lui fit l'effet d'un clou qu'on lui planterait dans la tempe : les médicaments n'avaient pas fonctionné. Agacé, il se résolut à aller voir ce qu'on lui voulait.

— Oui ? ! fit-il, d'une voix peu amène dans l'interphone.

— Bonsoir, Holger. C'est Mia. Est-ce que je peux monter ?

Mia devant sa porte ? Ça ne s'était jamais produit. S'ils avaient toujours été proches, leurs réunions se déroulaient systématiquement à l'extérieur. Il avait dû se passer quelque chose.

— Qu'est-ce qu'il y a ?

— Skunk. Le hacker.

— Oui, et alors ?

— Je crois qu'il s'est foutu de nous. Je peux monter ?

Holger dut se retenir à la cloison. Il posa une main sur le front.

— Tu es là, Holger ?

— Oui, je suis là, je suis là… Tu as vu l'heure qu'il est ?

— Je sais, mais il faut qu'on parle.

— De quoi ?

— De Gabriel.

— De Gabriel, mais qu'est-ce qu'il a, lui… ?

— Je crois que c'est Skunk, l'assassin.

Munch observa un nouveau silence avant de répondre.

— Et en quoi ça concerne Gabriel ?

— Tu me fais entrer ?

— Bon, d'accord…

Munch appuya sur le bouton et retourna à la salle de bains pour avaler deux cachets supplémentaires le temps que Mia monte à son étage.

54

Le petit garçon, étendu sous une couette, regardait à côté de son lit le calendrier accroché au mur. Il avait tellement hâte que son corps lui faisait l'effet d'être un seul et même sourire. Le grand jour. Il allait se passer quelque chose de gigantesque, plus immense encore que le soleil et la lune. Ils l'attendaient depuis si longtemps. Sa maman lui en avait parlé depuis... il n'avait pas assez de doigts pour compter, mais au moins depuis l'été, si ce n'était avant. Et de toute manière comme il portait ses gants, c'est encore plus difficile de compter. Elle lui avait dit de dormir, mais ça lui était impossible. Décembre 1999. C'était ce qu'il y avait d'écrit sur le calendrier. C'était l'année actuelle. Mais le plus passionnant, c'était la feuille derrière, qu'il n'aurait le droit de tourner qu'après les douze coups de minuit mais qu'il avait quand même regardée en cachette une ou deux fois. Janvier 2000. L'an 2000! Un nouveau millénaire. Et dire qu'une petite journée pouvait avoir une telle importance, que quelques minutes pouvaient autant changer les choses. Il suffisait de regarder les aiguilles s'approcher du chiffre douze, et hop, tout devenait d'un seul coup neuf et beau, tout ce qui jusque-là était moche et triste et bête disparaissait. Mais il ne servait à rien de regarder celles de la pendule sur son mur. Elles étaient arrêtées. Il était tout le temps quatre heures cinq. Les piles ne fonctionnaient plus et ils n'avaient pas les moyens d'en racheter des neuves, c'était trop cher. Le petit garçon ne savait pas trop ce que l'an 2000 lui apporterait, mais il savait que ce serait mieux que maintenant. Il espérait au moins que sa maman serait plus contente qu'en ce moment. Il sourit à cette perspective en pliant ses orteils de joie.

En les pliant aussi parce qu'il avait froid malgré ses chaussettes. La petite pièce où il dormait était glacée. Forcément puisqu'on était en décembre et encore plus parce qu'elle n'était pas chauffée. Ils n'avaient qu'un poêle dans le salon, mais le bois coûtait les yeux de la tête, comme disait toujours sa maman. Du coup il dormait tout habillé, avec ses gants et son bonnet. «La cave est trois fois trop grande pour nous, disait-elle aussi quand il voulait savoir pourquoi il faisait toujours si froid. Ton père était peut-être un peu fêlé, mais construire, ça il savait le faire. Et il savait aussi qu'on aurait besoin d'un endroit où se cacher, quand ce sera la fin du monde et tout. Si seulement il avait construit un peu plus en hauteur on se caillerait moins aujourd'hui. Parce qu'il fait froid dans une cave, tu comprends? Forcément puisqu'elle est souterraine.»

Le petit garçon ne comprenait pas toujours ce que sa maman lui racontait à propos de son papa car il ne l'avait jamais vu. Mais il faisait systématiquement oui de la tête car elle n'aimait pas qu'il lui pose trop de questions sur lui. Il savait qu'il existait en vrai puisqu'il avait construit leur maison. Parfois, il se disait que son papa était comme celui de Fifi Brindacier : qu'il était très gentil et habitait loin loin loin et que c'était pour ça qu'il ne le voyait jamais. Mais un jour, il débarquerait à l'improviste. Alors peut-être que c'était ça, le grand jour dont maman lui parlait tout le temps. Papa ouvrirait la porte, il soulèverait maman et la ferait tourner, elle rirait enfin, ils auraient plein de cadeaux dont un poêle qui leur permettrait de ne plus avoir froid du tout.

Il se leva du lit, pour bouger un peu, pour faire circuler le sang dans ses veines et avoir un peu plus chaud. Quand il restait allongé, il était toujours glacé, sans doute à cause de la couverture pas assez épaisse, il voyait même de la fumée sortir de sa bouche. Dans ces cas-là, il avait beau mettre des couches de vêtements, ça ne le réchauffait pas vraiment. Il ouvrit son armoire même si c'était défendu à cette heure-ci et enfila son pull. Le plus beau, celui qu'il ne devait porter que pour les anniversaires ou pour sortir à de très rares occasions. Un pull norvégien tricoté à la main. Et tant pis si ça aussi c'était défendu, il avait trop froid. Il en profita pour regarder la liste qu'il avait écrite et qui contenait tout ce qu'il souhaitait pour le grand jour, le nouveau millénaire. Puisqu'il avait appris à lire, à écrire et à compter tout seul, il en était très fier. Tout ça sans aller à l'école, comme Fifi Brindacier que sa maman lui lisait de temps en temps. Mais il ne lui en avait pas parlé car elle se mettait en colère pour un rien, et il ne voulait pas la rendre plus triste, déjà qu'elle l'était souvent. Il ôta ses gants et emporta sa liste dans son lit :

Ce que j'aimerais :

1. Maman sera contente.

2. Je ne tirerai plus les cheveux de maman sans le faire exprès au moment de la coiffer avec le peigne.

3. Papa reviendra à la maison et rétrécira la cave.

4. J'aurai la permission de sortir plus souvent de la maison.

5. J'aurai la permission d'aller à l'école.

6. Je dirai à maman que je sais déjà lire et écrire et elle ne se fâchera pas en l'apprenant.

7. Je me ferai des amis.

Car il n'en avait pas. Il n'avait que maman. Sa maman qu'il adorait plus que tout. Quand elle partait dehors, il devait rester tout seul. Parfois des journées entières. Mais elle revenait toujours, donc ça ne lui faisait rien d'attendre longtemps son retour. Il envisagea d'aller dans la grande pièce et se nicher près du poêle pour avoir chaud. Mais maman avait exigé qu'il aille se coucher en attendant le grand jour. Et il ne lui désobéissait jamais, il faisait toujours ce qu'elle demandait. Jetant un dernier regard vers le calendrier qui indiquait décembre 1999, il sentait soudain ses yeux devenir lourds et, sans s'en rendre compte, il s'endormit dans la cave glaciale.

Quand il rouvrit les paupières, il constata qu'il était toujours quatre heures cinq à sa pendule arrêtée. La première chose à laquelle il pensa, c'était que le nouveau millénaire venait de commencer, l'an 2000, et que le grand jour était arrivé. Maman avait simplement oublié de le réveiller pour fêter ça. Elle avait dû s'endormir elle aussi. Il bondit du lit et fila dans la grande pièce, le sourire aux lèvres, puis dans sa chambre à elle. Lorsqu'il poussa la porte, il resta malgré tout sur le seuil. Figé, il regarda le plafond.

Une corde était pendue à une poutre. Cette corde tenait un corps totalement nu dont elle enroulait le cou. Sous les cheveux blonds, le visage était bleu, les yeux et la bouche grands ouverts, les membres immobiles. Le petit garçon s'assit sur une chaise et attendit que sa maman se réveille.

55

Holger Munch ravala un léger bâillement au moment de poser une tasse de thé devant Mia, sur la table basse.

— C'est tout ce que t'as à m'offrir ? T'as rien de plus fort ?

— Mia, il est trois heures et demie du matin. On ne peut pas remettre ça à demain ?

— Non, c'est im-portant ! balbutia-t-elle d'une voix nasillarde.

Munch eut la confirmation que sa jeune protégée était ivre, éveillée et exubérante à la fois. Elle n'avait même pas pris soin d'ôter son blouson et ses chaussures en entrant, avait filé droit dans le salon et s'était affalée dans le canapé, affirmant avoir découvert quelque chose. Il savait que, pendant les enquêtes, Mia passait de longues soirées seule à ressasser et à approfondir chaque détail, à prendre des notes sans queue ni tête pour un profane, mais qui la plupart du temps se révélaient justes. Et si elle demeurait un mystère pour lui dans ces moments-là, il avait appris à lui faire confiance.

—Bon alors, tu me sers autre chose?

—Mia, tu sais très bien que je ne bois pas d'alcool.

—Et ça, là-bas? fit-elle avec un sourire, en désignant l'étagère du bas, sous les CD.

Les cadeaux de ses collègues. Huit bouteilles de whisky accumulées au fil des anniversaires, comme autant de plaisanteries offertes au chef sobre comme un chameau.

—Bon, je t'écoute, dit-il en en prenant une.

—T'as un verre?

Il soupira, alla à la cuisine où son regard fut capté par un sourire sur la porte du réfrigérateur. Miriam lui avait laissé un message. Et il avait oublié de la rappeler. Mais qu'est-ce qui se passe avec ma tête en ce moment? se demanda-t-il en constatant que, néanmoins, le mal au crâne avait desserré son étreinte. Il s'était fait la promesse solennelle de consacrer davantage de temps à sa famille, mais cette maudite enquête lui grignotait jusqu'à sa vie privée. Quand il revint dans le salon avec le verre, il constata que Mia n'avait pas cessé de parler.

—Tu comprends, alors?

—Quoi?

—Tu m'écoutes ou pas?!

—Pas vraiment, je t'avouerai.

—Il est venu me voir, je te dis!

—Qui?

—Skunk. J'étais au Lorry et tout à coup je l'ai vu devant ma table.

—Pourquoi tu ne m'as pas téléphoné plus tôt pour me le dire?

—Parce que je suis allée à Hurum aujourd'hui vérifier un truc. Donc, j'étais tranquille en train de bosser et, brusquement, comme surgi de nulle part, il se tenait devant moi. Invisible, le type. C'est justement ce que Gabriel a dit de lui. Impossible à trouver.

Munch n'en croyait pas ses oreilles. Il la laissa poursuivre.

— Il m'a dit que le film qu'il a donné à Gabriel était en fait un flux vidéo.

— C'est-à-dire ?

— C'est-à-dire que le ou les types ont planté une caméra devant Camilla Green et que les images défilaient en continu sur Internet, sur un serveur. Ils l'ont filmée comme ça pendant des mois.

— Mon Dieu...

— Oui, c'est horrible. Mais ce n'est pas de ça que je voulais te parler, annonça-t-elle en se resservant.

Elle revenait certainement du Lorry où elle avait encore passé sa soirée à travailler.

— Mia, je...

— Nan nan, écoute-moi. C'est hyperimportant ! Comment veux-tu que le type sache que c'est un flux vidéo et pas un film si... si...

— Tu crois qu'il y a participé, c'est ça ?

— Ouais ! Et il m'a dit qu'il avait mauvaise conscience, c'est pour ça qu'il était venu me voir. Le hic, c'est qu'il me dit que c'est parti d'un serveur basé chez un bouquiniste dans la rue Ullevålsveien, une boutique fermée entre-temps, or, j'ai demandé à Ludvig de vérifier hier, il n'y a jamais eu de bouquiniste là-bas. La question c'est donc : qu'est-ce qu'on fait ?

— On le trouve et on l'interroge. Faudrait que je vérifie avec Anette, mais je crois qu'on a suffisamment de preuves pour le placer en garde à vue.

— Non non, c'est pas à ça que je fais allusion! Je te parle de Gabriel.

— Gabriel?

— Je crois qu'il en sait plus qu'il ne le dit. Tu ne trouves pas ça bizarre qu'il prétende ne pas savoir où ce Skunk habite? Tu ne trouves pas ça bizarre qu'il ne nous ait même pas donné l'identité réelle de l'autre zigoto, alors qu'ils ont été amis autrefois?

— Hum...

— Attends, ça fait combien de temps qu'on le connaît, Gabriel. Six mois?

Munch hésitait: d'un côté il trouvait qu'elle poussait le bouchon un peu loin, ce qui était peut-être dû à son ébriété; de l'autre il reconnaissait qu'il y avait des failles dans le récit de ce Skunk et qu'elles méritaient d'être vérifiées.

— Mia, je crois que...

— Non, écoute-moi. Skunk sait quelque chose. Moi je pense qu'il en sait beaucoup et qu'il nous le cache. Et si c'est le cas, il n'est pas exclu que ce soit pareil pour Gabriel. Il faut qu'on lui en parle entre quat'z'-yeux.

Il s'accorda un instant de réflexion avant de répondre:

— Tu as peut-être raison... Même si je ne suis pas franchement convaincu. Mais dans ce cas il faut que tu t'en charges.

— Pourquoi?

— Parce qu'il t'aime bien. Et pas devant les autres, d'accord?

—O.K.

Mia vida son verre et se leva.

—Le débriefing est prévu à dix heures, je te propose de lui parler après.

—Ça marche.

—Et tu crois que Skunk est le coupable?

—Je n'en suis pas sûre à cent pour cent, mais j'ai une intuition…

—Si tu le dis. Mais, s'il te plaît, ne brusque pas notre Gabriel.

—Évidemment, tiens!

À ces mots, elle s'en alla et descendit les marches quatre à quatre, le sourire aux lèvres.

56

Gabriel Mørk avait l'intime conviction qu'une anomalie couvait sous la cendre, sans pour autant pouvoir l'identifier. Ses soupçons se vérifièrent dès la fin de la réunion puisque Mia le pria de la suivre dans son bureau.

— Qu'est-ce qui se passe ? voulut-il savoir dès qu'elle eut refermé la porte.

Elle le dévisagea avec un regard qu'il ne lui connaissait pas, à la fois curieux et suspicieux, la tête inclinée, comme si elle essayait de lire ses pensées. Il s'assit sur une chaise et, puisqu'elle ne répondait pas, reposa sa question. Là elle commença :

— Il faut que je te demande quelque chose. Et il va falloir que tu sois franc.

— Que je sois franc ? Pourquoi je ne le serais pas ?

Là encore, elle préféra le silence. Elle prit une pastille dans sa poche et la mit dans sa bouche sans le quitter des yeux. Enfin elle lâcha :

— Skunk.

— Oui ?

— Quel est votre degré de proximité ?

La question était ambiguë et en même temps suffisamment liée à ses angoisses des derniers jours pour qu'il comprenne aussitôt où Mia voulait en venir. Il décida malgré tout de gagner du temps :

— Qu'est-ce que tu veux dire exactement ?

— Exactement ce que je t'ai demandé, répondit-elle sur le même mode, toujours en le regardant.

La conversation prenait un tour qu'il n'aimait pas : il avait l'impression de subir un interrogatoire en bonne et due forme.

— On était amis, autrefois.

— Des amis… proches ? très proches ?

— Très proches, oui. Pourquoi tu me poses cette question ?

Encore une fois elle éluda :

— Mais vous n'êtes plus amis aujourd'hui ?

— Non, plus maintenant. Qu'est-ce qui se passe, Mia ? Tu me reproches quelque chose ?

— Je ne sais pas…, répondit-elle, en laissant planer un sous-entendu. Est-ce que nous devrions avoir quelque chose à te reprocher ?

Nous ? Gabriel sentit l'irritation le gagner. Donc ils avaient discuté de son cas, Munch et elle, avec peut-être d'autres membres de l'équipe.

— Si c'est à ça que tu penses, Mia : non, je ne sais pas où Skunk se cache. *Je te le jure !* Peut-être que ça fait de moi un imbécile, mais je ne comprends pas qu'on puisse me reprocher quoi que ce soit.

— Donc tu ne le fréquentes plus depuis un certain temps ?

— Depuis plusieurs années, même. Jusqu'à ce qu'il reprenne contact avec moi la semaine dernière.

— Donc vous n'êtes plus amis ?

— Mais non !

— Qu'est-ce qui s'est passé, entre vous, pour que vous ne le soyez plus ?

Pour Gabriel, la coupe était pleine. Depuis qu'il avait reçu la vidéo, les images le hantaient, il dormait mal, il était fatigué, un rien l'irritait.

— Écoute, reprit-il d'une voix plus furieuse qu'il ne le voulait réellement. Je sais que je suis nouveau dans la maison, que je n'ai pas votre expérience, mais je fais de mon mieux. Si je savais où Skunk se planque, il y a belle lurette que je vous l'aurais dit. Tu crois peut-être que je n'ai pas essayé de le chercher ? Tu crois peut-être que je n'ai pas envoyé de traceurs pour le pister ? Sauf qu'il ne répond pas. Et tu sais pourquoi ? Parce que Skunk ne veut pas être retrouvé. Parce que...

Il ne termina pas sa phrase, sentant qu'il devait se calmer, sans quoi sa colère le pousserait à dire des choses qu'il ne pensait pas.

— Parce que quoi ?

— D'après toi ? répliqua-t-il.

— Parce que ses petits trafics ne supportent pas la lumière du jour ?

— Voilà ! fit-il en écartant les bras. Et maintenant ? Vous croyez que je suis de mèche, c'est ça ? J'hallucine ! Je t'aime bien, Mia, mais là... Tu me déçois énormément. Je bosse comme un dingue depuis...

Mia leva une main pour l'interrompre.

— Pardon, Gabriel, poursuivit-elle en baissant le ton. Il fallait juste que je vérifie.

— Vérifier quoi ?

— Excuse-moi.

—Je trouve ça vraiment mesquin!

—Je suis désolée.

Elle se leva de son fauteuil et s'assit sur le bout de la table, juste devant lui.

—C'est vraiment ce que tu croyais? Ce que *vous* croyiez? Que Gabriel et Skunk sont main dans la main, copains comme cochons? Que les deux hackers ont monté leur petit business tous les deux et que Gabriel a été envoyé chez les flics pour mieux les berner? Que *moi* je séquestre et maltraite des adolescentes dans une cave? Tu penses *ça* de moi, Mia? *Toi?!* Ça me donne juste envie de dégueuler!

Jamais il n'aurait cru ça d'eux. Lui qui était tellement fier de faire partie de leur équipe. Il était dégoûté. Dégoûté et furieux.

—Gabriel..., commença-t-elle avant de se rapprocher encore un peu et de poser une main sur son épaule. Parfois, je ne réfléchis pas jusqu'au bout. Je te présente mes excuses pour cette accusation. Est-ce que tu peux les accepter, s'il te plaît? Ne va pas penser que je te croyais impliqué là-dedans, mais…

—Mais quoi? rétorqua-t-il.

—De temps à autre, il nous arrive de protéger ceux qu'on aime.

—Et tu croyais que je protégeais Skunk?

—Oui.

—Primo, je crois que Skunk se débrouille très bien sans moi. Secundo, nous ne sommes plus amis. Tertio, même si nous l'étions encore, si jamais j'apprenais qu'il est mêlé à une quelconque activité illégale sur laquelle *nous*… tu notes bien que je dis *nous*, puisque je me considère comme un membre de l'équipe, bien que visiblement *vous* pensiez le contraire… donc une affaire sur laquelle nous enquêtons, je n'aurais fait aucune rétention d'information. Aucune! C'est ça le respect que vous avez pour moi, Mia? Je pensais vraiment que nous...

— Gabriel, s'il te plaît. C'est ma faute, mon entière faute. Tu fais évidemment partie de l'équipe, tout le monde t'apprécie et trouve que tu fais un boulot formidable. Nous ne pourrions pas travailler sans toi.

— Ben on dirait pas!

— Essaie de te mettre à ma place...

— En plus!

— Gabriel, deux secondes. Je t'explique. Une vidéo surgit de nulle part, qu'un hacker a trouvée soi-disant par hasard. Sur un serveur qu'il prétend ne pas arriver à localiser alors que le spécialiste en informatique, c'est lui. Il la donne à un ancien collègue qui entre-temps a été engagé par la police. Et ce collègue prétend à son tour ne pas savoir où habite son ami d'enfance. Si tu étais moi, qu'est-ce que tu te dirais? Tu ne trouverais pas ça bizarre? Tu ne trouverais pas que ça vaut le coup d'être vérifié?

Gabriel était forcé d'admettre que son raisonnement tenait debout.

— Alors, tu comprends? C'est bon, tu me pardonnes?

— Oui..., répondit Gabriel avec un petit sourire. Et avec qui tu en as parlé, de tout ça? Si tu croyais que je mentais.

— Avec Munch seulement. Au début, lui aussi estimait que je me trompais.

— Je suis ravi de l'apprendre! ironisa-t-il.

— Tu vois que je ne suis pas infaillible… Est-ce qu'on peut passer à ce sur quoi je voulais te parler initialement?

— Si tu veux.

— Il est venu me voir.

— Qui?

— Skunk.

— Nan?

— Je t'assure. J'étais au Lorry, je bossais, et d'un seul coup je l'ai vu planté devant ma table.

— Là, je pige pas.

— Étrange, non? Il m'a dit un certain nombre de choses que j'aimerais vérifier avec toi.

— Si tu veux, oui.

— Parfait, merci. Faut d'abord que j'aille me chercher un café. Je t'en rapporte un?

— Je veux bien.

Gabriel fut heureux du regard plein de confiance qu'elle lui adressa au moment de quitter son bureau.

57

Il faisait nettement plus chaud dans le lit que les étrangers lui avaient attribué. Ça faisait plusieurs jours qu'il était ici mais il ne savait toujours pas où il se trouvait ni qui étaient ces gens. Ils lui avaient expliqué qu'il était en sécurité, qu'il n'avait plus à avoir peur. Sans qu'il saisisse vraiment ce qu'ils sous-entendaient par là, mais bon. Au moins, ils lui avaient donné à manger, et il s'était jeté sur la nourriture car il avait extrêmement faim.

Les étrangers avaient l'air gentils. Mais ils étaient bêtes. Ils ne comprenaient pas qu'à cause des cloisons très fines dans leur maison, il pouvait les entendre quand ils parlaient de lui dans son dos. Maman l'avait toujours mis en garde : il ne fallait pas faire confiance aux personnes qu'on ne connaissait pas car elles avaient deux visages. Elles vous faisaient un sourire, mais elles étaient pourries à l'intérieur. Et il savait qu'elle avait raison car ils ne disaient pas la même chose que lorsqu'ils étaient en face de lui :

— C'est dingue.

— Quand tu penses qu'elle l'a maintenu prisonnier dans cette cabane pendant dix ans… Dix ans!

— Il n'a jamais vu d'autres enfants.

— Quelle chance que quelqu'un l'ait découvert par hasard! Il n'avait rien mangé depuis plus d'une semaine.

Le petit garçon ne comprenait pas ce qu'ils racontaient. Ou du moins: pas la signification. Ni pourquoi maman n'était pas avec lui. Quand ils l'avaient descendue du plafond, il s'était fait une telle joie. Mais elle ne semblait pas encore tout à fait prête à lui parler. Sur le moment, c'est ce qu'il avait cru. Au bout de quelques jours, il avait dû passer de longs moments avec un monsieur qui exerçait le métier de psychologue, comme il le lui avait dit. Il lui avait aussi indiqué qu'il pouvait prendre un bonbon dans la boîte posée sur son bureau, et même plusieurs s'il voulait. Le petit garçon avait vaincu ses réticences, il était sûr que l'autre voulait le berner. Mais les bonbons avaient un goût tellement délicieux. Il lui avait expliqué ce que c'était que la mort, que sa maman était partie et ne reviendrait pas. Le petit garçon ne l'avait pas cru au début mais, au fil des mois, il avait été obligé de s'en convaincre. Il avait attendu, espéré qu'elle serait à son chevet quand il se réveillerait. Et puis non. Donc ça signifiait que *la mort* existait vraiment. Et que maman resterait longtemps auprès d'elle. Combien de temps exactement, il l'ignorait. Mais un jour elle reviendrait voir son petit garçon et elle resterait auprès de lui. Sauf qu'il ne savait pas non plus dans combien de temps. Il n'avait pas osé demander. Car il voyait bien qu'ils le prenaient pour un imbécile. Du coup, il faisait comme chez maman : il hochait la tête et souriait. Ça, les étrangers aimaient bien eux aussi. Il s'était dit que c'était la bonne attitude car les discours derrière les murs avaient changé à la longue.

— Il s'en sort vraiment bien, le petit.

— Ça fait plaisir.

— Tu es au courant de ce qui s'est passé avec Rolf?

— Quoi?

— Le petit n'avait jamais vu d'ordinateur. Mais maintenant il l'utilise tout le temps. Il apprend à une vitesse… Rolf n'avait jamais vu ça.

— Tant mieux.

— Il est vraiment très intelligent. Et tu as vu comme il dévore les livres?

Ça au moins c'était vrai. Ce qui l'avait fasciné dès son arrivée, c'étaient les livres. Et pas seulement ceux sur Fifi Brindacier. Ils en avaient plein, sur des étagères qui couraient du sol au plafond. Il avait le droit non seulement de les lire mais de les emprunter et de les emporter dans sa chambre. Depuis un an qu'il vivait ici, il les avait tous lus.

Mais parfois, il arrivait aussi que les conversations dévient :

— Oh, ce qu'il est mignon…

— Oui, y a pas à dire. On dirait qu'il a oublié ce qu'il a vécu.

— Quel cauchemar! Séquestré dans une cave, seul avec une mère complètement folle. Pendant dix ans.

Celui qui vivait en dedans de lui avait failli lui échapper. Il avait failli sortir de sa bouche, leur crier : «Faut pas dire de méchancetés sur maman!» et les faire saigner jusqu'à ce qu'ils ravalent leurs paroles.

Il avait compris que le garçon en colère à l'intérieur de lui voulait souvent s'exprimer, mais il réussissait à le faire taire. Car il avait aussi compris comment il fallait se comporter avec les adultes : ne pas être soi-même, sourire en façade et ne pas montrer qui on était vraiment.

Deux années s'étaient écoulées sur ce mode. Il s'était habitué au goût des différents bonbons du psychologue. Il s'était habitué à avoir deux visages avec les adultes. Mais pas avec les enfants. Il aimait bien leur compagnie, à eux, même s'ils ne restaient jamais bien longtemps. Le petit garçon, qui devenait peu à peu un adolescent, aimait bien l'endroit où on l'avait emmené, il s'y sentait comme chez lui. Les voix derrière le mur ne disaient que des choses gentilles sur lui. Bien sûr, maman lui manquait énormément. Mais il savait que cette mort dont on lui avait parlé dès son arrivée ici la gardait avec elle et que maman reviendrait quand elle serait prête. Et lui était décidé à attendre très longtemps s'il le fallait.

Jusqu'à ce fameux jour où une voiture était arrivée dans la cour et que des dames s'étaient soudain tenues devant lui.

— Je voudrais te présenter quelqu'un.

— Ah bon ? avait-il répondu avec son visage souriant.

— Oui, tu vas bientôt avoir une nouvelle maison.

Dans l'instant, il n'avait pas compris ce que ça impliquait. Et là, la dame blonde qu'il n'avait jamais vue et qui était sortie de la voiture lui avait dit bonjour.

— Bonjour, madame, avait-il répondu, en tendant la main et en faisant une petite courbette comme il l'avait appris.

— Je m'appelle Helene. Helene Eriksen.

— Et si on entrait pour mieux faire connaissance? avait proposé la dame où il vivait.

Quelle n'avait pas été sa surprise en constatant qu'ils avaient préparé des brioches, du café pour les grands et du sirop de cassis pour lui. Soudain, la dame blonde inconnue avait posé une main sur son épaule et pris un air grave en disant:

— Nous sommes très heureux, vraiment, que tu fasses désormais partie de notre famille.

Le garçon à l'intérieur de lui avait voulu montrer les dents, mais là encore il l'avait fait taire. Il avait offert son plus beau sourire.

58

Sa tasse à la main, Mia Krüger attrapa un journal au passage en rejoignant sa table. Elle le feuilleta quelques instants, mais les gros titres la déprimèrent aussitôt. *La police sans piste. Qui a tué Camilla Green ?* Elle avait chaque fois l'impression, en lisant les tabloïds, de découvrir une réalité qu'elle ignorait : la police loupant le coupable à chaque seconde. Et plus que tout, elle détestait cette glorification de l'assassin. Aussi atroces que soient leurs homicides, ils se retrouvaient toujours en première page. Pourquoi ces satanés canards ne comprenaient pas qu'ils faisaient ainsi le jeu des criminels qui n'attendaient que ça ? Buvant une gorgée de café, elle repensa à l'attitude de Holger envers ces gugusses de journalistes : il les méprisait et les ignorait plus qu'autre chose. Quant à elle, qui n'avait *a priori* rien contre eux, elle leur gardait tout de même rancune depuis qu'ils l'avaient pourchassée après qu'elle eut abattu Marius Skog, la forçant à se terrer dans un hôtel anonyme pour échapper à leurs poursuites. Elle leva les yeux et son regard tomba sur un client en train de lire un autre quotidien : *Le meurtre rituel reste non élucidé et la police impuissante.*

Elle préféra se concentrer sur autre chose. Sur le goût de son *cortado*, par exemple. Ou sur son rendez-vous : police criminelle, section de lutte contre la cybercriminalité. Elle avait visé juste à la première tentative. Appeler d'autres services pour demander de l'aide se révélait toujours un chemin de croix. Or, à sa grande surprise, ses collègues l'avaient accueillie quasiment à bras ouverts, s'étaient montrés très intéressés par la perspective d'une rencontre, se réjouissant même qu'elle les ait contactés. Et si Mia n'avait jamais vu son interlocuteur, elle n'eut aucune peine à le reconnaître lorsqu'il franchit la porte de l'établissement. Inutile pour lui de porter un insigne, il puait le flic à mille lieues. L'homme en costume lui sourit dès qu'il l'aperçut et vint directement à elle.

— Robert Larsen, dit-il en lui tendant la main.

— Mia Krüger, enchantée. Merci d'être venu un dimanche après-midi.

— Avec plaisir. Je suis ravi de faire enfin votre connaissance, Mia. Car j'étais pour le moins étonné que vous nous appeliez précisément aujourd'hui.

— Pourquoi ?

— Kristian Larsen.

— Skunk, vous voulez dire ?

— Oui, exactement.

Il fit signe au serveur en désignant la tasse de Mia, lui signifiant qu'il prendrait la même chose.

— Oui, j'étais surpris car nous l'avons dans nos radars depuis pas mal de temps déjà. Mais j'ignorais qu'il était autant impliqué…

— Vous faites allusion à quoi ?

— À un homicide. Si vous me contactez, j'imagine que c'est de ça qu'il s'agit…

— Pour l'instant, nous n'en sommes qu'à de simples vérifications.

— Je comprends. Top secret, c'est ça ?

Il assortit sa question d'un clin d'œil qui confirma la mauvaise impression que ce type à peine arrivé faisait déjà à Mia. Elle n'en laissa cependant rien paraître.

— Alors, qu'est-ce que vous avez ? demanda-t-elle plutôt.

Il ouvrit son dossier.

— Kristian Larsen. Hacker. Ou plutôt : *black hacker*. Vous êtes familière de ce langage ?

— Oui.

Elle se souvint des propos de Skunk, et elle se rappelait aussi que Gabriel était un *white hacker*, un gentil.

— Parfait. Et des groupes du type Anonymous ou LulzSec ?

— Les premiers, oui.

— En effet, ce sont devenus des stars, indiqua-t-il en se précipitant sur le café que le serveur venait de lui apporter. Ils sont partis du forum 4chan/b, ça vous parle ?

— Pas du tout, répondit-elle en souriant.

Elle sentit que c'était le meilleur moyen pour obtenir l'information qu'elle convoitait. Singer l'ingénue, faire semblant de ne rien savoir même si Gabriel lui avait expliqué ce à quoi servait aussi le Net. L'homme face à elle était du genre à aimer les compliments, à ce qu'on se pâme devant son savoir. Une attitude que pour une fois elle ne répugnait pas à adopter, pour peu qu'elle obtienne les renseigne-ments contenus dans ce fichu dossier qu'il gardait fermement sous sa paume protectrice.

—Initialement une bande d'ados pubères et pré-pubères, inoffensifs jusqu'à ce qu'ils comprennent qu'ils étaient nombreux, très nombreux, et suffisants pour immobiliser une société entière.

—C'est-à-dire?

—Bloquer le trafic aérien, stopper le fonction-nement des feux de signalisation, la distribution d'eau, bref, tout ce qui aujourd'hui est régi par le numérique. Les DoS et les DDoS, vous connaissez?

—Non plus, non…

Le flic en costume sourit et lui adressa un autre clin d'œil.

—*Denial of service attack*: attaque de déni de service. *Distribuée* pour désigner le DDoS quand elle est organisée par plusieurs éléments. Pour faire court, ils envoient des requêtes à un site qui finit par saturer car il ne peut plus répondre à toutes. Et nous pensons que votre homme, Kristian Larsen, ou Skunk comme vous l'appelez, est impliqué dans ce genre d'attaque.

—Très exactement?

—Les grandes compagnies sont affectées: leur site en premier, puis tout leur système informatique. Le FBI nous a chargés de le surveiller et de l'arrêter le moment venu.

—Et c'est vous qui vous en occupez? Vous en personne?

—Eh oui…

Il exultait.

—Et vous avez des preuves concrètes? Que Skunk trempe là-dedans?

—À presque cent pour cent, oui.

—Mais pas tout à fait?

—On attend le moment idéal.

—Pardonnez ma curiosité mais… pourquoi?

Nouveau sourire, nouveau clin d'œil.

—Vous comprenez, ces gens sont très doués pour se cacher.

—Mais vous savez où il se trouve?

—Oui. Nous le surveillons depuis très longtemps. Nous serions vraiment très mauvais si nous ne détenions pas ce style d'information, Mia.

—Loin de moi cette pensée, vous vous imaginez bien!

—Je n'en doute pas, Mia.

—Et croyez-vous qu'il y ait possibilité que je…

Elle n'eut même pas besoin de terminer sa phrase. Larsen sortit une feuille de son dossier et la glissa devant elle.

—C'est là qu'il habite? demanda-t-elle en lisant l'adresse.

Il acquiesça.

—Vous me devez un service, Mia.

—Je vous en suis extrêmement reconnaissante, je saurai m'en souvenir. Merci beaucoup, répondit-elle en se façonnant son plus beau sourire.

—Encore une fois, tout le plaisir est pour moi. Vous me tenez au courant?

—Absolument.

—Vous m'appelez, hein?

—Oui. Merci encore.

Elle vida son café et quitta l'établissement à la hâte pour prévenir tout de suite Munch.

59

Après avoir déposé Johannes à l'aéroport de Gardermoen, Miriam Munch rejoignait le centre d'Oslo, avec Miriam à l'arrière. Le départ s'était mieux passé que prévu parce qu'ils étaient arrivés en retard, Johannes avait presque dû courir aux contrôles de sécurité pour ne pas rater son avion, épargnant ainsi à Marion une cérémonie d'adieu à l'issue de laquelle la culpabilité serait revenue au galop.

—Ne te fais pas manger par les requins, avait dit Marion à son papa, avant de le serrer dans ses bras.

—Promis, ma puce, avait répondu celui-ci en déposant sur les lèvres de Miriam un baiser furtif.

La petite, qui avait semblé triste en agitant sa petite main en direction de son papa chéri, semblait aller mieux. Sans doute parce que Miriam avait enfreint l'une de ses règles éducatives fondamentales en laissant sa fille regarder un film sur la tablette.

Elle avait encore le temps de changer d'avis et de *ne plus* revoir Ziggy, mais c'était plus fort qu'elle. Elle voulait participer à l'action prévue mardi, c'était trop tard, le train était déjà en marche, impossible d'en descendre. Et elle n'avait rien révélé à Johannes, ne voulant pas gâcher son voyage. Elle le ferait à son retour, promis.

Elle jeta un coup d'œil dans le rétroviseur et croisa le regard de Marion.

—Je vais chez mamie? demanda celle-ci, quand la voiture s'arrêta devant la maison blanche du quartier de Røa.

—Oui, je te l'avais dit. Tu ne te souviens pas? répondit Miriam en faisant coucou à sa mère qui se tenait déjà sur le perron.

—Choueeette!

—Ça s'est bien passé? voulut savoir Marianne Munch une fois qu'elles l'eurent rejointe.

—Oui, on est arrivés juste à temps.

—Je pourrai regarder la télé, dis, mamie? lança Marion en filant dans la maison sans attendre la réponse.

—Je la garde jusqu'à mercredi comme prévu?

—Oui. Tu es sûre que ça ne te dérange pas?

—Absolument pas, ma chérie. Au contraire. C'est très gentil de ta part d'aider Julie qui va si mal en ce moment.

Il n'en fallut pas plus pour que Miriam s'en veuille de ce mensonge. Et tant pis si elle se doutait que sa mère l'aurait soutenue si elle avait su qu'en réalité elle participait à une action illégale pour protéger les animaux.

—Et sinon elle va bien? Ça fait une éternité que je ne l'ai pas vue.

—Oui, mais tu la connais: elle est très sensible. Les peines de cœur… Ça finira bien par passer.

—La pauvre. Embrasse-la pour moi. Heureusement que tu es là pour elle. Vous pourriez passer me voir toutes les trois, la prochaine fois que tu m'amèneras Marion?

—Bonne idée.

—Tu viens embrasser ta maman?

Marion déboula du couloir et se jeta dans les bras de Miriam.

—À mercredi!

—Prends bien soin de toi, ma chérie, recommanda Marianne à sa fille, avant de refermer la porte.

60

Au côté de Munch devant le miroir sans tain qui donnait sur la salle d'interrogatoire, Mia Krüger avait la désagréable sensation de s'être trompée sur toute la ligne. Le jeune hacker aux cheveux noirs striés d'une bande blanche ne bougeait pas, les yeux rivés vers eux bien qu'il ne les voie pas. Il refusait de parler depuis son arrestation, la veille.

— Toujours rien ? demanda Anette Goli qui vint les rejoindre.

— Non, soupira Mia.

— Il répète la même chose depuis hier soir, ajouta Munch en se grattant la barbe.

— Et il ne veut pas d'avocat ?

— Non plus, répondit Mia. Il prétend ne pas en avoir besoin.

— À ce niveau-là il n'a pas tort…

— Et ses ordinateurs, ça donne quoi ? voulut savoir Munch.

— Rien. Je viens à l'instant de parler avec un de nos techniciens, ils ne trouvent absolument rien. Il se disait même impressionné.

— Pourquoi? demanda Mia.

— Parce qu'il n'y a strictement aucune trace, aucun indice qui permette d'affirmer qu'il est lié de près ou de loin à l'affaire. Les ordinateurs étaient vides.

— Étrange, grommela Munch.

— J'ai pris la liberté de demander à Gabriel si c'était possible, j'espère que ça ne vous dérange pas si je ne vous ai pas consultés avant. Il n'avait pas l'air de très bonne humeur. Il s'est passé quelque chose?

— C'est ma faute. J'ai été un peu rude envers lui. Je lui ai présenté mes excuses, il les a acceptées. J'espère que ça va passer.

— Parce qu'il connaît Skunk et ne savait hélas pas où il habitait, c'est ça? Si je comprends bien, tu l'as accusé de complicité? Pas mal, en effet...

Devant le ton sarcastique de la procureure, Mia ne réagit qu'indirectement.

— Je lui ai présenté mes excuses, j'ai dit.

— Merveilleux. Parce que c'est un peu... farfelu, tu ne trouves pas?

Mia sentit que cette fois la remarque ne s'adressait plus à elle.

— Quoi? dit-elle quand même, agacée.

— Je me demande simplement... enfin, je *vous* demande ce que Kristian Larsen fait toujours dans nos murs.

— Il nous a apporté la vidéo.

— Pour nous aider, non?

— Peut-être, mais...

Mia l'interrompit.

— Qu'a dit Gabriel?

— À propos de quoi?

— Des ordinateurs vides.

— Il a eu la même réaction que le technicien qui a dépiauté les machines. Il était impressionné, pour employer un euphémisme.

— Je sais que j'appartiens à un autre siècle, mais est-ce que quelqu'un peut m'expliquer comment c'est possible ? intervint Munch, irrité. Et pourquoi les techniciens trouvent ça impressionnant ?

— Parce que ce sont des geeks comme Skunk, répondit Mia.

— Ce qui signifie… ?

— Respect. Il s'était visiblement préparé. Si jamais les forces de l'ordre devaient pénétrer dans son bunker, il avait un système, et ne me demande pas lequel, qui permettait d'annuler toutes les données.

— Et en quoi c'est impressionnant ? insista Munch.

— Parce que ce n'est pas aussi facile qu'on le croit, intervint Anette Goli.

— O.K., soupira-t-il. Et qu'est-ce qu'on a dans ce cas ?

— Au risque de me répéter : rien. Nous n'avons qu'une vague supposition.

Sa remarque s'adressait cette fois clairement à Mia, et au sarcasme succédait le mécontentement.

— Et le fait qu'il nous a présenté la vidéo, rectifia Munch.

— Pour nous aider, répliqua la procureure blonde.

— Combien de temps on peut le garder ? Qu'est-ce qu'on fait ?

— Si je vous comprends bien, il a simplement indiqué ses nom et prénom, sa date de naissance et son lieu de résidence ?

— Oui, concéda Mia.

— Et plusieurs fois, même, ajouta Munch. Il ne fait que le répéter.

— Donc il connaît parfaitement ses droits. Et comme vous n'êtes pas sans le savoir, du moins je l'espère, il n'a aucun autre devoir envers nous. La loi le protège entièrement à ce niveau-là. Après quatre heures d'interrogatoire, nous sommes obligés de le placer en garde à vue si nous souhaitons continuer de l'interroger. Ensuite, nous avons vingt-quatre heures pour le présenter devant un juge qui seul pourra procéder à une mise en détention provisoire…

— Ça va, on connaît notre boulot, la coupa Mia.

— Je suis ravie de l'entendre, Mia ! Mais excuse-moi d'insister : puisque nous l'avons arrêté un dimanche, qui n'est pas considéré comme un jour ouvré, nous avions le droit de le garder plus longtemps. Enfin… pour peu que nous l'ayons placé en garde à vue, ce que nous n'avons pas fait. Pourquoi, je vous le demande ? Parce que nous n'avons rien contre lui. Sinon qu'il nous a aidés. Et, autant que je sache, aider la police n'est pas un délit. Bien au contraire. Donc ce n'est pas lui qui enfreint la loi, mais nous. À chaque minute qui passe.

Elle tapa du bout de l'index sur sa montre pour mieux souligner ses propos. Tout énervée qu'elle soit par ce comportement, Mia savait qu'Anette Goli avait raison.

— Nous n'avons rien contre lui, mes amis.

— Fausse explication ? suggéra Mia.

— Laquelle ?

— Il a affirmé avoir trouvé la vidéo sur un serveur situé chez un bouquiniste de l'Ullevålsveien qui n'existe pas, Grønlie l'a vérifié.

375

— Et quand le prévenu a-t-il fourni cette prétendue fausse explication ?

Elle venait de prendre sa voix de procureure.

— Tu le sais très bien, Anette. J'étais au Lorry…

— Parlons-en, Mia Krüger. Le prévenu s'est expliqué en état d'ébriété, c'est ça ? Sans la présence d'un avocat ? À une enquêtrice qui était elle-même sous l'influence de l'alcool ? Je souhaite porter à votre attention, Votre Honneur, que le prévenu ici présent ne consomme pas d'alcool sous quelque forme que ce soit, et que ce soir-là mon client était…

— O.K., O.K., on a compris ! l'interrompit Munch.

— Nous n'avons rien contre lui, répéta-t-elle.

— Comment tu le sais qu'il ne boit pas d'alcool ? demanda Mia.

— C'est Gabriel qui me l'a dit.

— Je suis désolée, mais devant moi il buvait une bière.

— Nous n'avons rien contre lui, répéta Anette.

— Et sa mauvaise conscience ?

— Nous sommes obligés de le libérer, avertit la procureure avant de s'adresser à Holger. C'est n'importe quoi, Holger ! Sous prétexte que Mia a une *intuition*… Excuse-moi, Mia, je sais que tu es très douée, mais là on dépasse les bornes ! Il est illégal de le garder ici plus longtemps. S'il le veut, il peut nous poursuivre en justice.

— Et les collègues de la criminelle, ils ont quelque chose ? demanda Munch.

— Rien de suffisant. Ils l'ont en ligne de mire, c'est tout. S'ils avaient pu l'arrêter, ce serait déjà fait et nous n'en serions pas là.

— Moi je te dis qu'il a mauvaise conscience, insista Mia.

— Holger, s'il te plaît. Nous n'avons aucune preuve pour l'accuser d'un délit quelconque. Nous ne pouvons pas le retenir ici plus longtemps.

— Il se sent coupable. Je ne sais pas de quoi, mais il s'en veut. Donnez-moi cinq minutes !

— Holger ?! s'écria Anette. Nous n'avons aucune raison de…

Mia n'écouta pas la fin de la phrase et ouvrit la porte de la salle d'interrogatoire. Skunk avait toujours les mains sur les genoux et le dos droit.

— Rebonjour, fit-elle en s'asseyant en face de lui.

— Tu n'allumes pas le magnétophone ? Il est 14 h 05. L'interrogatoire continue. Présente dans cette pièce l'enquêtrice Mia Krüger…

— Non.

— Je m'appelle Kristian Larsen, déclara le jeune hacker d'une voix sèche. Je suis né le 5 mai 1989. Mon adresse actuelle est…

— Oui, Skunk, tu l'as déjà dit. Je sais que tu connais tes droits.

Mia s'appuya contre le dossier de sa chaise et le regarda. Le jeune homme aux cheveux pareils à la fourrure d'une mouffette ne bougeait toujours pas.

— Écoute…

— Je m'appelle Kristian Larsen…

— O.K., c'est ma faute, Skunk. D'accord ?

— Cette discussion n'a aucune valeur juridique si tu n'allumes pas le magnétophone.

— Nous n'allons pas t'accuser, Skunk. Nous n'avons aucune preuve contre toi. Ma collègue derrière cette vitre te considère même comme un héros. Tu nous as aidés dans notre enquête, nous sommes en possession de renseignements que nous n'aurions jamais trouvés sans toi. C'est ma faute, on est d'accord ?

Le hacker ne la quittait pas des yeux.

— Je m'appelle Kristian Larsen...

— Skunk, je ne t'accuse de rien, compris ? Je ne te crois pas coupable du meurtre de Camilla Green, compris ? Mais je crois en revanche que tu te sens coupable de quelque chose. Et que c'est pour cette raison que tu es venu me voir au Lorry. Je m'étais déjà demandé ce soir-là comment il était possible que tu puisses me retrouver.

— Cette discussion n'a aucune valeur juridique si tu n'allumes pas le magnétophone, répéta-t-il.

— Puis j'ai compris : tous nos portables sont reliés entre eux, et comme ils sont tous équipés du GPS, pour un petit malin comme toi, ça a dû être un jeu d'enfant de te connecter à notre serveur et de me géolocaliser. La question que je me pose tout de même, c'est : si tu ne bois jamais, ce qui nous a été confirmé, pourquoi ce soir-là venir me voir avec une bière justement ?

Le jeune homme ne répondit pas.

— Et la raison, d'après moi, c'est que la vidéo t'a bouleversé. Tout comme nous d'ailleurs. Mais...

Elle marqua une petite pause, le regarda droit dans les yeux. Il gardait son expression impavide.

— Mais tu as compris que tu étais indirectement partie prenante. J'insiste : tu n'étais pas au courant de cette vidéo, mais tu y étais impliqué à ton corps défendant. Parce qu'un jour tu t'es fait payer pour fabriquer un programme comme celui-ci. Je ne sais pas lequel puisque je suis nulle à ce niveau-là. Mais pas toi. Toi, tu es le meilleur. Même les collègues de la scientifique t'admirent. Bref. Un jour, tu as élaboré un programme, contre rétribution, qui permet d'envoyer un flux vidéo visible par tout le monde sur un certain serveur. Or, un autre jour, tu découvres que ce flux vidéo a servi à un truc atroce. Et là tu as fait le lien. Et là tu t'en es voulu. Toi qui détestes les autorités, tu as dû prendre ton courage à deux mains pour venir me voir. Et un des moyens pour y arriver, ç'a été de boire. Forcément, pour toi qui ne consommes jamais, l'effet est garanti. Alors, est-ce que c'est ça? Est-ce qu'à un moment tu as découvert que ton intelligence informatique avait servi à des horreurs?

Il la regarda et déclara sèchement:

— Je m'appelle Kristian Larsen. Je suis né le 5 mai 1989. Mon adresse actuelle est...

La porte de la salle d'interrogatoire s'ouvrit sur Holger Munch:

— Vous pouvez partir, Kristian Larsen. Nous n'avons aucune accusation contre vous et je suis désolé que nous vous ayons gardé aussi longtemps. Si jamais vous vous estimiez en mesure de nous fournir une aide supplémentaire, vous en êtes le bienvenu, vous savez où nous trouver. Je vous remercie.

Mia vit le jeune hacker se lever et se diriger vers la porte. Au moment de quitter la pièce, il se retourna pour la regarder de nouveau dans les yeux. Il sembla sur le point de lui dire quelque chose mais referma la bouche au dernier moment et s'en alla.

— Mia? fit Munch. Il faut que je te parle.

Mia Krüger se leva à son tour et suivit son chef.

VII

61

Mia monta dans sa voiture au petit matin, mais le jour ne se leva complètement qu'à son arrivée au cimetière. Elle repensa à ses collègues qui assistaient en ce moment même au débriefing, elle y brillerait par son absence. Elle avait demandé sa matinée, histoire de se reposer. Munch avait accueilli sa demande avec une joie non dissimulée, précisant même qu'elle pouvait s'absenter aussi longtemps qu'elle le voulait. Son comportement de la veille semblait avoir conforté son chef bienveillant dans l'impression qu'il lui avait livrée quelques jours plus tôt : elle n'était pas guérie, elle était inapte à reprendre le travail.

Elle sortit les fleurs du coffre et s'engagea à pas lents dans l'allée. Elle nettoya d'abord la tombe de sa grand-mère, puis celle de ses parents. Elle réserva le plus gros bouquet à la dernière et resta un long moment devant la pierre grise, avec cette sensation qui lui revenait automatiquement dès qu'elle s'aventurait ici : un chagrin sans fond dont elle ne savait que faire tant il l'encombrait.

Sigrid Krüger

Sœur, amie, fille
★ 11 novembre 1979 — † 18 avril 2002
Profondément aimée. Profondément regrettée.

Bien qu'elle remonte à plus de dix ans, la mort de sa sœur adorée demeurait une plaie ouverte. Le temps panse les blessures, affirmait l'adage – qui ne valait guère pour elle : la perte de Sigrid était aussi douloureuse aujourd'hui que le jour où elle l'avait trouvée dans une cave répugnante du quartier de Tøyen.

Mia retira les fleurs fanées et gelées par le froid, plaça dans le vase celles qu'elle apportait. Elle s'agenouilla devant la stèle, nettoya les branches et les feuilles qui traînaient, sentit l'herbe glacée sous ses doigts en cet automne hivernal, en cette saison qui empirait et s'assombrissait chaque jour davantage. Comme les pensées lugubres et autres idées noires qui ne la lâchaient pas. Oui, sans doute travailleraient-ils mieux sans elle. Elle, un membre de l'Unité spéciale ? Autrefois, c'était le cas. Mais maintenant... Elle se souvint du regard condescendant qu'Anette Goli lui avait adressé la veille avant de lui lancer : « Je crois décidément que tu dois retourner consulter ce psychologue, Mia. » Et, quelques minutes plus tard, les paroles que Holger avait marmonnées dans sa barbe : « Oui, parfait. Prends une journée de libre, Mia. Prends tout le temps que tu juges nécessaire. » Puis il l'avait plantée là, dans le couloir, sans se retourner.

Car elle était obligée de reconnaître qu'elle avait perdu cette acuité qui faisait sa force, cette capacité d'entrer dans la tête malade des assassins, de comprendre pourquoi une adolescente se retrouvait nue et étranglée sur un lit de plumes entouré de bougies. Elle poussa un juron à voix basse. La sensation qui l'envahissait en ce moment lui déplaisait fortement : la faiblesse. Pour la première fois sans doute de sa carrière, elle était tombée sur un os en la présence du hacker. Il l'avait bernée sur toute la ligne, elle avait manqué de discernement. Et, outre cela, elle s'était ridiculisée devant tout le monde. Pourtant, d'habitude, elle s'en fichait. Ce que les gens pouvaient penser d'elle lui importait peu. Alors pourquoi en était-elle autant affectée ?

Qu'ils la résolvent tout seuls, leur enquête ! Oui, décidément, ils se débrouilleraient très bien sans elle. Ce n'était plus de son ressort, elle était en congé. Et puis à quoi bon, dans le fond ? De toute façon, quoi qu'elle fasse, de nouvelles cruautés la rattrapaient. Ces ténèbres qui l'avaient toujours habitée, contre lesquelles sa grand-mère l'avait toujours mise en garde : elle devait les tenir en échec, les combattre. Y était-elle arrivée ? Non. Elle repensa à ce que lui avait dit Mattias Wang, le psychologue : *« Il existe de nouveaux médicaments qui pourraient vous aider à aller mieux, Mia. Si tant est que nous voulions suivre cette voie… »* Elle n'avait pas répondu. Aller mieux pour quoi faire ? Enfonçant son bonnet un peu plus sur ses oreilles, Mia sentit se déposer en elle un calme singulier qu'elle n'avait plus éprouvé depuis longtemps. Plus depuis l'époque où elle s'était retranchée à Hitra, l'endroit parfait pour disparaître, sur cette île à l'embouchure de l'océan, surplombée par un ciel qui semblait plonger dans l'éternité. Elle avait quitté son monde pour ensuite quitter définitivement le monde. Retrouver ces êtres chers enterrés devant elle. Et surtout retrouver Sigrid. *Ensemble à jamais.*

Une nouvelle pierre tombale. Voilà ce qu'elle devait faire. Et voilà la phrase qu'elle y ferait graver : *Ensemble à jamais.* Elle savait même qui contacter pour la réaliser telle qu'elle la voulait.

Viens, Mia. Viens!

De ses doigts gelés, elle attrapa son portable pile au moment où celui-ci sonna. Le numéro ne lui disait rien. Elle faillit presser la touche rouge mais, sans doute par réflexe, elle appuya sur la verte.

— Oui ?

Une voix féminine inconnue résonna à l'autre bout du fil. Mia dut se concentrer pour comprendre ce qu'elle lui voulait. Une dame d'un certain âge visiblement, en provenance de cette réalité qu'elle était décidée à quitter.

— Ruth Lie à l'appareil. Vous êtes bien Mia Krüger ?

— Oui...

— Je travaille au Muséum d'histoire naturelle, à Tøyen. Le conservateur en chef Tor Olsen m'a donné votre carte en me priant de vous téléphoner. Si j'ai bien compris, vous désirez savoir quelles classes sont venues chez nous. C'est bien ça ?

Les connexions se rétablirent dans la tête de Mia :

— Oui, voilà. Bonjour. En quoi puis-je vous aider ?

— Euh... c'est moi qui suis censée vous aider.

— C'est vrai, pardon. Je vous écoute, madame Lie.

— Je souhaitais d'abord m'excuser car j'aurais dû vous appeler hier lundi. Mais comme je rentrais de cure, j'ai été débordée.

— Ne vous inquiétez pas.

— C'est gentil. Alors voilà, j'ai sous les yeux la liste de toutes les classes venues en visite dans nos locaux. Vous en cherchez une en particulier?

— Effectivement. L'Exploitation horticole de Hurum.

— Ah, cette chère Helene! gazouilla Ruth Lie. Quelle femme formidable!

— Elle est venue chez vous?

— Oh oui. Elle vient chaque année avec ses enfants. La classe est un peu particulière. Vous voyez ce que je veux dire: ces pauvres gamins, ce qu'ils ont dû endurer, si jeunes… Mais comme Helene fait un travail formidable, on ne peut rien lui refuser. Je suis tellement contente de la revoir chaque année.

— Donc ils sont venus cette année?

— Ils viennent tous les ans, dans le courant de l'été.

— Quand exactement?

— Cette année, c'était le 3 août. Mon collègue Olsen m'a également dit que vous cherchiez les enregistrements vidéo, c'est bien ça? Ça concerne le vol des hiboux?

— Les plumes de hibou, c'est tout à fait ça.

— Nous n'avons hélas pas les moyens de filmer la nuit, donc je n'ai que les enregistrements pendant nos horaires d'ouverture.

— Ce n'est pas grave. Mais vous avez celui du 3 août, quand la classe de Helene Eriksen est venue?

— Bien sûr, oui. Vous croyez que c'est un des enfants?

— Je ne suis pas en mesure de vous le dire pour l'instant, madame Lie.

—J'espère que ce n'est pas le cas. Cette pauvre Helene serait effondrée... Je vous les envoie à vous, les enregistrements?

—Non, adressez-les plutôt à mon collègue, Ludvig Grønlie.

—D'accord. Vous avez une adresse courriel à me communiquer?

Mia consulta le carnet d'adresses de son téléphone et indiqua les coordonnées de Ludvig.

—Parfait. Je vois ça avec mes collègues des services techniques et on les lui envoie dans la journée.

—Merci beaucoup, madame Lie.

—Si cela peut vous aider, j'en suis ravie.

Sur ce, Mia raccrocha. Elle regarda son portable et prit la décision de l'éteindre. À quoi bon maintenir un contact avec le monde extérieur?

Ensemble à jamais.

Elle s'apprêtait à couper son téléphone quand celui-ci se remit à sonner. Elle fixa l'écran d'un air las : Curry. Elle refusa l'appel. En vain : il revint l'instant d'après.

—Oui? fit-elle en soupirant.

—Tu es où? demanda-t-il, essoufflé, comme s'il venait de faire un marathon.

—À Åsgårdstrand.

—Pourquoi tu n'es pas venue au débriefing?

Elle ne répondit pas.

—Je viens d'avoir un coup de fil de Sunniva. Il faut que tu viennes.

Oh non, pas ça... Les peines de cœur de Curry, merci, elle avait donné.

—Écoute...

Il l'interrompit aussitôt.

— Ce n'est pas ce que tu crois...

La voix de son collègue s'estompa tandis que l'attention de Mia fut attirée par la présence de deux corneilles dans un arbre. Elles avaient l'air si paisibles. Deux oiseaux dans un cimetière, et bientôt deux sœurs dans la même tombe. Elle sourit au moment où l'un des oiseaux s'envola.

— Quoi? s'écria-t-elle brusquement, comme si sa conscience l'avait rattrapée dans ses rêveries éveillées.

— Oui, je sais. Ça a l'air complètement dingue, mais moi je la crois. Je la connais, elle ne m'alarmerait pas comme ça si...

— Tu peux répéter ce que tu viens de dire?

— Un vieux pasteur, hospitalisé là où Sunniva travaille. Il les connaissait quand ils étaient petits : Helene Eriksen et son frère. Il voulait expier ses péchés avant de mourir.

— Helene Eriksen a un frère en train de mourir?

— Non, pas le frère, le pasteur.

— Parle moins vite, Curry. Je ne comprends rien...

— Le pasteur a connu Helene Eriksen et son frère quand ils étaient petits. Ils ont été envoyés en Australie, dans une secte. Et le pasteur a reçu de l'argent : on a acheté son silence.

— Curry...

— Le frère est revenu de là-bas complètement dingue. Il faut que tu viennes Mia. Ils nous attendent à la clinique. Et moi, je n'ai pas le courage de revoir Sunniva tout seul.

— Curry, tu ne crois pas qu'on en a eu assez comme ça. De gens qui avouent un crime qu'ils n'ont pas commis?

Mia soupira. Jamais elle n'aurait dû décrocher.

— Pourquoi tu dis ça ?

— Fuglesang avec son casque de vélo. Et sans parler d'autres hurluberlus qui nous ont appelés. Et maintenant tu veux que je vienne écouter un pasteur désireux de confesser ses péchés ? C'est une blague ! Vois avec Munch, Curry.

— Il est d'une humeur de dogue. Il s'est passé quelque chose entre vous ?

Là encore Mia ne répondit pas et n'écoutait plus que d'une oreille. Les corbeaux étaient partis, le silence était total dans le cimetière.

— Attends, il a fourni des détails qui nous ont échappé. À leur retour en Norvège, les Eriksen ont reçu une somme d'argent en guise de compensation. Helene a ouvert l'Exploitation horticole de Hurum, son frère une épicerie pas très loin, à Hurum également. Après qu'il a été guéri de son pète au casque.

— Quoi ? s'écria de nouveau Mia. Helene a un frère qui possède une épicerie à Hurum ?

— Mais oui ! C'est ce que je me tue à t'expliquer !

Et soudain elle fit le lien. ICA Hurum. Le logo sur l'aile de la voiture. La camionnette blanche garée chez… Jim Fuglesang ! Soi-disant pour lui livrer de la nourriture. Puis, un nouvel éclair : la vieille dame, au début de leur enquête, affirmait avoir vu une camionnette blanche passer sur la route qui menait plus ou moins à l'endroit où avait été retrouvé le corps de Camilla Green. Mais pourquoi elle n'y avait pas pensé plutôt ? Consternée par l'altération de ses facultés, mais plus encore par ses accès de faiblesse, sa détermination n'en fut que redoublée : elle allait leur montrer qu'elle n'était pas aussi inapte qu'ils l'estimaient.

—Trouve Munch! ordonna-t-elle, en remontant l'allée au pas de course. Et convaincs-le de nous rejoindre à la clinique. Elle s'appelle comment?

— C'est la fondation Sankt Helena. C'est situé à...

—Envoie-moi les coordonnées par mail. J'arrive, indiqua-t-elle en ouvrant la portière.

—Tu seras là dans combien de temps?

— Une heure et demie maximum, le temps de faire la route de Horten à Oslo. Et parles-en à Munch *maintenant*!

Elle raccrocha, alluma le contact et démarra au quart de tour. Les pneus crissèrent sur le gravier alors que le cimetière disparaissait dans son rétroviseur.

62

Attendant sur son lit, Isabella Jung sentait l'impatience lui chatouiller le ventre. La rencontre aurait lieu dans très peu de temps. Enfin. Elle avait troqué le jean troué qu'elle portait au quotidien contre une belle robe blanche. Elle s'était aussi brossé les cheveux et maquillée, passant deux heures devant sa glace. Si son apparence lui importait peu d'ordinaire, aujourd'hui elle voulait être jolie, présentable.

Accepterais-tu de me retrouver ?
En secret.
Rien que toi et moi.

Bien sûr qu'elle le voulait. Et hier elle avait reçu un troisième message :

À 16 heures mardi derrière la cabane.
Veux-tu être mon Élue ?

Relisant le petit mot, la jeune fille de quinze ans n'en croyait pas ses yeux. Enfin son rêve se réalisait. Elle avait tout surmonté : Hammerfest avec sa mère, le placement dans différentes familles d'accueil, la Maison de l'Enfance à cause de ses problèmes alimentaires. Malgré ces déboires, elle n'avait cessé de se dire : « Sois patiente, Isabella. Un jour tout s'arrangera. Un beau jour, tu verras, tu prendras ta revanche. » Et ce jour-là était arrivé. Tout avait commencé quand elle avait eu la permission de venir vivre ici, à Hurum. Jamais elle ne s'était sentie aussi bien. Tout s'était amélioré grâce à Helene, qui lui avait redonné espoir et confiance en elle. Ici, elle était heureuse. Elle avait sa chambre à elle, petite certes, mais elle s'y sentait au calme et en sécurité. Et surtout elle avait les orchidées et... Paulus. Paulus ! Elle soupira. Elle se leva, se campa à nouveau devant son miroir et sourit.

À 16 heures mardi derrière la cabane.

Encore deux heures à attendre. Le temps passait si lentement. Elle alla s'allonger en lissant sa belle robe blanche pour ne pas la froisser. Elle essaya de s'imaginer comment ça allait être, derrière la cabane. Ce qu'ils feraient après. Et murmura :

— Calme-toi. Tout va bien se passer. Et souviens-toi de ton rêve : un jour, tout s'arrangera pour toi. Ce jour-là, c'est maintenant.

63

Tirant sur sa cigarette, Holger Munch sentit qu'il avait toutes les peines du monde à se concentrer. Sa tête lui faisait un mal de chien. La douleur était revenue, plus violente, comme si on lui enfonçait un clou dans la tempe. Il s'était gavé toute la journée de paracétamol, bénéficiant ainsi de quelques moments de répit, mais la céphalée ressurgissait à intervalles réguliers, chaque fois avec une intensité redoublée. Il devait alors fermer les yeux et faire des exercices de respiration le temps qu'elle disparaisse, sans quoi il était pris de vertiges. Qu'est-ce qui lui arrivait, bon sang ? Certes il n'avait pas une forme physique d'athlète, loin s'en fallait, mais de là à souffrir autant... Ça ne lui était jamais arrivé. Ou plutôt si, à bien y réfléchir. Mais ça remontait à plus de quinze ans, quand il avait perdu son père. Un poids lourd qui roulait dans le mauvais sens, conduit par un chauffeur ivre. Quelques jours avant l'accident : la même sensation d'un clou lui vrillant la tempe, un genre de signal qu'une tragédie ou une catastrophe allait lui tomber sur le coin de la figure. Sauf que ce type de raisonnement était aux antipodes de sa vision, cartésienne, rationnelle et logique de la vie. C'était plutôt une réflexion à la Mia. Mia... Justement.

Cette migraine, ou quelle que soit la nature exacte de ce mal de crâne, se manifestait au plus mauvais moment puisque la journée de la veille avait déjà été une épreuve. D'abord la prestation aussi ratée qu'inutile de Mia dans la salle d'interrogatoire. Puis la remontée de bretelles en règle par Anette Goli, listant les règles qu'ils avaient enfreintes dans l'arrestation de Kristian Larsen, alias Skunk. Il avait lu le reproche dans le regard de la procureure : « Un mauvais patron, voilà ce que tu es. » Munch ferma les yeux au moment où Mia franchit la porte de la demeure bourgeoise qui hébergeait cette clinique pour riches. Dont l'un des patients prétendait qu'un autre monde existait au-delà de celui-ci, qu'il lui suffisait d'inventer des histoires à dormir debout pour être accueilli à bras ouverts par ses créateurs fictifs.

— Tu es sûr que ça va ? lui demanda Mia, soucieuse.

— Oui oui, ne t'inquiète pas.

— Alors ? Tu crois qu'il dit la vérité ?

— Et toi ?

Elle avait un sourire aux lèvres et l'air de ne pas tenir en place, d'être convaincue de la véracité des sornettes que ce vieux pasteur venait de leur raconter. Il alluma une cigarette à l'aide du mégot de celle qu'il venait de fumer.

— J'en suis convaincue, oui. Mais pas toi, à ce que je vois.

— Je ne voudrais pas être l'avocat du diable, mais tu ne trouves pas ça un peu tiré par les cheveux ?

— Ne me vole pas mon rôle : c'est moi qui suis pessimiste et négative, pas toi.

— Non, franchement. Au début des années 1970, un couple vient voir un pasteur pour qu'il les marie en secret, car leur union ne doit pas se savoir sous prétexte que le jeune damoiseau est l'héritier d'un riche armateur qui ne veut pas qu'un sang impur vienne souiller la lignée familiale alors que, comme par hasard, la future épouse a eu deux enfants d'une précédente union... Et tu y crois, toi ?

— Oui.

— Et ensuite les gamins sont envoyés en Australie. Puis l'épouse meurt, comme par hasard, peu de temps après dans un curieux accident de voiture, et le pasteur est payé pour la fermer, comme par hasard. Sauf que le millionnaire...

— Le milliardaire, rectifia Mia. Carl-Sigvard Simonsen.

— Donc ce milliardaire les récupère et, pour se faire pardonner, puisque comme par hasard il se sent coupable, il achète à la gamine un endroit où elle pourra s'occuper des enfants qui comme elle n'ont pas eu de chance dans la vie, et pour le gamin une épicerie. Excuse-moi, Mia, mais là on nage dans le grand n'importe quoi.

— Moi je ne trouve pas.

— C'est un deuxième Jim Fuglesang.

— C'est ce que j'ai dit à Curry, la première fois qu'il m'en a parlé. Mais maintenant j'y crois.

— Tant mieux pour toi !

— Justement, moi je l'ai vu.

— Qui ?

— Le frère. Chez Jim Fuglesang.

— Quand ça ?

— Ça n'a pas d'importance.

— Non non. Concentrons-nous sur ce qu'on a.

— À savoir ?

— La perruque. La vidéo, elle doit bien venir de quelque part. Les photos de ce dingo de Fuglesang. Le tatouage et cette association de protection des animaux. Ces activistes, là… Je suis sûr qu'il y a un truc qu'on n'a pas encore découvert.

Munch vit que Mia le regardait d'un air prodigieusement agacé.

— Mais Mia, voyons ! Tu l'as vu, l'autre vieux croulant ? ! Il est complètement à la masse !

Il écrasa sa cigarette au moment où Curry sortait en trombe.

— Il vient de se réveiller. Il faut que vous veniez, il parle comme c'est pas permis !

— Non, on en reste là, rétorqua Munch, catégorique.

— Allez, Holger…, insista Mia.

— Non. On retourne au bureau et on continue sur ce qu'on a. Débriefing à six heures.

— Holger, je t'assure, il faut que tu viennes, insista à son tour Curry. Il dit que le frère se déguisait en hibou. Qu'il avait des plumes de hibou sur le corps. Il peut quand même pas inventer ça, bordel !

— Holger ? fit Mia.

À contrecœur, Munch rangea les clés dans sa poche et suivit la jeune femme déjà en haut du perron.

64

Isabella Jung n'était pas mécontente d'avoir mis un gros pull, il faisait froid derrière la cabane. Elle avait aussi enfilé une paire de collants sous sa robe. Pas très joli peut-être, mais avec cet automne aux allures d'hiver, elle n'avait franchement pas envie de paraître frigorifiée. Tirant sur les manches de son pull en laine, elle regrettait de ne pas avoir pris son bonnet.

À 16 heures mardi derrière la cabane.

Sauf qu'il était 17 heures et il n'était toujours pas arrivé. Une heure de retard. Pas vraiment un geste de gentleman. Elle repensa à son père pour faire passer le temps. Il lui avait envoyé un mail pour l'inviter à venir le voir à Fredrikstad et pour l'informer qu'il revenait de vacances de la Costa del Sol avec des copains. Il n'en avait pas parlé dans le message, mais elle n'était pas folle, elle savait ce que ça signifiait. Ils partaient pour boire. Dès que l'un d'eux avait gagné au tiercé, l'argent servait à s'acheter des billets sur une compagnie *low cost* pour partir en Espagne où l'alcool était nettement moins cher qu'en Norvège.

Les rares moments où elle avait vécu chez lui, elle les avait entendus à travers le mur. Oh, ils ne faisaient pas de bruit, ils se contentaient de boire, de papoter ou de jouer aux cartes. Il arrivait parfois qu'un verre se brise ou que l'un d'eux se casse la figure en allant aux toilettes, mais rien de bien méchant. Et si jamais quelqu'un s'aventurait dans sa chambre à elle, son père le flanquait aussitôt à la porte. Inutile alors pour lui de revenir. Le lendemain, s'ils étaient partis, elle faisait le ménage pour que tout soit bien propre et bien rangé au réveil de papa. C'était important de se comporter en gentleman, de tenir la porte aux dames. Ils le répétaient sans arrêt derrière le mur. Être poli, être ponctuel.

Justement, parlons-en. Parce que, ce Paulus, il ne l'était pas vraiment.

Quand elle lut 19 heures à sa montre, elle abdiqua. Elle était gelée. Et énervée. Pourquoi lui proposer un rendez-vous secret s'il n'était pas fichu de tenir ses engagements ? Elle savait pourtant qu'il était dans la serre puisqu'elle l'y avait vu ! Oui, plus elle y pensait, plus son agacement se transformait en colère. Pourquoi il la laissait grelotter toute seule ?

Elle se leva de la bûche sur laquelle elle était assise et traversa la forêt d'un pas décidé. Comme il faisait noir comme dans un four, elle avait un peu peur. C'était sinistre. Quand elle vit les lumières de l'Exploitation horticole, elle poussa un soupir de soulagement. Elle allait lui dire ses quatre vérités ! Du haut de ses quinze ans, Isabella Jung ne se laissait pas marcher sur les pieds, et certainement pas par les garçons. Elle refusait qu'on la traite de la sorte, elle avait déjà donné, merci.

Pile au moment où elle arrivait dans la cour éclairée, elle vit Paulus sortir en trombe du bâtiment principal. Un timing parfait. D'autant qu'il se dirigea droit sur elle.

— Tu étais fourré où ? lui lança-t-elle d'une voix furieuse.

— Quoi ? fit Paulus, déconcerté.

— Pourquoi tu n'es pas venu ?

— Mais qu'est-ce que tu me racontes ?

Il essaya de continuer son chemin, mais elle l'arrêta dans son élan.

— Et ça c'est quoi ? ! *Accepterais-tu de me retrouver ? En secret. Rien que toi et moi. À 16 heures mardi derrière la cabane. Veux-tu être mon Élue ?* Tu m'écris ça et tu ne viens pas ? Je croyais que t'avais un peu plus de classe…

— Mais de quoi tu me parles ? demanda-t-il, de plus en plus déboussolé.

Elle lui agita les papiers devant la figure en le retenant par la manche de sa doudoune.

— C'est pas toi qui as écrit ça, peut-être ?

— Mais non ! Absolument pas. Tu me prends pour qui ?

Brusquement, Isabella prit conscience de son erreur. Les messages qu'elle avait reçus ne venaient pas de lui. Elle avait été dupée par quelqu'un. Mais par qui ? Elle sentit le rouge lui monter aux joues et lui lâcha aussitôt le bras.

— Excuse-moi, murmura-t-elle. Je ne…

— Écoute, Isabella. J'ai vraiment autre chose à penser, là.

Elle le regarda et remarqua qu'il n'était pas comme d'habitude.

— Il s'est passé quelque chose ?
— Ils ont arrêté Helene.
— Quoi ?
— Et Henrik, son frère.
— Mais… pourquoi ?
— Ils sont accusés du crime de Camilla Green.
— Mais…
— Excuse-moi, mais là il faut que je file.
Il partit en laissant la jeune fille dans la cour.

65

Helene Eriksen était très pâle et tremblait tellement qu'elle sursauta quand Munch et Mia pénétrèrent dans la petite salle d'interrogatoire.

— Il n'a rien fait. Vous devez me croire ! implora-t-elle en se levant de sa chaise.

— Bonjour, Helene, dit Mia. Je vais vous demander de vous rasseoir. Il est probable que nous restions ici un moment.

— Mais je… Vous me croyez au moins ? Monsieur Munch ? !

La directrice de l'Exploitation horticole de Hurum, d'ordinaire si fière, n'était plus que l'ombre d'elle-même. Elle fixa Munch d'un œil désemparé avant de s'effondrer lourdement sur sa chaise et de plaquer les mains sur son visage.

— Ça s'annonce mal pour l'un comme pour l'autre, répondit-il en s'asseyant à son tour.

— Vous m'accusez, *moi* ? ! s'écria Helene, épouvantée. Mais je n'ai rien fait !

— Vous croyez en revanche que votre frère a fait quelque chose ? suggéra Mia.

— Mais absolument pas, voyons ! Henrik est doux comme un agneau. Il ne ferait de mal à personne. Je ne sais pas ce que les gens vous ont raconté sur nous, mais ils se trompent.

— Ah, ah. Et que nous ont-ils raconté ? s'enquit Mia d'un ton calme.

Elle coula un regard vers Munch puis vers le magnétophone, mais celui-ci secoua discrètement la tête.

— Où est-il ? voulut savoir Helene.

— Qui ?

— Henrik.

— Votre frère se trouve dans la pièce voisine. Il attend l'arrivée de son avocat.

— Il n'a pas besoin d'un avocat puisqu'il n'a rien fait.

— Il a absolument besoin d'un avocat, poursuivit Munch d'une voix posée. Nous le lui avons conseillé car dans quelques heures il sera accusé du meurtre de Camilla Green. À la suite de quoi il sera placé en garde à vue et inculpé.

— Nous en avons la certitude, vous comprenez ? ajouta Mia.

— Non non non. Vous devez me croire. Il n'est coupable de rien, insista Helene, au bord des larmes. Je me moque de ce que les gens peuvent raconter sur nous. Je vous en conjure, vous *devez* me croire. Qui plus est, il n'était pas chez lui au moment des faits. Il était...

— Que nous ont raconté les gens, selon vous ? insista Mia.

— Cette histoire avec les plumes, murmura Helene Eriksen. Pourquoi les gens sont-ils si méchants, si médisants… ?

— Et vous, auriez-vous pu assassiner quelqu'un ?

— Quoi ? fit-elle, interloquée. Mais non ! Bien sûr que non, j'ai…

— Étiez-vous présente au moment des faits ? embraya Munch. Ou bien l'avez-vous uniquement aidé en couvrant son crime ?

— Pardon ?

— Il est votre frère, reprit Mia. Je veux dire, c'est tout à fait compréhensible. Vous avez toujours été très proches, n'est-ce pas ? Surtout après ce que vous avez dû endurer.

— Mais… q-qu'est-ce que vous racontez ? bafouilla Helene Eriksen. Je ne l'ai pas aidé !

— Donc il a commis son crime seul ?

— Mon frère n'a commis aucun crime ! Vous m'écoutez quand je vous parle ?

— Vous saviez cependant qu'il… comment dire ? qu'il aimait se déguiser en hibou ?

— Mais c'était il y a très longtemps !

— Quand a-t-il arrêté de se déguiser en oiseau ?

— Je viens de vous le dire…

— Quand ?

— Il y a des dizaines d'années… Ça ne s'est plus reproduit depuis…

— Donc vous avouez qu'il aimait se déguiser en hibou ? demanda Munch.

— Certes. Mais c'était *autrefois*. Je vous l'ai dit !

Munch lut un sourire dans les yeux de sa collègue qui demanda du tac au tac :

— C'était avant ou après que vous avez été rapatriés d'Australie ?

Helene Eriksen se tut dans un premier temps, comme si elle devait voyager dans sa tête et revenir à une période qu'elle aurait préféré oublier.

— Pas immédiatement après notre retour en Norvège, déclara-t-elle d'une voix atone. Il avait besoin d'aide, vous comprenez ? Ils l'avaient brisé, là-bas... Ce n'était pas sa faute, à lui. Ça ne fait pas de lui un assassin. Nous ne sommes pas responsables de ce qui nous est arrivé. Si des fous nous ont séquestrés, nous ont fait croire tout et n'importe quoi... Pourquoi faudrait-il que nous soyons punis à cause de ça ?

Helene Eriksen fit mine de se lever de sa chaise pour se rasseoir aussitôt. La directrice de la structure d'accueil pour enfants en difficulté avait repris le dessus.

— Après tout ce qu'il a dû vivre, le pauvre... Qu'il s'en soit si bien sorti... Peu de victimes de ce genre d'abus auraient remonté la pente aussi bien que lui. Je suis si fière de lui. Je ne connais pas de personne aussi bonne et bienveillante que lui. Je ferais tout pour lui.

— Ce que vous avez fait, en somme ? dit Mia.

— Quoi ?

— Quand avez-vous compris qu'il avait tué Camilla Green ? demanda Munch.

— Vous écoutez ce que je vous dis et vous répète ?

— Non, Holger, rectifia Mia. Tu as posé la mauvaise question. Tu aurais dû demander quand a-t-elle *soupçonné* son frère d'avoir tué Camilla Green.

—Désolé, répondit Munch avec un sourire avant de se tourner vers Helene Eriksen et de retrouver son sérieux. Quand avez-vous soupçonné votre frère d'avoir tué Camilla Green?

—Je ne sais pas…, murmura la femme blonde en tambourinant des doigts sur la table. La première fois où…?

—Où Henrik est apparu dans votre tête quand vous avez pensé à l'assassin.

—C'était en voyant la photo dans les journaux. Quand j'ai vu le sol de la forêt recouvert de plumes.

—Parce qu'il n'a pas cessé immédiatement de se déguiser en hibou? Dès votre retour d'Australie?

Helene Eriksen les observa à tour de rôle.

—Ce genre de traumatisme ne disparaît pas du jour au lendemain, expliqua-t-elle d'une voix prudente. Vous avez conscience de la maltraitance dont nous avons été victimes? De ce que Henrik a subi? Ils l'ont enfermé dans une cave. Et pas qu'une fois, mais à plusieurs reprises. Nous étions des cobayes, les sujets d'une expérience diabolique. Excusez-moi d'insister mais… je n'avais que trois ans et Henrik cinq quand on nous a confiés à cette secte. Nous croyions que c'était vrai, ce qu'ils nous racontaient. Vous comprenez? Alors, dans ces conditions, et à cet âge-là, pas étonnant qu'on devienne malade. Pas étonnant qu'on cherche un refuge dans sa tête.

—Très touchant, dit Mia. Dans des circonstances normales, je vous accorderais toute ma sympathie. Sauf qu'il y a ça…

La jeune enquêtrice attrapa une enveloppe qu'elle gardait dans la poche intérieure de son blouson en cuir. Elle en sortit une photo qu'elle fit glisser sur la table jusqu'à Helene Eriksen. Camilla Green. Étranglée et nue sur un lit de plumes. Les yeux écarquillés, terrorisés. Mia fit signe à Holger qu'il pouvait enclencher le magnétophone.

— Il est 18 h 25. Sont présents dans cette pièce le chef de l'Unité spéciale Holger Munch ainsi que l'enquêtrice Mia Krüger.

Helene Eriksen perdit ses dernières couleurs en voyant la photographie.

— Veuillez s'il vous plaît indiquer vos nom et prénom, votre date de naissance et votre adresse actuelle.

Il fallut quelques secondes à la directrice de la structure pour réagir tant elle était sous le choc.

— Helene Eriksen. Née le 25 juillet 1969. Adresse : Exploitation horticole de Hurum, 3482 Tofte.

Les mots franchissaient très lentement la barrière de ses lèvres pâles, elle ne parvenait toujours pas à détacher son regard de l'image.

— Vous avez droit à un avocat. Si vous n'avez pas les moyens financiers pour prendre un conseil juridique, nous pourrions vous attribuer un avocat commis d'office et...

Elle s'apprêtait à poursuivre quand la porte s'ouvrit sur Anette Goli qui fit signe à Holger de la suivre dans le couloir.

— Qu'est-ce qu'il y a ? demanda Munch, après avoir refermé la porte.

— Nous avons un problème. L'avocat de Henrik Eriksen vient d'arriver.

— Et ?

— Il n'était pas en Norvège.

— C'est-à-dire ?

—Henrik Eriksen n'était pas en Norvège au moment des faits. Il possède une propriété en Italie. Il y passe tous ses étés.

—J'y crois pas..., lâcha Munch, d'un coup désabusé.

—Qu'est-ce qu'on fait? dit la procureure.

—Kim et toi, vous procédez à un interrogatoire standard. Essayez d'en savoir le maximum. On se retrouve ici dans vingt minutes.

—D'accord.

Anette Goli repartit aussitôt, Munch retourna dans la petite pièce.

66

Gabriel Mørk était toujours perplexe, en dépit des dizaines de messages d'excuse que Mia lui avait envoyés. Il n'en revenait toujours pas : comment avaient-ils pu croire une seconde qu'il était mêlé à cette affaire ?

Une voix l'interrompit dans ses réflexions.

— Gabriel, je peux te demander un service ?

— Bien sûr, Ludvig. Lequel ?

— J'aurais besoin d'un autre regard sur un document que je viens de recevoir.

— Ça roule.

Il suivit le policier à travers les couloirs jusqu'à son bureau. Les locaux de la Mariboes Gate étaient presque vides puisque les autres se trouvaient au QG à Grønland. Hormis Ylva, devant son écran, qui mâchait son éternel chewing-gum.

— C'est quoi ? voulut savoir Gabriel en s'installant derrière le fauteuil de Grønlie après que celui-ci se fut assis.

— Un enregistrement que j'ai reçu. Du Muséum d'histoire naturelle. Tu es au courant ?

— De quoi?

— Ça signifie que tu ne l'es pas, alors, lui dit son collègue avec un sourire.

Il double-cliqua sur une vidéo qui montrait un groupe entrant dans ce qui ressemblait à une galerie ou un musée.

— Elle nous emmerde Mia, parfois, avec ses idées à la noix! lâcha Ludvig.

— À qui le dis-tu… Enfin, passons. C'est qui, ce groupe?

— L'Exploitation horticole de Hurum en visite au Muséum d'histoire naturelle de Tøyen.

L'enregistrement était flou et pixélisé. Les images venaient sûrement d'une caméra de surveillance. Le groupe était maintenant accueilli par un homme aux cheveux blancs et hirsutes qui les menait en haut d'un escalier.

— Jusqu'ici tout va bien, commenta Grønlie, en faisant avancer l'image. Là aussi…

Intrigué, Gabriel observait l'écran.

— Mais à partir de là, y a un truc qui cloche. Et c'est pour ça que j'ai besoin de toi. Regarde bien.

Ludvig se tourna vers lui au moment où la classe entrait dans une salle remplie de vitrines contenant des animaux.

— Alors? Tu trouves pas ça bizarre?

— Quoi?

— Deux secondes, je reviens en arrière… Là! Tu vois…?

Gabriel avait beau fixer l'image, il ne distinguait rien d'extraordinaire.

— Désolé…

— Attends, je vais faire une capture d'écran.

Gabriel le suivit dans la salle de réunion, jusqu'à l'imprimante. Il accrocha l'image obtenue sur le tableau où figuraient les photos de tous les suspects.

—Là, voilà. On les a presque tous, dit-il en désignant à la fois l'image et les photos.

—Ici, on a Helene Eriksen. Tu la reconnais là-bas. Là, Paulus Monsen. Là, Benedikte Riis. Là, Isabella Jung.

Gabriel suivait son index qui passait d'un visage à l'autre.

—Mais celui-là, *là*, c'est qui, ce zigoto?

Ludvig tapa du doigt sur un visage qu'il n'avait encore jamais vu. Celui d'un jeune homme en chemise un peu chic, avec des lunettes rondes, qui contrairement au groupe ne regardait pas les vitrines mais la caméra.

—Jamais vu. On ne l'a pas dans nos tablettes?

—Non. C'est ça qui m'intrigue. Alors qu'on a eu les listes de tout le monde, qu'on a interrogé tout le monde…

—Attends, attends… Reprenons. Les profs… Eriksen… Monsen… Les filles… Mais ce garçon? Qui ça peut bien être?

Gabriel joignit le geste à la parole et vérifia sur le tableau que Ludvig avait monté une petite dizaine de jours plus tôt en sa présence. Les filles, les profs, la direction… Mais pas de garçon avec des lunettes rondes.

—Alors? Tu es comme moi, tu ne le vois pas sur le tableau? Je ne commence pas à être sénile…, s'inquiéta Grønlie.

—Merde! lâcha Gabriel.

Une nouvelle fois, il observa ces yeux presque surpris qui fixaient la caméra alors que le reste du groupe était concentré sur les vitrines.

— Et pourquoi il scrute la caméra de surveillance comme ça ?

— C'est la question que je ne cesse de me poser. Pourquoi il la regarderait avec autant d'insistance si ce n'est pour se faire une idée de... de... ?

— Putain, ça y est ! On est dans la salle où a eu lieu le vol des hiboux !

— Exac-te-ment !

— Oui, oui, t'as raison, répondit Gabriel, comme hypnotisé par ces yeux inconnus qui le fixaient.

— Tu crois qu'on a une piste ?

— Absolument. Alors là, complètement.

Un garçon en chemise blanche avec des lunettes rondes.

— J'appelle Mia tout de suite ! s'écria Grønlie.

Sur ce, il retourna au pas de course dans son bureau.

67

Le petit garçon devenu jeune adolescent trouvait ce nouvel endroit un peu bizarre au début, mais il avait fini par s'y habituer. Il n'y avait pas autant de livres que dans le premier, mais les murs étaient plus épais, donc personne ne parlait de lui dans son dos. Celle qui décidait tout, la dame blonde nommée Helene, était très gentille. Elle ne le regardait pas d'un air bizarre, elle le traitait comme les autres enfants qui vivaient ici, puisque c'était un endroit réservé aux enfants. Huit en tout, mais un seul garçon en plus de lui : Mats. Il lui plaisait bien. Car il lui rappelait un peu maman, avec sa manière de répéter sur tous les tons que le monde était atroce et les gens étaient des malades ambulants. Il aimait aussi se maquiller, pas comme maman, juste du noir autour des yeux et sur les ongles. En fait, Mats aimait tout ce qui était noir. Il ne portait que des vêtements noirs et, sur son mur, il avait des posters de groupes d'une musique qu'on appelait le metal. Tous les musiciens étaient eux aussi en noir, eux aussi maquillés, mais du blanc sur le visage, ils portaient aussi des chaînes et des clous. Mats lui avait expliqué qu'il existait plein de genres de métal : le *speed metal*, le *death metal* et le *black metal*. On ne pouvait pas dire qu'ils chantaient. Ils hurlaient plutôt, on aurait dit des chèvres. Mais il aimait bien les histoires que ça racontait.

Après une année passée là-bas, il avait commencé à s'y sentir bien. À l'Exploitation horticole de Hurum. Bon, ce n'était pas comme chez maman mais c'était mieux que dans le premier endroit. Il y avait une serre où on apprenait à faire pousser et à soigner les plantes et les fleurs. Il aimait aussi l'école. Qu'il soit le plus jeune de tous les élèves ne le dérangeait pas. Comme il était plus doué que les autres, les professeurs le prenaient souvent à part à la fin des cours : «Tu as déjà fini ? Il va falloir qu'on te trouve d'autres manuels.» Il aimait surtout Rolf, qui lui faisait le plus de compliments et lui donnait des devoirs à faire que les autres n'avaient pas. Rolf avait aussi fait en sorte qu'il ait son ordinateur à lui. Quand il n'arrivait pas à dormir la nuit et qu'il avait terminé ses leçons, il se connectait et apprenait des choses. Toutes les matières lui plaisaient : norvégien, anglais, mathématiques, histoire, géographie, éducation civique. Chaque fois qu'il ouvrait un nouveau livre, il avait l'impression de découvrir un monde nouveau.

Mais plus que tout, il aimait être avec Mats. Les filles, il les évitait le plus possible. Elles étaient comme maman le disait des gens en général : souriantes à l'extérieur, mais fausses et pourries à l'intérieur. Mats non plus n'aimait pas les filles, mais il n'aimait rien à part le metal. Ni les livres non plus, à moins qu'ils parlent de rituel, de sang et de Satan. Avec Mats, il avait appris à faire revenir de la mort les gens disparus. Et ça ça lui plaisait bien. Comme il ne voulait surtout pas qu'on le change de chambre et être séparé de Mats, il lui donnait raison sur tout, même si dans le fond il n'était pas d'accord.

— Helene est conne, lui avait dit Mats un soir.

Lui trouvait au contraire que Helene est la personne la plus gentille qu'il ait jamais rencontrée.

— Mais son frère est cool.

— Henrik? De l'épicerie?

— Oui.

— Pourquoi?

— Tu savais qu'ils ont fait partie d'une secte autrefois?

— Non?

— Si. En Australie. Quand ils étaient petits. Une secte qui s'appelait La Famille. Ils se sont retrouvés chez des gens complètement frappés qui faisaient des expériences sur les enfants. Ils leur faisaient croire qu'ils étaient tous les fils et les filles d'une dame appelée Anne. Ils devaient porter les mêmes vêtements, avoir la même coupe de cheveux. Ils les bourraient de médicaments: du Modecate, de l'Haldol et du Tofranil. Ils leur faisaient même prendre du LSD. Tu te rends compte? Les gamins devaient prendre de la drogue! Ils devaient faire de drôles de trips… Surtout qu'ils étaient enfermés dans une petite pièce obscure, tout seuls.

Le petit garçon n'avait jamais entendu parler de ces médicaments, mais Mats savait de quoi il parlait puisqu'il en prenait beaucoup.

— Ils sont devenus complètement cinglés. Surtout le frère, Henrik. Il se prenait pour un hibou.

— Un hibou?

— Oui, l'oiseau de la mort.

Fasciné, il avait écouté Mats lui raconter comment Henrik, qui aujourd'hui semblait un homme très ordinaire, se collait des plumes sur le corps et pratiquait des rituels dans une petite cabane, près de la clôture, comment il tuait des oiseaux et faisait revenir les gens d'entre les morts.

— Mais bon, c'était il y a longtemps. Maintenant il est normal. Mais à l'époque il était complètement chtarbé. Comme toi.

— Comme moi?

— Ben oui. Je veux dire : Henrik, il était enfermé dans une pièce avec une bonne femme qui lui faisait croire qu'elle était sa maman. C'est ce qui t'est arrivé? Toi aussi t'as été enfermé avec une folle. Ta mère elle était dingue. Et toi aussi t'es dingue. T'as l'air d'un idiot. T'es comme Henrik, quoi. Parce qu'il faut être cinglé pour se coller des plumes sur le corps et se prendre pour un hibou!

Le petit garçon n'avait pas ressenti grand-chose quand Mats, devant le marécage, lui avait montré comme il se débrouillait pour faire revenir de la mort les gens disparus. Il avait pris un petit oiseau dans son nid et l'avait étranglé avec un lacet. Puis il l'avait posé dans une forme géométrique. Un pentagramme, il appelait ça. Qu'il avait composé avec des bougies. Enfin, il avait prononcé des mots bizarroïdes.

Non, le petit garçon n'avait pas ressenti grand-chose.

Non plus quand il avait tué Mats.

Avec un couteau volé à la cuisine.

Il était surtout curieux. Intrigué en voyant les yeux maquillés de noir le fixer pendant que le sang dégoulinait dans la boue autour d'eux. Mats avait essayé de lui dire quelque chose, mais il n'arrivait plus à parler. Il n'y avait que ses grands yeux écarquillés. Puis son souffle s'était soudain arrêté, ses paupières étaient retombées, ses membres étaient devenus inertes. Il avait ensuite poussé Mats dans le marécage et regardé son corps couler dans la boue foncée. Il lui avait dit, juste avant qu'il disparaisse :

— Faut pas dire de méchancetés sur maman !

Mais tout ça n'avait servi à rien : maman n'était pas revenue. C'était décevant.

Après, il s'était occupé de l'oiseau. Parce que ça ne lui avait pas plu ce que Mats avait fait à l'oiseau. Le petit garçon avait creusé un trou dans la forêt, dans un endroit jonché de fleurs, où le soleil brillait entre les arbres. Avec des bâtons, il avait fabriqué une petite croix. Quand il s'était couché le soir, il était toujours aussi déçu.

Et il avait éprouvé la même déception quelques années plus tard, alors qu'il était devenu entre-temps un grand adolescent. Rolf ne comptait plus parmi ses professeurs, mais il recevait toujours autant de compliments. À tel point qu'ils lui avaient offert une mobylette. Il s'en était servi pour retourner à la maison. Pour retourner voir maman. Mais maman n'habitait plus là-bas et n'était toujours pas revenue. En plus, ce n'était plus comme autrefois, les lieux avaient été vandalisés. Alors il s'était mis lentement à l'aménager dès qu'il avait un moment de libre, après les cours et les travaux d'horticulture. Quand tout avait été remis en état, comme autrefois, avec la cave et le reste, il avait réessayé. Il s'était dit que le petit oiseau était trop jeune, que c'était pour ça que ça n'avait pas marché. Du coup il avait tué un chien. Et imité les gestes de Mats, le pentagramme, les bougies, les mots. En disposant les pattes aux bons endroits de la forme. Mais là non plus ça n'avait servi à rien : maman n'était toujours pas revenue.

Il s'était ensuite dit que c'était à cause des plumes. Il fallait qu'il en mette, comme Henrik. Il s'en était procuré dans une ferme voisine, là où ils achetaient les œufs pour l'Exploitation horticole. Il avait alors essayé avec un chat. Mais toujours rien. Puis il s'était souvenu des paroles de maman : «Les animaux sont inoffensifs. Ils sont uniquement gentils. Pas comme les humains qui sont pourris à l'intérieur.» Les animaux vivaient dans la nature, ils n'avaient jamais rien fait de mal, il fallait prendre soin d'eux. Ce jour-là, il avait pris sa décision : il le ferait désormais dans les règles. Avec des plumes de hibou sur le corps. En tuant un être humain.

Là ça marcherait. Là maman lui reviendrait.

68

Miriam Munch attendait devant son appartement de la rue Oscars Gate, à Frogner. Elle fut prise d'un léger vertige en faisant défiler sa vie dans sa tête. Une adolescente rebelle, sans un sou en poche ou quasi, engagée politiquement, participant à des manifestations violentes, se battant contre la police. Puis une femme de médecin rangée, une mère de famille vivant dans un des quartiers chics du centre d'Oslo, habitant un immeuble avec digicode et caméra de surveillance, un appartement dont le balcon offrait une vue imprenable sur l'ambassade d'Allemagne, de l'argent qui lui permettait de s'acheter tout ce qu'elle voulait. Et maintenant ? Des vêtements noirs, une cagoule dans son sac à dos, rien en apparence qui aurait pu révéler qui elle était en réalité. Elle tira nerveusement sur sa cigarette en sentant des picotements dans le ventre.

Elle l'avait presque oubliée, cette sensation d'excitation qu'elle avait autrefois éprouvée, juste avant une action. Elle lui était revenue d'emblée, intacte, dans l'appartement de Ziggy. Miriam se sentait enfin vivante. Comme ça ne lui était plus arrivé depuis longtemps. Elle était heureuse en tant que mère, bien sûr, parce que Marion vivait dans la sécurité. Mais elle, en tant que femme, en tant qu'individu?

Elle avait calé avec Julie la soirée prétexte. Peine de cœur, rupture amoureuse, besoin d'aide. Julie avait accepté de la couvrir, sans ciller. Tout était raccord à ce niveau.

Elle en était là de ses ultimes vérifications quand une Volvo verte se gara à sa hauteur. Elle jeta son mégot et s'assit sur le siège passager avec un sourire.

— Tout va bien?

— Tout va merveilleusement bien, répondit-elle. Où est Ziggy?

— Il est parti avec Geir il y a environ un quart d'heure.

— O.K.

— Donc on le fait? Tu es sûre de toi?

— Sûre et certaine. Je n'attends que ça!

Miriam attacha sa ceinture au moment où le garçon aux lunettes rondes enclenchait la première pour se diriger vers Hurum.

69

Mia Krüger appuya sur le bouton de la machine hors d'âge et regarda le gobelet blanc en plastique se remplir du liquide noir censé être du café. Elle retourna dans le couloir où l'attendaient Anette Goli, Kim Kolsø et Holger Munch, la mine plus sombre qu'à l'accoutumée.

— Anette ? fit Munch.

Mia but une gorgée de cette décoction au goût plus infâme encore que son apparence. Elle reposa le gobelet sur la table.

— Henrik Eriksen n'était pas présent sur le territoire norvégien au moment des faits, annonça la procureure.

— Pardon ? fit Mia, interloquée.

Kim Kolsø renchérit :

— L'été dernier, au moment de la disparition de l'adolescente.

— Il possède une propriété en Toscane. Il y passe trois mois de l'année, pendant l'été.

Mia échangea un coup d'œil avec Holger qui se contenta de hausser les épaules.

— Donc nous n'avons aucune charge contre lui. Il n'était pas là, conclut Kim.

— Son avocat ajoute qu'il peut nous présenter plusieurs témoins qui confirmeront sa présence en Italie.

— Mais…, s'exclama Mia.

— Il n'était pas en Norvège, insista Anette. Nous n'avons aucune preuve qui nous permette de l'inculper.

— Helene Eriksen nous l'a pourtant confirmé : il se prenait pour un hibou, il se couvrait de plumes…

— Dans son enfance, Mia, rectifia la procureure. J'insiste : dans son enfance. Henrik Eriksen se trouvait en Toscane l'été dernier.

— Il a pu faire un aller-retour en avion…

— Prouve-le.

Un silence s'installa.

— Ce qui sera d'autant plus difficile avec ça.

Elle tendit une feuille à Munch.

— C'est quoi ? demanda Mia.

— Le relevé de ses communications téléphoniques, soupira Holger.

— Ce n'est pas lui, confirma Kim Kolsø.

— Mais Holger ! Helene a avoué !

Munch ignora la remarque de sa jeune collègue et interrogea Anette :

— Vous êtes sûrs, donc ?

— À cent pour cent.

Mia sentit la déception lui tomber sur les épaules. Son portable se mit à vibrer dans sa poche, comme il l'avait fait à plusieurs reprises pendant l'interrogatoire de Helene Eriksen. Cette fois elle le prit.

— Donc il faut les libérer ? demanda Munch.

Des appels à répétition de Ludvig Grønlie. Et un MMS avec une photo :

> « Rappelle-moi de toute urgence !
> Regarde cette capture d'écran. Qui
> est ce garçon ? Tu vois son regard
> dirigé vers la caméra de surveillance ?
> Rappelle ! »

— Nous n'avons pas le choix, répondit Anette Goli. Il nous sera difficile de fonder notre accusation sur des faits qui remontent à quarante ans et dont nous ne pouvons pas encore entièrement prouver qu'ils correspondent à ceux de l'enquête actuelle. On peut à la limite tenir vingt-quatre heures, mais guère plus...

Une salle de classe au Muséum d'histoire naturelle. L'attention de tous dirigée vers Tor Olsen leur montrant une vitrine qui contient un animal. De tous sauf d'une personne : un garçon en chemise blanche et aux lunettes rondes. Avec un regard curieux qui fixe la caméra de surveillance.

— J'aurais besoin de cinq minutes avec Helene Eriksen, déclara Mia.

— Pourquoi ? voulut savoir Holger.

— Je veux savoir qui est cet individu, répondit-elle en lui tendant son téléphone.

— C'est quoi ?

— Un plan fixe d'une caméra de surveillance au Muséum d'histoire naturelle.

— O.K. On les garde pour la nuit.

À ces mots, Holger ferma les yeux et porta les mains à ses tempes.

— Holger? Tu vas bien? s'inquiéta Anette.

— Oui... C'est juste que... J'ai besoin d'un verre d'eau, je reviens.

Il se hâta vers les toilettes.

— Il est malade?

Kim Kolsø écarta les bras en signe d'ignorance, Mia se précipita vers la salle d'interrogatoire où Helene Eriksen était penchée sur la table, le front sur ses paumes.

— Qui est-ce? demanda Mia en posant le téléphone devant elle.

— Qui? marmonna Helene.

— Ce garçon!

Helene releva lentement la tête, observa l'écran du téléphone, troublée, comme si elle ne comprenait pas pourquoi elle était obligée de regarder cette image.

— C'était lors de votre sortie de classe, n'est-ce pas? Au Muséum d'histoire naturelle, en août?

— D'où est-ce que vous tenez ça?

— Vous y étiez, oui ou non?

— Oui, mais...

— Répondez à ma question, Helene. Qui est ce garçon?

— Vous voulez dire... Jacob? interrogea-t-elle, sourcils froncés, toujours incrédule.

— Il s'appelle Jacob?

— Oui... p-pourquoi?

— Pourquoi vous a-t-il accompagnés? Il ne fait pourtant pas partie des résidents ni de l'équipe pédagogique?

— Non... Ou plutôt, si...

— Pourquoi ne figurait-il pas sur les listes que nous vous avions demandé de nous transmettre ? Répondez-moi, Helene !

— Jacob a séjourné chez nous. Mais il y a longtemps…

— Et pourtant il est venu avec vous ?

Helene jeta un nouveau coup d'œil à la photo.

— Oui, bien sûr. Il vient souvent nous voir. Jacob est l'enfant le plus jeune qui ait jamais intégré notre structure. Et celui qui y est resté le plus longtemps. Il fait partie de la famille, si j'ose dire. Il passe souvent à Hurum. Heureusement, d'ailleurs, il est tellement serviable. Il nous donne un petit coup de main pour nos ordinateurs. Et comme il le fait gratuitement, je le considère d'autant moins comme un employé…

— Les ordinateurs ? répéta Mia, intriguée. Il est doué en informatique ?

— Jacob ? Il est doué en tout. C'est un génie, un enfant prodige. D'autant plus quand on pense à l'enfance qu'il a eue lui aussi…

— Quel est son nom de famille ?

— Marstrander.

— Il s'appelle Jacob Marstrander, donc ?

— Oui, c'est ça, confirma Helene Eriksen, soudain troublée. Vous ne croyez tout de même pas qu'il…

70

Ces lumières, le long de l'autoroute E18, avaient quelque chose de beau. Sans que Miriam puisse définir plus précisément son sentiment. Sans doute cela lui venait-il de l'enfance. Elle, assise sur la banquette arrière de la vieille Volvo familiale, en route vers la maison de ses grands-parents paternels. La lueur jaune des phares des autres voitures. Les voix feutrées de ses parents à l'avant. Leurs fausses et douces disputes sous prétexte qu'elle voulait écouter du jazz et lui de la musique classique. Et elle, Miriam, qui les regardait en éprouvant une sensation de sécurité.

— Tu veux encore du café ? demanda Jacob en remontant ses lunettes rondes.

— Il m'en reste un peu, je te remercie. Ça ira pour l'instant, répondit Miriam avec un sourire.

Elle en but quand même une autre gorgée, il s'agissait de rester éveillée, l'action durerait toute la nuit.

— J'en ai deux autres Thermos, précisa-t-il.

Il augmenta le chauffage. Mais Miriam n'avait pas froid. Au contraire. Une chaleur agréable se diffusait en elle, contrastant avec le froid de ce mois d'octobre. Elle se sentait bien, détendue. Elle posa l'arrière du crâne contre l'appuie-tête, pour se mettre encore plus à l'aise. Elle observa les phares, qui l'éblouirent un instant. Elle sourit en repensant à cette naïveté très enfantine, quand tout lui semblait beau et inoffensif. Les doigts de maman qui s'enroulaient dans les cheveux de papa. Leurs regards enamourés. Leurs sourires. Une impression de bonheur éternel. Quand chaque instant s'étire et dure. Voilà ce que c'était d'être une petite fille. Elle y avait beaucoup repensé ces derniers temps : au début de l'adolescence, ce désir soudain impérieux d'être adulte, de tout décider par elle-même, de suivre ses propres règles, d'être libre. Alors qu'aujourd'hui elle aurait presque envie de retourner dans la sécurité et l'innocence de cette enfance. Elle ferma les yeux tandis que des images du passé défilaient sur sa rétine.

Elle les rouvrit comme en sursaut, se resservit une tasse de café, en but une grande gorgée. Ça lui fit du bien.

— Tu ne trouves pas ça bizarre ? demanda Jacob.

— Quoi ? fit Miriam, en cillant légèrement.

— Non, juste que... parfois, on prévoit tout jusque dans les moindres détails, et on se rend compte qu'on n'a pas besoin de tout l'attirail qu'on a emporté.

Le garçon aux lunettes rondes tourna la tête vers elle pour lui sourire, mais son visage se profila bizarrement dans la vision de Miriam : plutôt flou, d'une certaine manière.

— Tu vois ce que je veux dire ?

—Pas vraiment, non…

Ses paupières étaient lourdes. Elle devait absolument garder la tête claire. Cette action allait leur prendre du temps, ils y passeraient sans doute une bonne partie de la nuit. Pourtant elle sentait la fatigue la gagner. Il ne fallait surtout pas. Elle but sa tasse d'un trait et la remplit dans le même élan.

—Prends ce café par exemple, expliqua Jacob. En fait, dans le coffre, j'ai du Coca, de la Farris et de l'eau plate. Pour le cas où tu ne voudrais pas de café.

Miriam ne comprenait pas où il voulait en venir. Elle cala sa tête, fixa les phares dont la lumière lui apparut plus jaune que tout à l'heure, plus chaude, plus granuleuse. Elle dut agripper sa tasse pour ne pas la lâcher.

—Mais comme tu as tout de suite dit oui quand je t'ai proposé du café, tout le reste était… inutile, pour ainsi dire, continua Jacob.

Il eut un petit rire.

—Du temps perdu, en somme. Que nous aurions pu mettre à profit pour faire autre chose. Tu comprends ?

Miriam, tout à coup très molle, le regarda. Mais sa tête avait disparu.

—Il nous reste… combien de… temps… avant d'arriver ? marmonna-t-elle. Avant de… retrouver… les autres ?

Il lui fallut un temps infini avant de prononcer la phrase jusqu'au bout.

—Oh, ils vont devoir se passer de nous, je crains.

—P-pourquoi tu… tu dis ça ?

428

—Parce que nous avons des choses plus importantes à faire, toi et moi. N'est-ce pas?

Le garçon aux lunettes rondes tourna de nouveau
la tête vers elle pour lui sourire.

Mais Miriam Munch ne s'en rendit pas compte.

Elle s'était déjà endormie.

VIII

71

Hugo Lang avait l'impression d'être retombé en enfance. Il sentait en lui une impatience, un picotement qu'il n'avait pas éprouvé avec la première fille sur l'écran, la petite avec le tatouage. Il l'avait tant regrettée le jour où elle avait disparu de l'ordinateur. Mais la nouvelle lui plaisait déjà. Il sourit et se rapprocha de l'écran.

Miriam Munch.

Il avait d'abord trouvé ce nom étrange, puis il s'était vite moqué de sa réflexion : quelle importance ! L'essentiel étant qu'il en ait une autre. L'essentiel étant qu'ils soient ensemble. Eux deux. La jeune femme dans la cave, et lui dans sa demeure bourgeoise. Deux êtres esseulés enfin réunis. Ils étaient faits l'un pour l'autre. Il lui caressait les cheveux quand elle dormait. Il jubilait quand elle courait dans la roue. Il exultait quand elle mangeait ses petites croquettes.

Pourtant, ce n'était pas acquis d'avance. Elle n'avait pas été très obéissante le premier jour. Elle l'avait même un peu agacé. Ses doigts tremblaient en permanence, ses yeux se fermaient ou s'agrandissaient, exorbités de terreur. Elle pleurait, aussi. De grosses larmes qui coulaient sur ses joues si blanches. Et comme elle tambourinait à la porte ! Oh là là ! Mais elle avait fini par se plier aux ordres. Maintenant, tout se passait bien. Depuis que l'homme couvert de plumes lui avait répété ce qu'on attendait d'elle, elle se montrait très douée. Elle faisait tout à la lettre.

Hugo Lang prit une généreuse gorgée de son cognac. Il posa une main sur l'écran, caressa le visage de cette Miriam Munch et y déposa un baiser. Un petit baiser sur sa joue.

Puis il leva son verre et trinqua à sa santé.

72

Holger Munch avala avec un peu d'eau à même le robinet deux comprimés contre le mal de tête. À bout de souffle, il se regarda quelques instants dans la glace. Qu'est-ce qui lui arrivait ? Voilà presque une semaine que ces douleurs intermittentes mais intenses le torturaient, sans qu'il sache comment les expliquer. Il eut une vague pensée pour son médecin qui lui avait fortement conseillé de maigrir, de faire un peu plus de sport et surtout d'arrêter le tabac – mais pourquoi une migraine se déclarerait-elle soudain ? Et il eut beau se souvenir à nouveau que de tels symptômes s'étaient manifestés avant l'accident mortel de son père, il refusa catégoriquement d'y accorder un quelconque caractère prémonitoire.

Le policier se passa la figure sous l'eau, s'essuya sur la manche de son pull et respira profondément, en attendant que les cachets fassent leur effet. Il venait d'interrompre le débriefing par cinq minutes de pause et les autres piaffaient dans la salle de réunion. Car ils étaient tous aux abois depuis que ce nouveau nom s'était inscrit sur leurs tablettes : Jacob Marstrander.

Perplexe au départ, après ces suspects et ces interrogatoires à répétition qui n'avaient débouché sur rien, Munch était à présent persuadé qu'ils détenaient leur coupable – «détenaient» étant un bien grand mot puisqu'ils ne l'avaient toujours pas arrêté. Pire : le garçon s'était comme volatilisé. Cela faisait trois jours qu'ils le recherchaient sans avoir la moindre piste. Ils avaient retourné son appartement au 61 de l'avenue Ullevålsveien – rien. Ils avaient également perquisitionné sa micro-entreprise, JM Consult – rien non plus.

Il but une nouvelle gorgée d'eau, jeta un dernier coup d'œil dans le miroir, se sourit et alla rejoindre l'équipe.

— Bon, on en était où ? dit-il en prenant sa place devant l'écran. Ludvig ?

— Toujours rien du côté des aéroports. Bien sûr, Marstrander a pu se faire la malle en voiture ou en train. Mais pour l'instant, du côté des postes-frontières, on n'a aucun résultat.

— Donc il est toujours dans le pays ?

— On n'en sait rien, Holger, répondit Kim Kolsø. Mais on a quand même lancé un mandat d'arrêt à Interpol.

— Très bien. Et sa photo ?

— Elle a été publiée hier dans la presse, intervint Anette Goli. C'est ce que tu voulais ?

— On était tous d'accord, non ?

— Pas tous, grommela Curry.

— Oh non, Curry, tu vas pas recommencer…, soupira Anette.

— Moi, je trouve que c'est une connerie : chaque fois qu'on le fait, on reçoit des millions d'appels qui bloquent nos lignes. Et ça nous donne quoi? Que dalle.

— Sauf erreur de ma part, Curry, rétorqua Munch, c'est toujours moi le chef de l'Unité spéciale.

— Oui oui, je voulais juste...

— Je viens encore de vérifier, intervint Ylva, la photo est aussi sur le Net.

— Parfait. Espérons que ça aboutisse... Et sinon? Il parcourut la salle du regard.

— Mia n'est toujours pas arrivée?

— Elle m'a envoyé un texto, prévint Grønlie. Elle étudie une piste, elle viendra plus tard.

— Laquelle?

— Ça, mystère...

Ce détail ajouté au mal de tête qui ne le lâchait pas aggrava son irritation. Il but une gorgée de Farris.

— Ça fait trois jours qu'on le cherche et personne n'a vu ce Jacob Marstrander? C'est n'importe quoi! On doit bien pouvoir trouver une information quelque part, bon sang! Et sa voiture?

— Aucun signalement des sociétés de péage, dit Kim.

— Son téléphone?

— Selon les données de Telenor, il l'a utilisé pour la dernière fois chez lui vendredi dernier, répondit Gabriel. Depuis, plus d'appels ni de textos.

— C'est pas possible...

— Il reste bien ce flyer, suggéra Ylva d'une petite voix.

— Justement, j'allais en parler. Ils s'appellent comment, déjà?

— Le Front de Libération des Animaux.

— Ah voilà. Tu en es où?

437

— Il serait question d'une action, mais je ne sais toujours pas de quoi il retourne.

— Bon, continue.

Munch marqua une pause avant de reprendre :

— Je m'adresse à tous solennellement et je suis désolé de me répéter, mais je ne suis pas satisfait. Ça fait trois jours, *trois*, qu'on cherche et on n'a toujours rien !

Au même moment, son téléphone vibra sur la table. Il voulut l'ignorer mais, intrigué par le nom qui s'affichait, s'en empara.

Marianne ?

Il s'excusa et fila sur le balcon.

— Oui, Marianne, qu'est-ce qu'il y a ?

— Bonjour, Holger.

Malgré toutes ses années de séparation, il entendit d'emblée à sa voix que quelque chose n'allait pas. Sa voix tremblait.

— Il s'est passé quelque chose ?

Il attrapa une cigarette dans sa poche et l'alluma.

— Tu as eu des nouvelles de Miriam ? demanda-t-elle.

— Non, pas depuis quelques jours. Pourquoi ?

Silence à l'autre bout du fil.

— Elle devait passer chercher Marion hier soir, elle n'est pas venue et je n'arrive pas à la joindre… Pour être franche, je m'inquiète. Je ne savais pas qui appeler d'autre. Tu m'en veux ?

— Mais non, voyons, pas du tout. Elle est sûrement quelque part. Tu connais Miriam…

— Holger ! Elle n'a plus quinze ans ! rétorqua Marianne, soudain exaspérée.

— Bien sûr, mais…

438

— Elle m'a menti, Holger.

— Comment ça elle t'a menti ?

— Elle m'a dit qu'elle allait chez Julie. Mais j'ai eu Julie tout à l'heure et, à force d'insister parce que je sentais quelque chose, elle m'a dit la vérité. Miriam est allée participer à une action.

— Une action ?

— Une action politique illégale ! Comme autrefois ! Elle a utilisé Julie comme prétexte, je te dis ! criait-elle à présent.

— Calme-toi, Marianne. Il n'y a sûrement pas lieu de s'inquiéter.

Il n'en fallut pas davantage pour que Marianne hurle dans l'appareil :

— Tu m'écoutes quand je te parle ?! Je te dis que notre fille a disparu !

— D'accord, d'accord. On reprend. À quelle action devait-elle participer ?

— Je ne sais pas trop, ça avait à voir avec la protection des animaux...

— Pardon ?!

— Oui, un groupe d'activistes, ils visaient un laboratoire à Hurum...

Cette fois ce fut Holger qui l'interrompit :

— À Hurum ?

— Exactement. Ils devaient guetter un lieu pendant trois jours, mais Julie m'a dit que quelque chose s'était mal passé, donc l'action a été annulée. Or Miriam devrait être rentrée depuis hier. Et le pire, Holger, c'est qu'elle est partie avec celui que vous recherchez.

— Pas avec Jacob Marstrander ?!

— Si, celui dont la photo est dans tous les journaux.

Non, pas ça!

— Quand est-ce que tu as parlé à Julie?

Pas Miriam!

— Il y a deux minutes. Juste avant de te téléphoner.

— Et Julie t'a confirmé que Miriam est partie avec lui en voiture?

— Oui. Et eux non plus n'ont pas de nouvelles. Ni de l'un ni de l'autre.

Miriam disparue. Depuis trois jours. Avec un suspect.

— Et Julie est chez elle en ce moment?

— Oui. Tu te souviens d'où elle habite? Møllergata.

— Bien sûr que je m'en souviens.

Le Front de Libération des Animaux. ALF. Le flyer. Ylva avait raison.

— Écoute, Marianne. Là, je vais raccrocher. J'appelle tout de suite Julie et je te tiens au courant dès que j'en sais un peu plus. D'accord?

— J'ai peur, Holger.

— Ça va aller, Marianne. Je m'en occupe.

Dites-moi que je rêve.

Munch raccrocha et rouvrit avec fracas la porte de la salle de réunion.

— Kim, Curry, venez avec moi! Tout de suite!

Tous les visages stupéfaits se braquèrent sur lui.

— Les autres, et Ylva la première, vous me cherchez tout ce que vous pouvez trouver sur ce Front de Libération des Animaux et sur une action qui aurait pu avoir lieu les jours derniers à Hurum. Vous commencez par Julie Vik, il y a un lien. Et je me suis bien fait comprendre: *tout de suite!*

73

Miriam Munch se réveilla parce qu'elle était frigorifiée. Elle se recroquevilla en position fœtale, se faisant la plus petite possible, et se pelotonna dans la mince couverture trop étroite pour protéger son corps tremblant. Elle avait enfin réussi à dormir, épuisée après avoir marché à quatre pattes pendant de longues heures. Mais la faim et le froid, qui s'insinuait à travers les interstices des cloisons, la privèrent d'un sommeil récupérateur, la propulsant à nouveau dans ce cauchemar. Elle ne comprenait toujours pas comment ni pourquoi elle avait atterri ici.

Une blague. Passé le premier choc, elle avait cru que quelqu'un lui faisait une blague. Où était-elle ? Un sol glacé. Une cave obscure. Ce mot sur le mur. Une grande roue étrange. Que s'était-il passé ? Où étaient les autres ?

Lorsque la porte grinçante s'était ouverte sur la créature recouverte de plumes, elle n'avait toujours pas compris. Elle pensait qu'elle rêvait, qu'elle était toujours en train de dormir. Intriguée dans un premier temps, curieuse de connaître la suite, fixant avec fascination cet endroit singulier : une pièce souterraine, une cave avec une bouteille accrochée à un mur, équipée d'un embout qu'elle pouvait téter pour boire de l'eau. Dans ce qu'elle prenait pour un rêve, elle avait rétréci. Elle était non seulement devenue toute petite mais avait été transformée en animal. En hamster, ou en souris, en un rongeur devant courir dans une roue gigantesque. La peur était venue après.

Non non non.

Elle allait bientôt se réveiller.

Ce n'est pas réel.

Il lui suffisait de penser à quelque chose de bien.

Mon Dieu.

À Marion ? Peut-être que si elle pensait à Marion, elle finirait par se réveiller ?

Je vous en supplie.

Quelqu'un.

Aidez-moi.

Miriam Munch ferma les yeux et essaya d'oublier la faim. La nausée. Elle avait vomi dans un coin. Après avoir fait tourner la grande roue. Elle avait toujours atrocement mal aux mains et aux genoux. Mais elle ne pleurerait plus. Elle en avait pris la décision solennelle : elle ne verserait plus une larme, ça ne servait à rien. Elle avait essayé de mâcher ces croquettes qui sortaient du mur. Elle avait réussi à en avaler quelques-unes, mais avait tout recraché. De la nourriture pour animaux. De petits morceaux brunâtres sur le ciment froid. Elle voulait que ça s'arrête. Elle n'en pouvait plus. Elle ne voulait plus bouger. Elle resterait ainsi, tassée sur elle-même, minuscule.

Si seulement il ne faisait pas aussi froid.

Miriam s'assit, les jambes en tailleur. Elle souffla un peu de chaleur sur ses doigts gelés. Elle se leva, se frotta le corps dans l'espoir de se réchauffer, tenta de remuer ses jambes engourdies.

J'ai tellement faim.

Un petit nuage de fumée sortit de sa bouche au moment où elle souffla de nouveau sur ses mains pâles.

Mon Dieu.

Elle allait bientôt se réveiller.

Aidez-moi.

Papa. Maman. Marion.

Quelqu'un.

S'il vous plaît.

Miriam sursauta au moment où la porte s'ouvrit. La créature couverte de plumes se profila dans l'entrebâillement.

—Jacob…, implora-t-elle, en se retranchant dans un coin.

—Tu n'es pas très obéissante, dit-il en levant le pistolet vers elle.

—Jacob, je…

Sa voix se brisa. De ses lèvres ne sortit qu'un marmonnement inaudible.

—Ta gueule ! Pourquoi tu fais pas ce qu'on te demande ? Je t'ai déjà expliqué comment tout fonctionne ici. Plusieurs fois ! Alors pourquoi tu le fais pas, hein ? Au début, ça a marché. Donc ça signifie que tu peux y arriver. Si tu le veux. C'est qu'entre-temps t'as oublié ? Faut que je te réexplique ?

Il s'approcha d'elle et brandit le pistolet contre son visage.

—N-non, s-s'il te plaît…, balbutia Miriam en se protégeant la tête.

—T'es conne ou t'es nulle ?

Il avait les yeux cernés de crayon noir.

—C'est pour ça que tu y arrives plus ? Parce que t'es conne ?

—Non…

—Si, ça doit être ça. Parce que t'es qu'une pauvre brèle !

—Non, non.

—Ou parce que tu crois que quelqu'un va venir te délivrer ? Hein ? Ton connard de mari ? Ton amant, ton Ziggy chéri ?

Il ricanait. Des dents blanches apparurent au milieu du visage recouvert de plumes.

—Ou ton papa ? Ton papounet de la police ? Tu crois qu'il va venir te délivrer, lui ? Qu'il va sauver sa petite fille ?

Miriam Munch tremblait de tous ses membres.

—Sauf que personne ne viendra. Il est peut-être malin, ton paternel. Mais je suis plus malin que lui. Ils ne te trouveront jamais !

Il ricana encore.

—Parce que tu vois, je pourrais te tuer, là, tout de suite. Mais ce ne serait pas très rigolo pour le public.

Miriam ne comprenait pas de quoi il parlait.

—C'est mon show en ce moment. *Mon* spectacle ! C'est *moi* qui l'ai inventé. Moi qui ai inventé la cave, la roue, les croquettes, tout ! Il faut être malin, tu comprends, pour avoir l'idée d'une représentation pour laquelle les gens sont prêts à payer des sommes folles ! Tu n'es pas d'accord ?

444

Miriam ne répondit pas, elle ne comprenait toujours pas à quoi il faisait allusion. Il souriait. Celui qu'elle connaissait il y a quelques jours comme Jacob aux lunettes rondes était devenu une silhouette aux allures de volatile, dont le sourire diabolique accentuait un regard froid et implacable.

— Tu as de la chance, pourtant. Tu as même beaucoup de chance. Car tu es une star, désormais. On me paye des millions pour voir ta prestation. Alors qu'au départ tu ne devais pas être l'Élue.

Il se gratta la tête avec le canon de son pistolet puis pouffa de rire.

— C'est l'autre qui aurait dû être l'Élue, qui devrait être à ta place en ce moment. C'est elle qui avait été choisie par trois voix contre deux. Mais comme c'est mon show, c'est moi qui décide à la fin. Et je t'ai choisie parce que tu me plais. Parce que tu es différente des autres. Parce que ton papa est policier. C'est pas gentil de ma part de t'offrir un témoignage d'affection pareil? De *te* choisir alors que les gens préféraient l'autre?

Miriam hocha la tête et murmura:

— Jacob…

— Non, non, non. On ne parle pas. On n'a pas le droit à la parole. On écoute uniquement.

Miriam baissa les yeux.

— C'est la dernière fois que j'entre. Maintenant, tu vas faire exactement ce que je t'ai demandé, sinon je te flingue et je vais chercher l'autre. Tu m'as bien compris?

— Oui, répondit Miriam, en courbant l'échine.

— Est-ce que je te tue maintenant ou est-ce que tu fais ce que je t'ai demandé?

—Je vais obéir.

Il parut réfléchir un instant mais abaissa son pistolet.

—Très bien.

Il gloussa une dernière fois avant de refermer la lourde porte et de la laisser seule au fond de la pièce glacée.

74

Mia aurait eu du mal à expliquer son intuition, mais cette bâtisse blanche perdue au milieu de la forêt dégageait quelque chose de bizarre. Depuis qu'elle y était venue samedi dernier, elle avait éprouvé une attirance singulière, presque magnétique, pour la petite maison de Jim Fuglesang, seule au milieu de nulle part, avec pour seuls voisins des arbres gelés et le silence. Un silence différent de celui à Hitra, qui la calmait tant. Celui-ci la poussait à la vigilance, à garder les sens en éveil, à avancer doucement en inspectant les lieux du regard. Cette fois elle avait emporté ses armes. Grâce aux deux Glock, elle n'avait pas peur, elle se sentait moins vulnérable. À mi-chemin de la porte, elle changea d'avis : inutile d'entrer dans la maison, elle y était déjà allée. Ce n'était pas ce qu'elle cherchait. Elle choisit plutôt le sentier qui s'enfonçait dans la forêt.

« Quatorze minutes quand il fait beau. Seize minutes pour rentrer. »

Jim Fuglesang avait pris des photos, six ans plus tôt environ. Respectivement d'un chat et d'un chien.

Tués tous les deux, disposés sur un lit de plumes, dans un pentagramme de bougies. Et même si elle ne les comprenait pas, peu lui importait : ce qui ressemblait à des sacrifices d'animaux était identique au meurtre rituel de Camilla Green. Il s'agissait de preuves, il fallait les examiner, Munch et Anette lui avaient assez reproché de trop suivre ses instincts et de ne pas suffisamment se concentrer sur les éléments concrets. Elle aurait aimé revenir ici plus tôt mais les rebondissements de l'enquête l'en avaient empêchée, et cette fois elle avait veillé à arriver alors qu'il faisait encore jour. Bien sûr, Jim Fuglesang avait pu photographier ces animaux morts n'importe où. Néanmoins, Mia était presque certaine que l'homme au casque de vélo blanc, timoré comme il était, ne s'aventurait que dans les endroits familiers. Cette indication de la durée de son trajet montrait qu'il avait l'habitude de se rendre dans cet endroit qu'il évoquait. Et par tous les temps puisqu'il le précisait également. Mais pourquoi deux minutes de différence ? À cause d'une pente ? Parce que le chemin aller était en descente et celui du retour en côte ?

« *Quatre pierres blanches. Les écureuils sont toujours dans les sapins, au bord de l'étang. Vous savez, là où le bateau rouge est amarré.* »

Pourquoi était-elle si nerveuse, elle qui n'avait jamais peur ?

Elle tressaillit au moment où la forêt, formant une clairière, s'ouvrit sur un étang. Mia s'approcha de l'eau et aperçut quatre pierres blanches joliment disposées devant ce qui avait été autrefois un ponton. Son cœur bondit dans sa poitrine quand elle reconnut l'embarcation rouge que Jim Fuglesang avait évoquée, à moitié immergée, celle-ci portait toujours son nom en lettres blanches : *Maria Theresa.* Maria Theresa ! Ce que Mia avait alors pris pour le prénom d'une personne vivante. Elle se maudit intérieurement de ne pas avoir eu plus de présence d'esprit. Mais l'homme était si confus, si effrayé.

Quand elle releva la tête, elle distingua à plusieurs centaines de mètres, de l'autre côté de l'étang, une petite construction. Une cabane peut-être. Grise, comme décolorée par le vent. Des panneaux condamnaient les fenêtres. Elle semblait abandonnée. Non : une colonne de fumée s'élevait de la cheminée.

Mia sortit son portable de sa poche.

La cheminée fumait !

Quatorze minutes quand il fait beau.

Seize minutes pour rentrer.

Quatre pierres blanches.

Un bateau rouge.

Maria Theresa.

Merde !

Les doigts tremblants, Mia trouva le numéro de Munch, appuya sur la touche d'appel. Pas de réseau.

Merde de merde !

Elle refit une tentative en brandissant l'appareil sur le côté, en l'air. Elle recula, s'éloigna, revint vers le ponton. Toujours rien. Elle le remit dans sa poche et choisit de rejoindre la cabane en planches grises, en longeant l'étang par la gauche. Elle était ainsi protégée par les sapins qui bordaient la rive. Avançant doucement, elle vérifia son portable. Toujours rien.

Elle atteignit, le cœur battant, la petite cour devant la masure aux fenêtres condamnées. Une vieille Volvo verte y était garée. Elle se faufila et jeta un coup d'œil

449

par la vitre côté passager. Une bouteille Thermos. Un sac à dos noir. Mia ouvrit la portière sans faire de bruit et fouilla le sac. Des Kleenex, un tube de rouge à lèvres, un portefeuille.

Mia eut un choc en reconnaissant le visage de la belle jeune femme qui la fixait sur le permis de conduire.

Miriam ?

Mais qu'est-ce que Miriam Munch foutait ici ?!

75

Miriam Munch, agenouillée sur le sol en ciment glacé, essayait de mâcher les croquettes qui venaient de tomber d'un trou du mur. De la nourriture pour animaux. La première fois, elle avait tout vomi et s'était promis de ne plus en remettre une dans sa bouche. Mais elle avait tellement faim. Toutes les parcelles de son corps réclamaient à manger. Elle avait presque perdu connaissance en faisant tourner la roue tant elle était à bout de forces. Elle avait des ampoules sur les paumes, ses genoux saignaient, elle n'en pouvait plus. Il fallait qu'elle se remplisse l'estomac, sans quoi elle tomberait dans les pommes.

Je vais mourir ici si je ne mange rien.

Elle ramassa une demi-douzaine de croquettes, les posa sur sa langue. Elle tenta de ne pas réfléchir à ce qu'elle ingurgitait, se contentant de faire semblant, de les mâcher puis de les avaler. Elle porta sa bouche à l'embout de la bouteille, but un peu d'eau. Heureusement, ça ne remonta pas. Elle répéta le procédé en s'efforçant de ne penser à rien.

Aidez-moi.

Miriam se blottit sous la couverture et ferma les yeux. Elle disparut dans sa tête. Ce qu'elle vivait n'était pas réel. C'était juste un mauvais rêve. Elle se trouvait ailleurs en ce moment. Il n'y avait pas d'insectes qui lui couraient dessus, pas de bestioles sur le sol de cette cave. Elle n'avait pas froid. Elle était au chaud, chez elle. À la table du petit déjeuner. Marion venait de se réveiller. Une odeur de café tout frais flottait dans la cuisine. Marion voulait rester en pyjama et monter sur ses genoux. Elle voulait que sa maman lui fasse une queue-de-cheval. Johannes leur souriait. Il passerait la journée avec elles. Il n'irait nulle part, ni à l'hôpital ni en Australie. Ils regarderaient un film tous les trois en mangeant du pop-corn.

Pourquoi personne ne vient me délivrer?

Aidez-moi.

Je vous en supplie.

Miriam remarqua à peine que la porte venait de s'ouvrir. La silhouette recouverte de plumes se campa devant elle, le pistolet dans une main et un objet dans l'autre.

— Changement de programme! cria-t-il.

— Quoi…? fit Miriam, dans une semi-conscience, en regrettant de quitter la chaleur de l'appartement à Frogner.

— Lève-toi.

Il lui donna un coup de pied. Elle s'assit et s'emmitoufla dans la couverture.

— Il y a un changement de programme, répéta-t-il. Je savais que tu étais nulle et bonne à rien. J'aurais dû prendre l'autre, ç'aurait causé moins de problèmes. Tout est gâché. Par ta faute!

Miriam ouvrit les yeux. Elle vit un bras tendu tenant un pistolet et une main qui brandissait une perruque blonde.

— Mais on a encore le temps de terminer ce qu'on a commencé. Essaie ça !

Miriam ne comprenait pas.

— Mets-la ! ordonna-t-il. Je veux voir si elle te va.

— Jacob, s'il te plaît…

— Ta gueule ! Enfile cette perruque !

Elle glissa les faux cheveux sur son crâne. Il inclina la tête et l'examina.

— Oui, pas trop mal. Tu lui ressembles. Finalement, je n'ai pas trop perdu mon temps avec toi.

Miriam essaya de dire quelque chose sans y parvenir.

— On se quitte un peu trop tôt, toi et moi, vu qu'ils avaient payé pour trois mois. Mais ce n'est pas très grave, pourvu simplement qu'on ne rate pas la fin.

— Que… qu'est-ce que tu vas faire ?

Il la regarda d'un œil intrigué.

— Je vais te tuer, bien sûr. Qu'est-ce que tu croyais ?

Miriam n'eut pas la force de répondre.

— Je comptais patienter encore un peu, mais… depuis qu'ils ont mis ma photo sur le Net, il vaut mieux qu'on en finisse avant que quelqu'un nous trouve. Pas vrai ?

Il sourit.

— Allez, en route.

Il caressa les faux cheveux.

— Viens, tout est prêt dehors.

76

Mia Krüger sortit son Glock du holster et referma sans bruit la portière de la Volvo. En suivant les indications confuses de Jim Fuglesang, elle avait trouvé l'endroit où il avait pris les photos des animaux tués. Ce devait être donc là, dans la vieille masure en planches, que se cachait Jacob Marstrander. Là qu'il avait maintenu Camilla Green captive. Mais pourquoi Miriam Munch était-elle impliquée dans cette affaire ? Quel lien avait-elle avec l'assassin ?

Se faisant la plus discrète possible, elle recula sans quitter des yeux la porte de la cabane. Hormis la cheminée qui fumait, il n'y avait aucun signe de vie. Elle étudia les lieux en quête d'un endroit où elle pourrait capter le réseau – une butte, une petite colline, n'importe quoi, pourvu seulement qu'elle puisse prévenir ses collègues. Elle le sortit une nouvelle fois de sa poche : aucune barre de réception. Elle le souleva : toujours pas de réseau.

Un peu plus loin, elle distingua une petite côte. Elle s'y faufila, en prenant soin de garder la cabane en ligne de mire. Arrivée en haut, miracle : une barre.

Elle voulut appeler Munch. Plus rien. Elle se déplaça un chouïa, le réseau était revenu. Elle décida de joindre plutôt Grønlie. Il décrocha dès la première sonnerie.

— Oui, Mia, tu es où ?

— Je les ai trouvés ! murmura-t-elle.

— Allô… ?

— Ludvig, tu m'entends ?

— Mia, c'est toi ? Holger a…

— On s'en fout de Holger. J'ai trouvé Marstrander ! Pour une raison que j'ignore, Miriam Munch est avec lui.

— Je ne t'entends pas, Mia…

— Je suis là, putain ! Trouve mes coordonnées GPS ! Trouve mon téléphone ! Je sais où est Marstrander !

— Mia, je te perds…, dit la voix chuintée et hachée de Grønlie.

— Trouve-moi, Ludvig ! Il faut que tu me géolocalises ! Le GPS !

— Le quoi… ?

— J'hallucine. Le G-P-S ! ! ! Le GPS de mon téléphone !

Au même moment, elle entendit des pas dans la bruyère gelée derrière elle.

— Le GPS, Ludvig ! cria Mia désespérément.

Elle eut juste le temps de se retourner quand un bras couvert de plumes fendit l'air vers son visage. Instinctivement, elle leva la main gauche pour parer le coup. Pour éviter ce qui venait vers elle. Un objet métallique qu'elle ne put identifier. Mais qui s'abattit sur ses doigts qui tentaient en vain de protéger sa tête.

— Mia… ?

Le téléphone avait volé plus loin. Elle entendait la voix de Ludvig qui continuait de l'appeler, puis un sifflement résonna à nouveau. L'objet indistinct s'abattit sur elle avec une force redoublée. Elle aperçut l'ombre d'un sourire machiavélique au moment où le métal entaillait sa peau et ses os.

Puis elle vit quelqu'un dans la cour.

Les mains liées.

Miriam.

Une douleur explosa dans sa tête. Du sang coula sur ses tempes et jusque dans sa bouche.

Miriam avait un bandeau sur les yeux et portait une perruque blonde.

Dans l'herbe, Grønlie l'appelait toujours.

— Mia, tu es là?

N'aie pas peur, Miriam.

Le métal fondit sur elle pour la deuxième fois.

Je veille sur toi.

Et pour la troisième fois.

On va s'en sortir, Miriam.

Et une quatrième fois.

Mais cette fois, Mia n'était plus capable de résister.

77

Holger Munch ne savait pas comment endiguer le torrent de larmes qui se déversait sur les joues de cette jeune fille qu'il n'avait plus revue depuis des années. S'il avait suivi son instinct, il lui aurait ordonné de la fermer, d'arrêter de chialer et de lui expliquer le fin mot de l'histoire. Fidèle à sa pondération, et bien que la vie de sa fille soit en jeu, il préféra la méthode douce. S'armant d'un sourire, il tenta de la rassurer d'une voix douce.

—Julie. Ça va aller. Nous allons les retrouver bientôt.

—Mais je… je ne savais pas…

—Je ne dis pas le contraire, Julie. Ce n'est pas ta faute, nous ne t'accusons de rien. Je te demande seulement de m'expliquer ce que tu sais, d'accord ? Réfléchis bien. N'hésite pas à nous révéler tout ce qui, selon toi, pourrait nous aider.

Curry et Kim ne mouftaient pas derrière lui, le laissant opérer.

—Ça s'est mal passé, hoqueta-t-elle.

Elle pouvait enfin former ce qui ressemblait à une phrase.

— Qu'est-ce qui s'est mal passé ? demanda-t-il en lui tapotant la main.

— Toute l'action…

Elle leva les yeux vers lui pour la première fois depuis l'arrivée des policiers.

— Et elle consistait en quoi, exactement ?

— Elle visait un laboratoire qui pratique des expériences sur les animaux.

— Et Miriam y participait ?

— Voilà.

Elle coula un regard vers les deux collègues de Munch appuyés contre le mur.

— Pourquoi ? voulut-il savoir.

— Comment ça ?

— Jacob Marstrander. Comment se sont-ils rencontrés ? D'où Miriam le connaît-elle ? Tu comprends, elle ne m'a jamais parlé de lui.

— Par Ziggy. C'est un ami de Jacob.

— Ziggy… ?

— Ziggy Simonsen. Tu en as entendu parler ?

— Non…

— Miriam ne t'en a pas parlé ? Pourtant elle m'avait dit qu'elle te l'annoncerait…, dit-elle, troublée.

Elle s'essuya le visage sur la manche de son pull. Munch en profita pour jeter un œil par-dessus son épaule vers Curry qui comprit aussitôt l'allusion : Ziggy Simonsen, nouveau nom sur la liste, vérification immédiate. Il sortit son téléphone et quitta la pièce.

— Qu'est-ce qu'elle devait m'annoncer ?

— À propos de Ziggy et elle…

—Non, je ne sais rien.

Au même moment il sentit son téléphone vibrer dans sa poche. Il l'ignora.

—Dans ce cas, je ne peux rien dire.

À ces mots, elle fondit à nouveau en larmes.

—Julie... J'ai besoin de savoir.

Nouvel appel sur son portable.

—Oui, mais...

Troisième appel, cette fois sur un autre téléphone.

—Holger..., fit Kim.

Munch l'envoya balader.

—Miriam et Jacob, où sont-ils, Julie?

—Holger.

—Je ne peux..., bredouilla Julie.

—Munch!

—Quoi? grogna ce dernier, agacé, avant de voir Kim Kolsø lui tendre son portable.

—Holger?

Il reconnut la voix de Grønlie à l'autre bout du fil.

—Mia.

—Oui?

—Elle les a trouvés!

—Qui?

—Miriam. Et Marstrander.

Silence.

—Holger, tu es là?

—Où? demanda Munch en se levant.

—À Hurum. Grâce à son portable: Mia m'a demandé de la géolocaliser. Elle les a vus. Elle les a trouvés, Holger! On a la position exacte!

—Trouve-moi un hélicoptère!

Le patron de l'Unité spéciale était déjà en route vers la porte.

— Pardon ?!

— Trouve-moi un hélicoptère, putain !
<small>MAINTENANT</small> ! On est sur place dans trois minutes.

— On va à Grønland ? voulut savoir Kim.

— Et en quatrième vitesse !

Ils descendaient déjà les marches.

78

La douleur dans sa main gauche était insup-
portable. Mia Krüger ouvrit les yeux et se releva
lentement. Son corps résistait, mais elle le força à
obéir. Elle voyait trouble mais comprit vite qu'elle
ne voyait plus que d'un œil – le droit. Elle tituba un
instant, tête penchée, tandis qu'elle reprenait peu à
peu ses esprits. Elle ne savait pas combien de temps
elle avait perdu connaissance.

Miriam !

Ce fut sa première pensée. Pourquoi Miriam
Munch se trouvait avec Jacob Marstrander ?

Le salaud l'avait attaquée par derrière.
Heureusement qu'elle avait levé le bras pour protéger
sa tête. Il lui avait brisé la main. L'amateur. Elle
essuya le sang à moitié séché sur sa paupière gauche,
elle n'avait qu'une vision approximative de cet œil.

Mia fit quelques pas et trébucha aussitôt dans la
fougère glacée. Elle se redressa.

Le pistolet ?

Il le lui avait pris. Elle tâta dans son dos. Ouf. Le
Glock 17 avait disparu, mais il lui restait son petit

Glock 26. Et heureusement qu'il lui avait cassé la main gauche, pas la droite.

Elle avança et tenta de s'orienter. La cabane en planches. La voiture. L'étang. Le sentier qui le bordait. Elle redescendit la petite butte et vit que la porte de la masure était ouverte. Marstrander avait emmené Miriam. Où ? Elle hésita un instant. Remonter vers la maison de Jim Fuglesang ? Non. Elle connaissait le chemin, il ne pouvait pas être parti par là. Elle contourna la cabane par l'arrière, en direction de la forêt. Elle sentit monter un haut-le-cœur, dut s'arrêter quelques instants contre un arbre pour ravaler sa nausée.

Elle aperçut une clairière devant la forêt qui s'épaississait. Elle ôta la sécurité de son Glock. Et là elle vit.

Miriam à genoux.

Nue.

Une perruque blonde sur la tête.

Les yeux bandés.

Les mains attachées contre son ventre.

Et quelque chose autour du cou. Un lacet ? Une ficelle ?

Des plumes sur le sol. Un pentagramme de bougies.

Et, devant elle, Jacob Marstrander. Couvert de plumes. Une créature qui ressemblait davantage à un hibou qu'à un humain.

Mia comprit qu'elle ne pouvait s'approcher davantage. Sans quoi il allait la voir. Elle quitta le sentier et se faufila à travers les arbres, à l'abri de la clairière.

Elle s'immobilisa. Pointa son pistolet. Sa main tremblait. Les deux se tenaient dans sa ligne de mire. Et de toute façon elle voyait trop flou pour pouvoir tirer.

Merde.

Poursuivant sa marche silencieuse dans la bruyère, elle se rendit compte que la clairière se terminait non pas sur la forêt comme elle l'avait cru initialement, mais sur un précipice. Marstrander avait placé l'endroit de son sacrifice rituel juste devant un gouffre.

Mia fit quelques pas supplémentaires lorsqu'elle vit la silhouette de plumes se poster derrière Miriam, s'agenouiller derrière elle et tirer sur le cordon qui lui enserrait la gorge.

Mia comprit que c'était maintenant ou jamais qu'elle devait tirer, sans quoi Miriam Munch allait mourir. Elle s'assit et pointa son pistolet en tentant, de son seul œil valide, de tenir en joue le jeune homme.

Soudain, un bruit au loin. Marstrander se redressa aussitôt, leva la tête vers le ciel.

Un grondement.

Un hélicoptère.

Le bruit des secours. Le bruit de la liberté.

Sauf que.

Miriam se releva. Nue. Les mains nouées. Les yeux bandés.

Et s'élança.

Droit vers le gouffre.

Non ! Non !

Mia sortit en trombe des arbres et courut vers la clairière.

— Miriam !

Marstrander, troublé à la fois par l'arrivée de l'hélicoptère et par le cri de Mia, regarda confusément de part et d'autre. Il tendit la main vers Miriam.

—Non, Miriam!

Les pieds nus trottaient vers le bruit de la liberté, rejoignaient la falaise.

Le vrombissement de l'appareil couvrit les coups de feu qui visèrent les pieds de Miriam. Mia ne les entendit pas.

Le pistolet brandi, elle avançait en courant dans la clairière.

Trop tard.

Miriam tomba dans le vide.

Mia vida le magasin de son pistolet dans la silhouette couverte de plumes. Elle vit les yeux de Marstrander s'écarquiller, ses jambes céder, son corps s'effondrer.

Elle ne vit pas les yeux de Munch dans l'hélicoptère mais elle vit trois balles supplémentaires se loger dans la poitrine du hibou dont les plumes volèrent.

Mia courut au bord de la falaise et vit, quelques mètres plus bas, le corps inanimé de Miriam. Mia s'agenouilla, son Glock lui glissa des doigts.

Miriam.

Non.

S'il te plaît.

IX

79

Comme si le tocsin venait de l'annoncer, il se mit au même moment à neiger en ce 22 décembre. Les journaux s'en étaient inquiétés ces derniers jours : *Aurons-nous un Noël blanc cette année ?* Au même rythme que les cloches, de gros flocons légers tombaient. Mia Krüger pressa le pas tandis qu'elle remontait l'allée du cimetière pour rejoindre le portail. Des obsèques. Ils étaient tous présents : Kim, Curry, Ludvig, Anette, Mikkelson. Des manteaux sombres. Des costumes sombres. Des mines sombres. Des têtes penchées. Quelques hochements. Elle ne voyait pas Munch. Il se trouvait certainement aux premiers rangs. Puisqu'il était le plus proche de la personne décédée. Il avait sans doute dû tout organiser : le cercueil, les couronnes. Mia ne lui avait pas parlé depuis presque deux mois. Lorsque les portes de l'église Gamle Aker s'ouvrirent et que les gens purent entrer, elle le vit tout devant, recueilli devant le cercueil blanc couvert de fleurs.

La cérémonie fut simple, mais belle. Mia, qui n'avait jamais été croyante et avait enterré les quatre membres de sa famille dans le cadre d'obsèques civiles, ne comprenait pas pourquoi on devait se réunir sur des bancs malcommodes pendant qu'un pasteur qui ne connaissait pas le ou la défunte l'évoquait en des termes intimes, insistant sur le fait que Dieu accueillait les siens dans son royaume avec bienveillance. Elle fut néanmoins surprise par la justesse du rituel : un dernier adieu, tous réunis dans la peine. Les musiques dispensées par l'orgue étaient belles et les mots du pasteur, justes. Le discours de Holger fut touchant. Il semblait ému, mais moins bouleversé que Mia ne l'aurait cru.

Ç'aurait pu être pire.

Voilà ce qu'elle pensa au moment où six hommes passèrent devant elle, le cercueil blanc sur leurs épaules.

Ç'aurait pu être Miriam.

Elle eut un peu honte de cette réflexion, un peu plus tard, lorsque le cercueil s'enfonça dans la fosse. Un enterrement dans l'intimité, auquel assistaient grosso modo d'anciens collègues. Mia reconnut un ou deux visages. Il n'y avait pas grand monde, forcément : Per Lindkvist avait tout sacrifié pour son travail. Il avait d'abord été un flic, un policier extrêmement doué, un père pour Holger ; respecté au QG de Grønland, un ami proche des plus âgés de l'Unité spéciale. Après sa retraite à soixante-sept ans, sa vie ne lui avait guère plu. Il venait de s'éteindre à soixante-quinze ans. Mais au moins, il avait mené l'existence qu'il avait choisie.

Une poignée de main par-ci, un hochement de tête par-là au moment où les gens quittèrent le cimetière. Un verre du souvenir aurait lieu après, au Justisen, en accord avec les dernières volontés du défunt. Mia n'avait pas le courage d'y aller. Elle n'avait pas assez bien connu Lindkvist pour faire l'effort. Et elle voulait surtout rentrer chez elle. La perspective des fêtes de Noël l'épuisait déjà. Elle passerait le réveillon seule, essaierait de survivre. Mais d'abord, elle voulait parler avec Holger.

Après ce qui était arrivé à Miriam quelques mois plus tôt, leur chef s'était mis en congé maladie, en priant ses collègues de le laisser tranquille. Ce que chacun avait respecté.

Mia alla le rejoindre sous un arbre couvert de neige.

— Bonjour, Holger, dit-elle timidement, en se tenant un peu en retrait – un geste qui lui demandait implicitement s'il était d'accord d'échanger quelques mots avec elle.

— Mia… Bonjour.

Il lui sourit, confirmant ainsi qu'elle pouvait s'approcher.

— Comment vas-tu ?

La question, qui sonna de façon étrange à ses oreilles, lui semblait néanmoins légitime.

— Mieux.

— Et Miriam ? demanda-t-elle du bout des lèvres.

Munch observa un petit silence, les yeux fixés sur le bout incandescent de sa cigarette.

— Elle va s'en sortir. Mais il est encore trop tôt pour se prononcer.

— C'est-à-dire ?

Munch s'accorda un instant de réflexion.

— Elle ne marche toujours pas, et les médecins ne savent toujours pas si elle retrouvera l'usage de ses jambes. Mais elle parle depuis plusieurs semaines. Quelques mots seulement, mais c'est toujours ça. Et hier elle m'a reconnu.

— Tant mieux.

Mia n'était pas sûre de la justesse de sa réponse.

— Oui, je trouve moi aussi.

Un nouveau silence s'installa. La neige continuait de tomber.

— Nous avons mis Interpol sur l'affaire, expliqua-t-elle. Ils ont arrêté les cinq personnes qui avaient payé pour visionner la vidéo. Dont un Français et un Suisse. Ça a fait du bruit. Je ne sais pas si tu l'as su. Ils en ont même parlé sur CNN. On a fait du bon boulot.

— Ah bon ? C'est bien.

Il semblait ne l'écouter que d'une oreille.

— Et Simonsen, le milliardaire. Je l'ai entendu l'autre jour. Cette affaire à Sandefjord, au début des années 1970, tu te souviens ? Quand il a envoyé les enfants en Australie, Helene Eriksen et son frère Henrik ? Le pasteur disait vrai. Leur mère n'avait pas toute sa raison, du moins c'est ce que Simonsen a affirmé. Elle les a envoyés là-bas car elle voulait une part de sa fortune. Puis elle est morte dans un accident. J'ai essayé de vérifier la véracité de ses propos avec les collègues de Sandefjord, mais ils n'avaient pas grand-chose. Et l'affaire est ancienne, donc…

Munch ne la regardait pas, il faisait rouler sa cigarette entre les doigts.

— Toujours selon lui, il s'est occupé des enfants quand il a appris qu'ils avaient vécu dans une secte. En leur versant une somme d'argent rondelette. À elle, il a offert l'Exploitation horticole qu'elle a transformée en structure d'accueil. Pour lui, il a acheté l'épicerie. Helene et Henrik Eriksen disaient la vérité.

Remarquant que sa cigarette s'était éteinte, Munch la jeta. Là seulement, il reprit la parole.

—On ne le saura pas avant longtemps, mais Marianne et moi espérons qu'elle pourra remarcher.

Il lui sourit, avec un regard un peu absent.

—Il faut y croire. Essayer d'être positif.

—Bien sûr, Holger. Appelle-moi si je peux faire quoi que ce soit pour vous. Je suis là. Et embrasse Miriam de ma part. Dis-lui que je peux aller la voir à l'hôpital si elle le souhaite.

—Je lui dirai. Merci d'être venue, Mia.

Elle aurait aimé qu'ils se serrent dans les bras. Ils échangèrent une poignée de main maladroite en guise d'au revoir.

Mia abaissa son bonnet, se serra dans son blouson en cuir, ignora les regards de ceux qui se trouvaient toujours devant le portail du cimetière et s'engagea dans la rue qui filait vers le stade Bislett. La neige se mit à redoubler.

Il ne restait que deux jours avant le réveillon. Elle n'avait cessé d'appréhender ce nouveau Noël qu'elle passerait seule, sans même être sûre de franchir la date du 25. Or elle ne pouvait plus disparaître. Pas avec Miriam à l'hôpital d'Ullevål. Pas avec un Holger désarmé. Elle ne pouvait pas lui faire ça.

Elle traversa la rue, baissa la tête pour éviter les flocons, atteignit la rue Sofies Gate et ne vit que son ombre dans le tourbillon de neige : une femme en doudoune rouge qui descendait à la hâte les marches du palier de son immeuble pour venir vers elle. Comme si elle l'avait attendue depuis longtemps. Mais elle disparut dans la tourmente.

Composition :
Soft Office

Achevé d'imprimer par N.I.I.A.G.
en avril 2016
pour le compte de France Loisirs, Paris

Numéro d'éditeur : 84938
Dépôt légal : avril 2016

Imprimé en Italie